스노 크래시

스노 크래시
SNOW CRASH

닐 스티븐슨 SF 장편소설 | 남명성 옮김

문학세계사

32

어떤 창고로 가야 할지는 너무 뻔해 보인다. 부두를 향해 뻗은 도로는 왼쪽으로 네 번째 창고 앞에서 여러 개의 화물용 컨테이너로 가로막혀 있다. 커다란 화물용 트럭이 싣고 다니는 철제 컨테이너들이다. 컨테이너가 서로 엇갈리게 놓여 있어, 그 사이를 지나 창고 건물로 가려면 컨테이너들 사이 미로처럼 좁은 틈으로 대여섯 번은 오락가락해야 한다. 모든 컨테이너마다 위에 총을 든 사내들이 서서 스케이트보드를 타고 장애물을 통과하듯 아래를 지나는 와이티를 내려다보고 있다. 좁은 통로를 통과하며 여러 번 몸수색을 거친 후에야 와이티는 탁 트인 곳으로 나서게 된다.

가끔 전깃줄에 매달린 전구가 보이고 심지어 크리스마스트리에 쓰는 반짝이 전구도 두어 개 보인다. 전구마다 불을 밝힌 모습에 그녀는 조금이나마 환영받는 느낌이 든다. 먼지와 안개로 온통 뿌연 데다가 불을 밝힌 전등 주변으로 여러 색깔의 불빛이 퍼지는 통에 그녀의 눈에는 아무것도 보이지 않는다. 앞쪽으로 보이는 부두로 가는 좁은 길에도 컨테이너들이 이리저리 놓여 미로 같은 통로를 만들었다. 컨테이너 하나에 그라피티로 이런 글이 그려져 있다. '오파왕' 가라사대, 카운트다운을 한번 해 봐!

"오파왕은 또 뭐지?"

그녀는 어색함을 깨 보려고 말한다.

"'오존 파괴자들의 왕'이란 뜻이지."

어떤 남자의 목소리가 들린다. 사내는 창고의 하역장 위에서 그녀의 왼쪽으로 막 뛰어내리는 참이다. 창고 안을 보니 전등불과 함께 타오르는 담뱃불이 여러 개 보인다.

"우린 에밀리오를 오파왕이라고 불러."

"아, 그렇군요. 프레온 가스를 파는 사람 말이죠? 전 냉동 가스를 사려고 온 게 아니에요."

와이티가 말한다.

"그렇군."

사내는 키가 크고 팔다리가 길쭉길쭉한 사십 대인데 나이 먹은 것치고는 상당히 마른 체격이다. 그는 담배꽁초를 입에서 휙 빼더니 다트라도 되는 듯 멀리 집어던진다.

"그럼 뭐 하러 왔는데?"

"스노 크래시는 얼마죠?"

"1,750조 달러야."

사내가 대답한다.

"1,500조 달러인 줄 알았는데요."

와이티가 말한다.

사내가 고개를 젓는다.

"인플레이션이 대단해서 그렇지. 그래도 이건 싼 거야. 젠장, 네가 타는 그 보드는 아마 1000조 달러짜리 지폐를 백 장은 줘야겠는걸."

"이건 돈 주고 구할 수도 없는 물건이에요."

와이티는 몸을 꼿꼿이 펴며 말한다.

"저기요, 제가 가진 돈은 1,500조 뿐이거든요?"

그녀는 주머니에서 돈뭉치를 꺼내 든다.

웃음을 터뜨린 사내는 고개를 흔들며 창고 안에 있는 동료에게 큰 목소리로 말한다.

"이봐, 어린 계집애 하나가 물건값을 소액권 뭉치로 계산하겠대."

"그런 잔돈은 얼른 없애 버리는 게 좋아. 앞으로는 그런 돈을 쓰려면 수레에 싣고 다녀야 할 테니 말이야."

훨씬 날카롭고 불쾌한 목소리가 들린다.

더 나이 들고 곱슬머리가 양옆으로만 남은 대머리에 배가 불룩 나온 사내가 보인다. 그는 하역장 위에 버티고 선다.

"소액권이라 받기 싫으면 마음대로 하세요."

와이티는 이런 시시껄렁한 대화 따위는 실제 거래와는 아무런 관계가 없다는 걸 잘 안다.

"어린 여자 손님이 날마다 오시는 건 아니지."

뚱뚱한 대머리 늙은 사내가 말한다. 와이티가 보니 이 사내가 오파왕이라 불리는 사람 같다.

"어린 숙녀분이 용감하니 좀 깎아 드리도록 하지. 한 바퀴 돌아 봐."

"웃기시네."

와이티는 이런 녀석 앞에서 몸매를 자랑하고픈 마음은 전혀 없다.

와이티의 말을 들은 사람들은 모두 웃는다.

"좋아, 물건을 주라고."

오파왕이 말한다.

키가 크고 마른 사내가 다시 하역장으로 올라가더니 알루미늄 가방 하나를 가지고 돌아와 길 한가운데에 있는 허리쯤 되는 높이의 강철 드럼통 위에 올려놓고 말한다.

"돈부터 내."

그녀는 돈뭉치를 건네준다. 사내는 돈뭉치를 자세히 살펴보더니 비웃는 듯한 표정을 지으며 몸도 돌리지 않은 채 휙 뒤쪽 창고 안으로 집어 던진다. 그러자 다른 사내들이 또 웃음을 터뜨린다.

사내가 가방을 열자 안에서 조그만 컴퓨터 키보드가 모습을 드러낸다. 사내는 신분증처럼 생긴 걸 홈에 밀어 넣더니 잠시 키보드를 두드린다.

그리고 가방 뚜껑 쪽에 달린 튜브를 하나 떼어 내 아래쪽에 달린 소켓에 밀어 넣는다. 그러자 소켓은 튜브를 안으로 빨아 당겨 뭔가 처리를 한 다음 다시 뱉어 낸다.

사내는 튜브를 와이티에게 건넨다. 뚜껑에 보이는 빨간색 숫자가 10부터 거꾸로 내려가기 시작한다.

"그 숫자가 1이 되면 튜브를 코에 집어넣고 들이마셔."

사내가 말한다.

그녀는 이미 사내로부터 물러서기 시작한다.

"무슨 문제라도 있나, 아가씨?"

사내가 묻는다.

"아직은 아니에요."

와이티는 튜브를 공중에 있는 힘껏 집어던진다.

어디선지 갑자기 헬리콥터 회전 날개 돌아가는 소리가 들린다. 죽음의 회오리바람호가 사람들 머리 위로 희미하게 모습을 드러낸다. 놀란 사람들은 순간적으로 무릎을 꿇고 엎드린다. 튜브는 땅바닥으로 떨어지지 않는다.

"이 빌어먹을 년 같으니."

마른 사내가 말한다.

"정말 훌륭한 작전이야."

오파왕이 말한다.

"하지만 너처럼 예쁘고 똑똑한 년이 자살이나 다름없는 이런 작전에 왜 끼어들었는지 모르겠군."

태양이 모습을 드러낸다. 그들을 빙 둘러싸고 하늘 위에서 대여섯 개의 태양이 빛을 뿌리자 모든 그늘이 모습을 감춘다. 눈이 멀 것처럼 강한 조명 탓에 깡마른 사내와 오파왕의 얼굴에 떠오른 표정을 전혀 알아볼 수가 없다. 그나마 와이티는 특수 고글이 빛을 가려 주는 덕분에 사람들 가운데 유일하게 조금이라도 어떤 상황이 벌어지는지 지켜볼 수 있다. 다른 사람들은 환한 빛에 몸을 움츠리거나 맥없이 늘어진다.

와이티는 뒤를 돌아본다. 여러 개의 조그만 태양 가운데 하나는 미로처럼 늘어선 컨테이너들 위쪽에 매달려 주변 구석구석까지 빛을 발하고, 그 위에서 총을 들고 경비를 서는 사내들이 눈도 뜨지 못하도록 하고 있다. 주변은 너무 밝거나 반대로 어두워서 와이티가 쓴 특수 고글은 어느 쪽에 맞춰 빛의 양을 조절해야 할지 갈피를 잡지 못하고 있다. 그러나 이 모든 얽히고설킨 복잡한 상황 가운데에서도 지울 수 없는 장면 하나가 그녀의 망막을 파고든다. 총을 든 사내들이 허리케인에 휘말린 나무처럼 쓰러진다. 순간적이긴 하지만, 각진 모양의 시커먼 것들이 줄지어 컨테이너로 만든 미로 위로 마치 인공두뇌를 가진 쓰나미처럼 덮쳐 오는 모습이 보인다. 경비견 로봇들이다.

로봇들은 컨테이너 위로 높고 길게 포물선을 그리듯 뛰며 복잡한 미로를 건너뛰어 버린다. 그렇게 몰려오던 로봇들 일부는 바로 총을 든 사내들 몸으로 돌진한다. 마치 프로 미식축구 최종 수비수가 경기장 바깥쪽에 줄지어 선 명청이 같은 사진 기자들을 밀어붙이는 것처럼 보인다. 로봇들이 컨테이너로 만든 미로 앞 도로에 내려앉자 갑자기 풀썩 먼지가 일고 땅바닥에서 하얀 불꽃이 춤춘다. 그러는 사이 처음에 등장했던 깡마른 사내를 경비견 로봇 한 마리가 덮치는가 싶더니 사내의 갈비뼈가 마치 셀로판지를 뭉쳐 놓은 덩어리처럼 깨지는 소리가 들린다. 이미 창고 안까지 지옥으로 변해 버린 뒤지만 그녀의 눈은 여전히 벌어지는 상황을 뒤쫓아 보려고 애쓰는 중이다. 더 많은 로봇이 불꽃과 먼지를 비행운처럼 끌며 도로를 달리다가 장애물을 만나자 공중으로 펄쩍 뛰어오르는 모습이 보인다.

그녀가 튜브를 공중에 집어 던진 지 3초가 지났다. 그녀는 창고 안쪽을 들여다보려고 몸을 돌린다. 그러나 그 순간 창고 건물 꼭대기에 있는 누군가가 눈길을 잡아끈다. 에어컨 송풍기 뒤에서 모습을 드러낸 한 저격수가 밝은 빛에 익숙해졌는지 총을 들어 올려 막 겨누는 참이다. 저격수가 그녀의 이마를 조준하자 소총에서 뿜어내는 붉은빛 레이저가 눈 주위를 훑는 바람에 와이티는 얼굴을 찡그린다. 그 순간 저격수의 뒤편에서 죽음의 회오리바람호가 나타난다. 밝은 빛 아래 원반처럼 보이던 회전 날개는 좁다란 타원형의 모습을 하다가 이내 면적이 줄며 얇은 은색 선으로 바뀐다. 그러더니 저격수의 몸을 통과해서 지나가 버린다.

헬기가 갑자기 방향을 틀며 새로운 먹잇감을 찾는 모습 뒤로 뭔가가 힘없이 궤적을 그리며 떨어진다. 그녀는 헬기가 폭탄을 떨어뜨렸다고 생각한다. 하지만 그건 저격수의 머리다. 잘린 머리는 맹렬한 속도로 회전하고 있다. 그리고 환한 조명 아래 분홍빛 나선을 그리며 떨어진다. 조그만 헬기의 회전 날개가 목덜미를 덮친 게 분명하다. 그녀는 한편으로는 냉정하게 먼지 속에서 튀듯 굴러가는 머리를 보면서 다른 한편으로는 비명을 내지른다.

그 순간 귀에 철컥하는 쇳소리가 들린다. 지금까지 들린 소리 가운데 가장 큰 소음이다. 소리가 나는 곳으로 고개를 돌리니 주변을 내려다볼 수 있도록 높이 솟은 물탱크가 보인다. 저격수가 숨는다면 더없이 좋을 장소다.

그러나 이내 그녀의 눈길은 응의 밴에서 쏘아 올린 조그만 로켓이 뿜어내는 연필처럼 가느다란, 하얀색과 푸른색을 섞어 놓은 듯한 배출 가스로 향한다. 로켓은 아무 움직임도 보이지 않는다. 그저 어느 정도의 높이에 도달하더니 이리저리 날아다니며 가스만 뿜어낸다. 와이티는 그런 광경에는 신경도 쓰지 않는다. 그녀는 물탱크에서 보이지 않는 숨기 좋은 곳을 찾아내려 스케이트보드에 올라타 도로 위를 달리기 시작한다.

철컥하는 소리가 다시 난다. 이 소리가 와이티에게 들리기도 전에 떠올랐던 로켓이 마치 조그만 물고기처럼 수평으로 한두 번 살짝 방향을 틀더니 저격수가 숨은 물탱크로 올라가는 사다리 쪽으로 날아간다. 거대한 폭발이 일어나지만, 불꽃이나 섬광은 보이지 않는다. 마치 불꽃놀이 중간에 가끔 볼 수 있는 불발탄처럼 큰 소리만 들린다. 잠시 후 파편들이 물탱크의 철제 구조물을 때리는 소리가 요란하게 들린다.

그녀가 컨테이너로 만들어 놓은 미로에 도착하기 직전, 먼지바람이 그녀를 스치고 지나며 돌멩이와 깨진 유리 조각들을 얼굴에 뿌려 댄다. 먼지바람은 컨테이너들 사이의 좁은 틈새로 사라진다. 미로 속에서 뭔가가 방향을 바꾸는지 철제 컨테이너를 두들기듯 차는 소리가 들린다. 경비견 로봇들이 그녀를 위해 길을 트는 중인 모양이다.

정말 멋지군!

"멋지네요."

와이티는 응의 밴에 올라타며 말한다. 목구멍이 뻑뻑하고 부어오른 것처럼 느껴진다. 소리를 질러서 그럴 수도 있고 유독성 물질 때문일 수도 있고 속이 메스꺼워서 그렇게 느껴지는 것일 수도 있다.

"저격수들이 있는 건 몰랐어요?"

방금 벌어진 일에 관해 자세하게 이야기를 하고 있으면 혹시 죽음의 회오리바람호가 저격수를 해치우던 광경을 잠시 잊을 수 있을 것 같다.

"물탱크 쪽에 숨은 녀석은 몰랐지. 하지만 녀석이 총을 몇 발 쏘자마자 밀리미터파 궤적을 거꾸로 따라가 위치를 파악했어."

응은 그렇게 말하며 차에 명령을 내려 숨었던 곳을 벗어나 다시 405번 도로로 나선다.

"물탱크가 있는 탑이라면 누가 봐도 저격수가 숨어 있을 게 뻔하잖아요."

"녀석은 완전히 노출된 장소에 몸을 드러내고 있었어. 자살하기 딱 좋은 장소에 숨어 있던 거야. 마약상은 대개 그런 짓을 하지 않아. 녀석들은 대개 훨씬 실용적으로 행동하거든. 자, 내가 수행한 작전에 비판할 내용이 더 있나?"

"글쎄요. 작전이 성공하기는 한 건가요?"

"그럼. 튜브는 속에 든 내용물이 배출되기 전에 헬리콥터 내부의 밀봉된 공간으로 들어갔어. 그리고 화학적으로 소멸해 버리기 전에 액체 헬륨으로 순간 냉동 처리되었지. 우린 이제 지금까지 아무도 얻지 못했던 스노 크래시 샘플을 손에 넣었어. 이런 식의 성공을 통해서 나 같은 사람들은 이름을 쌓아 가는 거지."

"경비견 로봇들은요?"

"로봇들이 뭐?"

"모두 차로 돌아왔나요? 저 뒤편에 있는 거예요?"

와이티는 뒤를 향해 고갯짓을 해 보인다.

응은 잠시 말이 없다. 와이티는 응이 1955년의 베트남 모습을 한 사무실에 앉아 텔레비전을 통해 이 모든 상황을 지켜보고 있다는 생각을 다시금 해 본다.

"셋은 돌아왔군."

응이 말한다.

"셋은 돌아오는 중이고. 그리고 추가 진압 작전을 위해 세 마리를 뒤에 남겨 두고 왔어."

"남겨 두고 왔다고요?"

"곧 따라올 거야. 일직선으로 달리면 녀석들은 시속 천 킬로미터도 훨씬 넘는 속도를 낼 수 있거든."

"로봇 몸속에 핵폭탄이 있다는 게 정말인가요?"

"방사성 열 동위 원소가 들어 있지."

"혹시 하나라도 부서져서 열리면요? 우리 모두 돌연변이가 되는 건가요?"

"로봇이 품은 동위 원소를 꺼낼 수 있을 정도로 강력한 파괴력을 가진 존재가 나타난다면 방사능에 몸이 노출되는 일 따위는 별로 걱정스럽지도 않을 거야."

"남은 로봇들이 우리를 찾아 잘 돌아올까요?"

"어렸을 때 '돌아온 래시'도 못 봤나? 그러니까 지금보다 훨씬 더 어렸을 때 말이야."

응이 묻는다.

그렇군. 그녀의 생각이 옳았다. 경비견 로봇은 개의 몸뚱이를 이용해서 만든 것이다.

"잔인한 짓이네요."

그녀가 말한다.

"누구나 그런 식으로 감상주의에 빠지곤 하지."

웅이 말한다.

"개의 정신을 몸에서 빼내 영원한 우리 속에 가두어 두는 거잖아요."

"경비견 로봇이 우리 속에 있을 때 뭘 하는지 알아?"

"전기 장치가 달린 자기 불알이라도 핥고 있나요?"

"파도를 뚫고 나는 원반을 쫓아다녀. 영원히 말이야. 나무에 자라는 스테이크를 먹기도 하고. 사냥용 오두막 안에 있는 벽난로 앞에 누워 있기도 해. 고환을 핥아 대는 프로그램을 설치해 본 적은 없지만, 네가 그런 말을 하니 한번 고려해 보도록 하지."

"개들이 우리에서 나와 뛰어다니며 당신을 위해 일하는 건 어떻고요?"

"개가 시속 천 킬로미터도 넘는 속도로 뛰어다니면 얼마나 자유로운 느낌이 드는지 알아?"

와이티는 대답을 하지 않는다. 생각지 못한 개념을 이해하려 애쓰는 것만으로도 너무 바쁘다.

"기계의 도움을 받는 나 같은 존재들은 모두 측은한 불구라는 네 생각이 잘못된 거야. 사실 우리는 예전보다 훨씬 나은 존재가 되었거든."

"개들은 어디서 얻는 거죠?"

"전 세계 모든 도시에서 매일 믿을 수 없을 정도로 많은 개가 버려지고 있어."

"집을 잃은 강아지한테 칼을 댄단 말이에요?"

"우리는 죽을 게 분명한 버려진 개들을 구해 개들의 천국이나 다름없는 곳으로 보내 주는 거야."

"친구인 로드킬과 핏불 한 마리를 키웠어요. 이름이 피도였죠. 뒷골목에 버려진 개였어요. 어떤 망할 놈이 다리에 총을 쐈더라고요. 우리가 수의사에게 데려가 치료를 했어요. 로드킬이 살던 건물에 있는 빈집에 두고 몇 달 동안 매일 놀아 주고 먹이도 주었어요. 그런데 어느 날 가보니 사라지고 없더라고요. 누군가 침입해서 훔쳐 간 거예요. 아마 동물 실험을 하는 연구소에 팔아먹었겠죠."

"아마 그랬겠지. 하지만 개는 그렇게 키워서는 안 돼."

웅이 말한다.

"그래도 그 개가 우릴 만나기 전에 살던 것보다는 나았어요."

웅이 달리는 자동차에 명령을 내려 롱비치 고속 도로를 통해 다시 시내 쪽으로 방향을 잡는 동안 잠시 대화가 끊긴다.

"예전 기억이 날까요?"

와이티가 말한다.

"개가 과거를 기억한다면 그렇겠지. 우리가 기억을 지울 도리는 없으니까 말이야."

웅이 말한다.

"그러니까 어쩌면 피도도 바로 지금 어디선가 경비견 로봇 노릇을 하고 있을지도 모를 일이군요."

"녀석으로서는 그편이 더 나을 거야."

웅이 말한다.

애리조나주 피닉스에 있는 이 선생의 위대한 홍콩 한 가맹점 안에서 웅 보안 회사 소속 반자율 경비견 로봇 B-782호가 깨어난다.

그 로봇을 조립한 공장에서는 녀석을 B-782라는 이름을 가진 로봇으로만 알고 있다. 그러나 녀석은 스스로 피도라는 이름을 가진 핏불테리어라고 생각한다.

예전에 피도는 가끔 못된 짓을 하기도 하는 조그만 개에 불과했다. 그러나 이제 피도는 깔끔하고 조그만 마당이 있는 깔끔하고 조그만 집에 산다. 이제 녀석은 훌륭한 작은 개가 되었다. 집 안에 누워 다른 개들이 짖는 소리를 듣는 일을 즐긴다. 피도는 커다란 무리의 일원이다.

오늘 밤, 멀리 떨어진 곳에서 짖어 대는 소리가 많이 들린다. 귀를 기울여 들어 보니 착한 개들 모두가 뭔가에 매우 들떠 있는 것 같다. 나쁜 사람들이 잔뜩 모여 착한 여자아이를 해치려고 했다. 그래서 개들은 무척 화가 났고 흥분했다. 착한 여자아이를 지키려고 개들은 나쁜 사람들 몇 명을 공격했다.

당연히 해야 할 일이다.

피도는 집에서 나오지 않는다. 처음 짖는 소리를 들었을 때 피도 역시 흥분했다. 녀석도 착한 여자아이를 좋아하기에 나쁜 사람들이 여자아이들을 괴롭히면 특히 화가 난다. 한때 피도를 사랑해 주던 착한 여자아이가 있었다. 오래전 일이다. 그때만 해도 피도는 무서운 곳에서 배를 곯아 가며 살았고, 사람들도 그에게 나쁜 짓을 많이 했다. 그렇지만 착한 여자아이는 녀석을 사랑했고 잘 대해 주었다. 피도 역시 착한 여자아이를 매우 사랑했다.

그러나 다른 개들이 짖는 소리를 들어 보니 이제 착한 여자아이는 안전해진 것 같다. 피도는 다시 잠을 청한다.

33

"실례해요, 동업자 아저씨."

와이티가 바벨/정보 묵시록 방으로 들어서며 말한다.

"이런! 마치 눈발이 엄청나게 날리는 것 같네요."

"안녕, 와이티."

"정보를 좀 더 가져왔어요."

"말해 봐."

"스노 크래시는 스테로이드에요. 아니 스테로이드와 비슷해요. 네, 맞아요. 마치 스테로이드처럼 세포벽을 뚫고 들어가는 거예요. 그리고 세포핵에 뭔가 이상한 짓을 하는 거죠."

"맞는 말이야. 마치 단순 포진처럼 말이지."

히로는 사서 데몬을 보며 말한다.

"저랑 같이 있는 남자가 하는 말이 스노 크래시는 사람의 실제 DNA를 파괴해 버린대요. 무슨 말인지 절반도 알아듣지 못하지만 어쨌든 그렇게 말하네요."

"어떤 남자랑 같이 있는데?"

"응이라는 사람이에요. 응 보안 회사 말이에요. 말 걸어 보려 애써 봐야 소용없어요. 정보를 내놓을 사람은 아니니까요."

그녀는 거만을 떨며 말한다.

"응 같은 사람과 뭘 하는 거야?"

"조직 일이에요. 저하고 제 친구 응이 활약해 마피아가 처음으로 그 약의 샘플을 구했어요. 지금까지는 손에 넣기 전에 늘 자폭하곤 했대요. 내용물을 분석하려는 것 같아요. 해독제를 만들려는 것인지도 모르죠."

"아니면 대량으로 만들어 내거나."

"마피아는 그런 짓을 하지 않아요."

"멍청한 소리 하지 마. 그 친구들도 당연히 그런 짓을 해."

히로가 말한다.

와이티는 히로의 말에 발끈하는 것 같다.

"이봐, 이런 사실을 되짚어 주는 건 미안하지만, 만일 법률이 지금도 존재했다면 마피아는 범죄 단체 취급을 받았을 거라고."

"그렇지만 이제 법률은 없잖아요. 그러니까 마피아도 그저 체인점 가운데 하나일 뿐이라고요."

와이티가 말한다.

"좋아. 내가 말해 주고 싶은 건 마피아가 인도적인 이유로 이런 짓을 할 것 같지는 않다는 거야."

"그럼 당신이 여기서 괴상한 데몬과 틀어박혀 있는 이유는 뭐죠?"

와이티는 사서 데몬을 가리키며 묻는다.

"인류의 행복을 위해서인가요? 아니면 이름도 모를 어떤 여자 엉덩이를 쫓아다닐 궁리를 하는 건가요?"

"좋아, 좋다고. 마피아 얘기는 더 하지 않기로 하지. 해야 할 일이 있으니 말이야."

히로가 말한다.

"저도 마찬가지예요."

와이티는 갑자기 휙 사라져 버린다. 와이티가 서 있던 메타버스의 공간을 히로의 컴퓨터가 재빨리 메운다.

"내가 보기엔 저 녀석이 날 좋아하나 봐."

히로가 변명을 하듯 말한다.

"상당히 사랑스러운 분인 것 같군요."

사서 데몬이 말한다.

"좋아, 다시 일 얘기를 하자고. 아세라는 어디서 왔지?"

"원래는 수메르 사람들의 신화에서 유래했습니다. 그런 이유로 아세라는 바빌로니아, 아시리아, 가나안, 히브리 그리고 우가리트의 신화에서 모두 중요하게 여겨집니다. 모두 수메르의 신화에서 내려온 것들이니까요."

"재미있군. 그러니까 수메르어는 사라졌지만, 수메르 신화는 어찌 된 일인지 다른 언어를 통해 전해 내려온다는 거로군."

"맞습니다. 후대의 여러 문명은 종교와 학문을 다루는 데 수메르어를 사용했습니다. 중세 시대 유럽에서 라틴어를 사용한 것과 같습니다. 태어날 때부터 수메르어를 사용한 사람은 아무도 없지만, 교육받은 사람은 읽을 수 있었습니다. 이런 식으로 수메르의 종교는 후대에 전해진 겁니다."

"그럼 수메르 사람들의 신화 속에서 아세라는 어떤 역할을 했지?"

"내용이 조각조각 남아 있을 뿐입니다. 점토판에 남은 기록이 약간 있습니다만, 그나마 부서지고 흩어졌습니다. L. 밥 라이프가 부서지지 않은 점토 판을 많이 찾아낸 것 같은데, 공개를 거부하고 있습니다. 현재까지 알려진 수메르 신화들은 단편적인 내용이라서 신뢰하기 어려운 수준입니다. 라고스 씨는 그 내용이 마치 열병 걸린 두 살배기가 떠들어 댄 내용 같다고 했습니다. 전체적으로 도저히 번역할 수 없는 내용입니다. 글씨는 읽을 수 있고 무슨 뜻인지 아는 것들이지만 연결해 읽어 보면 현대 사람들은 전혀 이해할 수 없는 내용입니다."

"비디오 플레이어에 들어 있는 사용 설명서 내용 같은 모양이로군."

"단조롭게 반복되는 내용이 대단히 많습니다. 그리고 라고스 씨가 '로터리 클럽 선전물'이라고 표현한 내용도 마찬가지로 잔뜩 들어 있습니다. 그러니까 다른 도시보다 자신들의 도시가 뛰어나다며 찬양하는 내용입니다."

"수메르의 어떤 도시가 다른 도시들보다 뛰어나려면 뭐가 달라야 하지? 더 큰 지구라트를 갖고 있으면 되나? 아니면 축구를 더 잘하면 되는 거야?"

"'메'가 더 좋으면 됩니다."

"메가 뭔데?"

"사회를 운영하는 기준이나 원칙을 가리킵니다. 법률 체계와 비슷하지만, 더 근본적인 수준을 말하는 겁니다."

"무슨 말인지 모르겠군."

"그게 중요한 겁니다. 수메르의 신화는 그리스나 히브리의 그것들처럼 '읽을 만' 하거나 '재미있거나' 하지 않습니다. 현재를 사는 사람들의 의식과는 근본적으로 다른 내용을 담고 있습니다."

"만일 우리 문화가 수메르에서 이어져 내려온 것이라면 신화도 훨씬 흥미롭게 느껴졌겠지."

히로가 말한다.

"수메르의 신화 다음에 아카드(메소포타미아 북부 지방에서 활약한 민족, 나라)의 신화가 등장하는데 많은 부분을 수메르 신화에서 따왔다는 게 명백합니다. 아카드의 편집자들은 수메르의 신화를 자세히 연구한 후 이상한 부분과 이해가 되지 않는 내용을 삭제하고 훨씬 긴 작품으로 재탄생시킨 겁니다. 이를테면 '길가메시 서사시' 같은 거죠. 아카드 사람들은 셈족입니다. 히브리 사람들과 친척이라 할 수 있죠."

"아카드 사람들은 아세라를 뭐라고 표현했지?"

"그녀는 성性과 다산을 상징하는 여신입니다. 하지만 동시에 파괴와 복수를 나타내기도 합니다. 어떤 신화에 보면 아세라가 인간이자 왕인 키르타를 중병에 빠지게 했습니다. 그를 치유할 수 있는 건 신들의 왕인 엘뿐이었죠. 엘은 몇몇 특별한 인간에게만 아세라의 젖을 물고 자랄 수 있는 특권을 허락했습니다. 엘과 아세라는 간혹 인간의 아이들을 데려가 아세라의 품에서 자라게 했습니다. 어느 이야기에서는 아세라가 일흔 명의 아이에게 젖을 먹이기도 합니다."

"바이러스를 퍼뜨리는 거로군. 에이즈에 걸린 엄마는 모유를 아이들에게 먹임으로써 병을 퍼뜨릴 수도 있지. 그러나 지금 이야기는 아카드의 신화를 말하는 거지?"

"그렇습니다."

"해석이 안 되더라도 수메르의 신화를 좀 듣고 싶군."

"아세라가 어떻게 엔키를 앓아눕게 했는지 들어 보시겠습니까?"

"그러지."

"이 이야기를 어떻게 번역할지는 해석하기 나름입니다. 어떤 이들은 낙원으로부터 추방당하는 이야기라고 합니다. 다른 이들은 남자와 여자 또는 물과 땅이 전쟁을 벌이는 이야기라고 합니다. 또 다른 이들은 다산을 상징하는 것이라고도 합니다. 지금 읽어 드리는 내용은 벤트 알스터란 사람의 해석을 따른 것입니다.”

“알았으니 얼른 시작해 봐.”

“요약입니다. 엔키와 닌후르삭은 ‘딜문’이라는 곳에 삽니다. 닌후르삭은 아세라지만 이 이야기에서는 다른 이름이 붙어 있습니다. 딜문은 순수하고 깨끗하며 밝은 곳으로, 아픔도 없고 사람들은 늙지 않으며 포식성 동물도 사냥을 하지 않습니다.

그러나 물이 존재하지 않습니다. 그래서 닌후르삭은 일종의 물의 신인 엔키에게 딜문에 물을 달라고 간청합니다. 엔키는 개울가 갈대밭에서 자위를 해 생명이 담긴 정액이 흐르게 합니다. ‘마음의 물’이라는 이름이 붙었습니다. 동시에 엔키는 아무도 근처에 접근하지 못하도록 주문을 말합니다. 그는 자신의 정액에 아무도 접근하지 않기를 바랐습니다.”

“왜 그런 거지?”

“신화에 왜 그런 건지 나와 있지 않습니다.”

“그렇다면 엔키는 정액이 값지거나 위험하다고 생각한 게 틀림없군. 아니면 두 가지 모두이거나 말이지.”

“딜문은 이제 이전보다 좋은 곳이 되었습니다. 들판에서는 곡식이 풍성하게 자라고, 뭐 그런 겁니다.”

“아, 실례하겠네. 수메르 사람들은 어떻게 농사를 지을 수가 있었지? 들판에 물줄기를 끌어왔나?”

“오로지 관개 농업을 하는 수밖에 없었죠.”

“그러니까 이 신화에 따르면 엔키가 ‘마음의 물’이 들판에 흐르도록 했다는 거로군.”

“엔키는 물의 신이었으니 맞는 말입니다.”

"좋아, 계속해."

"그러나 닌후르삭, 즉 아세라는 엔키의 명을 어기고 정액을 취해 스스로 임신해 버립니다. 그녀는 9일이 지나고 나서 아무 고통 없이 '님무'라는 딸을 낳습니다. 님무는 강가를 걷습니다. 그녀를 보고 욕정을 일으킨 엔키는 강을 건너와 성교를 합니다."

"자기 딸과 그랬단 말이지."

"그렇습니다. 님무 역시 9일 후에 '닌쿠라'라는 딸을 낳고 똑같은 일이 되풀이됩니다."

"엔키가 닌쿠라와도 관계를 맺는단 말인가?"

"그렇습니다. 그리고 '우투'라는 딸을 낳습니다. 자, 이번에는 엔키가 반복적으로 그런 행동을 한다는 걸 눈치챈 닌후르삭이 우투에게 엔키가 선물을 들고 유혹하러 올 것이라 예언하며 집에 숨어 있으라고 충고합니다."

"엔키가 그렇게 했나?"

"엔키는 다시 한번 '마음의 물'을 내뿜어 수로를 채우고 그래서 만물이 자라납니다. 정원사는 기쁨에 차 엔키를 안습니다."

"정원사는 누구지?"

"그냥 이야기에 등장하는 인물입니다. 그는 엔키에게 포도와 다른 선물을 제공합니다. 엔키는 정원사로 꾸미고 우투에게 가 그녀를 유혹합니다. 하지만 이번에는 닌후르삭이 우투의 허벅지를 타고 흐르는 엔키의 정액을 약간 얻어 냅니다."

"세상에. 무시무시한 장모님이로군."

"닌후르삭이 땅에 정액을 뿌리자 여덟 가지 식물이 움틉니다."

"이번에는 엔키가 식물과 잠자리를 하는 건가?"

"아뇨, 엔키가 식물들을 먹습니다. 어떤 면에서 보면 식물을 먹으며 그들의 비밀을 배우는 거죠."

"여기서 아담과 이브 이야기의 모티프가 등장하는군."

"닌후르삭은 엔키에게 이렇게 말하며 저주를 퍼붓습니다. '그대가 죽을 때까지 나는 '생명의 눈'으로 당신을 보지 않으리.' 그 말을 남기고 닌후르삭이 사라지자 엔키는 큰 병을 앓게 됩니다. 여덟 가지 식물을 상징하는 여덟 군데의 장기에 병이 생깁니다. 결국 엔키는 닌후르삭을 설득해서 불러옵니다. 그녀는 여덟 신을 출산합니다. 엔키의 병난 여덟 장기에 해당하는 겁니다. 엔키는 건강을 되찾습니다. 이 여덟 명의 신이 딜문의 우상이 되는 겁니다. 바꿔 말하면 이 일로 근친상간의 시대는 끝나고 남녀가 섞인 신들이라는 새로운 종족이 정상적으로 자손을 남길 수 있게 된 겁니다."

"이제야 라고스가 두 살배기가 어쩌고저쩌고했다는 말이 이해되기 시작하는군."

"알스터가 신화를 해설하면서 제기한 논리적 허점이 있습니다. '애초에 아무것도 없이 유일한 창조자가 있었다고 가정한다면, 어떻게 둘로 이루어지는 통상적인 성적 관계가 세상에 생겨났을까?'라는 겁니다."

"아, '둘로 이루어지는', 그러니까 바이너리라는 말이 또 등장하는군."

"아까 저와 함께 나누던 대화 가운데 깊이 파고들지는 않았지만, 전혀 다른 길을 통해 지금과 같은 결론에 도달할 수 있었던 내용이 있다는 걸 기억하실지 모르겠습니다. 이 신화는 수메르의 세계 창조 신화와 비교할 수 있습니다. 수메르의 창조 신화에 따르면 애초에 하늘과 땅은 하나였고 둘이 서로 분리되고서야 비로소 세상이 생겨났다고 합니다. 대부분 창조 신화들은 '혼돈이라고 할지 천국이라 부를지 모르지만, 모든 게 한 덩어리로 뭉쳐져 있는 모순된 상태'에서 시작합니다. 그 상태가 변하면서 우리가 아는 세상이 모습을 드러냅니다. 여기서 엔키의 원래 이름이 엔카라는 걸 지적하고 싶습니다. '커의 지배자'란 뜻이죠. 커는 고대의 바다, 즉 혼돈의 상태입니다. 엔키가 그 바다를 정복했죠."

"해커라면 누구나 공감하겠군."

"그러나 아세라 역시 비슷한 의미를 품고 있습니다. 그녀의 이름은 우가리트어語로 '아티라투 얌미'인데, '바다[용]을 짓밟는 자'라는 뜻입니다."

"알았어. 그러니까 엔키와 아세라가 모두 어떤 식으로든 혼돈을 끝낸 존재란 말이군. 그리고 혼돈을 물리치는 일, 정적인 상황을 분리하는 일, 뭉쳐 있는 세계를 두 개로 이루어진 상태로 만드는 일이 바로 창조라는 말을 하고 싶은 거로군."

"맞습니다."

"엔키에 관해 더 해 줄 수 있는 말이 있나?"

"엔키는 에리두라는 도시의 '엔'이었습니다."

"엔은 뭐지? 왕 같은 건가?"

"제사장이자 왕 같은 겁니다. 엔은 지역의 사원을 관장하는데, 그곳에 점토판에 적은 사회적 규약인 메가 보관되어 있습니다."

"좋아. 에리두가 어디에 있지?"

"이라크 남부 지방에 있습니다. 발굴된 지 채 몇 년도 되지 않았습니다."

"라이프의 사람들이 찾아냈나?"

"그렇습니다. 크레이머가 말한 대로 엔키는 지혜의 신입니다. 그러나 이 말은 제대로 된 번역이 아닙니다. 엔키의 지혜는 흔히 말하는 나이 든 이들의 지혜가 아닙니다. 오히려 뭔가 일을 하는데, 특히 초자연적인 일을 하는데 필요한 지식을 말합니다. '그는 해결할 수 없을 것 같은 문제에 깜짝 놀랄 해결책을 내놓아 심지어 다른 신들조차 놀라게 했다.'라는 글귀가 있습니다. 엔키는 인류를 돕고자 했던, 늘 호의적인 신이었습니다."

"그렇군!"

"그렇습니다. 가장 중요한 수메르의 신화는 엔키를 중심으로 합니다. 말씀드렸지만 엔키는 물과 관련이 있습니다. 그는 강과 광활한 수메르의 용수로를 생명력 넘치는 정액으로 채웁니다. 그는 단 한 번의 자위행위로 티그리스강을 만들어 냈다고 전해집니다. 그는 스스로 이렇게 묘사했습니다. '나는 주主요, 내 말은 사라지지 않는다. 나는 영원하다.' 다른 이들이 그를 묘사한 내용을 보면, '말씀을 내리시니 낱알이 하늘 높이 쌓입니다.' '하늘의 별을 떨어뜨리는 당신은 별들의 숫자를 모두 헤아리고 계십니다.' 그는 모든 피창조물의 이름을 불러 주며……."

"모든 피창조물의 이름을 불러 주다니?"

"많은 창조 신화에서 어떤 사물의 이름을 부르는 건 그걸 창조하는 겁니다. 엔키는 여러 신화 속에서 다음과 같이 언급되고 있습니다. '마법을 일으키는 권위자', '많은 말씀을 주시는 자', '모든 올바른 명령의 주인이신 엔키.' 그리고 크레이머와 마이어가 연구한 대로 '그의 말씀은 혼돈만이 존재하는 곳에 질서를 가져오며 조화로운 곳에 혼란을 가져오기도 한다.'라고도 합니다. 엔키는 아들이자 바빌로니아 신들의 왕인 '마르두크'에게 지식을 전해 주려 엄청난 노력을 합니다."

"그래서 수메르인은 엔키를 숭배했고 수메르의 뒤를 이은 바빌로니아의 사람들은 그의 아들인 마르두크를 받들었군."

"그렇습니다. 그리고 마르두크는 곤경에 처하면 늘 아버지인 엔키에게 도움을 청했습니다. 여기 함무라비 법전이라고 부르는 돌기둥에 마르두크의 모습이 새겨져 있습니다. 함무라비 왕은 자신이 직접 마르두크로부터 법전을 받았다고 했습니다."

히로는 함무라비 법전 앞으로 걸어가 쓱 훑어본다. 쐐기 문자가 무슨 뜻인지는 알 수 없지만 꼭대기 부분에 새겨진 그림은 누구나 이해할 수 있는 모습이다. 특히 그림의 가운데 부분은 더욱 그렇다.

"여기 모습에서 마르두크가 함무라비에게 1과 0을 건네준 정확한 이유는 뭐지?"

히로가 묻는다.

"왕권을 나타내는 형상이기 때문입니다. 어디서 유래했는지는 정확하지 않습니다."

사서 데몬이 말한다.

"분명히 엔키로부터 시작된 것이겠지."

히로가 말한다.

"엔키의 가장 중요한 역할은 창조자이며 메와 '기스허'의 수호자입니다. 기스허는 우주를 지배하는 '중요한 말씀'이자 '본보기'를 가리킵니다."

"메에 대해 좀 더 자세히 설명해 줘."

"다시 크레이머와 마이어의 말을 인용하겠습니다. '메라고 알려진, 근본적이고 바꿀 수 없으며 포괄적인 권력과 본분, 규범과 기준, 원칙과 규칙이 태초부터 존재함을 [그들은 믿었다.] 메는 우주와 우주를 이루는 모든 것, 신들과 인간, 도시와 나라들 그리고 문명을 이룬 인간 생활의 다양한 면과 관련이 있었다.'"

"토라와 비슷하군."

"그렇죠. 하지만 뭔가 신비한 일종의 마법의 힘을 가지고 있습니다. 그리고 종교뿐 아니라 가끔은 매우 사소한 문제도 다루고 있습니다."

"이를테면?"

"어떤 신화를 보면 이난나라는 여신이 에리두에 가서 엔키에게 거짓말을 해 94개의 메를 얻어 자신이 살던 '우루크'라는 마을로 돌아옵니다. 우루크 사람들은 온통 야단법석을 떨고 기뻐하며 맞이하죠."

"후아니타가 흠뻑 빠져 있는 바로 그 이난나 말이로군."

"맞습니다. 사람들은 '메를 완벽하게 실행하는 상태를 이룩한' 그녀를 구세주로 받들며 갈채를 보냅니다."

"실행한다고? 컴퓨터 프로그램을 실행하는 것처럼?"

"그렇습니다. 메는 사회에 꼭 필요한 특정 행위들을 수행하는 알고리즘이라 할 수 있습니다. 성직자들과 왕이 수행해야 하는 일과 관련된 내용도 있습니다. 어떤 것들은 종교적 의식을 거행하는 방법을 설명합니다. 또 다른 어떤 것들은 전쟁과 외교적 기술과 관련 있기도 합니다. 예술과 공예에 관한 내용이 상당히 많습니다. 음악, 목공예, 금속 세공, 가죽 손질법, 건축, 농업 그리고 불을 지피는 기술처럼 사소한 내용까지 있습니다."

"사회를 움직이는 운영 체제인 셈이군."

"무슨 말씀이시죠?"

"전원이 막 들어온 컴퓨터는 아무런 능력도 없이 전자 회로를 모아 놓은 물건에 불과해서 아무것도 하지 못하지. 컴퓨터가 작동하도록 하려면 회로에 어떻게 작동하면 된다는 규칙들을 붙어넣어야 한단 말이야. 컴퓨터 노릇을 하도록 가르치는 거지. 결국 메라는 게 사회를 움직이는 운영 체제 역할을 한 것처럼 보인다는 거야. 아무 생각 없는 사람들을 작동하는 조직으로 만들었단 말이지."

"그렇게 이해하셔도 되겠죠. 어쨌든 엔키는 메의 수호자였습니다."

"그러니까 좋은 편이었다는 말이로군."

"신들 가운데 가장 사랑받는 존재였죠."

"내가 듣기엔 아주 뛰어난 해커였던 것 같군. 그렇다면 그의 남섭은 매우 이해하기 어려울 수밖에 없겠지. 그런데 그렇게 착한 자가 왜 바벨탑 같은 짓을 저지른 거지?"

"그게 엔키와 관련해 이해할 수 없는 여러 일 가운데 하나입니다. 아시겠지만 엔키의 행동이 현대의 규범과 늘 맞아떨어지지는 않습니다."

"난 그렇게 생각하지 않아. 그 친구가 여동생과 딸을 범하며 살았다고 생각하지 않는단 말이야. 그 이야기는 다른 뭔가를 상징하는 것이겠지. 내 생각엔 뭔가 반복적으로 정보를 처리한 일을 가리키는 것 같군. 지금까지 나온 신화 전체에서 그런 냄새가 풍겨. 이 사람들에게는 물이나 정액이나 차이가 없었을 거야. 말이 되지. 왜냐하면 이 사람들은 깨끗한 물이라는 개념 자체를 몰랐거든. 물이라 봐야 모두 갈색에다 진흙투성이에 바이러스가 우글거렸을 테니 말이야. 현대의 관점으로 볼 때 정액은 단지 정보를 운반하는 존재야. 정자는 호의적인 정보라 할 수 있고, 바이러스는 그 반대라 할 수 있겠지. 엔키의 물, 즉 정액과 지식, 메를 포함하는 개념의 물이 수메르 전국에 넘치면서 나라를 번성하게 한 거야."

"이미 알고 계시겠지만 수메르는 티그리스와 유프라테스라는 커다란 두 강 사이에 형성된 범람원氾濫原에 존재했습니다. 진흙이 잔뜩 나는 곳이죠. 수메르인들은 강바닥에서 직접 진흙을 구했습니다."

"그러니까 엔키가 수메르 사람들에게 지식을 전달하는 데 사용할 재료로 진흙을 내려 주었다는 거군. 진흙으로 만든 젖은 판에 글씨를 쓴 다음 말리는 거지. 물기를 제거하는 거야. 만일 나중에 다시 물에 젖으면 정보는 파괴되는 거야. 그러나 만일 판을 구운 다음 물기를 완벽히 없애면, 그러니까 엔키의 정액을 열로 소독하면 진흙 판은 영원히 바뀌지 않고 남는 거야. 마치 토라의 말씀처럼. 정신 나간 사람이 하는 말처럼 들리나?"

"모르겠습니다. 하지만 라고스 씨가 했던 말과 비슷하기도 합니다."

사서 데몬이 말한다.

"가슴이 설레는군. 혹시 알아? 내가 이제 라고스처럼 가고일 노릇이라도 하게 될지?"

34

그리피스 공원은 누구나 눈에 띄지 않고 걸어서 접근할 수 있다. 도로에 장애물이 놓여 있기는 하지만 포장도로를 피해 접근할 수만 있다면 파라발라족 진지의 보안은 별것 아니라고 와이티는 생각한다. 최신형 보드에 최신형 특수 고글을 갖추고[돈을 벌려면 투자를 해야 하는 법] 소리 없이 움직일 수 있는 능력만 있다면 아무 문제 없을 것이다. 계곡 안쪽으로 이어져 내려가는 제방을 찾아낸 다음 아래쪽 야영지 모닥불이 보일 때까지 모습을 숨기고 접근하면 그만이다. 그다음엔 언덕 아래쪽으로 몸을 기울이고 중력에 몸을 맡기면 된다.

중간쯤 내려가서야 그녀는 자신이 입은 푸른색과 주황색이 섞인 작업복이 날아가는 듯한 모습은 한밤중 팔라발라족 구역에서라면 눈길을 제대로 끌 것 같다는 생각이 든다. 그녀는 목 근처 옷깃 쪽으로 손을 뻗는다. 옷감 속으로 꿰매 넣은 동그랗고 딱딱한 물체를 찾아 딸각 소리가 날 때까지 누른다. 입은 작업복이 거무스름해지더니 전기로 색을 입히는 것처럼 어른거리며 매끈한 기름 색깔로 바뀌고 이내 새까맣게 된다.

처음 이곳에 왔던 날, 다시 오고 싶은 생각이 전혀 없던 터라 주위를 잘 살펴보지 않았다. 내려가다 보니 제방은 와이티가 생각했던 것보다 훨씬 높고 가파르다. 기억과 비교하면 벼랑이나 절벽 또는 심연이라고 해도 좋을 정도다. 그런 생각이 드는 이유는 달려 내려가는 동안 밑으로 뚝 떨어지는 듯한 느낌이 자주 들기 때문이다. 하늘에서 수직으로 내리꽂는 기분이다. 화끈하군. 와이티는 속으로 이 모든 것이 일의 일부라고 속삭인다. 스마트 휠은 이런 일에 딱 어울린다. 나무들의 몸통 부분은 푸르스름한 검은색이어서 거무스름한 푸른색을 띤 배경과 잘 구분이 되지 않는다. 그 두 가지 말고 보이는 거라곤 그녀가 탄 보드 앞쪽에 달린 디지털 속도계에서 반짝거리는 빨간색 레이저 불빛뿐이다. 그나마 도움이 될 실제 정보는 별로 보여 주지 못한다. 레이더에 달린 속도 감지 장치가 어딘가 고정된 물체에 레이저를 쏘아 보려 애쓰는 사이 속도계에 나타나는 빨간 숫자는 떨리다 못해 빨간 불빛을 마구잡이로 흔들어 대는 모양이 되어 버리고 만다.

속도계를 꺼 버린다. 이제 완전한 어둠 속에서 달리는 꼴이다. 와이티는 조물주에게 방금 천상의 낙하산 줄을 잘라 버린 검은 천사처럼 계곡 콘크리트 바닥으로 달려 내려가고 있다. 마침내 바퀴들이 도로에 떨어져 닿는 순간, 그녀의 두 무릎은 턱뼈를 치고 오를 것처럼 위로 솟구친다. 밑바닥에 도착한 그녀는 어둠 속에서 빨리 달려서 발생하는 어지러움도 없이 안정된 자세를 잡지만, 그렇다고 잘난 것 같은 기분도 느껴지지 않는다.

기억해 둘 일. 다음에는 차라리 빌어먹을 다리 위에서 뛰어내릴 것. 그러면 최소한 보이지도 않던 선인장이 코를 찌르며 달려들지는 않을 것임.

모퉁이를 돌며 도로 중앙선을 혀로 핥을 수 있을 정도로 몸을 기울인다.

그녀가 쓴 특수 고글은 세상을 온통 다중 스펙트럼 열에너지 영상으로 보여 준다. 적외선 영상으로 본 팔라발라족의 집단 야영지는 분홍색 안개가 오로라처럼 소용돌이치는 가운데 가끔 모닥불이 하얀 불길처럼 보이는 모습이다. 그 모든 것이 흐릿하고 푸르스름한 도로 위에 펼쳐져 있다. 적외선 사진의 색을 보는 기준에 따르면 그건 춥다는 뜻이다. 눈앞에 보이는 모습 뒤 멀리로 온갖 기상천외한 장애물이 들쭉날쭉 수평선을 이룬 게 보인다. 잡다한 물건들로 방어선을 구축하는 기술은 팔라발라족의 장기다. 하지만 와이티는 스텔스 전투기처럼 하늘에서 야영지 한가운데로 뚝 떨어지며 그들이 구축한 방어선을 단번에 아무 소용없는 것으로 만들어 버린 것이다.

일단 야영지 안으로 들어서기만 하면 사람들은 침입자를 그리 신경 쓰지 않는다. 갑자기 나타난 그녀가 보드를 지치며 가는 모습을 두 사람이 봤지만 별로 불쾌해하지 않는 인상이다. 어쩌면 늘 드나드는 쿠리에들에 익숙해진 것인지도 모른다. 멍청하고 잘도 속아 넘어가는, 음료수를 손에 달고 다니는 그런 쿠리에 녀석들. 그리고 이곳 사람들은 와이티가 그런 부류와는 전혀 다르다는 걸 알아차릴 정도로 눈썰미가 있지는 않아 보인다. 그러나 상관은 없다. 그녀가 가진 최신형 보드를 사람들이 알아보지 못하는 이상 들킬 염려는 없으니까.

모닥불에서 퍼져 나오는 평범하고 오래된 가시광선이 온갖 처량한 광경을 다 볼 수 있을 정도로 환한 빛을 뿜어내고 있다. 머리가 돈 보이 스카우트한 떼거리가 위생 관념도 전혀 없이 공로 배지도 받지 못할 잼버리를 벌이는 꼴이다. 일반적인 모습 위에 적외선 화면을 얹어서 보니, 그냥 봤으면 그저 깜깜했을 어둠 속에서 희미한 분홍빛 얼굴들도 어렴풋이 보인다. 지금 쓴 새 고글을 사느라 마약을 다루는 마피아로부터 받은 돈 대부분을 써야만 했다. 와이티더러 시간제 일거리를 구하라고 고집할 때 엄마가 머릿속으로 그러리라 생각했던 것처럼.

지난번에 왔을 때 봤던 사람들 가운데 이제 보이지 않는 이도 있고 이번에 처음 보는 사람도 있다. 두 사람이 폭이 넓은 테이프에 온몸을 둘둘 감긴 채 바닥에 넘어져 있다. 땅바닥을 이리저리 구르며 날뛰어 도저히 통제할 수 없는 사람들에게만 특별히 허락되는 패션이라고 할 수 있다. 그 밖에도 몇 명이 상당히 흥분한 상태지만 그리 심하진 않다. '한숨 자고 떠나요' 모텔에서 흔히 볼 수 있는, 나이 든 평범한 부랑자도 한두 명 보인다.

"어, 저기 좀 봐! 우리의 친구인 그 쿠리에야! 반가워, 친구!"

누군가 말한다.

그녀는 언제든 사용할 수 있도록 뚜껑을 따 놓은 최루 가스통을 꺼내 잘 흔들어 둔다. 혹시라도 누가 손목을 낚아채려 들까 봐 손목에 차고 다니는 호신용 팔찌는 보기엔 멋지지만, 상당히 높은 전류가 흐른다. 게다가 소매 속엔 전기 충격기까지 들어 있다. 총은 최고로 멍청한 바보들이나 들고 다니는 법이다. 총은 효과를 보기까지 상당한 시간을 기다려야 하는 경우가 많다[총에 맞은 상대방이 피를 흘리며 죽는 걸 기다려야 한다]. 하지만 역설적으로 그런 총이 사람을 죽이는 경우가 더 많은 것도 사실이다. 그러나 일단 전기 충격기에 한 방 먹은 녀석은 아무런 해코지도 하지 못한다. 어쨌든 광고로는 그렇다.

그래서인지 위험하다는 생각이 그다지 많이 들지 않는다. 그러나 그녀는 여전히 긴장을 늦추지 않은 채 언제든 달아날 수 있는 속도를 유지하고 있다. 그런데 우호적으로 보이는 낯익은 여자가 자신을 향해 다가오는 모습이 보인다. 머리숱이 적고 샤넬 옷을 흉내 낸 온통 해진 옷을 입었던 바로 그 여자다.

"숲으로 들어가서 얘기하죠. 당신 머릿속에 조금이라도 남은 것들이 지금 어떻게 되어 가고 있는지 함께 이야기해 보고 싶어요."

와이티가 말한다.

여인은 좀 모자라는 사람이 기분 좋을 때 보이는 착한 동시에 어색한 모습으로 간신히 몸을 가누고 있다.

"나도 그 이야기를 하고 싶어. 난 믿고 있으니까."

여자가 말한다.

와이티는 이야기를 나누려고 멈추어 서지는 않는다. 그저 여자의 손을 붙잡고 도로에서 멀리 떨어져 있고 볼품없는 조그만 나무들이 선 언덕 위로 데려간다. 적외선 장치로 확인해 본 언덕에는 숨어 있는 분홍빛 얼굴이 보이지 않으니 안전할 것이다. 그러나 그들 뒤쪽에는 즐거운 듯 어슬렁거리는 사람이 둘이나 보인다. 대놓고 그녀를 보는 건 아니지만 방금 한밤중에 숲을 산책하면 좋겠다는 생각이 떠오른 것처럼 보인다. 두 사람 가운데 하나는 전에 본 대제사장 사내다.

이십 대 중반으로 보이는 여자는 키가 크고 호리호리한 모습으로 괜찮긴 하지만 예쁘지는 않다. 아마 고교 시절 농구팀에서 원기 넘치지만 점수를 잘 내지 못하는 포워드로 활동했을 것이다. 와이티는 어둠 속에 있는 바위에 여자를 앉힌다.

"당신이 지금 어디 있는 건지 알아요?"

와이티가 말한다.

"공원에 있지."

여자가 말한다.

"친구들과 같이 있지. 우린 말씀을 퍼뜨리는 일을 돕고 있어."

"어떻게 이리로 왔죠?"

"엔터프라이즈에서 왔지. 우리가 뭔가 교육을 받으려고 가는 곳이야."

"그러니까, 뗏목 선단 말인가요? 뗏목 선단에 있는 엔터프라이즈호 말이에요? 여기 사람들이 전부 거기서 왔단 말이에요?"

"우리가 어디서 왔는지는 나도 몰라요. 가끔 뭔가를 기억해 내는 일이 어려워요. 하지만 그게 중요한 건 아니죠."

여자가 말한다.

"그전에는 어디에서 살았어요? 뗏목에서 자란 건 아니잖아요?"

"난 캘리포니아주 '마운틴뷰'에 있는 회사에서 프로그래머로 일했어요."

여자는 갑자기 완벽한 영어로 또박또박 말을 한다.

"그럼 어떻게 뗏목에 타게 된 거죠?"

"몰라요. 옛날 삶은 멈추었어요. 새 삶이 시작되었죠. 이제 난 여기 있어요."

다시 아기 같은 말투다.

"옛날 삶이 멈추기 전에 마지막으로 기억나는 게 뭐죠?"

"늦게까지 일했어요. 내 컴퓨터가 문제를 일으켰거든요."

"그거에요? 마지막으로 생각나는 일상적인 일이 그거였어요?"

"내 컴퓨터가 이상해졌어요. 컴퓨터 화면에서 지직거리는 소리가 나더니 하얗게 변했어요. 그리고 몸이 매우 아팠어요. 병원에 갔죠. 그리고 그 병원에서 모든 걸 내게 설명해 준 어떤 남자를 만났어요. 그 사람 말이 나는 피로 세례를 받았다고 했어요. 그리고 이제 나는 말씀에 속하게 되었다고 했어요. 그리고 갑자기 난 모든 게 이해가 되기 시작했죠. 그래서 나는 뗏목 선단으로 가기로 마음먹었어요."

"스스로 마음을 먹은 거예요? 아니면 누군가 그렇게 하라고 시켰어요?"

"난 그냥 가고 싶었어요. 우리는 그리로 가야 했어요."

"누가 뗏목에 함께 갔죠?"

"나랑 비슷한 사람들이 더 있었어요."

"뭐가 비슷했죠?"

"모두 프로그래머였어요. 나처럼. 모두 말씀을 본 사람들이었어요."

"각자 컴퓨터 화면에서 본 건가요?"

"네. 텔레비전에서 본 사람도 있어요."

"뗏목 선단에서는 뭘 했죠?"

여자는 누더기나 마찬가지인 스웨터를 걷어 올리더니 온통 바늘 자국으로 가득 찬 한쪽 팔을 드러내 보인다.

"약을 맞았어요?"

와이티가 묻는다.

"아뇨. 우린 수혈을 했어요."

"그 사람들이 피를 뺐어요?"

"네. 가끔 프로그램을 만드는 일도 했어요. 그런 일을 한 사람은 몇 안 되지만."

"여기 온 지는 얼마나 되었죠?"

"몰라요. 몸에서 혈관이 잘 잡히지 않자 그들이 우리를 이리로 보냈어요. 우리는 말씀을 널리 퍼뜨리는 일을 돕고 있어요. 물건들을 모아 장애물을 만들어요. 그렇지만 일하는 시간은 그리 많지 않아요. 우리는 대개 노래를 부르거나 기도하면서 시간을 보내고, 다른 사람들에게 말씀에 관해 이야기해요."

"여길 떠나고 싶어요? 제가 나갈 수 있도록 도와줄 수 있어요."

"아뇨. 지금처럼 행복한 시간은 없었어요."

"어떻게 그렇게 말할 수 있죠? 잘나가는 해커였잖아요. 솔직히 말해도 되는지 모르지만 지금 당신은 알코올 중독자나 마찬가지로 보여요."

"괜찮아요. 그런 말을 들어도 기분이 상하지 않아요. 해커로 일할 때 나는 정말로 행복하지는 않았어요. 중요한 걸 생각해 본 적이 없었죠. 신, 천국, 정신적인 것들 말이에요. 미국에선 그런 것들을 생각하기가 어려워요. 그냥 옆으로 밀어 두는 거죠. 하지만 정말 중요한 건 그런 것들이에요. 프로그램을 만들거나 돈을 버는 게 중요한 게 아니에요. 이제 나는 오로지 중요한 것들만 생각해요."

와이티는 한참 전부터 대제사장 사내와 그 동료에게서 눈을 떼지 않고 있다. 그들은 한 걸음씩 계속 다가오고 있다. 이제 그들은 저녁 식사로 뭘 먹었는지 알 수 있을 정도로 가까이 왔다. 여자가 손을 들어 와이티의 어깨에 올린다.

"나와 함께 여기 머물러요. 같이 내려가서 뭐 좀 먹지 않을래요? 목이 마를 것 같은데요."

"가 봐야 해요."

와이티는 말하며 벌떡 일어선다.

"그 말에 반대하지 않을 수가 없군."

대제사장 사내가 앞으로 나서며 말한다. 화가 난 것 같지는 않다. 이제 그는 마치 와이티의 아버지라도 되는 것처럼 굴려고 한다.

"그건 널 위해 그다지 좋은 결정이 아닌 것 같구나."

"당신은 뭐야? 나한테 인생 상담이라도 해 주겠다는 거야?"

와이티가 말한다.

"알았어. 네 맘대로 해도 좋아. 하지만 일단 저 아래 불가로 내려가서 얘기를 좀 해 보자고."

"와이티가 방어 태세에 돌입하기 전에 꺼지는 게 좋을 거야."

와이티가 말한다.

여자를 포함한 세 명이 와이티로부터 물러선다. 매우 협조적인 태도다. 대제사장 사내가 양손을 들어 올리며 그녀를 달랜다.

"혹시 위협을 느끼게 했다면 사과하겠네."

"여기 사람들은 모두 이상해요."

와이티는 얼굴에 쓴 고글을 다시 적외선 감지 상태로 바꾸며 말한다.

적외선 화면으로 보니 대제사장 사내와 함께 언덕으로 올라온 사내는 한쪽 손에 이상할 정도로 온도가 높은 물건을 들고 있다.

그녀는 얇은 전등을 켜서 사내의 몸을 비추어 본다. 사내의 상체가 가느다란 노란 불빛에 드러난다. 대부분 더럽고 칙칙한 색이라 그리 눈에 띄는 건 보이지 않는다. 그러나 뭔가 밝게 번들거리는 빨간색 막대가 보인다.

그건 주사기다. 빨간 액체가 가득한 주사기. 적외선 감지 장치로 보니 따뜻한 상태다. 뽑아낸 지 얼마 지나지 않은 피다.

와이티는 도무지 알 수가 없다. 이 사람들은 방금 뽑은 피가 가득 찬 주사기를 들고 돌아다니며 뭘 하는 걸까? 그러나 더는 볼 필요가 없다.

최루 가스통에서 길고 가느다란 형광 녹색 물줄기가 발사된다. 물줄기가 주사기를 든 사내의 얼굴을 때리자 그는 콧등을 도끼로 얻어맞기라도 한 것처럼 머리를 뒤로 젖히며 아무 소리도 내지 못하고 쓰러진다. 와이티는 다시 대제사장 사내에게도 최루 가스를 잔뜩 퍼붓는다. 그 광경을 멍하니 서서 보던 여자는 얼이 빠진 것 같은 모습이다.

와이티는 정신없이 바닥을 차며 계곡을 빠져나온다. 어찌나 급히 달아났던지 도로를 달리는 자동차들 사이로 합류할 무렵에는 상당한 속도를 내고 있다. 야간에 채소를 운송하는 트럭에 작살을 단단히 붙인 그녀는 엄마한테 전화를 건다.

"엄마, 잘 들어요. 아니에요. 시끄러운 소리는 신경 쓰지 마요. 네, 지금 스케이트보드 타고 달리는 중이에요. 잠깐 제 얘기 좀 들어 봐요, 엄마……."

막무가내인 엄마 때문에 포기하고 끊을 수밖에 없다. 도대체가 말이 통하지 않는다. 와이티는 메타버스 안에 있을 히로와 연결을 시도해 본다. 연결되기까지 몇 분 정도가 걸린다.

"여보세요! 여보세요!"

그녀는 소리를 질러 댄다. 그 순간 자동차 경적이 울린다. 전화기에서 나는 소리다.

"누구지?"

"와이티예요."

"잘 지내?"

이 사람은 매사 이런 식이다. 느긋하지 않을 때가 없다. 그녀는 지금 자신이 잘 지내는지 따위를 말하고 싶지 않다. 다시 히로의 목소리와 섞여 자동차 경적이 들린다.

"도대체 어디 있는 거예요, 히로?"

"LA 시내를 걷고 있지."

"길거리를 걷고 있는데 어떻게 메타버스에 접속할 수 있는 거죠?"

갑자기 끔찍한 사실이 떠오른다.

"이런, 세상에. 설마 가고일이 되어 버린 건 아니겠죠?"

"아, 그게 말이야."

히로는 자신이 하는 짓을 스스로 알지 못한 것처럼 부끄러운 듯 우물거린다.

"정확히 말해서 가고일이 된 건 아니야. 내가 돈만 생기면 컴퓨터에 쏟아

붓는다고 네가 잔소리했던 것 기억나?"

"그래요."

"그런데도 아직 살 게 남았더라고. 허리에 착용하는 컴퓨터를 샀어. 초소형으로 말이야. 지금 그걸 배에 매달고 길을 걷는 중이야. 정말 끝내줘."

"가고일이 되어 버렸군요."

"그래, 하지만 온몸에 말도 안 되는 물건들을 주렁주렁 달고 다니는 것과는 차이가 있어서……."

"그게 가고일이에요. 들어 봐요. 약을 대규모로 파는 사람하고 이야기를 했어요."

"그래?"

"그 여자가 그러는데 자신이 전직 해커래요. 그런데 컴퓨터 화면에서 뭔가 이상한 걸 봤다는 거예요. 그러다가 잠시 병이 났고 이쪽 무리에 낀 다음 뗏목 선단으로 갔다는 거예요."

"뗏목으로 갔다 이거로군. 계속 말해봐."

히로가 말한다.

"엔터프라이즈호에 머물렀대요. 그들은 사람들 피를 뽑아요. 몸에서 피를 빼아내고 있다고요. 감염된 해커들 피를 사람들에게 주사해 병을 퍼뜨리고 있어요. 그리고 해커들이 마약 중독자들처럼 혈관이 엉망이 되면 배에서 내리게 한 다음 약을 팔게 하는 거예요."

"아주 좋아. 괜찮은 정보야."

"그 여자 말로는 자기 컴퓨터 화면이 온통 하얗게 변하는 걸 본 다음에 몸이 아팠다고 했어요. 혹시 뭐 아는 거 있어요?"

"그래. 사실이야."

"정말이에요?"

"그래. 하지만 걱정하지 않아도 돼. 해커들에게만 통하는 방법이니까."

화가 난 와이티는 한참 동안 아무런 말도 하지 못한다.

"우리 엄마는 연방 정부에서 프로그램 만드는 일을 한단 말이에요. 멍청한 아저씨야. 왜 나한테 미리 경고하지 않은 거죠?"

30분 후, 와이티는 집에 도착한다. 이번에는 단정한 백인 소녀답게 옷을 바꿔 입지도 않고, 여전히 새까만 색인 작업복인 채로 집에 들어선다. 안에 들어서며 보드를 바닥에 내려놓은 와이티는 선반에서 엄마가 아끼는 물건 하나를 집어 든다. 묵직한 크리스털 상패다. 아니 사실은 투명한 플라스틱으로 된 그 상패는 몇 년 전 엄마가 상사에게 온갖 아양을 떨어 대고 거짓말 탐지기 테스트를 완벽하게 통과한 대가로 얻어 낸 것이다.

엄마는 서재에 있다. 언제나 그랬던 것처럼. 컴퓨터에 붙어 일하는 중이다. 그러나 그녀는 컴퓨터 화면을 들여다보는 중은 아니고 뭔가 무릎에 올려놓은 서류를 읽고 있다.

엄마가 그녀를 쳐다보는 순간, 와이티는 크리스털 상패를 집어 던진다. 상패는 엄마 어깨 위를 지나 컴퓨터 책상을 스친 다음 모니터에 정통으로 부딪힌다. 대단한 광경이다. 와이티가 늘 해 보고 싶던 행동이다. 그녀는 잠시 멈추고 자신이 해낸 일을 감탄하듯 지켜본다. 엄마는 이해할 수 없다는 듯 온갖 감정을 드러내며 인상을 써 대고 있다. 도대체 그런 옷을 입고 뭘 하는 거야? 자동차가 다니는 길에서 스케이트보드 타면 안 된다고 했지? 집 안에서 물건을 집어 던지면 안 돼. 그건 내가 상으로 받은 거잖아. 왜 컴퓨터를 부수는 거야? 이건 정부 재산이라고. 도대체 지금 뭐 하는 거야?

와이티는 엄마가 앞으로도 몇 분 동안은 그러리라 생각하고 주방으로 가 얼굴에 물을 끼얹고 주스 한 잔을 따라서 든다. 그러는 동안 엄마는 그녀를 따라다니며 어깨 너머로 계속 잔소리를 늘어놓는다.

마침내 와이티의 침묵 작전에 항복한 엄마는 주저앉고 만다.

"난 방금 엄마의 목숨을 구해 준 거예요. 최소한 과자라도 좀 먹게 해 줘야 하는 거 아니에요?"

"도대체 무슨 말을 하는 거니?"

"그러니까 엄마처럼 나이 든 사람들이 기본적인 시대 흐름에 대한 감각을 잃지 않으려고 노력을 기울이기만 해도, 자식들이 이런 식으로 격렬한 방식을 택하지 않아도 된단 말이에요."

35

지구가 모습을 나타내더니 얼굴 앞에서 멋지게 회전한다. 히로는 손을 뻗어 지구를 붙잡는다. 그리고 한쪽으로 돌려 오리건주를 들여다본다. 구름을 보이지 않도록 하라는 명령을 내리자 지구는 구름 한 점 없이 수정처럼 맑은 산과 해안선을 드러내 보인다.

오리건 해안에서 겨우 3백 킬로미터 정도 떨어진 바다 위에 오톨도톨한 부스럼 같은 게 자라는 모양이 보인다. 곪아 터지는 모습이라고 해도 어울릴 것 같다. 애스토리아에서 남쪽으로 3백 킬로미터 떨어진 바다 위에서 남쪽으로 움직이고 있다. 후아니타가 왜 며칠 전에 애스토리아로 갔는지 설명해 주는 모습이다. 그녀는 뗏목 선단 가까이 접근하고 싶었던 것이다. 이유는 아무도 알 수 없다.

히로는 지구에 시선을 고정하고 자세히 들여다본다. 그가 얼굴을 가까이 들이대자 눈에 보이는 장면은 정지 위성에서 망원 렌즈로 찍은 사진들에서 엄청나게 많은 저궤도 감시 위성이 찍어 CIC의 컴퓨터로 전송하는, 더욱 자세한 사진으로 바뀐다. 지금 그가 보는 모습은 찍은 지 채 몇 시간도 지나지 않은 사진들을 모아 만든 것이다.

뗏목 선단의 길이는 수 킬로미터가 넘는다. 모양은 계속 바뀌는 듯하지만, 사진 찍을 무렵에는 뚱뚱한 콩팥 모양을 하고 있다. 원래는 브이[V]자 형태를 만들어 마치 하늘을 나는 기러기 떼처럼 보이려고 한 것 같다. 그러나 제대로 모양을 만들지 못하고 우왕좌왕하던 선단은 그나마 콩팥 비슷한 모양을 만들 수 있었던 것 같다.

가운데 부분에 어마어마한 크기의 배가 두 척 보인다. 엔터프라이즈호와 유조선이 서로 옆구리를 대고 묶여 있는 모습이다. 그 두 척의 괴물 같은 배를 여러 대의 컨테이너선과 화물선이 둘러싸고 있다. 소위 중심 선단이다.

다른 배들은 모두 상당히 작다. 가끔은 납치된 요트나 낡아서 쓰지 않는 어선들도 보인다. 그러나 뗏목 선단에 속한 배들 대부분은 별 특징 없이 평범하다. 소형 유람선이나 삼판(중국, 동남아에서 쓰는 나무배), 정크(바닥이 평평한 중국 돛단배), 다우(아라비아해, 동아프리카에서 사용하는 범선), 소형 범선, 구명보트, 숙박 설비가 된 요트, 공기를 채운 기름통과 긴 스티로폼 조각으로 된 뗏목 위에 아무렇게나 지은 온갖 구조물도 보인다. 진짜 배라고는 볼 수 없는 것들이 절반은 족히 넘는다. 배라기보다는 뭐든 손에 잡히는 걸 모은 잡동사니 위에 밧줄, 케이블, 널빤지, 그물 등을 함께 엮어 매어 놓은 덩어리처럼 보인다.

그리고 그 한가운데 L. 밥 라이프가 앉아 있다. 히로는 그가 뭘 하는 건지 알 수도 없거니와 후아니타와 무슨 관련이 있는지도 알지 못한다. 그러나 이제 직접 가서 알아내야 할 때라는 생각이 든다.

일 년 내내 쉬지 않고 장사하는 마크 노먼의 오토바이 백화점 끄트머리에서 누군가를 기다리던 스콧 레이저퀴스트는 두 자루의 칼을 둘러멘 사내가 보이자 보도로 성큼 내려선다. LA 시내에서 차 없이 걸어 다니는 사람을 보는 건 긴 칼을 갖고 다니는 사람보다 더 보기 어려운 일이다. 하지만 환영받을 만하다. 사실 오토바이 판매점까지 차를 타고 오는 사람이라면 이미 차를 갖고 있으니 오토바이를 살 가능성이 줄어드는 게 사실이다. 하지만 걸어오는 사람에게라면 쉽게 팔아먹을 수 있을 것이다.

"스콧 윌슨 레이저퀴스트!"

사내는 수십 걸음도 더 떨어진 곳에서 소리를 지르더니 가까이 다가온다.

"어떻게 지냈소?"

"아주 잘 지내죠!"

스콧은 약간 풀어진 태도를 보인다. 문제는 그가 지금 다가오는 사내의 이름을 기억하지 못한다는 점이다. 이 사람을 어디서 봤더라?

"다시 만나니 정말 반갑소."

스콧은 앞으로 달려 나가 사내의 손을 잡고 힘차게 흔든다.

"정말 오래간만이군요. 마지막으로 본 게……."

"오늘 핑키 나왔소?"

사내가 말한다.

"핑키요?"

"그래요. 마크 말이야. 마크 노먼. 대학 시절에 그 친구 별명이 핑키였죠. 지금이야 대리점을 서너 개나 운영하고 맥도널드 가맹점 세 개에 호텔까지 갖고 있으니 그렇게 부르면 아마 싫어하겠지만요."

"노먼 씨가 패스트푸드 사업에도 진출했는지는 미처 몰랐네요."

"그래요. 롱비치 근처에 가맹점을 세 개나 열었다고. 사실은 다른 사람들과 동업하는 형태라고 하더군요. 오늘 나왔소?"

"아뇨, 휴가 중이세요."

"아, 그렇군. 코르시카로 갔군. 하얏트 호텔 말이오. 543호지. 맞아, 그걸 까맣게 잊고 있었군."

"그럼, 그저 지나다 들르신 건지, 아니면……."

"아니지. 오토바이를 사러 왔소."

"아. 어떤 걸 찾으시죠?"

"'야마하'에서 새로 나온 건 어떻소? 최신형 스마트 휠이 달린 놈으로 말이오."

스콧은 남자다운 웃음을 지으며 끔찍한 소식을 전하기 전에 최대한 멋진 표정을 지으려 애를 쓴다.

"어떤 걸 말씀하시는지 정확히 알 것 같군요. 죄송하지만 그 모델은 재고가 없다는 말씀을 드릴 수밖에 없네요."

"없다고?"

"없습니다. 새로 나온 모델이라서요. 아직 아무도 타시는 분이 없어요."

"확실합니까? 이 대리점에서 하나 주문했는데?"

"저희가 주문했다고요?"

"그럼요. 한 달 전에요."

사내가 갑자기 목을 길게 빼더니 스콧의 어깨 너머로 큰길을 바라본다.

"아, 이런. 뭣도 제 말 하면 온다더니. 저기 오네요."

야마하 로고가 박힌 커다란 트럭 한 대가 새 오토바이를 잔뜩 실은 채 후진으로 트럭 진입로에 들어서는 모습이 보인다.

"저기 트럭에 실려 있네요. 명함을 한 장 주시면 트럭에서 그걸 찾아서 내리실 수 있도록 차대 번호를 적어드리죠."

사내가 말한다.

"노먼 씨가 특별히 주문하셨다는 건가요?"

스콧이 말한다.

"말로는 전시용으로 주문한다고 했죠. 하지만 사실은 저한테 주려고 주문한 겁니다."

"알았습니다. 무슨 말씀인지 이해가 되네요."

오토바이가 트럭에서 내려진 건 너무나 당연한 일이다. 색깔도 사내가 적어 준 그대로 검정이었고 차대 번호도 정확하다. 너무 멋진 오토바이다. 주차장에 세워 놓기만 했는데도 구경꾼들이 모여들 정도다. 다른 영업 사원들조차 마시던 커피를 내려놓은 채 책상에서 일어나 밖으로 나와 구경을 할 지경이다. 마치 검은색 어뢰처럼 보인다. 바퀴는 당연히 두 개다. 너무 진보한 형태의 바퀴는 바퀴처럼 보이지도 않을 정도다. 마치 제각각 늘었다가 줄어드는 바큇살 끝부분에 두툼한 발이 달린 고속 스케이트보드용 스마트 휠을 커다랗고 튼튼하게 만든 것처럼 보인다. 원뿔형으로 튀어나온 오토바이 앞쪽에는 도로 상태를 확인하는 감지 장치가 붙어 있어서 앞으로 구르는 바큇살들이 각각 어느 곳을 디딜지, 얼마나 길게 내뻗을지, 바큇살 끝에 달린 발을 어떤 각도로 회전시켜 최대한의 마찰력을 얻어 낼지 결정할 수 있다. 그모든 동작을 오토바이에 탑재된 컴퓨터의 내장 운영 체제가 조절한다. 컴퓨터 모니터는 연료통 윗부분에 장착되어 있다.

이 오토바이는 비포장도로에서도 시속 2백 킬로미터에 가까운 속도를 낼 수 있다고 한다. 오토바이에 달린 컴퓨터의 운영 체제는 스스로 CIC의 기상 정보에 접속해 비가 오는 것도 미리 알아낼 수 있다고 한다. 공기 역학적인 모습을 한 보닛은 매우 유연한 소재로 만들어졌는데 현재 속도와 맞바람 상태에 알맞은 최적의 형태를 계산해 스스로 휜 각도를 조절한다. 그 모습은 마치 음란증에 빠진 여자 체조 선수가 오토바이에 탄 사람을 끌어안는 모습처럼 보일 정도다.

스콧은 사내가 결국은 노먼 씨의 절친한 친구라는 이유로 거의 원가에 이 오토바이를 사 가게 되리라 생각한다. 혈기 넘치는 영업 사원이라면 이렇게 멋진 녀석을 원가에 팔겠다고 결정하는 게 쉽지 않은 법이다. 그는 잠시 망설인다. 만일 이 모든 일이 자신의 실수라면 어떤 일이 벌어질지 생각해 보기도 한다.

그가 긴장하고 있는 걸 알아차리기라도 한 듯 상대방 사내가 그를 골똘히 바라본다. 마치 스콧의 심장 뛰는 소리를 들을 수 있기라도 한 것처럼. 결국 마지막 순간, 그는 표정을 누그러뜨리며 배포도 크게 몇백 홍콩 달러를 얹어 주면서 얼마 안 되지만 스콧이 계약 수수료를 챙길 수 있도록 해 준다. 사실은 팁으로 받는 거나 다름없다. 스콧은 이런 식으로 돈을 마구 뿌리는 사람이 정말 좋다.

그렇게 승부를 결정 낸 사내는 미친 듯 대리점 안을 휘저으며 돌아다닌다. 광포하다고밖에 표현할 방법이 없다. 온갖 장비를 빠짐없이 주워 담고 있다. 모든 걸. 최고급으로만. 발목부터 목까지 모든 걸 감싸는 온통 까만 옷도 그 가운데 하나다. 공기가 잘 통하고 방탄 기능을 갖춘 천으로 만든 옷에는 적절한 위치에 아모젤이 붙었고 목 주위에 에어백이 달렸다. 이런 옷을 입는다면 아무리 안전에 목숨 거는 사람이라고 해도 헬멧 따위는 챙기지 않을 게 분명하다.

두 자루의 칼을 옷 위에 둘러멜 방법을 찾아낸 사내는 밖으로 나간다.

"이 말씀은 꼭 드려야겠군요."

사내가 새로 뽑은 오토바이에 올라앉아 둘러멘 칼을 매만진 다음 컴퓨터에 온통 말도 안 되는 명령을 입력하는 모습을 보며 스콧이 말한다.

"정말 끝내주게 멋진 모습입니다."

"그런가요? 고맙네요."

사내가 손잡이를 한번 감아쥐자 엔진이 뿜어내는 힘을 스콧은 몸으로 느낄 수 있다. 하지만 귀로는 아무 소리도 들리지 않는다. 이 오토바이는 어찌나 효율이 높은지 소음을 만드느라 쓸데없이 동력을 낭비하지 않는다.

"새로 얻은 조카딸에게 안부나 전해주세요."

사내가 말을 마치고 클러치를 놓는다. 바큇살들이 움직이는가 싶더니 오토바이는 주차장 밖으로 튀어 나간다. 마치 전기의 힘으로 움직이는 짐승의 발이 달린 것 같은 모습이다. 사내는 옆 가게인 네오 아쿠아리안 사원 가맹점의 주차장 모퉁이를 돌아서더니 도로로 나선다. 일 초도 지나지 않아 칼을 멘 사내는 지평선 멀리 점처럼 멀어진다. 그러더니 이내 눈에 보이지도 않는다. 사내는 북쪽으로 사라졌다.

36

남자라면 스물다섯 살이 되기 전까지는 계속해서 주위 환경만 받쳐 주면 자신이 세상에서 가장 잔인무도한 놈이 될 수도 있다는 생각을 자주 한다. 만일 무술을 연마하는 중국 사찰에 들어가 정말 십 년만 죽자고 배웠더라면. 만일 콜롬비아 마약상들에게 온 가족을 잃고 복수하기로 맹세했더라면. 만일 도저히 낫지 못할 병에 걸려, 살 수 있는 날이 일 년밖에 남지 않아서 남은 생을 길거리 범죄를 쓸어버리는 데 바치기로 했다면. 아니면 그저 삶의 경쟁에서 밀려나 일생을 바쳐 악독하게 사는데 몰두하기로 했다면.

히로 역시 그런 생각에 자주 빠지곤 했다. 그러나 그러다 우연히 레이븐과 마주쳤다. 어찌 보면 쓸데없는 생각에서 벗어나는 계기가 되었다. 그는 이제 더는 세계에서 가장 악독한 사람이 되겠다고 애쓸 필요가 없다. 그 자리는 이미 다른 자가 차지했기 때문이다. 세계에서 진정 제일가는 악독한 그 녀석이 가진, 도저히 따라갈 수 없는 결정적인 것은 물론 수소 폭탄이다. 수소 폭탄이 없다면 혹시 그를 능가해 보려는 생각을 버리지 않았을는지도 모른다. 어쩌면 레이븐이 가진 아킬레스건을 찾으려 했을 수도 있다. 살짝 숨어 접근하든, 아니면 선수를 치든, 음식에 약을 타든, 속여 넘기든 말이다. 그러나 레이븐이 가진 핵우산은 그가 세계에서 가장 악독한 놈이란 사실을 도저히 바꿀 수 없도록 했다.

그래도 괜찮다. 그냥 보통 악독한 놈이 되는 것도 가끔은 괜찮다. 스스로 가진 한계를 인식하는 일도 있는 법이다. 자신이 가진 걸로 만족할 수밖에 없다.

일단 고속 도로에 올라 산맥 쪽으로 방향을 잡은 히로는 고글을 끼고 메타버스의 사무실로 접속한다. 지구는 여전히 뗏목 선단을 확대해 표시한 채 책상 위에 머물러 있다. 히로는 시속 약 220킬로미터의 속도로 오리건주를 향해 달리며 눈앞에 보이는 고속 도로 위에 지구를 희미하게 겹쳐 얹어 놓고 가만히 들여다본다.

멀리서 보니 뗏목 선단은 실제보다 커 보인다. 더 자세히 들여다보니 스스로 배출한 하수와 더러운 공기가 주변 바다와 공기 중으로 퍼지며 선단 주위를 구름처럼 감싼 모습 때문에 그렇게 보이는 것 같다.

뗏목 선단은 태평양을 시계 방향으로 돌고 있다. 엔터프라이즈호의 보일러를 가동하면 방향을 약간 조정할 수 있지만, 주위에 들러붙은 온갖 쓰레기 더미 같은 배들을 생각하면 실제로 방향을 잡고 운항하는 건 사실상 불가능하다. 뗏목 선단을 움직이는 힘은 대부분 바람과 '코리올리 효과'(자전하는 지구 위에서 움직이는 물체가 일정한 방향을 띠도록 하는 힘)라고 할 수 있다. 몇 년 전 뗏목 선단은 필리핀과 베트남, 중국, 시베리아 주변 해역을 지나며 난민들을 태웠다. 그런 다음 알류샨 열도를 지나 알래스카의 프라이팬 손잡이처럼 생긴 부분 아래를 통과했고, 지금은 캘리포니아주 경계선에서 멀리 떨어지지 않은 오리건주 포트 서먼이라는 작은 마을 앞바다로 미끄러지듯 움직이는 중이다.

뗏목 선단은 파도를 따라 태평양 위를 떠다니다가 가끔 커다란 덩어리를 떨어뜨리기도 한다. 그렇게 떨어져 나온 배들은 한참 후 여전히 서로 묶인 채 샌타바버라 같은 지역의 해변으로 밀려 올라오기도 한다. 해골과 여기저기 깨물린 자국이 난 뼈를 잔뜩 실은 채.

캘리포니아 해변에 도착하면 뗏목 선단은 생의 새로운 단계로 접어들게 된다. 서로 얼기설기 얽힌 듯 묶여 있던 작은 배와 구조물들이 떨어져 나오고 수십만 명의 난민이 바다로 뛰어들어 무엇이든 붙잡고 해안을 향해 노를 젓는다. 그 상황까지 갈 수 있는 난민들은 애초에 뗏목 선단에 올라타는 일에 성공할 수 있을 정도로 기민하고, 괴로울 만큼 느린 속도로 북극해를 향해하는 뗏목 선단에서 살아남을 수 있을 정도로 주변머리가 있으며, 다른 난민에게 죽임을 당하지 않을 정도로 억센 사람들이다. 모두 괜찮은 사람들이다. 당신 집 앞 해변에 수천 명이 한꺼번에 떼를 지어 나타났으면 하고 바랄 정도로 괜찮은 사람들이다.

그러고 나면 선단에서 커다란 배만 몇 척 남아 그나마 방향을 조금 정해 움직일 수 있게 된 엔터프라이즈호는 남태평양을 가로질러 인도네시아 쪽으로 갔다가 다시 북쪽으로 진로를 바꾼 다음 다시 다음번 이주移住를 반복하게 된다.

군대개미들은 서로 몸에 올라타는 식으로 들러붙어 물에 뜨는 조그만 덩어리를 이루어 거대한 강물도 넘곤 한다. 많은 녀석이 떨어져 물에 빠지기도 하고, 덩어리 아랫부분에 있는 놈들은 당연히 물에 잠겨 죽는다. 계속 꼭대기를 향해 헤집고 올라갈 수 있을 만큼 재빠르고 힘이 센 녀석들만 살아남는다. 결국 많은 개미가 강을 건너는 데 성공하는데, 아무리 다리를 부쉬 없애도 강을 건너오는 군대개미를 막을 수는 없는 이유가 바로 그것이다. 너무 가난해 진짜 배를 타고 여행도 못 하고 그럴듯한 배를 사지도 못하는 난민들은 바로 그런 방식을 이용해 태평양을 건넌다. 해류가 엔터프라이즈호를 싣고 찾아오는 오 년마다 미국의 서부 해안으로 새로운 사람들이 밀려오는 것이다.

지난 몇 달 동안 캘리포니아 해안에 사유지를 소유한 사람들은 경비원을 고용하고 해변을 따라 조명과 철조망을 설치하고 개인 요트에 기관총을 달았다. 그들은 너나없이 CIC의 '뗏목 선단 위치 알림 24시간 서비스'에 가입해 위성에서 직접 보내는 속보를 눈여겨보며 이제 곧 분리되어 떨어져 나올 2만 5천 명에 달하는 굶주린 유라시아 사람들이 정확히 언제 수많은 노를 마치 개미 다리처럼 태평양에 담그고 휘젓기 시작할 것인지 궁금해하고 있다.

"좀 더 파헤쳐 볼 시간이군."

히로는 사서 데몬에게 말한다.

"하지만 눈으로 보는 자료 없이 설명해 주었으면 해. 난 지금 I-5 고속 도로를 믿을 수 없이 빠른 속도로 달리는 중이라서 느림보처럼 달리는 차들 사이를 빠져나가야 하거든."

"잊지 않도록 하겠습니다."

이어폰으로 사서 데몬의 목소리가 들린다.

"'샌타클라리타' 남쪽에 사고가 난 트럭이 서 있으니 조심하십시오. 그리고 '툴레어'로 나가는 출구 주변 왼쪽 차로에 커다란 구덩이가 파여 있습니다."

"고마워. 그나저나 전에 말한 신들은 정체는 뭐지? 라고스는 혹시 무슨 의견이 있었나?"

"라고스 씨는 그들이 어쩌면 마법사였는지도 모른다고 믿었습니다. 그러니까 특별한 힘을 가진 보통 사람들이라는 겁니다. 아니면 외계인일지도 모른다고 생각했죠."

"이런, 이런. 잠깐만. 한 번에 하나씩 정리해 보자고. 라고스가 말했다는 '특별한 힘을 가진 보통 사람들'이란 건 무슨 뜻이지?"

"만일 엔키의 남섭이 정말 바이러스처럼 작용했다고 가정해 보십시오. 엔키라는 이름을 가진 사람이 그런 걸 만들어 냈다고 생각해 보세요. 그렇다면 엔키는 우리가 생각하는 정상적인 개념을 넘어서는, 언어의 힘을 지녔음이 틀림없습니다."

"그렇다면 그 힘은 어떤 식으로 드러나는 걸까? 원리가 뭐였을까?"

"전 그저 라고스 씨가 미리 준비해 놓은 자료를 말씀드릴 뿐입니다."

"좋아. 말해 봐."

"불가사의한 힘을 가진 언어에 대한 믿음은 신비주의 또는 학문적인 문헌에서 자주 볼 수 있습니다. 스페인과 팔레스타인에서 활발히 활동했던 유대교의 신비주의자들인 카발리스트들은 신의 이름에 담긴 문자들을 제대로 잘 조합하면 비범한 통찰력과 능력을 끌어낼 수 있다고 믿었습니다. 예를 들면 오래전 바그다드에서 이탈리아로 온 카발리스트인 '아부 아하론'이라는 사람은 신성한 이름의 힘을 통해 기적을 행했다고 합니다."

"이름에서 어떤 힘이 나온다는 거지?"

"대부분의 카발리스트들은 그저 순수한 명상에 관심을 둔 이론가들이었습니다. 그러나 소위 '실용적인 카발리스트'라는 이들도 있었는데, 이들은 카발라의 힘을 모든 일상생활에 적용하고자 노력했습니다."

"다른 말로 하면 마법사로군."

"그렇습니다. 이 실용적 카발리스트들은 소위 '대천사의 문자'라는 걸 사용했습니다. 서기 1세기 그리스와 아람의 마법과 관련한 문자에서 유래하였으며 쐐기 문자와 비슷한 모습을 하고 있습니다. 카발리스트들은 이 문자를 '눈 문자'라고 불렀습니다. 선과 조그만 원으로 이루어진 문자의 모양이 사람의 눈과 닮았기 때문입니다."

"1과 0으로 이루어졌군."

"어떤 카발리스트들은 각각의 문자가 입 안의 어떤 위치에서 발음되는지에 따라 구분하기도 했습니다."

"좋아. 그렇다면 그들은 책에 쓰인 글자들과 그 글자를 발음하려면 자극이 되어야만 하는 뇌 신경망을 서로 연결 지은 거로군."

"그렇습니다. 그들은 다양한 여러 단어의 철자법을 분석함으로써 그 단어들의 진정하고 깊은 뜻과 중요성을 제대로 이해할 수 있었던 겁니다."

"좋아. 그렇다고 해 두지."

"학문적인 면에서 바벨탑 이야기는 완전한 허구는 아닙니다. 하지만 바벨탑 이야기를 설명하려고 이미 큰 노력을 기울인 상태입니다. 바벨탑 이야기란 많은 사람이 신화라고 생각하는 무너진 바벨탑 이야기가 아닙니다. 언어가 여러 종류로 갈라진 사실을 말하는 겁니다. 모든 언어가 원래는 하나였다는 걸 증명하려는 언어학 이론이 상당히 많이 등장했습니다."

"그 여러 이론을 라고스는 자신의 바이러스 가설에 적용하려고 애쓴 거로군."

"맞습니다. 두 학파가 있습니다. 상대주의 학파와 보편주의 학파입니다. 조지 스타이너가 정리했듯이 상대주의자들은 언어는 생각을 운반하는 도구가 아니라 어떤 생각을 하게 되는지 정하는 매개체라고 믿습니다. 언어가 인식을 가능하게 하는 겁니다. 우리가 모든 걸 인지할 수 있는 건 모든 감각 작용이 언어라는 기본 틀을 통해서 흘러들어 오기 때문이라는 거죠. 그러므로 언어의 진화를 연구하는 일은 결국 인간의 지성 그 자체의 진화를 연구하는 일이라 할 수 있습니다."

"좋아, 아주 의미가 깊군. 그럼 보편주의자들은 어떤 의견이지?"

"여러 언어 사이에 공통점이 있을 필요가 없다는 생각을 한 상대주의자들과 반대로 보편주의자들은 깊게 연구하면 모든 언어에 공통으로 흐르는 어떤 특질을 찾아낼 수 있다고 봤습니다. 그래서 그들은 그런 특질을 찾아내고자 여러 언어를 분석했습니다."

"그래서 찾아냈나?"

"아뇨. 모든 이론에는 예외가 있는 것 같습니다."

"그렇다면 보편주의는 사그라지고 말았겠군."

"그렇지는 않았습니다. 그들은 언어들 사이에 존재하는 공통점이 분석하기에 너무 깊이 숨어 있다고 설명을 했습니다."

"그건 핑계일 뿐이야."

"그들은 이런 주장도 했습니다. 언어는 모두 인간의 두뇌 안에서 생성된다. 모든 인간의 두뇌는 비슷하므로……."

"하드웨어는 다를 게 없다는 거지. 소프트웨어는 다르지만 말이야."

"제가 이해할 수 없는 비유를 하시는군요."

히로는 골짜기에서 불어 내려오는 위험한 바람에 좌우로 흔들리는 '에어스트림' 캠핑카를 재빨리 스치며 지난다.

"그러니까 프랑스어를 하는 사람이든 영어를 하는 사람이든 어렸을 때는 뇌가 똑같단 말이야. 하지만 자라면서 전혀 다른 소프트웨어 프로그램이 깔린다는 뜻이지. 그러니까 다른 언어를 습득하는 거야."

"그렇습니다. 그러므로 보편주의자들의 이론에 따르면 프랑스어나 영어, 아니 다른 모든 언어는 분명히 인간 두뇌의 '심층 조직'에 뿌리를 둔 공통적

특질이 있다는 겁니다. 촘스키 학파의 이론에 따르면 심층 조직은 인간의 두뇌가 생길 때부터 있는 구성 요소라고 합니다. 사람이 일련의 상징을 보면 심층 조직은 미리 정해져 있는 기능을 수행할 수 있다는 겁니다. 스타이너가 에몬 바흐(미국의 언어학자)의 말을 인용한 걸로 다시 설명해 보겠습니다. 즉, 이런 심층 조직은 복잡하게 갈라지고 '프로그램된' 전기 화학적이고 신경 생리학적인 네트워크를 가졌기 때문에, 실제로 두뇌 피질의 형태를 서서히 바꾸어 버린다고 합니다."

"하지만 그 심층 조직이란 게 너무 깊숙이 있어서 확인할 수는 없다고?"

"보편주의자들은 언어생활의 가장 중추인 심층 조직은 너무 깊은 것이어서 관측하고 묘사할 수 없는 존재로 만들어 버리고 말았습니다. 스타이너의 표현을 빌려 설명해 보면 심해에 사는 생물을 땅 위로 건져 올리면 분해되거나 기괴한 모습으로 변할 것이라는 겁니다."

"또 그놈의 뱀 이야기를 하는 것 같군. 그래서 라고스는 어떤 쪽을 믿었지? 상대주의야 아니면 보편주의야?"

"그는 둘 사이에 별 차이가 없다고 생각한 것 같습니다. 결국에는 두 이론 모두가 약간 신비주의적인 면이 있거든요. 라고스는 두 학파의 생각이 전혀 다른 논법의 줄기를 따라 본질로 보면 같은 곳에 도착한다고 믿었습니다."

"그렇지만 내가 보기엔 상당히 다른 점이 하나 있군. 보편주의자들은 애초에 뇌에 새겨진 조직에 따라 어떤 사람이 될지 결정이 난다고 생각했어. 두뇌 피질에 이미 정해져 있다는 거지. 하지만 상대주의자들은 인간에게 정해진 한계는 없다고 본 거야."

"결국 라고스 씨는 변형된 순수 촘스키 학파의 이론이 맞다고 생각했습니다. 언어를 배우는 일이 마치 PROM에 코드를 박아 넣는 일과 비슷하니까 그렇다는 겁니다. 저는 그런 비유를 설명할 수가 없습니다."

"그 말의 뜻은 명확해. PROM은 Programmable Read-Only Memory 칩, 즉 프로그램할 수 있는 읽기 전용 메모리 칩이란 뜻이야. 공장에서 만들어 낸 칩 안에는 아무 내용물도 들어 있지 않아. 그 칩에는 단 한 번 정보를 집어넣어 고정할 수가 있어. 그러니까 소프트웨어가 칩에 들어박혀 고정되는 거지. 소프트웨어가 하드웨어의 일부가 되어 버리는 거야. 일단 PROM에 코드를 박아 넣으면 그걸 읽을 수만 있고 더는 다른 코드를 집어넣을 수는 없어. 그러니까 라고스는 막 태어난 인간의 뇌에는 아무 조직도 없다는 걸 말하려 했던 거지. 상대주의자들의 의견대로 말이야. 그리고 아이가 언어를 익히면서 뇌가 그에 알맞게 발달하면 그 언어가 하드웨어에 들어가 '박히고' 영원히 뇌의 심층 조직의 일부가 되는 거야. 이 부분은 보편주의자들의 의견과 닮았군."

"그렇습니다. 라고스 씨는 그렇게 설명했습니다."

"좋아. 그러니까 엔키가 마력을 지닌 실제 사람이라고 라고스가 말했다면, 결국 어떻게 그렇게 된 일인지는 몰라도 엔키가 언어와 두뇌 사이의 관계를 이해했으며 어떻게 다룰지도 알고 있었다는 뜻이지. 마치 컴퓨터 시스템의 비밀을 알아낸 해커가 코드를 조작해서 컴퓨터를 마음대로 다루는 것처럼 말이야. 디지털 남섭이라 할 수 있겠군."

"라고스 씨는 엔키가 세계의 모든 언어를 한눈에 내려다보는 경지에 이르렀다고 말했습니다. 인간이 메타버스에 접속하는 일과 비슷하다고 했죠. 그러면 남섭을 창조할 능력이 생긴다고 했습니다. 그리고 남섭은 두뇌와 신체 기능을 바꾸는 힘을 가졌다고 했죠."

"왜 요즘은 아무도 그런 행동을 하지 않는 거지? 왜 영어로 된 남섭은 없는 거야?"

"스타이너가 지적한 대로 모든 언어가 같지는 않은 겁니다. 어떤 언어는 은유하는 데 있어 다른 언어들보다 뛰어납니다. 언어 유희에 집착했던 히브리, 아람, 그리스 그리고 중국 사람들은 현실을 묘사해 영원히 남겼습니다. 인용해 말하면, '팔레스타인에는 '문자의 도시' 키르얏 세퍼가 있고, 시리아에는 '책의 마을'이라 불리는 비블로스가 남아 있다. 그에 반해 다른 문명들은 완전히 '벙어리 신세'거나 이집트의 경우처럼 언어가 가진 창조적이고 변화를 가져오는 힘을 완전하게 이해하지는 못한 것 같다.'라는 것이죠. 라고스 씨는 수메르어가 비상할 정도로 강력한 언어라고 믿었습니다. 최소한 오천 년 전 수메르에서는 그랬다는 말입니다."

"엔키가 신경 언어학적인 해킹을 하는 데 적절한 언어였겠지."

"카발리스트 같은 옛날 언어학자들은 '에덴의 말' 또는 '아담의 말'이라는 이름을 가진 가상의 언어가 있다고 믿었습니다. 그 말을 쓰면 모든 이가 서로 이해하며 오해 없이 의사소통할 수 있다는 것이었죠. 그 말은 로고스의 언어, 신께서 말씀으로 세상을 창조하던 순간의 언어입니다. 에덴의 말이라면, 어떤 사물을 부르면 그걸 창조하는 것입니다. 다시 스타이너를 인용하겠습니다. '인간의 언어 능력은 더러운 유리창이나 휜 거울처럼 진실을 이해하는 데 방해가 된다. 에덴의 말은 마치 전혀 더럽지 않은 유리창을 통해 완벽한 이해라는 빛이 쏟아져 들어오는 것과 같다. 그러니 바벨은 두 번째 원죄인 셈이다.' 그리고 오래전 '장님 아이작'이라는 카발리스트는 이렇게 말했습니다. 게르숌 숄렘(독일에서 태어난 유대교 철학자이자 역사가)이 번역한 걸 인용하겠습니다. '인간의 언어는 신의 언어와 연결되어 있으며, 신의 언어나 인간의 언어는 모두 한 가지에서 비롯된다. 바로 신의 이름이다.' 실용적인 카발리스트, 그러니까 마법사들을 흔히 '바알 셈'이라고 합니다. '신성한 이름의 명인'이라는 뜻이죠."

"세상을 움직이는 기계어로군."

히로가 말한다.

"또 뭔가를 비유하시는 건가요?"

"컴퓨터는 기계어로 의사소통을 하지. 기계어는 1과 0으로 이루어진 바이너리 코드로 이루어진 언어야. 근본적으로 말하면 모든 컴퓨터는 일련의 1과 0으로 프로그램이 되어 있어. 기계어로 직접 프로그래밍한다는 건 컴퓨터, 그 존재의 뿌리인 두뇌 속을 제어하는 거야. 바로 에덴의 언어인 셈이지. 그렇지만 기계어로 직접 일하는 건 엄청나게 어려워. 그렇게 세밀한 주의를 요구하는 작업을 한참 하면 미쳐 버리고 말 거야. 그래서 프로그래머들을 위해 바벨탑 이야기처럼 수많은 컴퓨터 언어가 만들어졌지. 포트란, 베이직, 코볼, 리스프, 파스칼, C, 프롤로그, 포스 등이 있어. 이런 여러 가지 언어로 컴퓨터에게 말하면 컴파일러라고 하는 소프트웨어가 그걸 기계어로 바꿔 주는 거야. 하지만 컴파일러가 무슨 일을 하는지 사용자는 확실히 알지 못해. 언제나 사용자가 원하는 결과가 나오지는 않거든. 마치 더러운 유리창이나 흰 거울처럼 말이야. 정말 실력 좋은 해커는 컴퓨터 안에서 실제로 어떤 일이 벌어지는지 이해하지. 자신이 사용하는 프로그램 언어를 꿰뚫어 보면 실제 바이너리 코드가 어떻게 작동하는지 비밀을 조금 알 수 있게 된단 말이야. 프로그래머는 일종의 바알 셈이 되는 거지."

"라고스 씨는 에덴의 말에 관한 전설들은 실제로 있었던 일을 과장해 표현한 걸로 생각했습니다. 이런 신화들은 사람들이 수메르어를 할 수 있었던 과거를 그리워하는 걸 반영하고 있습니다. 수메르어를 능가하는 언어는 세상에 등장한 적이 없으니까요."

사서 데몬이 말한다.

"수메르어가 그렇게 훌륭했나?"

"오늘날 언어학자들은 제대로 알아낼 수 없을 정도죠. 말씀드린 것처럼 우리는 수메르어를 대부분 이해하지 못합니다. 그 당시에는 말이 전혀 다른 방식으로 작용하지 않았나 하고 라고스 씨는 의심했습니다. 만일 인간이 익히는 언어가 발달하는 뇌의 실제 조직에 영향을 미친다면 수메르 사람들은 근본적으로 현재 인류와는 전혀 다른 뇌를 가졌을 겁니다. 그들은 오늘날 존재하는 어떤 언어와도 본질이 다른 언어를 사용했으니까 말이죠. 라고스는 그걸 근거로 수메르어는 바이러스를 만들고 퍼뜨리는 데 더할 나위 없이 알맞은 언어라고 믿었습니다. 그렇게 만들어진 바이러스가 일단 수메르에 등장하면 빠른 속도로 퍼져 결국은 모든 사람이 감염되고 마는 겁니다."

"어쩌면 엔키도 그걸 알았을지 몰라."

히로가 말한다.

"어쩌면 엔키의 남섭은 그렇게 나쁜 게 아니었을 거야. 어쩌면 바벨탑 사건은 인류에게는 천만다행한 일이었는지도 몰라."

37

와이티의 엄마는 연방 청사 단지에서 일한다. 주차장에는 그녀가 타는 조그만 자동차를 세울 수 있는, 번호가 매겨진 전용 주차 공간이 있다. 하지만 주차장 사용료는 월급의 10퍼센트나 된다[만일 주차비가 마음에 들지 않으면 택시를 타든지 걸어서 출근하면 된다]. 주차를 한 그녀는 앞이 거의 보이지 않을 정도로 어두컴컴한 나선형 강화 콘크리트 계단을 몇 층이나 걸어 위로 올라간다. 그 몇 층 사이에 있는, 지상에서 가까운 좋은 주차장 대부분은 다른 사람들이 쓰는 곳이지만 모두 텅 비어 있다. 그녀는 늘 줄지어 주차된 자동차 사이로 난 길 한가운데로 걷는다. 그래야만 행정부 작전 총괄 사령부에서 일하는 사람들이 그녀가 어슬렁거리거나 빈둥거리거나 살금살금 숨거나 꾀병을 부리거나 담배를 피운다고 생각하지 않을 것이기 때문이다.

일하는 건물 지하 입구에 도착하면 주머니에 든 모든 금속성 물체를 꺼내고 아무리 작은 것이라도 몸에 걸친 장신구를 빼내 지저분한 플라스틱 그릇에 모두 담은 다음 금속 탐지기를 통과한다. 그리고 신분증을 보여 준다. 서명하고 현재 시간을 적는다. 그리고 나면 행작사 소속 여자 직원이 몸수색을 한다. 짜증이 나지만 알몸 수색보다는 참을 만하다. 행작사는 원하기만 하면 직원들의 알몸을 샅샅이 수색할 권리가 있다. 그녀는 예전에 한 달 동안 매일 알몸 수색을 당한 적도 있다. 어떤 모임에서 자신의 상사가 중요한 프로그래밍 업무를 잘못된 방향으로 이끌고 있다는 취지의 발언을 한 직후였다. 악의적이고 가혹하다는 걸 그녀도 모르지 않았다. 하지만 그녀는 늘 뭔가 조국에 갚고 싶은 마음이었고, 정부를 위해 일할 때는 그저 그 정도의 정치 놀음은 있을 수밖에 없다는 걸 알았다. 게다가 직급이 낮은 사람이라면 그런 괴로움을 견뎌야만 한다. 그리고 세월이 흘러 승진하면 견뎌야 하는 괴로움도 줄 것이다. 팀장하고 다툴 일도 사라질 것이다. 그녀가 일하는 팀을 맡은 마리에타는 직급이 그렇게 높지는 않지만, 나름대로 윗사람들과 선이 닿아 있다. 마리에타는 직접 만나면 눈이 휘둥그레질 정도인 사람들이 가는 칵테일파티에 참석하곤 한다. 그녀는 자신 있게 검색대를 통과한다. 그리고 꺼내 놓은 금속성 물건들을 다시 주머니에 넣는다. 대여섯 번의 층계참을 돌며 올라가야 그녀가 일하는 층이다. 이 건물도 엘리베이터는 갖추고 있다. 그러나 연방 청사 단지에서 일하는 아주 높으신 몇 분은 전력을 아끼는 일이 의무라고 공공연히 주장한다. 공식적인 방침은 아니지만, 그들은 그런 걸 강제하는 방법을 잘 안다. 그리고 공무원들은 의무라고 하면 죽는 시늉까지 하는 법이다. 의무, 충성, 책임. 그 모든 게 미합중국을 하나로 묶어 주는 것들이다. 그래서 사람들은 옷을 땀으로 적시고, 신발 뒷굽을 달그락거려가며 계단통을 가득 메우곤 한다. 엘리베이터를 타도 누가 뭐라고 하지는 않는다. 하지만 그런 행동은 사람들 눈에 띈다. 누군가 보면 보고서에 이름이 적히고 보고서는 어딘가에 보관된다. 사람들은 당신을 주목하고 위아래로 훑어볼 것이다.

뭐야, 발목이라도 삔 거야? 계단으로 다니는 일은 전혀 수고스럽지 않다.

공무원들은 담배를 피우지 않는다. 대부분 과식도 하지 않는다. 의료 보험 제도는 매우 상세하게 꾸며져 있으며 건강한 사람은 우대를 받는다. 몸무게가 너무 많이 나가 숨을 헐떡거린다고 해도 아무도 직접 뭐라고 하지는 않는다. 그건 무례한 짓이니까. 하지만 열 지어 놓인 책상들 사이로 걸어갈 때면 뭔가 어색한 분위기나 압력이 분명하게 느껴진다. 당신을 따르는 사람들의 눈길은 엉덩이 무게를 재듯 위아래로 움직인다. 사람들은 책상 사이로 눈길을 맞추며 의견을 주고받는다. 당신의 동료는 속으로 이렇게 말한다. 저 친구 때문에 우리가 건강 보험료를 얼마나 더 내야 하는 거지?

그래서 와이티의 엄마는 검은 구두를 딸각거리며 계단을 올라 그녀가 일하는 사무실로 들어선다. 사무실이라기보다는 컴퓨터 단말기들이 가로세로로 여러 개 놓여 있는 커다란 공간에 불과하다. 예전에는 칸막이를 써서 여러 개의 작은 공간으로 나뉘어 있었다. 하지만 보안 부서에서 혹시라도 긴급 대피 상황이라도 발생하면 어떻게 하냐며 칸막이를 없애자고 했다. 사람들이 정신 나간 상황이 되면 칸막이는 걸림돌이 될 뿐이라는 의견이었다. 그래서 칸막이는 모두 사라졌다. 이제 컴퓨터 단말기와 의자만 남았다. 데스크톱 컴퓨터도 전혀 보이지 않는다. 데스크톱 컴퓨터는 종이를 사용할 수밖에 없도록 하며 단체정신이 부족하다는 걸 나타낸다. 당신이 하는 일이 뭐가 그리 대단하기에 혼자 들여다보고 말 내용을 종이에 인쇄한단 말인가? 게다가 인쇄한 종이는 책상 안에 넣고 잠가 둬야 하지 않는가? 연방 정부를 위해 일할 때, 당신이 하는 모든 일은 미합중국의 재산이다. 일은 컴퓨터를 가지고 해야만 한다. 컴퓨터는 모든 일의 사본을 남긴다. 그래야만 당신이 아프거나 하면 동료나 상위 관리자들은 당신이 하던 일에 접근할 수 있다. 메모해야 하거나 전화를 하면서 뭔가 끼적거리고 싶다면 일과가 끝난 후에 집에서 완전히 자유로울 때 하면 된다.

더구나 업무의 호환성이라는 문제도 있다. 연방 공무원들은 군인과 마찬가지로 교환할 수 있는 부품처럼 일해야만 한다. 만일 당신의 컴퓨터 단말기가 고장 난다면 어떻게 할 것인가? 단말기를 고칠 때까지 멍하니 앉아 손가락이나 만지작거릴 것인가? 당연히 그건 아니다. 얼른 빈 단말기를 찾아가 다시 일해야만 한다. 만일 당신이 데스크톱 컴퓨터 주변과 책상 속에 엄청나게 많은 개인 소지품을 보관하고 있다면 그런 식으로 융통성 있게 움직이지는 못할 것이다.

그래서 연방 청사 사무실에는 종이가 존재하지 않는다. 모든 컴퓨터 단말기는 똑같다. 공무원들은 아침에 출근해 아무 단말기나 골라서 자리를 잡고 앉은 다음 일하면 된다. 특별하게 한 자리를 정해 매일 거기 앉으려 애써 볼 수도 있지만, 금세 다른 사람들이 눈치챌 것이다. 사람들은 대개 문에서 가까운 빈자리에 앉게 마련이다. 그런 식으로 누구든 일찍 출근한 사람이 문에서 가까운 곳에 앉고 늦게 출근한 사람은 먼 곳에 앉으면, 오늘 이 사무실에서 누가 정신을 바짝 차리고 일하는지 그리고 누가 문제가 있는지 모두가 한눈에 알 수 있게 된다. 사람들은 화장실에서 서로 그런 이야기를 나누곤 한다.

누가 먼저 출근하는지는 그리 큰 비밀이라고 할 수 없다. 출근해서 컴퓨터 단말기를 켜고 접속하면 중앙 컴퓨터에는 출근 시간만 기록되는 게 아니다. 중앙 컴퓨터는 거의 모든 사항을 기억해 둔다. 모든 사람이 온종일 키보드에 무엇을 입력하는지, 언제 입력하는지, 100만분의 1초 단위로, 제대로 된 자판을 치는지 아니면 엉뚱한 자판을 두드리는지 그리고 언제 얼마나 많은 실수를 저지르는지 기록해 둔다. 업무 시간은 아침 8시부터 오후 5시까지이고 그 안에 점심시간 30분과 두 번 주어지는 10분짜리 차 마시는 시간이 있지만, 그런 식으로 꼬박꼬박 휴식 시간을 찾아 먹으면 사람들 눈에 띄는 건 뻔하다. 그런 이유로 와이티의 엄마는 아침 6시 45분에 아직 아무도 앉지 않은 컴퓨터 단말기에 자리를 잡고 앉아 중앙 컴퓨터에 접속한 것이다. 이미 대여섯 명이 출근해 출입구에 더 가까운 단말기를 차지하고 접속한 상태이긴 하지만, 그리 나쁘지 않은 성적이다. 이런 식으로 계속 유지할 수 있다면 그녀는 착실하게 경력을 쌓아나갈 수 있을 것이다.

연방 정부가 사용하는 컴퓨터 화면은 여전히 이차원에서 벗어나지 못하고 있다. 삼차원 화면을 그리는 화면이나 고글도 보이지 않고 스테레오 음향도 지원되지 않는다. 컴퓨터 모니터는 이차원 화면만 나오는 구식이다. 화면에는 텍스트 파일만 몇 개 든 윈도 프로그램만 덜렁 떠 있다. 모두 긴축 정책의 일환이다. 그렇게 하면 금세 많은 돈을 절약할 수 있다고 한다.

그녀는 접속한 후 받은 메일을 확인한다. 개인적인 메일은 없고 마리에타가 팀원 전체에게 보낸 메일만 두 통 보인다.

새로운 사무실 공동 이용 규정

새로운 사무실 공동 이용 규정을 배포하라는 요청이 왔습니다. 첨부한 문건은 행정부 작전 총괄 사령부의 절차 지침서 세부 항목 중 '물적 시설/캘리포니아/로스앤젤레스/건물/사무실 지역/시설 구획 규정/피고용자 관련/모임 활동'을 대체하는 것입니다.

과거 규정에서는 어떤 목적이든 사무용 공간이나 시간을 '공동'으로 사용하는 것을 금지했었습니다. 해당 활동이 반복적이든[예를 들면, 일정한 시간에 단체로 차를 마시며 쉬는 일] 아니면 일회성이든[예를 들면, 생일 파티 등] 말입니다.

이런 금지 조항은 여전히 적용됩니다. 그러나 유일하게 한 가지 예외가 허락됩니다. 그것은 누구든 공동으로 화장실용 휴지를 사용하고자 할 때입니다.

해당 규정의 소개를 위해 몇 가지 이야기를 먼저 하도록 하겠습니다. 어느 직장이든 화장실용 휴지를 직원들에게 배급하는 문제는 원래 어렵습니다. 얼마나 많은 양을 사용할지 예측하기가 어렵기 때문입니다. 다시 말해 관련 시설을 이용할 때마다 휴지가 필요한 것도 아니고, 설사 사용한다 해도 사람마다 필요한 휴지의 양[면적]이 매우 제각각인 데다, 한 사람이라고 해도 볼일을 볼 때마다 사용량이 다르기 때문입니다. 더구나 지금까지 예를 든 건 화장실용 휴지를 예기치 않게 창의적인 목적으로 사용하는 건 제외하고 말한 것입니다. 예를 들면 화장을 하거나 지울 때, 또는 엎지른 음료를 처리할 때도 휴지를 사용합니다. 이런 이유로 화장실용 휴지는 일회용으로 조그맣게 포장하여[예를 들면 물에 적신 종이 휴지를 제공하는 방식] 지급하지 않습니다. 만일 그렇게 한다면 어떤 경우에는 낭비될 것이고 어떤 경우에는 모자랄 겁니다. 그래서 대신 개인이 한 번에 도저히 사용할 수 없을 정도로[불가항력은 제외하고] 많은 휴지를 묶음 형태로 제공하는 게 전통적인 방법이었습니다. 이렇게 하면 일을 보던 도중에 지급된 휴지의 구성단위가 모두 소비되는 경우[두루마리 휴지가 떨어지면]의 횟수와 일을 보던 피고용인이 스트레스를 받는 일을 최소화할 수 있습니다. 그러나 그 방법도 우선 휴지가 낭비되는 건 말할 것도 없고 휴지의 구성단위가 너무 크고 여러 사람이 반복적으로 사용해야 한다는 점이 늘 관리상 문제로 남아 있었습니다.

물자 절약 계획 제17조에 따라 피고용인들은 집에서 각자 화장실용 휴지를 가져올 수 있게 되었습니다. 모든 근로자가 대개 개인용 휴지를 지참하게 되면서 이 방법도 여러 가지 불편함을 일으켰습니다.

일부 직장에서는 화장실용 휴지 공동 이용 모임을 만들어 불편함을 없애

고자 노력하고 있습니다.

모두 그런 것은 아니겠지만 부서 단위로 만들어질 수밖에 없는 화장실용 휴지 공동 이용 모임의 타고난 특성상 화장실용 휴지의 구성단위[다시 말해 두루마리 휴지]를 임시로 보관하는 공간은 각 부서의 내부에 있어야 합니다. 사무 환경에서[다시 말해 사무용 건물] 화장실들은 층별로[다시 말해 여러 부서가 하나의 시설을 함께 사용한다는 겁니다] 배치되어 있기 때문입니다. 만일 보관 장소가 다른 곳이라면 해당 물품의 구성단위[두루마리]를 관리하는 부서[다시 말해 함께 해당 휴지의 구성단위를 공동으로 구매한 부서]가 잘 감시하지 않으면 문제가 생깁니다. 예를 들어 만일 해당 휴지 구성단위가 로비 주변이나 실제 물품이 사용되는 시설 내부에 보관된다고 생각해 봅시다. 권한이 없는 사람이 사용함에 따라 물품은 사라지거나 '줄어들' 수밖에 없을 것입니다. 아예 마음을 먹고 훔쳐 가는 사람도 있겠지만 단순한 오해로 그냥 사용하는 사람도 있을 겁니다. 다시 말해 휴지 구성단위가 건물을 운영하는 기관[여기서는 미합중국 정부]이 무료로 제공한다고 생각할 수도 있다는 겁니다. 그 밖에도 꼭 필요해서 다른 이가 사용할 수도 있습니다. 섬세한 전자 장비 주변에서 음료수를 엎질렀는데 해당 장비의 관리 주체가 도저히 시간을 지체할 수 없다고 판단하는 상황을 예로 들 수 있습니다. 이런 사실 때문에 일부 부서에서는[부서명을 밝히지 않겠습니다. 스스로 누군지 아실 테니까 말이죠] 임시변통으로 휴지 구성단위 보관소를 만들었습니다. 그 보관소는 공동으로 사용할 휴지를 살 돈을 접수하는 곳으로도 사용합니다. 대개 화장실에서 가장 가까운 문 주변에 놓인 탁자가 보관소 역할을 합니다. 휴지 구성단위는 탁자 위에 쌓아 두는 등의 방식으로 보관하며 우묵한 접시나 다른 그릇을 두어 사람들이 돈을 낼 수 있도록 합니다. 대개는 표지판이나 시선을 끌

만한 도구[동물 봉제 인형이나 만화]를 이용해 모금하기도 합니다. 현재 규정을 대충 훑어보기만 해도 이런 식으로 보관소를 설치하고 운영하는 일은 규정 위반임을 알 수 있습니다. 하지만 피고용인의 위생과 사기, 단체 의식 함양을 위해 높은 분들이 이번 한 번만 규정의 예외를 두기로 뜻을 모았습니다.

새로운 것이든 예전 것이든 이번 조치를 포함하여 모든 규정을 충분히 숙지하는 것은 여러분의 의무입니다. 이 문건을 읽는 데 필요한 시간은 15.62분입니다[우리가 확인하지 않을 거라곤 생각하지 말기 바랍니다]. 이 문건의 중요 사항을 아래에 정리했으니 다시 한번 확인하시기 바랍니다.

1) 휴지 구성단위 보관소는 이제 정식으로 운영 가능합니다. 새로운 정책은 아직은 시험 단계이며 앞으로 6개월 동안 검토할 것입니다.

2) 모든 사항은 자발적 공동 이용이라는 기반에서 운영되어야 하며 피고용인 모임 활동과 관련한 규정을 따라야 합니다. [주의 : 이 말은 장부를 유지하고 모든 거래 관계를 기록해야 한다는 뜻입니다.]

3) 휴지 구성단위는 반드시 피고용인들 스스로 반입해야 하며[구내 우편물실로 배달하면 안 됨] 일반적인 검색, 압류 규정을 따라야만 합니다.

4) 일부 사람들에게 알레르기 반응, 쌕쌕거림 현상 등을 일으킬 수 있는 향기 나는 휴지 구성단위의 사용은 금지합니다.

5) 휴지 구성단위 구매를 위해 돈을 걸 때는 미국 정부 내에서 이루어지는 다른 모든 거래와 마찬가지로 미국 화폐를 사용해야 합니다. 엔화나 홍콩 달러는 안 됩니다.

이렇게 되면 자연히 휴지 살 돈을 마련하려고 둔 모금함을 쓰레기 치리장으로 생각하고 오래된 10억 달러나 1조 달러짜리 지폐를 잔뜩 집어넣는 사람들이 생겨날 것입니다. 사무실을 관리하는 부서에서는 모금함에 그런 식으로 쓰레기가 쌓이는 문제는 물론 10억 달러나 1조 달러짜리 지폐가 잔뜩 쌓이면 화재의 위험이 증가하지 않을까 걱정하고 있습니다. 그래서 새롭게 바뀌는 규정의 가장 중요한 내용으로 모금함을 매일 비워야 한다는 걸 넣었습니다. 물론 많은 양의 돈이 쌓이면 더 자주 비워야 합니다. 이런 맥락에서 사무실 관리 부서에서는 제게 이런 점을 지적하기도 했습니다. 필요 없는 미국 화폐를 잔뜩 가진 사람들이 오래전에 쓰던 10억 달러짜리 지폐를 화장실에서 휴지로 사용함으로써 일거양득의 효과를 거두려 들지도 모른다는 겁니다. 독창적이기는 하지만 그런 시도는 두 가지의 단점을 품고 있습니다.

1) 화장실 배관이 막힙니다.

2) 미국 화폐가 파손되며, 이는 연방법 위반입니다.

그러니 절대 그런 행동은 하지 말길 바랍니다.

대신 자신이 속한 부서에서 운영하는 화장실용 휴지 공동 이용 모임에 가입하기를 바랍니다. 쉽고 위생적이며 적법합니다.

즐거운 모임 활동 하시기 바랍니다.

마리에타

와이티의 엄마는 첨부 서류를 연 다음 시간을 확인하고 읽기 시작한다. 마리에타가 예상하기로 읽는 데 걸리는 시간은 15.62분이라고 했다. 나중에 마리에타가 개인 사무실에 앉아 일과를 마무리하는 밤 9시, 그녀는 직원들 이름과 함께 그 옆에 적힌, 이 서류를 읽는 데 걸린 시간을 비교해 볼 것이다. 그리고 시간이 얼마나 걸렸느냐에 따라 그녀의 반응은 각각 다를 것이다.

10분 이하.   면담이 필요함. 근무 태도에 관한 상담이 필요할 수도 있음.

10분~14분.   해당 직원을 주의 깊게 관찰할 것. 태도가 불량해지는 중일 수도 있음.

14분~15.61분.   유능한 직원. 가끔은 사소하지만 중요한 사항을 놓칠 수도 있음.

정확히 15.62분.   잘난체하는 놈. 태도에 관한 상담 필요.

15.63분~16분.   알랑거리는 놈. 신뢰할 수 없음.

16분~18분.   꼼꼼한 직원이나 가끔 별것도 아닌 일에 시간을 빼앗길 수도 있음.

18분 이상.   녹화해 둔 사무실 감시용 테이프를 확인해서 해당 직원이 무슨 짓을 했는지 확인할 것[예를 들면 허락 없이 화장실에 다녀왔을 수도 있음].

와이티의 엄마는 이 문건을 읽는 데 14분에서 15분 정도의 시간을 쓰겠다고 마음먹는다. 젊은 직원이라면 좀 긴 시간을 할애해 자신이 건방지지 않으며 조심스럽게 일한다는 걸 보여 주는 편이 좋다. 나이가 든 사람이면 약간 빠르게 읽어 관리자로서의 가능성을 보여 주는 편이 낫다. 그녀의 나이는 거의 마흔에 가깝다. 그녀는 적당한 시간 간격을 두고 규칙적으로 페이지 다운 버튼을 누르며 문건을 훑어본다. 가끔 다시 윗부분으로 되돌아가 읽었던 부분을 다시 읽는 척하기도 한다. 컴퓨터는 이 모든 동작을 알아차린다. 되돌아가 읽는 행동을 컴퓨터는 좋게 본다. 사소한 일이지만 10년도 넘게 이런 게 쌓이면 인사 고과표에서 진가를 드러내게 된다.

그 일을 해결하고 난 그녀는 일을 시작한다. 업무용 프로그램을 만드는 일이 그녀의 직업이다. 옛날이었다면 컴퓨터 프로그램을 만들며 먹고살았을 것이다. 요즘 프로그래머들은 컴퓨터 프로그램의 아주 조그만 부분만 맡아서 만든다. 프로그램을 어떻게 만들 것인지는 마리에타와 그녀의 상관들이 꼭대기 층에서 만나 일주일 내내 회의해서 결정한다. 일단 프로그램의 방향을 정하면 그들은 과제를 훨씬 더 작은 여러 개의 부분으로 나눈 다음 관리자급 프로그래머들에게 배정한다. 관리자들은 배정받은 과제를 다시 더 조그맣게 쪼개 개별 프로그래머들에게 배당한다. 서로 다른 작업자들이 만든 결과물이 서로 충돌하는 법이 없도록 미리 정해 둔 원칙과 규칙들은 정부의 절차 기술서보다 더 방대하고 늘 변한다.

그래서 와이티의 엄마는 화장실용 휴지 공동 이용과 관련해 변경된 규정을 읽은 후 무엇보다 우선 중앙 컴퓨터 시스템 가운데 자신이 속해 일하는 특정 프로그래밍 프로젝트를 관리하는 하부 시스템에 접속한다. 그녀는 프로젝트의 내용이 뭔지, 프로젝트명이 뭔지 모른다. 모두 기밀 사항이기 때문이다. 그저 그 프로젝트를 위해 일할 뿐이다. 그녀 말고도 수백 명이나 되는 프로그래머들이 같은 프로젝트를 위해 일하지만, 그들이 정확히 누군지는 알 수 없다. 그리고 매일 해당 프로젝트 관리 시스템에 접속하면 메모 한 더미가 그녀를 기다리고 있다. 모두 프로젝트를 위해 프로그래밍을 할 때 따라야만 하는 규정 가운데 변경된 내용이나 새로운 규칙과 관련한 것들이다. 이런 규정들을 보면 화장실용 휴지와 관련한 문제는 마치 십계十戒처럼 간단하고 점잖아 보인다.

그렇게 그녀는 오전 11시가 될 때까지 프로젝트에서 새롭게 변한 내용을 읽고 또 읽고 숙지한다. 지금은 월요일 오전이라 특히 변경된 사항이 많다. 마리에타와 그녀의 상관들이 주말 내내 꼭대기 층에 모여 프로젝트를 주제로 격렬한 논쟁을 벌이며 모든 걸 바꾸어 버린 것이다.

다음으로 그녀는 자신이 과거에 프로젝트와 관련해 작성한 코드를 모두 검토하며 새롭게 내려온 설계 명세서와 맞지 않는 부분을 따로 목록으로 작성한다. 근본적으로 그녀는 작성한 모든 걸 처음부터 다시 작업해야 한다. 지난 몇 달 사이 이런 일이 벌써 세 번째다.

그렇지만 직업인 걸 어쩌란 말인가.

11시 반 정도 되었을 무렵, 그녀는 깜짝 놀라며 고개를 든다. 대여섯 명의 사람이 일하는 자신을 둘러싸고 서 있기 때문이다. 마리에타도 보인다. 감독관도 있다. 그리고 남자 직원 몇 명도 보인다. 게다가 거짓말 탐지기 담당인 레온도 있다.

"전 목요일에 검사를 받았어요."

그녀가 말한다.

"또 받아야 할 때예요. 자, 얼른 처리하도록 합시다."

마리에타가 말한다.

"양손을 내가 잘 볼 수 있도록 하세요."

감독관이 말한다.

38

와이티의 엄마는 일어서서 양손을 옆으로 내리고 걷기 시작한다. 그녀는 바로 사무실 밖으로 걸어 나간다. 다른 사람들은 그녀를 쳐다보거나 하지는 않는다. 그래서는 안 된다. 사람들은 곤경에 빠진 동료에게 반응하지 않는다. 사실 거짓말 탐지기 조사를 받는 일이 모든 공무원에게 생활의 일부가 되었지만, 여전히 조사받는 이들은 불편하고 외톨이가 된 것 같은 기분이 든다. 혹시라도 조사를 무력화하기 위해 밸륨 같은 걸 삼키지는 않는지, 양손을 유심히 살피며 두 걸음 뒤에서 그녀를 따라 걷는 감독관의 발걸음 소리가 시끄럽다.

그녀는 화장실 문 앞에서 멈춰 선다. 감독관이 앞쪽으로 걸어오더니 문을 열어준다. 그녀가 안으로 들어가자 감독관이 뒤따라 들어간다.

맨 왼쪽 칸은 두 사람이 들어가도 충분할 정도로 넓다. 와이티의 엄마가 안으로 들어서자 감독관이 따라 들어가더니 문을 닫고 잠근다. 와이티의 엄마는 팬티스타킹을 내리고 치마를 걷어 올리더니 오목한 접시에 소변을 본다. 감독관은 소변을 모두 볼 때까지 주의 깊게 지켜보다가 접시를 들어 소변을 검사용 튜브에 넣는다. 튜브에는 이미 오늘 날짜와 와이티 엄마의 이름이 쓰인 꼬리표가 붙어 있다.

이제 그녀는 로비로 나온다. 그녀의 뒤에는 여전히 감독관이 붙어 있다. 거짓말 탐지기가 있는 방으로 갈 때는 엘리베이터를 사용할 수 있다. 그래서 검사를 받으러 갈 때는 숨을 헐떡이거나 땀을 흘릴 필요는 없다.

과거 검사실은 평범한 방에 의자가 한 개 있고 탁자 위에 약간의 장비가 있는 모습이었다. 그러다가 멋진 신형 거짓말 탐지기가 도입되었다. 이제는 마치 무슨 첨단 의료 장비로 검사받으러 들어가는 기분이 든다. 검사실은 완전히 새롭게 탈바꿈했고 예전 모습은 전혀 남아 있지 않다. 창문도 덮어 버렸고 모든 게 부드러운 베이지색이며 병원 같은 냄새가 난다. 방 중앙에 의자 하나가 보인다. 방으로 걸어 들어가 의자에 앉은 와이티의 엄마는 의자 팔걸이에 양팔을 올리고 조그맣게 움푹 파인 곳에 손가락과 손바닥을 댄다. 손 모양의 합성 고무로 만든 혈압계 부품이 더듬거리며 다가오다가 그녀의 팔을 찾더니 움켜쥔다. 그러는 사이 방 조명이 흐려지고 문이 닫히고 그녀는 완전히 홀로 남는다. 머리 위로 가시 면류관이 내려오고 두피에 뾰족한 전극이 느껴지더니 그녀의 뇌 속을 들여다보는 레이더 역할을 하는 '초전도 양자 간섭 장치'에서 어깨 위로 바람이 불어온다. 그녀는 벽 하나 건넌 옆방 조종실에 대여섯 명의 기술자가 앉아 자신의 동공을 확대해 커다란 화면으로 보고 있다는 걸 잘 안다.

그 순간, 이마에 타는 듯한 고통이 느껴진다. 그들이 뭔가를 주사한 것이다. 그렇다면 이건 평범한 거짓말 탐지기 검사가 아니다. 오늘은 뭔가 특별한 검사를 받는 것이다. 타는 듯한 고통이 온몸으로 퍼져나가며 가슴은 두근거리고 눈물이 고인다. 그들은 그녀가 기운이 넘쳐나 말을 많이 할 수 있도록 카페인을 주입한 것이다.

오늘은 업무를 하기는 틀린 것 같다. 이런 주사를 맞으면 어떨 때는 효과가 열두 시간이나 간 적도 있다.

"이름이 뭐죠?"

누군가의 목소리가 들린다. 부자연스러울 정도로 차분하고 우아한 목소리다. 컴퓨터가 합성해서 만들어 낸 것이다. 컴퓨터 목소리는 어느 쪽으로도 치우치지 않고 감정적인 면도 배제되기 때문에 그녀로서는 이번 조사가 어떤 식으로 흘러가리라는 어떤 암시도 받을 수가 없다.

그녀의 몸에 주사된 카페인과 그 밖의 물질은 그녀가 시간의 흐름을 감지하는 감각조차 망쳐 놓고 만다.

그녀는 이런 상황이 너무 싫지만 이런 일은 모든 이가 가끔 겪는 일이다. 그리고 연방 공무원이 될 때는 누구나 이런 검사를 받겠다고 무조건 서명해야 한다. 달리 보면 자부심과 명예의 상징이라고도 할 수 있다. 연방 정부를 위해 일하는 이들은 모두 가슴 속 깊이 그렇게 믿는다. 만일 그렇지 못하면 다음에 이 의자에 앉을 때 그런 사실이 명백하게 드러날 것이기 때문이다.

질문은 끝없이 이어진다. 대개 말도 안 되는 질문들이다.

"스코틀랜드에 가본 적이 있나요? 하얀 빵이 통밀빵보다 비싼가요?"

이런 질문들은 그녀를 안정시키고 모든 장비가 제대로 돌아가도록 하기 위해 던지는 것들이다. 검사 초반 한 시간 동안 나온 결과는 모두 무시한다. 모두 쓸모없는 내용이기 때문이다.

그녀는 스스로 편안해지는 느낌이 든다. 몇 번 검사를 받다 보면 마음을 편하게 먹는 법을 익히게 되고, 모든 게 빨리 진행된다고 말하는 사람들도 있다. 의자는 그녀의 몸이 흔들리지 않도록 붙잡고, 카페인은 졸음을 쫓아 주며, 감각이 박탈당한 그녀는 아무 생각도 들지 않는다.

"따님의 애칭이 뭡니까?"

"와이티예요."

"따님을 어떻게 부르죠?"

"애칭을 불러요. 와이티라고요. 딸아이가 그러라고 하도 졸라서요."

"와이티는 직업이 있나요?"

"네. 그 애는 쿠리에로 일해요. 래딕스사에서 일하죠."

"따님이 쿠리에로 일하면서 돈을 얼마나 벌죠?"

"몰라요. 여기저기서 몇 달러씩 벌겠죠."

"따님은 직업과 관련해서 얼마나 자주 새로운 장비를 삽니까?"

"몰라요. 그런 건 신경 쓰지 않으니까요."

"최근에 와이티가 뭔가 이상한 행동을 하지 않았나요?"

"질문이 무슨 뜻인지에 따라 대답은 달라요."

그녀는 자신이 말끝을 흐린다는 걸 알아차린다.

"딸아이는 늘 사람들이 이상하다고 생각하는 짓을 하며 살거든요."

자신의 대답이 그리 좋게 들리지는 않는다. 뭔가 반항하는 것처럼 들린다.

"그러니까 제 말은 딸아이가 늘 이상한 행동을 한다는 겁니다."

"와이티가 최근 집에서 뭔가를 깨뜨린 적이 있나요?"

"네."

그녀는 포기하고 만다. 정부는 이미 모든 걸 알고 있다. 그녀의 집을 도청하고 있기 때문이다. 그녀의 집 벽 속에 숨겨진 온갖 장치들로 인해 합선이 일어나지 않는 게 이상할 지경이다.

"아이가 제 컴퓨터를 부쉈어요."

"왜 컴퓨터를 부쉈는지 이유를 말하던가요?"

"네. 그런 셈이죠. 그러니까 말도 안 되는 이유도 이유라면 말이에요."

"뭐라고 이유를 말하던가요?"

"두렵다고 했어요. 매우 바보 같은 이야기였죠. 제가 컴퓨터로부터 바이러스에 감염될까 봐 두렵다고 했어요."

"와이티 자신도 감염될까 봐 두렵다고 하던가요?"

"아뇨. 오직 프로그래머들만 감염된다고 하더군요."

도대체 왜 이런 질문을 해 대는 걸까? 이미 도청한 테이프에 모든 내용이 들어 있을 텐데.

"와이티가 컴퓨터를 부수고 갔다 댄 이유를 믿나요?"

이거였군.

이들이 알고 싶은 건 바로 이거야.

그들이 알고 싶은 유일한 건 도청을 해서도 알아낼 수 없는 것, 바로 그녀가 마음속으로 무슨 생각을 했는지에 관한 내용이다. 그녀가 와이티가 한 바이러스 이야기를 믿는지 알고 싶은 것이다.

그리고 그런 생각을 속으로 하는 것조차 실수란 걸 그녀는 알아차린다. 그녀의 머리를 감싼 채 차갑게 식은 초전도 양자 간섭 장치가 그런 생각을 읽어 내기 때문이다. 검사하는 사람들이 그녀의 생각을 알아낼 수는 없다. 그들이 알 수 있는 건 그녀의 뇌 속에서 뭔가가 일어난다는 것, 바보 같은 질문을 들었을 때는 전혀 사용하지 않던 뇌의 영역을 사용한다는 사실을 알아낼 수 있다.

다른 말로 하면 그들은 그녀가 상황을 분석하며 정리하려 한다는 걸 알아낼 수 있다. 그리고 그녀가 뭔가를 감추고 싶은 게 아니라면 그런 생각을 할리가 없다.

"알고 싶은 게 뭐죠? 왜 내 앞에 나와 대놓고 묻지 않는 거예요? 얼굴을 맞대고 이야기를 하자고요. 어른답게 같이 앉아 이야기해 보자고요."

팔에서 뭔가 또 날카로운 통증이 느껴지더니 몇 초 동안 약물이 혈관 속으로 퍼지며 저린 느낌과 차가운 기운이 온몸으로 퍼져나간다. 대화를 진행하는 게 더 어려워진다.

"이름이 뭐죠?"

목소리가 묻는다.

39

'알캔', 즉 알래스카 고속 도로는 세계에서 가장 긴 가맹점 거리라 할 수 있다. 별 깊은 생각 없이 만들어진 그 상점가는 길이가 3,000킬로미터가 넘고 폭은 30미터 정도 되는데, 길이가 일 년에 160킬로미터씩 늘어나고 있다. 아니, 사람들이 차를 몰고 상점가 맨 끝부분까지 간 다음 빈자리를 찾아 캠핑카를 세우는 만큼 계속 늘어난다고 보면 된다. 미국에서 떠나고 싶지만, 비행기나 배를 탈 수 없는 사람들이 선택할 수 있는 유일한 방법이다.

깔끔하지는 않아도 그럭저럭 포장된 2차선 고속 도로를 이동 주택, 승합차, 캠핑카를 뒤에 매단 픽업트럭들이 가득 메우고 있다. 그 도로는 캐나다 브리티시컬럼비아주의 '프린스 조지'의 한 교차로쯤에서 시작한다. 그곳에서 좁은 도로 여러 개가 하나로 뭉쳐지며 북쪽으로 향하는 하나의 고속 도로를 이룬다. 그곳에서 남쪽으로는, 갈라진 도로들이 다시 좁은 지선 도로들로 갈라진 다음 삼각형 모양을 이루며 캐나다와 미국의 국경 지대를 십여 군데 지역으로 나누어 넘어간다. 국경 지대는 브리티시컬럼비아주의 피오르 해안에서부터 몬태나주의 광활하고 가지런한 밀밭까지 약 800킬로미터에 걸쳐 펼쳐져 있다. 그렇게 갈라졌던 좁은 도로들은 다시 미국 도로망으로 연결되는데, 그 도로망이 바로 이주민들의 출발점이다. 800킬로미터에 걸친 넓은 지역을 가득 메운 예비 북극 탐험가들은 커다란 바퀴가 달린 이동 주택을 몰고 모든 게 잘 될 거라는 믿음을 품고 북쪽으로 향한다. 그리고 적지 않은 사람들은 못 쓰게 된 자동차를 북쪽 땅에 버린 채 남의 차를 얻어 타고 다시 남쪽으로 돌아온다. 볼품없는 캠핑카들과 지붕 위에 무거운 물건을 잔뜩 실은 지프들 사이로 검은 오토바이를 타고 내달리는 히로는 마치 스키 경기를 벌이는 것 같은 기분이다.

육중한 체격에 총을 든 백인들! 어렸을 때 꿈꾸던 미국을 원하는 그런 사람들이 수없이 모여 단단히 뭉쳐 작고 단단한 집단을 이루고 있다. 그들은 전동 공구나 휴대용 발전기, 무기, 사륜구동 차량과 컴퓨터로 무장하고 신종 마약에 취한 채 비버가 된 것처럼, 아니면 설계도도 없이 날뛰는 미치광이 기술자들처럼 미개척지를 온통 망가뜨리고 뭔가를 지어 올렸다가 다시 내버리고, 강물의 방향을 바꾸어 놓은 다음 다시 다른 지역으로 옮겨 가곤 한다. 이유는 그 지역이 예전 같지 못해서라는 것이다.

그런 생활 양식 때문에 강물이 오염되고 온실 효과가 생기며 배우자 폭행이 잦아지고 텔레비전 선교사 그리고 연쇄 살인범이 늘어난다. 그렇지만 사륜구동 자동차가 있고 북쪽으로 올라갈 수 있는 한 같은 생활을 유지할 수는 있다. 스스로 만들어 내는 쓰레기 같은 동네보다 한 걸음만 더 앞서 나가면 된다. 앞으로 20년이면 천만 명이나 되는 백인들이 북극까지 온통 주차장을 만들 것이다. 많은 열을 발생시키는 그들의 생활 양식 때문에 발생하는 저급한 폐열 때문에 수정처럼 맑은 북극의 얼음이 녹아내리며 불안해질 것이다.

그러면 북극의 만년 빙하는 녹아 구멍이 뚫릴 테고, 금속으로 된 모든 것들이 바이오매스를 빨아들이며 바닷속으로 가라앉아 버릴 것이다.

돈만 내면 '한숨 자고 떠나요' 모텔로 차를 몰고 들어가 자동차에 여러 가지를 공급할 수 있다. 가장 멋진 간판 문구는 '전진 주차, 전진 출발'이란 말이다. 가맹점에 들어서서 수도나 전기선을 연결한 후 한숨 자고 다시 모든 걸 떼어 내고 출발할 때까지 아무리 큰 자동차라도 후진해서 방향을 바꿀 필요가 전혀 없다는 말이다.

캠프장을 표방한 모텔 가맹점들은 통나무를 많이 사용해 주변을 꾸미기도 했다. 하지만 손님들은 판자와 원목으로 만든 간판과 야외용 탁자를 도끼로 쪼개서 조리용 불을 피우는 데 써 버리고 말았다. 요즘은 모든 표지판을 합성수지로 만든다. 가맹점 간판들도 둥글게 만들고 마치 변기처럼 반짝거리게 닦아 둔다. 사람들이 뜯어 가고 쌓아서 뭔가 만들지 못하도록 하기 위해서다. 돌아갈 집이 없는 사람들에게 캠핑이란 개념은 존재하지 않는다.

캘리포니아주를 벗어난 지 16시간 만에 히로는 오리건주 북부에 있는 산맥 동쪽 기슭에 있는 한 '한숨 자고 떠나요' 모텔로 들어선다. 그가 있는 곳은 뗏목 선단이 있는 곳에서 북쪽으로 몇백 킬로미터 떨어진 곳, 그것도 산맥의 반대편이다. 그렇지만 우선 이곳에서 한 사내를 만나 이야기를 나누어야 한다.

주차장이 세 군데 보인다. 하나는 여기저기 패이고 끝이 보이지도 않는 길을 지나 보이지도 않는 곳에 있다. 그리로 가는 길가에는 추락 주의 표지판이 보인다. 약간 가까운 곳에 있는 주차장 주변에는 무섭게 생긴 털북숭이 사내들이 어울리며 캔 맥주를 마시고 있다. 보름달 아래, 사내들이 들이켜는 맥주 캔의 밑바닥이 마치 은색 접시처럼 이따금 번쩍거리며 빛을 발한다. '타운홀'이라는 술집 앞에 있는 세 번째 주차장은 총을 든 종업원이 지키고 서 있다. 주차를 하려면 돈을 내야 하는 곳이다. 히로는 유료 주차장에 오토바이를 세우기로 한다. 혹시 모를 상황에 대비해 오토바이를 주차장 출입구를 향해 세우고 언제든 시동을 빨리 걸 수 있도록 준비를 해 둔 후 종업원에게 홍콩 달러 몇 장을 집어 준다. 그리고 사냥개처럼 고개를 이리저리 돌리며 '숲속 잠 터'를 찾아 고요한 주위 공기의 냄새를 맡는다.

30미터쯤 떨어진 곳에 몇 사람이 겁도 없이 텐트를 치고 자는 모습이 달빛 아래로 보인다. 이런 사람들은 대개 무기를 소지했거나 잃을 게 전혀 없는 이들이다. 그리로 걸어가니 금세 숲속 잠 터 머리 위를 덮은 차양이 보인다.

어떤 사람들은 숲속 잠 터를 '몸뚱이 보관소'라고 부른다. 그곳은 뻥 뚫린 공터인데, 예전에는 잔디밭이었지만 지금은 계속 트럭으로 날라다 부은 모래가 쓰레기, 깨진 유리, 사람들의 배설물과 온통 뒤섞여 주변을 덮고 있다. 비를 막으려고 쳐 놓은 커다란 덮개 아래로 몇 걸음 간격으로 제법 큰 버섯 모양의 굴뚝처럼 생긴 물건에서 추운 밤을 견디게 해 줄 따뜻한 공기가 뿜어져 나오고 있다. 숲속 잠 터는 숙박비가 아주 싸다. 먼 남쪽 지방의 가맹점 사업가가 창안해 낸 이 숙박 사업은 단골손님들을 따라 북쪽으로 퍼져 올라왔다.

대여섯 명의 사람이 추위를 이기려 군용 담요를 단단히 몸에 감은 채 따뜻한 바람 아래 흩어져 누워 있다. 두 사람은 조그맣게 모닥불을 피우고 그 불빛에 카드놀이를 하는 중이다. 히로는 그들은 무시하고 나머지 사람들 주위를 돌아다니기 시작한다.

"척 라이트슨 씨. 대통령 각하, 여기 계십니까?"

히로가 말한다.

히로가 다시 한번 똑같은 말을 하자 왼편에 있던 옷가지로 만든 덩어리 같은 것이 몸부림치며 뒹굴기 시작한다. 그러더니 그 안에서 사람 머리가 불쑥 튀어나온다. 히로는 자신이 무기를 지니지 않았다는 걸 보여 주려고 상대방에게 두 손을 들어 보인다.

"누구지?"

상대방 사내는 비참해 보일 정도로 겁을 먹은 모습이다.

"레이븐인가?"

"레이븐이 아닙니다. 걱정하지 마세요. 척 라이트슨 씨 맞습니까? 예전에 '케나이 코디액 임시 공화국'의 대통령이셨던 분 맞죠?"

"그렇소. 왜 날 찾는 거요? 난 가진 돈이 없소이다."

"뭘 좀 물어보러 왔습니다. 저는 CIC에서 정보를 수집하는 일을 합니다."

"빌어먹을 술 좀 마셨으면 좋겠군."

척 라이트슨이 말한다.

타운홀은 '한숨 자고 떠나요' 모텔 단지 한가운데에 세워진 공기 주입식 텐트 구조물이다. 인생 낙오자들의 라스베이거스라 할 수 있다. 그 안에 편의점, 비디오 가게, 셀프서비스 세탁소, 술집, 주류 판매점, 벼룩시장에다 매춘 업소도 있다. 매일 밤 새벽 5시까지 놀아 대는 몇 안 되는 사람들이 판치는 그런 곳이다. 그밖에 다른 기능은 전혀 없다.

그 자체가 가맹점인 타운홀 건물 안에는 대개 또 다른 가맹점들이 있다. 히로 눈에 '캘리네 꼭지'라는 술집이 보인다. '한숨 자고 떠나요' 안에 있을 법한 가게 가운데 그나마 괜찮은 곳이라 히로는 척 라이트슨을 그리로 안내한다. 척은 옷을 여러 겹 껴입고 있다. 옷들이 전에는 각기 색이 서로 달랐던 것 같은데 지금은 모두 얼굴색과 같은 카키색으로 변해 버렸다.

이 술집을 포함해 타운홀 안에 있는 모든 가맹점 실내는 죄수 운송선 안에서 본 모습과 닮았다. 모든 물건은 바닥에 고정되어 있고 온종일 불이 환하게 켜져 있으며 안에서 일하는 사람들은 모두 두꺼운 유리 보호벽 뒤에 몸을 숨기고 있다. 유리 보호벽은 누레지다 못해 흐릿해 보인다. 타운홀의 치안은 집행자들이 담당한다. 스테로이드에 중독된 녀석들은 검은색 아모젤 옷을 차려입고 두세 명씩 모여 가게 사이를 오가며 열심히 사람들의 인권을 짓밟고 있다.

히로와 척은 구석으로 가 재빨리 자리를 잡고 앉는다. 히로는 종업원에게 알코올이 들어 있지 않은 맥주를 절반 섞어서 내오라고 몰래 부탁한다. 이렇게 해야 척이 술에 빨리 취하지 않고 그나마 오래 이야기할 수 있을 것이다.

척의 말문을 트는 일은 그다지 어렵지 않다. 그는 불명예스러운 추문으로 권좌에서 밀려난 다른 모든 늙은이와 마찬가지로 남은 인생을 자신이 하는 말을 들어 줄 사람을 찾는 데 바치고 있기 때문이다.

"그래, 나는 케나이 코디액 임시 공화국에서 2년 동안 대통령을 지냈지. 그리고 나는 여전히 망명 정부의 수반이라고 생각하고 있소."

히로는 눈알을 굴리지 않으려고 애쓴다. 하지만 척은 이미 눈치를 챈 듯하다.

"좋아, 좋아. 그 정도까지는 아니지. 하지만 케나이 코디액 공화국은 잠깐이긴 하지만 번성했던 나라였소. 그런 나라가 다시 일어나는 걸 보고 싶어 하는 사람이 많이 있지. 그러니까 우리를 몰아낸 단 한 가지 힘은……. 아니 그 미친놈들이 권력을 장악할 수 있었던 이유는……."

어떻게 말로 표현할 수가 없는 모양이다.

"그런 일이 일어나리라고 누가 상상이나 했겠소?"

"어떻게 권력을 잃으셨죠? 내전이라도 벌어졌나요?"

"애초부터 폭동은 간간이 발생했었소. 코디액(미국 알래스카주 서쪽에 있는 섬) 지방에 속한 일부 지역을 확실하게 장악하지 못했기 때문이지. 그러나 제대로 된 내전은 일어나지도 않았던 거요. 미국인들은 우리 정부를 마음에 들어 했소. 공화국 안의 무기나 장비 그리고 모든 기반 시설은 미국인들이 장악하고 있었소. '정교도' 녀석들은 수염이나 기르고 숲에서 뛰어다니기나 했었소."

"정교도요?"

"'러시아 정교도' 신자들 말이오. 처음엔 힘없는 소수 세력에 지나지 않았소. 대개가 인디언들이지. 왜 틀링깃족(알래스카 남동부 해안 지대에 거주하는 아메리카 인디언)이나 알류트족(알류샨 열도와 알래스카 서쪽에 사는 원주민) 출신으로 수백 년 전에 러시아에 의해 개종한 사람들 말이오. 그 친구들은 러시아 상황이 미쳐 돌아가자 온갖 배를 집어 타고 날짜 변경선을 넘어오기 시작한 거요."

"그런데 그 친구들은 헌법에 기반을 둔 민주주의를 원하지 않았군요."

"그렇소. 전혀 원하지 않았지."

"그럼 그들이 원한 건 뭡니까? 차르인가요?"

"그것도 아니오. 차르를 원하는 전통주의자들은 러시아를 떠나지 않았소. 우리 공화국으로 온 정교도들은 완전히 인간쓰레기들이었소. 그들은 러시아 정교도 교회에서 쫓겨난 인간들이었던 겁니다."

"왜 쫓겨났죠?"

"이단자라는 이유였소. 공화국으로 온 정교도들은 새로운 교파, 오순절파였소. 그들은 어떻게 그런 건지 몰라도 웨인 목사의 천국의 문 교회와 관련이 있었소. 텍사스같이 먼 곳에서 그들을 만나려고 선교사들이 오기도 했지. 그들은 늘 방언을 하곤 했소. 러시아의 정교도 교회는 그들에게 악마가 깃들었기 때문에 그런 짓을 한다고 생각했소."

"그럼 얼마나 많은 오순절 러시아 정교도 사람들이 공화국으로 온 겁니까?"

"제길, 엄청나게 많았지. 적어도 5만 명은 되지."

"공화국에 살던 미국인은 얼마나 되었습니까?"

"10만 명 가까이 되었소."

"그럼 정확히 어떤 방법으로 소수인 정교도들이 정권을 잡았습니까?"

"그게, 어느 날 아침 일어나 보니 '뉴워싱턴'의 중앙 광장 한복판에 커다란 이동 주택 하나가 서 있었소. 우리가 정부를 수립하고 차량을 모아 세워 둔 곳 한가운데였소. 정교도들이 밤사이에 이동 주택을 그리로 옮겨다 놓은 다음 바퀴를 빼 버려 치우지 못하게 만든 거였소. 우리는 그런 행동이 반국가적인 짓이라고 판단했소. 그래서 차량을 치우라고 했지. 그들은 요청을 거부하고 러시아어로 성명을 발표했소. 그 빌어먹을 선언문을 번역해 보니 우리더러 정교도들에게 정권을 넘기고 짐을 싸 떠나라는 것이었소. 말도 안 되는 상황이었소. 그래서 우리는 이동 주택을 치우려고 달려들었는데 구로프가 메스꺼운 웃음을 띠고 우리를 기다리고 있었던 거요."

"구로프요?"

"그렇소. 소련에서 날짜 변경선을 넘어온 난민들 가운데 한 명이었소. 과거에 KGB(과거 소련의 정보기관이었던 국가 보안 위원회)에서 일하던 장성이었는데, 종교에 미쳐 버린 자였소. 그는 정교도들이 세운 정권의 국방 장관 비슷한 존재였소. 구로프는 이동 주택 옆문을 열고 안에 뭐가 들었는지 우리에게 보여 주었소."

"뭐가 있었는데요?"

"그게, 대개는 이런저런 장비들이었소. 그러니까 휴대용 발전기, 전깃줄, 배전반 그런 것들이었소. 그런데 이동 주택 한가운데에는 커다란 검은색 원뿔 모양을 한 물건이 바닥에 놓여 있었소. 아이스크림콘과 똑같은 모양이지만 길이가 1.5미터나 되고 검은색으로 매끄러웠지. 그래서 내가 그게 도대체 뭐냐고 물었소. 그랬더니 구로프가 말하길, 그건 탄도 미사일에서 빼낸 10메가톤짜리 수소 폭탄이라는 것이었소. 도시 하나쯤은 날릴 만한 폭탄이었지. 더 물어볼 것 있소?"

"그래서 항복했군요."

"달리 방법이 없었지."

"정교도들이 어떻게 수소 폭탄을 수중에 넣었는지 혹시 아십니까?"

척 라이트슨은 아주 잘 알고 있다. 그는 오늘 들어 가장 깊게 숨을 들이마시더니 다시 내쉬고 고개를 저은 다음 히로의 어깨 너머로 멍하니 시선을 던진다. 그러더니 맥주잔을 들어 길게 몇 모금을 들이켠다.

"소련 소속 핵미사일 잠수함이 하나 있었소. 오브치니코프라는 사람이 함장이었소. 신앙심이 두터웠지만 그렇다고 다른 정교도들처럼 미친놈은 아니었지. 아니, 만일 그 사람이 미친놈이었다면 핵미사일 잠수함의 지휘관이 될 수도 없었겠지. 안 그렇소?"

"아마 그럴 겁니다."

"함장이 되려면 정신적으로 안정적인 사람이어야 할거요. 그게 무슨 뜻인지는 모르겠지만 말이야. 어쨌든 러시아 정권이 몰락한 후 그는 자신이 매우 위험한 무기를 스스로 통제하고 있다는 걸 알게 되었소. 그는 모든 승무원을 내려놓은 다음 '마리아나 해구'로 가 잠수함을 가라앉히기로 마음을 먹었소. 모든 무기를 영원히 묻어 버리는 거였지.

그러나 어찌 된 일인지 몰라도 그는 누군가에게 설득당해 알래스카로 탈출하는 정교도들을 돕는 일에 잠수함을 사용하기로 했소. 당시 정교도를 포함한 많은 난민이 베링 해변으로 몰려들어 있었거든. 그렇게 형성된 난민촌의 상황은 정말 끔찍했소. 먹을 게 많이 부족하다든지 하는 차원이 아니었소. 수천 명이 한꺼번에 죽어 가는 식이었지. 그들은 바닷가에 서서 배가 오기를 기다리다 굶어 죽는 거였소.

그래서 오브치니코프는 잠수함을 이용해 불쌍한 난민 일부를 우리 공화국으로 실어 나르기로 했소. 잠수함은 아주 크고 빨랐지.

하지만 그는 당연하게도 알지 못하는 많은 사람을 잠수함에 태워야 한다는 사실 때문에 편집증에 걸릴 지경이 되었소. 핵 잠수함 함장들은 보안에 목숨을 걸지 않을 수 없는 사람들이었소. 그래서 그는 아주 삼엄한 방식을 사용했소. 잠수함에 올라타는 모든 난민은 금속 탐지기를 통과하며 조사를 받아야 했소. 그런 다음에도 무장한 승무원들의 감시 아래 알래스카까지 가야만 했지. 그중에 레이븐이라는 이름을 가진 무서운 정교도가 있었는데……."

"그 사람은 잘 압니다."

"그러니까, 레이븐이 그 핵 잠수함에 올라탄 거요."

"이런, 세상에."

"어떻게 그랬는지는 몰라도 그는 시베리아 해안으로 넘어갔소. 아마 빌어먹을 카약을 타고 파도를 타고 갔을 거요."

"파도를 타요?"

"알류트족 사람들이 섬에서 섬으로 건너갈 때 쓰는 방법이오."

"레이븐이 알류트족입니까?"

"그렇소. 알류트족 고래 사냥꾼이지. 알류트족을 아시오?"

"압니다. 아버님이 일본에서 한 명 알고 지냈죠."

히로가 말한다. 아버지가 들려주던 전쟁 포로 수용소의 여러 이야기들이 머릿속에서 뒤섞이며 깊고 깊은 기억 속에서 기어 나오려 애쓰기 시작한다.

"알류트족 사람들은 카약을 타고 노를 저어 나가다가 파도에 올라타는 거요. 그런 식으로 증기선을 따라잡기도 하지."

"몰랐습니다."

"어쨌든, 레이븐은 한 난민촌으로 숨어든 다음 시베리아 출신 원주민으로 신분을 위장했소. 시베리아 원주민과 인디언들은 어차피 구분이 잘 안 되니까 말이오. 정교도들은 여러 난민촌에 공범을 두고 있었고, 그들이 레이븐을 제일 먼저 탈 수 있는 사람으로 만들었소. 그래서 그는 잠수함에 올라탈 수 있었던 거요."

"하지만 금속 탐지기를 통과해야 잠수함에 탈 수 있다고 하지 않았습니까?"

"도움이 되지 않았소. 그는 유리로 만든 칼을 사용했소. 판유리를 깨서 갈아서 만든 칼이었소. 유리로 갈아 만들면 세계에서 가장 날카로운 칼을 만들 수 있소."

"그것도 처음 듣는 소리로군요."

"정말이오. 칼끝은 분자 하나 정도의 두께밖에 되지 않소. 의사들이 눈 수술을 할 때 사용한다고 하더군. 그 칼로 각막을 절개해도 상처도 남지 않는다고 했소. 그걸로 밥벌이하는 인디언들도 있다고 하더군. 눈 수술용 칼을 만드는 일이지."

"역시 살다 보면 매일 뭔가를 배울 수 있군요. 그런 칼이라면 방탄복 옷감도 뚫고 들어가겠네요."

히로가 말한다.

척 라이트슨이 어깨를 으쓱 들어 보인다.

"레이븐이 목숨을 빼앗은 사람들 가운데 방탄복을 입고 있던 사람이 몇명이었는지 이제 기억도 나지 않는군."

"제가 보기엔 분명히 첨단 레이저 칼이나 뭐 그런 걸 갖고 있었을 거란 생각이 드네요."

히로가 말한다.

"다시 생각해 보시오. 유리로 된 칼이란 말이오. 그걸 품고 잠수함에 올라 탄 거란 말이야. 몰래 가지고 들어갔거나 잠수함 안에서 유리판을 찾아내 직접 갈아 만들었겠지."

"그래서요?"

척은 다시 어딘가 먼 곳을 응시하는 듯하더니 맥주를 들이켰다.

"잠수함에선 하수가 빠질 곳이 없소. 생존자들이 전하길 잠수함 전체에 피가 무릎까지 차올랐다고 했소. 레이븐이 모두 죽여 버린 거요. 정교도들과 최소한의 승무원 그리고 잠수함 내부 여기저기 좁은 공간을 찾아 간신히 몸을 숨긴 난민들만 살아남을 수 있었소."

척은 다시 맥주잔을 기울였다.

"살아남은 사람들 말론 정말 끔찍한 밤이었다고 하더군."

"그리고 레이븐은 잠수함을 강제로 정교도들 손에 넘겨주었군요."

"우선 잠수함을 코디액으로 끌고 갔지. 정교도들은 준비를 마친 상태였소. 과거 해군에서 복무했던 사람들, 핵 잠수함에서 일했던 사람들을 승무원 삼아 잠수함을 접수해 버린 거요. 우리야 그런 일이 벌어지는지 전혀 알 수 없었지. 그러다가 빌어먹을 우리 앞마당에 핵탄두가 모습을 드러내고서야 진상을 안 거요."

척이 히로의 머리 위를 바라보며 누군가를 쳐다본다. 히로의 어깨에 누군가의 손길이 느껴진다.

"실례 좀 할까요? 아주 잠시 얘기 좀 했으면 하는데."

어떤 사내가 말한다.

40

히로는 돌아선다. 사내는 살이 잔뜩 찐 백인으로 구불거리는 붉은 머리를 매끈하게 빗어 넘겼고 수염을 길렀다. 머리에 쓴 야구 모자를 뒤쪽으로 젖힌 상태여서 이마에 인쇄체로 새겨진 문신이 잘 드러나 보인다.

제멋대로임

인종 차별적임

히로는 둥글게 솟은 사내의 배 너머로 이마에 새겨진 글씨를 모두 읽는다.

"뭡니까?"

히로가 말한다.

"아, 여기 앉으신 신사분과 이야기를 나누시는 중에 실례해서 죄송하게 생각합니다. 그런데 나랑 친구들이 궁금한 게 있어서 말이지. 당신은 게으르고 무능해서 과일이나 따 먹고사는 검둥이요? 아니면 비열하고 성병 걸린 노란둥이요?"

사내는 한 손을 들어 올리더니 야구 모자의 챙을 내리누른다. 이제야 모자 앞쪽에 새겨진 남부 연합 깃발과 함께 수놓은 글씨가 보인다. '뉴사우스 아프리카 가맹점 153호'

벌떡 일어난 히로는 몸을 돌려 엉덩이를 척 쪽으로 향하게 한 채 뒤로 미끄러지듯 움직이며 뉴사우스 아프리카 사내와 자기 몸 사이에 탁자가 오게 한다. 편하게도 척은 어디론가 사라졌고 히로는 술집 전체를 바라보며 편안하게 등을 벽에 붙이고 선다.

동시에 십여 명은 되어 보이는 사내들이 탁자에서 몸을 일으키더니 얼굴에 웃음을 흘리며 처음 다가와 말을 건 사내 뒤로 모여든다. 마치 남부 연합 깃발과 짧은 구레나룻을 표식으로 삼는 결사대라도 되어 보인다.

"혹시 그 질문에 뭔가 함정이 숨어 있는 건 아닌가요?"

히로가 말한다.

'한숨 자고 떠나요' 안에 있는 타운홀 가맹점 대부분은 입구에서 무기 소지 여부를 검사한다. 하지만 여기는 그렇지 않다.

히로는 그게 자신에게 유리한 건지 불리한 건지 확신할 수가 없다. 무기가 없다면 그는 남부 연합 사내들에게 상대가 되지 못할 것이다. 무기가 있으면 맞서 싸울 수는 있지만, 더 위험해진다. 히로는 목까지 오는 방탄복을 입었지만, 그 말은 결국 상대방 사내들이 그의 얼굴을 목표로 총을 쏜다는 뜻이다. 그리고 뉴사우스 아프리카 사람들이라면 훌륭한 사격술을 자랑으로 생각하는 자들이다. 그들은 사격 능력을 맹목적으로 숭배한다.

"길 아래쪽에 뉴사우스 아프리카 가맹점이 있지 않던가?"

히로가 말한다.

"있지."

허리는 길고 다리는 굵고 짧은 사내가 대답한다.

"천국이야. 정말. 세상에 뉴사우스 아프리카 같은 곳은 또 없어."

"그럼, 이렇게 말하긴 뭐하지만 그렇게 좋으면 너희 동네에 가서 놀지 그래?"

히로가 말한다.

"뉴사우스 아프리카엔 문제가 하나 있어."

사내가 말한다.

"애국심이 부족하게 들리긴 하지만 사실은 사실이니까."

"문제가 뭔데?"

히로가 말한다.

"검둥이도 노란둥이도 없고 유대인 놈들도 없어서 두들겨 패 줄 사람이 없다는 거야."

"아, 그건 문제네. 고마워."

히로가 말한다.

"뭐가 고마워?"

"네놈들이 무슨 생각을 하는 건지 알려 줘서 말이야. 그럼 내가 이렇게 해도 되겠지?"

히로는 녀석의 머리를 베어 버린다.

달리 어떻게 하겠는가? 상대는 적어도 12명은 되어 보인다. 그들은 하나뿐인 출구를 막고 있다. 그리고 방금 무슨 짓을 하려는 건지 의사를 밝혔다. 그리고 추측하건대 사내들은 모두 무기를 갖고 있을 것이다. 그 밖에도 어차피 나중에 뗏목 선단에 올라타면 이런 일이 10초마다 한 번씩 벌어질 게 뻔하다.

칼을 맞은 뉴사우스 아프리카 사내는 무슨 일이 벌어질지 몰랐지만, 히로가 자신의 목을 향해 카타나를 휘두르는 순간 반응을 보이기 시작했기 때문에 목이 잘리는 순간 뒤쪽으로 몸을 날리고 있었다. 그의 몸에 흐르던 피의 절반이 목에서 뿜어져 나왔기 때문에 몸이 뒤로 움직인 건 다행스러운 일이었다. 양쪽 경동맥에서 피를 뿜어내는 모양이 마치 제트 엔진처럼 보인다. 히로에겐 한 방울도 튀지 않는다.

메타버스 안에서는 재빨리 칼을 휘두르기만 하면 칼날은 그냥 물체를 통과해 버린다. 지금은 현실 세계라서 히로는 칼날이 사내의 목을 치는 순간 대단한 충격이 느껴지리라 생각했다. 야구 방망이로 공을 잘못 쳤을 때처럼 말이다. 그렇지만 거의 아무 느낌도 들지 않는다. 칼날은 사내의 목을 부드럽게 지나 거의 벽에 박힐 뻔했다. 아마 운이 좋게도 목뼈 사이로 칼날이 지나간 모양이다. 히로는 이상하게도 연습하던 일이 떠오른다. 제대로 칼을 휘두르지도, 적절한 순간에 칼날을 멈추지도 못했으니 자세는 영 엉성해 보였을 것이다.

그럴 거라 생각을 하긴 했지만 히로는 놀라지 않을 수가 없다. 아바타인 상태로 싸울 때는 이런 일이 벌어지지 않는다. 아바타라면 그저 풀썩 주저앉고 만다. 그는 놀라울 정도로 한참 동안 그냥 서서 쓰러진 사내의 몸을 보고 있다. 그러는 사이 공중으로 튀어 오른 수많은 핏방울이 다시 떨어지기 시작한다. 천장과 바 안쪽 선반으로 튄 핏물도 아래로 한 방울씩 떨어지기 시작한다. 보드카 한 잔을 들고 바에 앉았던 주정뱅이는 술잔 속에 튄 핏방울이 수없이 많은 빨간 세포로 갈라지며 은하수처럼 흩어져 술에 섞이는 모습을 보더니 몸서리치며 부들부들 떤다.

히로는 남은 뉴사우스 아프리카 사내들과 몇 차례 긴 시선을 주고받는다. 그들 역시 술집에 있는 다른 사람들과 마찬가지로 이제 무슨 일이 벌어질지 잘 모르겠다는 눈치다. 웃고 말아? 사진을 찍어? 도망가? 아니면 구급차를 불러?

히로는 다른 사람들이 앉은 탁자 위로 달음질치며 출구로 향한다. 무례한 짓이지만, 사람들은 얼른 몸을 피해 준다. 어떤 사람들은 재빨리 탁자 위에 놓인 맥주병을 치우기도 한다. 아무도 히로에게 불만스럽게 덤벼들지 않는다. 그가 뽑아 든 카타나를 보는 것만으로도 사람들은 일본인처럼 정중해진다. 뉴사우스 아프리카 사내 두 명이 히로의 앞길을 막아섰지만, 누굴 멈추려는 건 아니다. 놀라는 바람에 어쩌다 보니 히로 앞에 서게 된 것이다. 히로는 반사적으로 그들을 죽이지 않기로 마음먹는다.

조명이 화려한 넓은 통로에 접어드는 순간, 깜박이며 흔들리는 로글로 불빛 사이를 뚫고 웬 검은 존재들이 오래된 나팔관을 헤치고 달리는 아무 생각 없는 정자들처럼 달려오는 모습이 보인다. 뾰족한 뭔가를 손에 든 그들은 집행자들이다. 그들의 모습을 보면 메타캅들은 보이 스카우트 정도로밖에 보이지 않는다.

가고일이 되어야 할 시간이다. 히로는 모든 장치를 켠다. 적외선 장치, 밀리미터파 레이더, 음향 조정 장치. 이런 상황이라면 적외선 시각 장치는 별 도움이 안 된다. 하지만 밀리미터파 레이더는 집행자들이 손에 든 무기가 어느 회사 제품인지 어떤 모델인지 어떤 총탄을 쓰는지 확인해 준다. 그들은 모두 기관 단총으로 무장했다.

그러나 집행자들과 뉴사우스 아프리카 사내들은 레이더를 사용할 필요가 없다. 피와 척추에서 나온 골수가 히로가 든 칼을 타고 흘러내리는 모습이 뻔히 보이기 때문이다.

비탈리 체르노빌과 원자로 폭발 밴드의 음악이 주위를 둘러싼 싸구려 스피커에서 울려 퍼진다. 그들이 발표한 첫 번째 곡으로 빌보드 차트에도 올랐던 〈구멍 뚫린 내 가슴에서 연기가 나요〉라는 노래다. 음향 조정 장치는 들리는 음악을 적절한 수준으로 줄이고 스피커에서 발생하는, 끔찍할 정도로 뒤틀린 소리를 제거해 친구가 부르는 노랫소리를 히로가 좀 더 깔끔하게 들을 수 있도록 해 준다. 그런 상황 때문에 모든 게 초현실적으로 보인다. 그는 스스로 아무것도 할 수 없는 기분이다. 자신이 여기 있는 것 같지도 않다. 바이오매스 속에서 길을 잃은 느낌이다. 마리화나라도 있었더라면 그는 스피커 속으로 뛰어들어 디지털 요정이라도 되는 것처럼 전선을 따라 자신이 사는 LA까지 돌아갈 수도 있었을 것이다. 모든 것이 시작된, 그가 사는 세계 최고의 도시 LA로 가서 비탈리에게 술을 한 잔 사고 침대 속으로 기어들어 갈 수 있을 것이다.

등에서 끔찍한 고통이 느껴지더니 히로의 몸이 앞으로 비틀거린다. 백 개나 되는 망치가 등을 때리는 느낌이다. 동시에 로글로 불빛 위로 노란색 불빛이 타닥거리며 튀어 오른다. 고글에 붉은색 표시가 치솟아 오르듯 나타나고 밀리미터파 레이더가 총알이 날아드는 걸 포착했다고 알려 준다. 마치 "이쪽으로 총알이 날아드는데 어디서 오는 건지 알고 싶으신가요?"라고 묻는 것 같다.

방금 히로의 등에 누군가 기관총을 쏜 것이다. 모든 총알이 몸통 부분에 맞고 나서 바닥에 떨어졌지만, 총을 맞은 쪽 갈비뼈 가운데 절반에 금이 가고 몇몇 내부 장기는 멍이 든다. 히로는 몸을 돌린다. 통증이 느껴진다.

뒤에 선 집행자는 총은 포기했는지 다른 무기를 꺼내 든다. 히로가 쓴 고글에 상대방이 든 무기의 제원이 나타난다. '퍼시픽 인포스먼트 하드웨어사社' 모델 SX-29 포승줄 사출 장치[가래침 총]. 그는 애초에 이걸 사용했어야만 했다.

그저 위협하려고 칼을 들고 다녀서는 안 된다. 누군가를 죽일 의도가 없다면 칼을 뽑지도 말아야 하고 뽑은 칼을 들고 다녀서도 안 된다. 히로는 카타나를 치켜든 채 집행자 사내를 향해 달려든다. 사내는 바람직한 행동을 한다. 재빨리 달아나 버린 것이다. 칼에 달린 은빛 술이 사람들 머리 위에서 번쩍이며 빛난다. 번쩍이는 술 때문에 집행자들은 그를 멀리서도 알아볼 수 있고, 다른 사람들은 멀리 비켜선다. 그래서 타운홀의 중앙 통로를 따라 달리는 히로 앞을 아무도 막아서지 않고, 대신 뒤로는 번쩍이는 검은색 사내들이 잔뜩 따라붙는다.

히로는 고글에 표시되던 온갖 장비를 모두 꺼 버린다. 여러 가지 수치들은 정신만 헷갈리게 할 뿐이다. 멍하니 서서 자신이 죽어 가는 꼴을 수치화해서 보는 것이나 마찬가지다. 아주 포스트모던한 상황이다. 이제 주변을 둘러싼 모든 사람처럼 그도 현실 세계에 젖어 들 시간이다.

아무리 집행자들이라고 해도 히로가 바로 코앞에 있는 상황이거나 아주 기분이 나쁜 상태가 아니면 사람들이 많은 곳에서 커다란 총을 갈겨 댈 리는 없다. 히로를 향해 발사했지만 빗나간 가래침 총탄 여러 발이 넓게 퍼져 집행자들에게 짜증만 일으키고 있다. 가래침 총은 구경꾼들을 덮쳐 끈적거리는 거미줄로 사람들을 붙들어 매고 있다.

삼차원 비디오 게임장과 지겨워 죽겠다는 듯한 표정을 한 창녀들이 들어찬 유리 벽 사이에서 히로는 기적을 발견한다. 바람을 불어 넣어 세운 공기 주입식 텐트 밖으로 나갈 수 있는 출구다. 맥주 냄새와 잘게 부서진 체액으로 가득한 바람이 열린 문틈을 통해 밖으로 빠져나가고 있다.

나쁜 상황과 좋은 상황은 연이어서 발생하곤 한다. 다음으로 발생한 나쁜 상황은 철제 창살이 내려오며 문을 막은 것이다.

이런 빌어먹을. 이건 어차피 공기를 불어 넣은 텐트일 뿐이야. 히로는 레이더를 다시 켠다. 벽 색깔이 엷어지더니 보이지 않게 된다. 이제 그는 벽을 꿰뚫고 바깥쪽 철제 구조물을 보고 있다. 자신이 오토바이를 세워 놓고 온 주차장을 찾는 데 그리 오랜 시간이 걸리지 않는다. 주차장에 있는 오토바이는 무장한 종업원이 잘 지키고 있을 것이다.

히로는 창녀들이 있는 가맹점 쪽으로 향하는 척하다가 재빨리 방향을 바꾸어 벽면이 노출된 곳으로 달려간다. 건물의 벽을 이룬 천은 매우 질기지만 히로가 칼을 한번 휘두르자 2미터 가까이 찢어져 버린다. 그는 고약한 냄새가 뿜어져 나오는 구멍을 통해 금세 밖으로 빠져나온다.

그 이후, 그러니까 히로가 올라탄 오토바이와 뉴사우스 아프리카 사내들이 올라탄 전천후 트럭 그리고 집행자들이 올라탄 매끄럽게 생긴 순찰차들이 한꺼번에 커다란 굉음을 내며 고속 도로를 달리기 시작한 이후로는 그저 평범한 차량 추격 장면이 되어 버리고 만다.

41

와이티는 일을 하면서 온갖 이상한 곳들을 경험했다. 그녀의 가슴에는 40개 가까이 되는 나라들의 비자가 붙어 있다. 그리고 그녀는 이런저런 실제 나라들은 말할 것도 없고, 여름철 휴양지처럼 멋진 끄트머리 섬 폐기 구역에서부터 그리피스 공원의 야영지까지 가 보지 않은 곳이 없다. 그러나 이번에 받은 일거리는 지금까지 해 본 일들 가운데 가장 해괴한 것이다. 누군가 그녀에게 뭔가를 미국 정부에 전달해 달라고 했다. 업무 지시서에 떡하니 그렇게 쓰여 있다.

물건은 서류 봉투 하나였으니 딱히 배달이라고 할 것도 없다.

"정말 우편으로 안 보내실 거예요?"

와이티는 물건을 접수하며 묻는다. 버브클레이브 바깥쪽에 있는 흔히 볼 수 있는 사무실용 건물이다. 쓸모없는 사업을 하는 다른 사무실과 마찬가지로 전화나 집기가 보이긴 하지만 실제로는 아무 일도 하지 않는 모습이다.

물론 와이티가 괜히 빈정대기 위해 해 본 말에 불과하다. 우편은 연방 청사 단지 말고는 제대로 이용할 수도 없다. 우편함이라는 우편함은 모두 뜯겨 나가 옛날 분위기를 좋아하는 괴짜들의 아파트를 장식하고 있다. 그러나 이번 일이 더욱 우스운 건 목적지가 연방 청사 단지 한가운데에 있는 건물이라는 점이다. 그러니까 말이 안 되는 건 이렇다. 연방 정부에 보낼 물건이 있다면 왜 그들이 운영하는 엉망진창 우편 서비스를 쓰지 않는가? 공연히 멋진 쿠리에에게 물건을 들려 보냈다가 공무원들 눈 밖에 나는 게 두렵지 않단 말이야?

"글쎄, 여기서는 우편이 안 될걸?"

사내가 말한다.

사무실이 어떻게 생겼는지 설명하는 건 의미가 없다. 그녀의 눈알이 사무실을 자세히 살펴보거나 그래서 그녀의 머릿속에 있는 귀중한 기억 저장소에 일부를 차지하도록 하는 건 전혀 의미가 없다. 형광등 불빛과 카펫 같은 천을 바른 칸막이들. 저는 카펫이 바닥에 붙은 편이 더 좋네요, 감사합니다. 색깔들하고는. 인체 공학적으로 최악이군. 립스틱 바른 여자들. 복사기 냄새. 와이티는 모든 물품이 새것 같다고 생각한다.

서류 봉투는 사내의 책상 위에 놓여 있다. 그 남자를 묘사하는 것도 별 의미는 없다. 남부 아니면 텍사스주의 말투가 느껴진다. 서류 봉투의 아래쪽 끝은 약간 떨어진 책상 끝의 선과 평행을 이룬 채 완벽하게 한가운데에 자리를 잡고 있다. 마치 조금 전에 의사가 들어와 서류 봉투를 핀셋으로 집어 책상에 올려놓기라도 한 것 같다. 목적지 주소가 보인다. 미합중국 LA-6 빌딩, 우편 번호 MS-1569835 지역, 968A호.

"반송 주소가 없어도 될까요?"

그녀가 묻는다.

"필요 없어."

"혹시 배달이 안 되면 이리로 다시 가져올 수가 없어요. 이놈의 사무실들은 거기가 거기 같아서 말이죠."

"그건 중요하지 않아. 배달하는 데 얼마나 걸릴 것 같나?"

"최대 2시간이요."

"왜 그렇게 오래 걸리지?"

"출입국 사무소가 있잖아요. 연방 정부는 다른 곳처럼 입국 창구를 현대화하지 않았다고요."

그래서 쿠리에들은 무슨 수를 써서라도 연방 청사 단지로 일을 나가려 하지 않는 것이다. 그러나 오늘은 일이 많지 않다. 와이티는 아직 마피아로부터 비밀 임무가 있다는 연락을 받지 못했고, 이번 일을 맡으면 점심시간에 맞춰 엄마를 볼 수 있을지도 모른다.

"네 이름은 뭐지?"

"우린 이름 안 가르쳐줘요."

"누가 이걸 배달하는지 알아야 하는데."

"왜요? 중요하지 않다면서요."

사내는 엄청나게 당황해한다.

"좋아, 그렇게 하지. 그냥 배달만 해 줘."

사내가 말한다.

좋아, 그런 식으로 나와야지. 와이티는 속으로 대답한다. 그리고 속으로 또 다른 여러 가지 말을 한다. 사내는 괴상한 녀석임이 틀림없다. 그런 녀석들은 늘 "이름이 뭐지?" 하고 묻는다. 웃기고 있네, 정말.

이름은 중요하지 않다. 쿠리에는 대체할 수 있는 부품이란 사실을 모르는 사람은 없다. 그 가운데 일부가 더 빠르고 일을 잘하는 것뿐이다.

그녀는 사무실에서 빠져나온다. 다른 사무실과 다른 점이 없다. 회사 로고도 하나 안 붙어 있다. 그래서 그녀는 엘리베이터를 기다리는 동안 본사에 전화를 걸어 이번 건을 누가 의뢰했는지 물어본다.

몇 분 뒤, 사무실이 가득 찬 건물 밖으로 달려 나가 멋진 벤츠 자동차에 달라붙었을 때 대답이 왔다. '라이프 첨단 연구소'. 또 그놈의 첨단 기업이로군. 아마 정부와 계약을 맺고 싶어 하는 것일 수도 있다. 아니면 정부를 상대로 혈압계를 팔아먹으려는 것이거나. 그 비슷한 일일 것이다.

어쨌거나 그녀는 그저 물건만 전달하면 그만이다. 그녀는 자신이 매달린 벤츠 자동차가 '굼벵이 짓'을 한다는 느낌이 든다. 그러니까 그녀가 스스로 떨어져 나갈 때까지 아주 느린 속도로 달리는 것이다. 그녀는 옆으로 지나가는 배달 트럭에 매달린다. 차체가 가볍게 움직이는 것으로 보아 물건을 싣지 않은 트럭인 것 같다. 그렇다면 아마 상당히 빨리 달릴 것이다.

10초 뒤, 예상했던 대로 벤츠가 왼쪽 차선으로 다시 달려 나간다. 그래서 그녀는 다시 작살을 던져 몇 킬로미터를 신나게 달린다.

연방 청사 단지 안으로 들어가는 일은 짜증스럽다. 공무원들은 대개 플라스틱과 알루미늄으로 만든 작은 차를 몰기 때문에 작살을 붙이기가 어렵다. 하지만 결국 쥐방울만 한 3기통짜리 자동차 한 대를 찾아낸 와이티는 그 차 꽁무니에 붙어 미합중국 국경을 넘어선다.

미국은 영토가 줄어들수록 경계심이 느는 모양이다. 요즘 출입국 사무소 사람들은 도저히 믿을 수 없을 지경까지 이르렀다. 그녀는 10페이지짜리 서류에 서명해야 한다. 그리고 그 서류를 모두 읽어야만 한다. 직원 말로는 서류를 모두 읽는 데만 30분은 걸릴 거란다.

"하지만 전 2주 전에 읽었어요."

"혹시 내용이 바뀌었을지도 몰라. 그러니까 다시 읽어야 해."

경비원이 말한다.

서류 내용은 기본적으로 이 서류에 서명한 사람은 테러리스트나 공산주의자[뭔지도 모르겠지만], 동성애자, 국가의 상징물을 모독하는 자, 음란물 판매상, 자격 없이 사회 복지 기금을 축내는 사람, 인종 차별주의자, 전염병자, 전통적인 가족의 가치를 비난하는 이데올로기를 옹호하는 사람이 아니라는 걸 보증하는 내용이다. 서류 대부분은 첫 페이지에 쓰인 용어가 무슨 뜻인지 설명하는 내용이다.

그래서 와이티는 조그만 방에 앉아 30분 동안 이런저런 일을 하며 기다린다. 크기가 작은 온갖 장비의 배터리를 교환하고, 손톱을 다듬고, 스케이트보드가 스스로 자동 점검을 하도록 한다. 그렇게 시간을 보낸 와이티는 빌어먹을 서류에 서명하고 경비원에게 제출한다. 그러고 나서야 그녀는 연방 청사 단지에 들어선다.

목적지인 건물을 찾는 일은 어렵지 않았다. 전형적인 연방 정부 건물이다. 계단이 백만 개는 되어 보인다. 마치 계단으로 이루어진 산꼭대기에 세워진 것 같다. 기둥은 왜 또 그리 많은지. 다른 건물들보다 보안 요원이 상당히 많이 배치되어 있다. 매끈하게 머리를 빗어 넘긴 육중한 사내들이다. 분명히 보안과 관련된 건물일 것이다. 건물 현관을 지키는 사내는 어느 모로 보나 경찰처럼 보인다. 그는 스케이트보드를 들고 들어가려는 그녀를 그대로 놔두려 하지 않는다. 마치 실외에 스케이트보드를 안전하게 보관하는 장소를 갖춰 두기라도 한 것처럼.

경찰관 사내는 도저히 꺾을 수 없는 사람이다. 하지만 상관없다. 와이티도 마찬가지이기 때문이다.

"그럼 쉬는 시간에 이 서류 봉투를 9층에 갖다 주세요. 안됐네요. 계단으로 걸어가야 할 테니 말이죠."

그녀가 말한다.

있는 대로 짜증이 난 사내가 대답한다.

"이봐, 여긴 행정부 작전 총괄 사령부야. 그것도 본부 같은 곳이라고. 행작사 중앙 통제 본부지. 알아? 주변 1마일 안쪽에서 벌어지는 일은 모두 녹화하고 있어. 사람들은 이 건물이 보이는 곳에서는 도로에 침도 뱉지 않는다고. 욕지거리도 안 해. 아무도 네 스케이트보드를 훔쳐 가지 않는단 말이야."

"그럼 더 나쁜 상황이네요. 사람들이 이걸 훔쳐 갈 거예요. 그리고 훔친 게 아니라 몰수했다고 말하겠죠. 공무원들 다 그렇잖아요. 아무거나 막 몰수해 대고 말이에요."

사내는 한숨을 내쉰다. 그러더니 한참 멍한 표정을 지으며 아무 말도 하지 않는다. 와이티가 보기에 귀에 꽂은 이어폰으로 뭔가 지시를 받는 것 같다. 이어폰이야말로 진정한 연방 경찰의 표식이다.

"들어가라. 그렇지만 서명은 해야 해."

사내가 말한다.

"물론 해 드려야죠."

와이티가 말한다.

사내가 그녀에게 서명하라며 내민 건 전자펜이 달린 노트북 컴퓨터다. 그녀가 화면에 '와이티'라고 쓴 글씨는 디지털 비트맵으로 바뀌어 저장되고 자동으로 시간이 기록되면서 연방 정부 중앙 컴퓨터로 전송된다. 어차피 발가벗지 않은 다음에야 금속 탐지기를 통과할 수 없다는 걸 잘 아는 와이티는 경찰 사내의 책상을 손으로 짚으며 뛰어넘는다. 설마 총이라도 쏘겠어? 그렇게 와이티는 스케이트보드를 옆구리에 끼고 건물로 들어선다.

"이봐!"

경찰 사내의 목소리에는 그다지 힘이 들어 있지 않다.

"뭐요? 이 건물에 보안 요원들이 득실거린다면서요? 여자 쿠리에한테 목이 졸리고 강간이라도 당할까 봐 겁나서 그래요?"

그녀는 거칠게 엘리베이터 버튼을 눌러 대며 말한다.

엘리베이터는 영원히 내려오지 않을 것 같다. 참을성을 잃은 그녀는 다른 모든 공무원처럼 계단으로 올라가기로 한다.

현관에서 만난 사내의 말이 옳았다. 9층에 와 보니 이 건물이 경찰 본부라는 게 실감난다. 그녀가 지금까지 봤던 선글라스를 끼고 매끄럽게 머리를 빗어 넘긴 사내들이 여기 모두 모여 있다. 사내들은 모두 잘 드러나지 않는 색깔의 이어폰을 귀에 꽂고 있다. 여자 요원들도 가끔 보인다. 그들은 사내들보다 오히려 더 무서워 보인다. 전문가처럼 보이려고 여자들이 머리를 스스로 저렇게까지 할 수 있다니. 세상에! 차라리 오토바이 헬멧을 쓰는 게 낫지 않을까? 그러면 최소한 벗어 버릴 수는 있으니 말이다.

그런데 남자건 여자건 선글라스를 낀 사람은 보이지 않는다. 선글라스를 벗은 요원들은 마치 발가벗은 것 같다. 바지를 벗은 채 돌아다니는 것처럼 보이기도 한다. 거울 같은 선글라스를 쓰지 않은 정부 요원을 보니 마치 실수로 남자 탈의실에 들어간 느낌이 든다.

그녀는 968A호를 아주 쉽게 찾아낸다. 9층 실내 대부분은 책상들이 가득 메우고 있다. 번호가 붙은 작은 방들은 구석 쪽에 있는데 뿌옇게 처리가 된 유리문이 달렸다. 으스스하게 생긴 사내들은 각자 일하는 책상이 있는 것 같은데, 일부는 책상 주변에서 어슬렁거리는 중이고 나머지 사람들은 책상 사이를 뛰어다니거나 다른 사람 책상으로 가 즉석 회의를 하듯 의견을 나누고 있다. 그들이 입은 하얀색 셔츠는 눈이 아플 정도로 깔끔하다. 생각했던 것보다 어깨에 총집을 찬 사람은 많지 않다. 총을 든 요원들은 아마 예전에 앨라배마 또는 시카고라 부르던 곳에서 이제는 후다닥 편의점이나 유독 폐기물 폐기장이 되어 버린 과거 미국의 영토를 되찾으려 애쓰고 있을지도 모른다.

그녀는 968A호로 들어선다. 사무실이다. 안에는 정부 요원으로 보이는 네 명의 사내가 있는데, 다른 사람들과 똑같지만 대부분 약간 나이가 들어 사십 대와 오십 대로 보인다.

"여기로 전달할 물건이 있어서 왔는데요."

와이티가 말한다.

"자네가 와이티인가?"

책상 뒤에 앉은 가장 상관인 듯한 사내가 말한다.

"이름을 알려 준 적이 없는데요. 어떻게 내 이름을 알아냈죠?"

와이티가 말한다.

"알아보겠군. 자네 엄마를 알거든."

사내가 말한다.

와이티는 사내의 말을 믿지 않는다. 그러나 이런 정부 요원들은 온갖 수단을 동원해 이런저런 것들을 금세 알아내곤 한다.

"혹시 아프가니스탄에 친척이 사나요?"

와이티가 말한다.

사내들은 서로 얼굴을 바라본다. 와이티가 무슨 말을 지껄이는지 모르겠다는 투다. 그러나 와이티가 한 말은 상대방이 들으라고 한 게 아니다. 사실 와이티가 차려입은 작업복과 스케이트보드 안에는 온갖 음성 인식 장치들이 들어 있다. "혹시 아프가니스탄에 친척이 사나요?"라는 말은 그녀가 모든 장비에 귀를 기울이고 혹시 모를 상황에 대해 준비하라고 지시하는 암호다.

"이 서류 봉투 안 받으실 거예요?"

그녀가 말한다.

"내가 받지."

제일 높아 보이는 사내가 일어서며 한 손을 내민다.

와이티는 방 가운데로 걸어가 사내에게 봉투를 내민다. 그러나 사내는 봉투를 받는 대신 갑자기 그녀의 팔뚝을 낚아채듯 붙잡는다.

사내의 다른 손에 열린 수갑이 보인다. 사내가 열린 수갑으로 와이티의 손목을 내려치자 수갑은 작업복 소매 위로 그녀의 손목을 조인다.

"미안하지만 널 체포해야만 한단다, 와이티."

사내가 말한다.

"무슨 빌어먹을 짓을 하는 거죠?"

와이티가 붙들리지 않은 팔을 책상 반대편으로 뻗는 바람에 사내는 그녀의 두 손을 수갑으로 묶지 못한다. 하지만 다른 요원 하나가 그녀의 반대편 팔을 붙잡는다. 이제 그녀는 마치 덩치 큰 두 정부 요원이 서로 잡아당기는 팽팽한 밧줄 꼴이 되어 버린다.

"너희는 죽었어."

와이티가 말한다.

사내들은 용감하게 구는 계집애를 보는 게 즐거운 듯 웃음을 짓는다.

"너희는 죽었어."

그녀가 같은 말을 또 한다.

이 말은 그녀의 모든 장비가 고대하며 기다리던 암호다. 그녀가 같은 말을 두 번째로 하는 순간 몸에 붙은 온갖 자기방어 장치들이 작동을 시작한다. 그 말은 다른 무엇보다 우선 수천 볼트나 되는 고주파 전력이 갑자기 그녀의 손목을 타고 바깥쪽으로 흐르기 시작한다는 뜻이다.

책상 뒤에 서서 수갑을 채운 사내는 뱃속 깊숙한 곳에서 흘러나오는 신음을 터뜨리며 그녀의 몸에서 떨어져 나간다. 그는 오른편 몸 전체를 경련하듯 뒤틀더니 의자를 뒤집어엎고 대리석 창턱에 머리를 찧으며 벽 쪽으로 나자 빠진다. 그녀의 다른 쪽 팔을 잡아당기던 사내는 마치 보이지 않는 침대에라도 누운 듯 몸을 곧게 뻗더니 뜻하지 않게 또 다른 사내의 얼굴을 철썩 후려 갈긴다. 얼굴을 맞은 사내는 머리에 꽤 많은 양의 전기가 흐른 모양이다. 두 사내는 마치 자루에 담긴 미친 고양이들처럼 바닥에 털썩 쓰러진다. 그렇게 혼자 남게 된 마지막 사내는 뭔가 꺼내려는 듯 옷 속으로 손을 집어넣는다. 와이티는 사내 쪽으로 한 걸음 다가가 자신의 손목에 매달린 수갑을 휘둘러 한쪽 끝이 사내의 목을 스치게 한다. 살짝 닿았을 뿐이지만 사내는 마치 악마가 두 손으로 휘두르는 도낏자루에 얻어맞은 것처럼 충격을 받는다. 사내는 척추 아래위로 전류가 흐르더니 낡아 빠진 나무 의자 몇 개를 넘어뜨리며 나자빠지고, 바닥에는 사내의 몸에서 떨어진 권총이 나뒹굴더니 아이들이 갖고 노는 팽이처럼 팽그르르 돈다.

와이티가 손목을 정해진 각도로 꺾자 소매 안쪽에서 전기 충격기 막대가 빠져나와 손에 쏙 들어와 잡힌다. 손목에서 덜렁거리는 수갑은 반대편에서 비슷한 역할을 할 수 있을 것이다. 그리고 그녀는 최루 가스통을 꺼내 가스가 넓게 퍼지도록 구멍을 조절한다.

정부 요원 하나가 친절하게도 천천히 사무실 문을 열며 들어선다. 이미 권총을 빼 든 상태였는데, 사내 뒤로 사무실에 있던 요원들로 보이는 대여섯 명의 사내가 진을 친 모습이 보인다. 와이티는 바로 최루 가스를 뿌려 댄다. 쉬익. 마치 살충제를 뿌린 것 같다. 사람들이 바닥으로 넘어지는 소리가 큰 북을 두드리는 소리처럼 들린다. 여기저기 엎어진 사람들 위로 달려도 스케이트보드는 아무 문제가 없다. 그녀는 좁은 방에서 넓은 사무실로 빠져나온다. 온갖 방향에서 믿을 수 없을 정도로 많은 사람이 달려든다. 그녀는 최루 가스를 움켜쥐고 손잡이를 누른 채 앞쪽으로 들이밀고 한쪽 발로 바닥을 지치며 속도를 높인다. 최루 가스는 마치 옆으로 열을 지어 선 선수들이 상대방을 밀어내는 것 같다. 그녀는 온통 바닥에 깔린 사람들을 짓밟으며 앞으로 달려 나간다. 날렵한 요원 몇 명이 뒤쪽에서 달려들어 그녀를 뒤로 잡아채려 들지만, 그녀는 이미 뒤로 전기 충격기 막대를 들이대고 있다. 전기 충격을 받은 사람들의 신경 조직은 몇 분 동안 뜨겁게 달군 갈고리에 걸린 것 같은 느낌을 받겠지만 그것 말고 다른 영향은 전혀 없다.

사무실을 4분의 3쯤 빠져나갔을 때 최루 가스가 모두 떨어진다. 그러나 사람들이 가스통을 두려워하기 때문에 안에서 아무것도 뿜어져 나오지 않는데도 여전히 몇 초 정도는 효과가 있다. 사람들이 와이티 앞을 막지 않고 달아나기 때문이다. 그러더니 상황을 눈치챈 두어 사람이 그녀의 손목을 움켜쥐려는 실수를 저지르고 만다. 그녀는 한 사람은 전기 충격기 막대로, 다른 사람은 손목에 감긴 수갑으로 처리해 버린다. 그리고 쿵 하는 소리와 함께 그녀는 50명에 가까운 희생자를 남기고 계단통으로 들어선다. 그녀를 비신사적으로 체포하려던 그들에겐 마땅한 대우였다.

걷는 사람에게 계단은 성가신 대상이다. 하지만 스마트 휠에게는 계단도 그저 기울기가 45인 내리막길에 지나지 않는다. 전체적으로 고르지 못하고 특히 2층으로 내려갈 때는 충격이 좀 있는 데다 너무 빠른 감이 있지만, 쉽게 빠져나올 수 있을 정도다.

운도 따른다. 1층을 지키던 경찰 하나가 막 계단으로 통하는 문을 열고 있다. 온통 시끄럽게 울려 대는 사이렌 소리와 비상벨이 합쳐져 만들어 낸 광란의 소리에 놀란 것이 틀림없다. 그녀는 사내 곁을 바람처럼 지난다. 사내가 와이티를 붙잡으려고 한 손을 뻗치다가 그녀의 허리 부근을 후려치듯 건드린다. 하지만 그녀가 탄 스케이트보드는 매우 똑똑해서 그녀가 중심을 잃고 엉뚱하게 뒤쪽으로 흔들리자 몸을 가눌 수 있도록 약간 속도를 늦춘다.

보드는 어느새 그녀의 발밑으로 되돌아온다. 그녀는 재빨리 방향을 바꿔 엘리베이터가 있는 로비로 나서며 문 모양처럼 생긴 금속 탐지기 한가운데를 노리며 달린다. 금속 탐지기 너머 건물 밖으로 보이는 환한 자유의 빛이 빛나고 있다.

아까 들어서며 만났던 경찰 사내가 일어서 있다가 재빨리 자세를 갖추고 마치 날개를 편 독수리처럼 금속 탐지기를 가로막고 선다. 와이티는 그에게 똑바로 달려들 것처럼 달리다가 마지막 순간에 보드를 약간 옆으로 튼 다음 발가락으로 작동시키는 여러 스위치 가운데 하나를 누르고 하체를 잔뜩 구부렸다가 공중으로 뛰어오른다. 그녀의 몸이 경찰 사내의 책상 위를 나는 동안 보드는 그 아래를 통과한다. 잠시 후 보드에 내려앉으며 비틀거리던 그녀는 다시 균형을 되찾는다. 그녀는 로비를 가로지르며 출입문을 향해 달린다.

여기는 오래된 건물이라 출입문 대부분이 금속이다. 그러나 유리가 달린 회전문도 두 개 있다.

과거에 보드를 타는 젊은이들이 아무 생각 없이 가끔 유리창으로 달려들어 문제가 되곤 했다. 그러다가 보드를 타고 물건을 배달하는 사업이 번창하고, 유리창으로 건물을 치장하는 일이 유행처럼 번지는 도심에서 보드를 즐기는 젊은이들이 더 빨리 달리려 경쟁하자 문제는 더 심각해졌다. 그래서 값비싼 스케이트보드라면 추가 사양으로 '래딕스 얇은 원뿔형 충격파 발사 장치'를 장착할 수도 있다. 물론 와이티가 타는 보드는 값비싼 물건이다. 충격파 발사 장치는 순식간에 작동하는 게 장점이지만 단 한 번밖에 사용할 수 없다[폭발성 물질을 이용해서 힘을 내기 때문이다]. 한 번 사용한 후에는 전문 수리점으로 가져가 다시 장전해야 한다.

그 장치는 긴급 사태가 발생했을 때 사용하는 것이다. 비상용 버튼이라 할 수 있다. 하지만 멋진 장치이기도 하다. 와이티는 보드가 정확히 회전문을 향하고 있는지 다시 확인한 다음 장치를 작동시키는 스위치를 발가락으로 누른다.

세상에. 그건 마치 스타디움에 방수포를 씌워 거대한 북으로 만든 다음 그리로 747 여객기가 돌진하는 듯한 기분이다. 그녀의 몸속에서 온갖 장기가 한 뼘씩 움직이는 느낌이다. 심장이 간과 자리를 뒤바꾼다. 발바닥이 얼얼해지더니 감각이 사라진다. 심지어 그녀는 충격파에 직접 맞는 것도 아닌데 말이다.

회전문에 달린 안전유리는 그녀가 상상한 것처럼 바닥으로 부서져 내리지 않는다. 유리는 뿜어지듯 틀 밖으로 부서져 날아간다. 유리 조각들이 건물 밖으로 튀어 나가 현관 앞 계단 위로 쏟아진다. 와이티는 바로 그 위로 달려 내려간다.

건물 앞 하얀 대리석 계단 위로 흘러넘치는 우스꽝스러운 모습의 폭포는 보드를 타고 미끄러져 내려가기에 딱 알맞다. 보도에 내려설 때쯤 그녀는 멕시코까지라도 단번에 달려갈 수 있을 정도로 속도를 얻은 상태다.

넓은 도로로 나선 그녀는 400여 미터 떨어진 곳에 있는 출입국 관리소 초소를 뛰어넘을 생각으로 겨냥하듯 바라본다. 그런데 뭔가가 시선을 위로 잡아끈다.

머리 위로 솟은 높은 건물. 방금 그녀가 빠져나온, 연방 요원들이 가득 찬 그 고층 건물에 달린 모든 경보기가 한꺼번에 울려 대고 있으니 올려다보지 않을 수가 없다. 하지만 창문은 거의 열리지 않기 때문에 요원들이 할 수 있는 행동은 겨우 밖을 내다보는 정도다. 그러나 옥상에도 사람들이 있다. 대개 옥상은 숲을 이룰 정도로 안테나들이 빽빽한 곳이다. 옥상 숲에 사는 섬뜩한 요정이라 할 수 있는 사내들이 나무 사이에 숨어 있다. 선글라스를 낀 그들은 행동을 취할 준비를 마치고 무기를 손에 든 채 그녀를 내려다보고 있다.

　그러나 그녀를 겨누는 건 오직 한 명뿐이다. 그런데 그가 겨눈 무기는 어마어마하게 크다. 총신이 거의 야구 방망이만큼이나 굵다. 총구가 불빛을 뿜는 모습, 그리고 총구 주위로 갑자기 하얀 연기가 도넛처럼 둥글게 퍼지는 게 그녀의 눈에 보인다. 총구는 그녀가 아니라 그녀가 선 앞쪽을 노리고 있다.

　충격탄은 바로 그녀가 선 도로 앞에 떨어지더니 공중으로 튀어 올라 지상 6미터 높이에서 폭발한다.

　폭발 후 4분의 1초가 지나는 동안 벌어진 모든 상황은 이렇다. 눈도 못 뜨게 하는 섬광 따위는 없다. 오히려 완벽하게 둥근 모양을 한 충격파가 바깥쪽으로 퍼지는 모습이 똑똑히 보인다. 마치 얼음으로 된 공처럼 딱딱하고 생생한 느낌을 준다. 둥근 충격파가 도로와 만나는 부분에 원형으로 생긴 파면波面 때문에 조그만 돌멩이들이 떨고, 오랜 시간이 흘러 땅바닥에 붙어 납작해진 맥도널드 햄버거 포장지가 뒤집히고, 도로의 조그만 틈새에 낀 고운 밀가루 같은 먼지들마저 휘말려 날기 시작한다. 그렇게 바닥과 맞닿은 충격파는 아주 조그만 눈보라처럼 도로 위를 쓸고 지나 그녀에게 달려든다. 공중에서 시작된 충격파는 소리와 같은 속도로 그녀에게 돌진한다. 공기로 만들어진 렌즈 맞은편 모든 사물은 온통 일그러져 보인다. 충격파가 그녀의 몸을 휩쓸고 지나간다.

42

새벽 5시 히로가 오토바이를 타고 산길 꼭대기에 이르렀을 때, 오리건주 포트 셔먼이라는 마을 모습이 갑자기 앞에 펼쳐진다. 거대한 말굽 모양의 계곡 안에서 노란색 로글로 불빛이 번쩍거리는 그곳은 아주 오래전, 마치 헛바닥이 여자의 음부를 핥듯 거대한 얼음이 덮쳐 바위를 땅으로 만든 지역이다. 비가 자주 내리는 숲과 만나는 도시 끝자락은 금가루를 조금 뿌린 것처럼 보인다. 항구 쪽으로 가까이 갈수록 노란빛은 두꺼워지고 강렬해진다. 깔끔하게 뻗은 오리건주의 해안을 길고 좁은 피오르 해안 모양으로 파고 들어간 곳에서 시작된 깊고 차가운 해구의 까만 바닷물은 일본을 향해 일직선으로 펼쳐져 있다.

히로는 다시 태평양 해안으로 돌아온 것이다. 밤새 온갖 어려움을 뚫고 달린 뒤라 기분이 좋다. 백인 건달패와 산적 놈들은 왜 그리 많은지.

거의 20킬로미터나 떨어진 곳, 그것도 거의 1,500미터도 넘는 높은 산에서 내려다본 광경이지만 별로 예쁘지 않다. 더 멀리 떨어진 항구 중심가 쪽에는 빨간색 점이 몇 개 보인다. 그나마 노란색보다는 약간 낫다. 히로는 녹색이나 파란색 또는 보라색 불빛이 보였으면 하는 마음이지만, 그런 괜찮은 색깔이 보이는 동네는 없다.

어차피 이번 일은 입맛에 딱 맞지 않는 일이니까.

히로는 도로에서 벗어나 거의 1킬로미터 가까이 달린 다음 탁 트인 곳을 찾아 평평한 바위 위에 앉는다. 다시 말해 매복 공격을 받지 않을 만한 곳이다. 그리고 메타버스에 접속한다.

"사서?"

"네, 주인님."

"이난나에 관해 알고 싶네."

"수메르 신화에 등장하는 인물입니다. 후대 문화에서는 이슈타르나 에스더라고 알려져 있습니다."

"좋은 여신인가 아니면 나쁜 여신인가?"

"좋은 쪽입니다. 많은 사랑을 받았습니다."

"그 여신이 혹시 엔키나 아세라와 관계가 있나?"

"엔키와 관련이 많습니다. 시대에 따라 엔키와 좋거나 나쁜 관계를 맺었습니다. 이난나는 모든 위대한 메의 여왕이라고 알려졌습니다."

"메는 엔키가 관장한다고 알고 있었는데?"

"맞습니다. 하지만 이난나가 아브주에 가서 엔키에게서 모든 메를 넘겨받았습니다. 아브주는 에리두라는 도시에 있는 곳으로 물로 둘러싸인 요새인데, 엔키가 그곳에 메를 보관해 두었습니다. 그렇게 메는 인간들 세상으로 나오게 되었습니다."

"물로 둘러싸인 요새라고?"

"그렇습니다."

"엔키는 그 일을 어떻게 생각했지?"

"엔키는 자진해 메를 그녀에게 넘겨주었습니다. 아마도 취한 데다 이난나의 육체적 매력에 흠뻑 취해 그런 것으로 보입니다. 정신을 차린 엔키가 이난나를 뒤쫓아 가서 메를 되찾아 오려고 했지만, 그녀는 엔키를 따돌리는 데 성공했습니다."

"그럼 대입해 보자고."

히로는 중얼거리듯 말한다.

"뗏목 선단은 L. 밥 라이프의 물에 둘러싸인 요새야. 그는 뗏목 선단에 자신이 가진 모든 걸 싣고 다니지. 메라고 할 수 있는 모든 것 말이야. 후아니타는 애스토리아로 갔어. 며칠 전 기준으로 볼 때 뗏목 선단에서 가장 가까운 곳이었지. 내 생각엔 후아니타가 이난나 흉내를 내는 것 같군."

"또 다른 수메르 신화에서는 이난나가 지하 세계로 내려갔다고도 합니다."

사서 데몬이 말한다.

"계속 해."

히로가 말한다.

"그녀는 자신이 가진 메를 모두 모아 돌아올 수 없는 곳으로 들어갔다는 겁니다."

"멋지군."

"그녀는 지하 세계를 지나 죽음의 여신인 에레슈키갈(수메르 신화에 등장하는 죽음의 세계를 다스리는 여신)이 지배하는 신전에 도착합니다. 전혀 다른 모습으로 꾸민 그녀지만 모든 걸 꿰뚫어 보는 에레슈키갈에게 금세 들키고 맙니다. 그러나 에레슈키갈은 이난나가 신전에 들어오는 걸 허락합니다. 이난나가 신전에 들어서자 그녀가 입은 옷과 장신구 그리고 메가 모두 벗겨져 버리고, 그녀는 완전히 벌거벗은 채 지하 세계의 일곱 심판관 앞에 서게 됩니다. 크레이머가 묘사한 바에 따르면 심판관들은 '그녀에게 죽음의 시선을 고정했다. 그들이 던지는 말이 마음을 고문하고 이난나는 시체가, 썩어 가는 한 덩이 고깃덩어리가 되어 벽에 달린 갈고리에 걸렸다.'고 합니다."

"대단하군. 도대체 무슨 이유로 그녀는 그런 짓을 한 거지?"

"다이앤 보크스타인이 표현하길, '이난나는 포기했다……. 그녀가 발가벗기 전까지 살았을 적 이룬 것은 아무것도 남지 않았다. 오로지 다시 태어나려는 의지뿐……. 지하 세계로 떠났던 여행 때문에 그녀는 죽음과 부활의 힘과 신비를 체득했다.'"

"아, 그렇다면 이야기가 거기서 끝나지는 않았겠군?"

"이난나의 사자使者는 3일 동안 기다려도 그녀가 지하 세계에서 돌아오지 않자 여러 신에게 가서 도움을 요청합니다. 하지만 돕겠다고 나선 신은 엔키뿐이었습니다."

"그러니까 우리의 친구이자 해커 신인 엔키가 곤경에 빠진 이난나를 지옥에서 빼내 주었다는 거로군."

"엔키는 두 사람을 만들어 지하 세계로 이난나를 구하러 보냅니다. 그들이 부린 마법으로 이난나는 다시 살아납니다. 이난나는 지하 세계에서 수많은 죽은 이들을 이끌고 되돌아옵니다."

"후아니타가 뗏목 선단으로 떠난 지 이제 사흘이야. 해킹을 해야 할 시간이로군."

히로가 말한다.

지구는 그가 놓아둔 채로 여전히 뗏목 선단을 크게 확대해 보여 주고 있다. 어젯밤, 척 라이트슨과 대화를 나눠서 그런지 몇 주 전 엔터프라이즈호가 케나이 코디액 임시 공화국 옆을 지날 때 정교도들이 몰고 나와 달라붙은 배들을 찾아내는 일은 그다지 어렵지 않다. 함께 묶인 덩치 큰 소련 화물선 두 척 주위에 조그만 배들이 우글우글 몰려 있는 모습이다. 뗏목 선단 대부분은 칙칙한 갈색으로 자연적인 색인 데 비해 이 부분은 새하얀 탄소 섬유 같은 색을 띠고 있다. 공화국에서 안락하게 살던 은퇴자들로부터 빼앗은 요트들이다. 수천 척이나 된다.

뗏목 선단은 지금 포트 셔먼 앞바다를 지나는 중이니 아세라 여신을 받드는 고위 성직자들은 포트 셔먼에 내려서 즐기고 있을 거라고 히로는 생각한다. 며칠만 지나면 그들은 유레카, 샌프란시스코를 거쳐 LA로 향할 것이다. 그들은 뗏목 선단에서 일하는 정교도들을 가장 가까운 육지에서 지원하며 따라갈 것이다.

히로는 뗏목 선단에서 눈을 돌려 포트 셔먼까지 이어지는 바다 위를 둘러보기로 한다.

해변을 따라 싸구려 모텔들이 노란색 불빛을 밝힌 채 초승달 모양으로 늘어서 있다. 히로는 러시아식 이름을 한 모텔이 있는지 간판을 샅샅이 뒤진다.

어렵지 않은 일이다. 해변 한가운데 '스펙트럼 2000'이라는 모텔이 보인다. 이름에서 풍기는 느낌처럼 동전을 넣고 간신히 몸만 꾸겨 넣는, 로비에 있는 보관소 잠자리부터 꼭대기 층에 있는 최고급 특실까지 다양한 등급의 객실을 갖춘 곳이다. 그리고 그런 온갖 객실을 돈 내고 빌린 사람들은 온통 무슨 소프니 또는 무슨 프스키 또는 지금은 사라지고 없는 슬라브 말로 된 이름을 쓰는 사람들이다. 일반 군인들은 로비에 있는 좁은 보관소 잠자리에서 AK-47 소총을 옆구리에 낀 채 자고, 성직자들과 장군들은 더 높은 곳에 있는 좋은 방에서 묵는다. 히로는 오순절 러시아 정교도 성직자들이 마사지용 침대가 있는 방을 무슨 용도로 빌렸는지 잠깐 고개를 갸웃거린다.

꼭대기에 있는 최고급 특실은 구로프라는 이름의 신사가 사용하고 있다. 바로 그 KGB 사내다. 아마 겁이 난 나머지 뗏목 선단에서는 잠을 이루지 못하는 모양이다.

그자는 뗏목 선단에서 어떻게 포트 서먼으로 왔을까? 만일 몇백 킬로미터도 넘는 북태평양을 건너왔다면 상당히 큰 배를 이용했을 것이다.

포트 서먼에는 대여섯 개의 작은 부두가 있다. 지금은 대부분 조그만 갈색 배들로 가득 차 있다. 마치 태풍이 막 휩쓸고 지나간 것처럼 주변 해역에서 우글거리던 작은 배들이 가장 가까운 부두로 대피한 모습이다. 실제 그런 상황보다 약간 더 질서정연할 뿐, 다를 게 없다.

난민들은 이미 해안으로 헤엄쳐 들어오기 시작했다. 똑똑하고 의욕만 있다면 아마 여기서 캘리포니아까지 걸어갈 수도 있을 것이다.

부두가 시시할 정도로 조그만 배들로 가득한 이유는 바로 그 때문이다. 그러나 여러 부두 가운데 하나는 여전히 개인 소유인 듯 여유 있는 모습이다. 깨끗한 흰색 배들이 십여 척 깔끔하게 줄지어 서 있을 뿐, 지저분한 사람들의 모습은 보이지 않는다. 그리고 지구가 보여 주는 화면의 해상도가 워낙 뛰어난 나머지 히로는 그 부두에 조그만 도넛처럼 생긴 물체들이 드문드문 놓인 것도 볼 수 있다. 아마 모래주머니를 둥글게 쌓아 올렸을 것이다. 뗏목 선단이 앞바다에 떠 있을 때, 개인 소유인 부두에 타인이 침범하지 못하도록 하는 유일한 방법일 것이다.

숫자나 깃발, 그 밖에 뭔가 확인할 수 있는 모습까지는 보이지 않는다. 그런 것들까지 잡아내는 건 위성으로도 쉽지 않다.

히로는 혹시 포트 서먼에 CIC 소속 정보 조사 요원이 있는지 확인해 본다. 없을 리는 없다. 뗏목 선단이 여기 있으니 CIC는 스캐그웨이(알래스카 남쪽 끝에 있는 도시)와 티에라 델 푸에고 섬(남아메리카 대륙 남쪽 끝에 있는 섬) 사이에서 온통 근심에 휩싸인 해안가 주민들에게 선단에 관한 정보를 팔아 막대한 돈을 벌 수 있을 것이기 때문이다.

있다. 정보 조사 요원 몇 명이 포트 셔먼에서 돌아다니며 최신 정보를 올리고 있다. 게다가 그 가운데 한 명은 비디오카메라를 가지고 돌아다니며 모든 걸 동영상으로 찍어 올리는 사람이다.

히로는 그 사람이 찍어 올린 화면을 빨리 돌리며 본다. 대부분은 그 요원이 묵는 호텔 창가에서 찍은 것이다. 작고 거지 같은 갈색 배들이 힘겹게 항구까지 다가와 부두 바로 앞에 자리 잡은 작은 선단에 몰고 온 배를 묶는 모습을 하염없이 오랜 시간 촬영한 것이다.

그러나 그런 장면 말고도 스스로 바다의 경찰을 자청하고 나선 사람들이 조직을 만들어 고속 보트를 타고 사람들에게 총을 겨눈 채 확성기에 대고 소리 지르며 돌아다니는 모습도 보인다. 그제야 히로는 항구가 아무리 난장판이 되어도 어째서 먼 바다로 나가는 한쪽 뱃길이 깔끔하게 비어 있는 건지 알 수가 있다. 깔끔하게 빈 뱃길을 따라 육지 쪽으로 가면 커다란 배들이 매어져 있는 아까 본 부두가 있다.

큰 배가 두 척 보인다. 하나는 정교도의 상징인 십자가와 불꽃이 그려진 깃발을 꽂은 커다란 어선이다. 케나이 코디액 임시 공화국에서 약탈한 배가 틀림없다. 고물 쪽에 '코디액의 여왕'이라는 배 이름이 보이는데, 정교도들은 이름을 바꾸는 수고조차 하려 들지 않은 모양이다. 또 다른 커다란 배는 작은 유람선으로, 부자들이 놀기 좋은 곳으로 다닐 때 타는 그런 배로 보인다. 녹색 깃발을 달았고 겉으로 보기에 이 선생의 위대한 홍콩과 관련이 있는 것 같다.

포트 셔먼의 길거리 여기저기를 훑어보던 히로는 상당히 큰 이 선생의 위대한 홍콩 가맹점을 발견한다. 홍콩 스타일이 그렇듯 점포 하나라기보다는 점점이 흩어진 조그만 여러 건물과 방들이 모여 자그만 동네를 이룬 모습이다. 어찌나 빽빽하게 모여 사는 지역인지 홍콩에서는 이 지역에 상근 직원을 여럿 두고 있는데, 그 가운데에는 영사 역할을 하는 사람도 있다. 히로는 그 사내를 알아볼 수 있도록 사진을 구해 잘 봐 둔다. 심술 맞게 보이는 오십 대의 중국계 미국인이다. 이곳에 있는 홍콩 가맹점은 대개 미국 본토 48개 주에서처럼 근무자 없이 자동으로 운영되는 그런 곳이 아니다.

43

눈을 떠 보니 여전히 작업복을 입은 상태지만 온몸이 폭이 넓은 테이프에 꽁꽁 묶인 채 더럽고 오래된 승합차 바닥에 누워 있는 상태였다. 승합차는 어딘지 알 수 없는 곳을 힘차게 달리는 중이다. 그런 상황은 별로 마음에 들지 않았다. 충격탄을 맞았을 때부터 흐르던 코피가 여전히 멈추지 않았고 머리가 지끈거리며 아팠다. 그리고 승합차가 도로에 파인 구멍 위를 지날 때마다 그녀의 머리는 주름 잡힌 모양을 한 자동차 바닥에서 덜컹대며 튀어 올랐다.

처음에 와이티는 그저 화가 났다. 그러다 잠깐 두려움이 느껴지기 시작하면서 집에 가고 싶은 마음이 들었다. 승합차 짐칸에서 8시간이 지나자 집에 가고 싶은 마음은 더욱 확실해졌다. 모든 걸 포기하지 않을 수 있던 이유는 오직 호기심뿐이었다. 누가 봐도 불리한 입장인 그녀가 판단할 때 모든 걸 정부 조직이 진행하는 것 같지는 않았다.

승합차는 고속 도로를 벗어나더니 좁은 길로 들어서 마침내 어떤 주차장에 도착했다. 승합차 뒷문이 열리고 여자 두 명이 올라탔다. 열린 문밖으로 웨인 목사의 천국의 문을 나타내는 고딕 양식의 아치형 로고가 와이티 눈에 띄었다.

"이런, 불쌍한 아이 같으니."

한 여자가 말했다. 다른 여자는 그저 와이티의 모습을 보고 두려움에 숨이 막히는 듯한 소리를 냈다. 여자 한 명이 와이티의 머리를 받쳐들더니 머리칼을 쓸어 넘기며 일회용 컵에 담긴 달콤한 음료수를 마시게 해 주었다. 그러는 사이 다른 여자가 부드럽고 느린 동작으로 와이티의 몸을 감은 테이프를 떼어 내 주었다.

그녀가 승합차에서 정신을 차렸을 때 이미 신발은 어디로 갔는지 보이지 않았고 대신 신을 신발도 보이지 않았다. 그 밖에 작업복에 있던 물건들도 모두 보이지 않았다. 쓸만한 도구라고는 하나도 남지 않았다. 하지만 작업복 속까지 뒤지지는 않은 모양이었다. 개 목걸이는 여전히 남아 있었다. 그리고 또 하나, 그녀의 두 다리 사이 깊숙한 곳에 끼워 놓은 덴타타라는 물건도 아직 그대로 있었다. 그걸 찾아낼 방도는 없었을 것이다.

그녀는 개 목걸이가 혹시 가짜로 꾸며 낸 물건이 아닐까, 늘 생각했다. 엉클 엔조가 자신과 함께 전쟁을 겪은 기념품을 아무 생각 없이 열여섯 살 먹은 계집애한테 넘겨줄 리는 없다. 그러나 설사 가짜라고 해도 속아 넘어가는 사람이 있을 수도 있다.

두 여자의 이름은 말라와 보니였다. 그들은 와이티의 곁을 떠나지 않는다. 그냥 함께 있는 게 아니라 그녀의 몸을 부드럽게 만지곤 하면서 말이다. 자주 몸을 꼭 껴안거나 손을 잡거나 머리칼을 쓸어 넘겨 준다. 처음 와이티가 소변을 보러 갈 때는 보니가 따라오더니 화장실 문을 열어 주고 일을 보는 동안 꼼짝하지 않고 그 자리에 서 있었다. 와이티는 자신이 화장실에서 정신을 잃거나 하지 않을까 걱정하는 것 같다고 생각했다. 그러나 다음에 그녀가 소변을 보러 갈 때는 말라가 따라왔다. 이제 그녀에게 비밀이란 있을 수 없었다.

부정할 수 없는 단 한 가지 문제는 어떤 면에서는 스스로 그런 상황이 마음에 든다는 점이다. 승합차를 타고 가는 일은 괴롭다. 정말 대단히 괴로운 일이다. 태어나서 그렇게 외롭다고 느낀 적은 없다. 그리고 지금 그녀는 맨발에 무방비 상태로 처음 보는 장소에 갇혀 있다. 그런데 이 두 여자가 그녀가 원하는 걸 해 주고 있다.

웨인 목사의 천국의 문에서 잠시 휴식을 취한 그녀는 말라 그리고 보니와 함께 창문이 없는 훨씬 큰 승합차에 올랐다. 바닥에 카펫이 깔려 있지만, 의자는 보이지 않고 모든 사람은 바닥에 앉아 있었다. 뒷문을 연 승합차를 들여다보니 원기 넘치고 기쁨에 어쩔 줄 모르는 스무 명의 젊은이들이 안에서 북적거리고 있었다. 말도 안 되는 모습이었다. 와이티는 몸을 움츠리며 말라와 보니에게로 물러섰다. 그러나 승합차에 탄 사람들은 즐거운 듯 환호성을 지르고 이리저리 움직이며 그들이 올라탈 수 있도록 약간의 자리를 마련해 주었다. 어둠 속에서 사람들의 하얀 이가 반짝거렸다.

그때부터 이틀간 와이티는 대부분의 시간을 말라와 보니 사이에 앉아 그들과 손을 꼭 잡은 채 보냈다. 두 여자가 허락하지 않으면 코를 후빌 수도 없었다. 사람들이 계속 즐거운 노래를 불러 대는 바람에 그녀는 머리가 돌 지경이었다. 모두가 미친 사람들 같았다.

한 시간마다 두 번씩 승합차에 탄 누군가가 팔라발라족처럼 웅얼거리기 시작하곤 했다. 웨인 목사의 천국의 문 신자와 똑같았다. 웅얼거리는 소리는 승합차 안에서 전염병처럼 퍼지고 곧 모두 똑같은 소리를 내곤 했다.

와이티만 빼고 모든 사람이 동참했다. 도대체 뭐 하는 짓인지 알 수 없었다. 그녀가 보기엔 그저 말도 안 되는 바보짓으로밖에 보이지 않았다. 그래서 그녀는 그저 비슷하게 흉내를 냈다.

하루에 세 번, 그들은 배를 채우고 화장실에 갈 수 있었다. 식사 시간이 되면 버브클레이브에 들렀다. 와이티는 차가 고속 도로를 벗어나 이리저리 꼬불거리는 도로와 뒷골목 그리고 로터리를 지나는 걸 알 수 있었다. 그러고 나서 차고에 달린 자동문이 열리고 승합차가 안으로 들어서면 차고 문은 다시 닫혔다. 그들을 맞이하는 집은 가구나 사람 사는 흔적이 전혀 없는 걸 빼면 교외 지역에 있는 일반적인 집과 다를 게 없었다. 그들은 텅 빈 침실 바닥에 앉아 케이크와 과자를 먹었다. 남자가 한방을 쓰고 여자들은 다른 방을 사용했다. 들르는 집마다 완벽하게 텅 빈 집이었지만, 실내 분위기는 매번 달랐다. 어떤 집은 꽃 그림이 가득한 촌스러운 벽지에다 실내에서 강한 방향제 냄새가 풍겼다. 또 어떤 곳에서는 푸른빛이 감도는 벽지에 하키 선수와 축구 선수 그리고 농구 선수들 그림이 그려져 있었다. 또 다른 어떤 집은 그냥 하얀 벽에 오래된 크레용 낙서가 보였다. 와이티는 그렇게 여러 군데에 있는 집에서 텅 빈 방에 들어가 앉으면, 오래된 가구에 긁힌 것 같은 흠집이나 벽에 움푹 파인 자국을 유심히 들여다보면서 스스로 무슨 고고학자라도 된 것처럼, 그 집에서 살다가 오래전 떠난 가족은 누굴까 곰곰이 생각해 보곤 했다. 그러나 오랫동안 같은 일이 반복되자 아무런 신경도 쓰지 않게 되었다.

승합차 안에서 들을 수 있는 건 노랫소리와 웅얼거림뿐이었고 보이는 거라곤 함께 여행하는 사람들이 옹기종기 모여 앉은 모습뿐이었다. 기름을 넣으려고 어딘지 전혀 알 수 없는 넓은 트럭 휴게소에 들렀을 때도 그들은 주변에 아무도 없는 제일 멀리 떨어진 주유기 앞에 차를 세웠다. 그럴 때 말고는 승합차는 멈추는 일이 없었다. 운전도 계속 교대로 했다.

마침내 그들은 해안에 도착했다. 와이티는 냄새로 알 수 있었다. 승합차를 운전하는 사람은 시동을 켠 채 몇 분 정도 기다린 다음 뭔가 문턱 같은 걸 넘고 경사면을 몇 번 오르더니 멈추어 서서 주차 브레이크를 당겼다. 그러더니 운전자가 내렸고 그들은 처음으로 그들만 남게 되었다. 와이티는 여행이 끝나 기분이 좋았다.

그러더니 뭔가 훨씬 큰 엔진 소음이 들리며 모든 것이 흔들리기 시작했다. 몇 분 후까지도 그녀는 전혀 아무런 움직임도 눈치채지 못했다. 그리고 나서야 그녀는 모든 물건이 부드럽게 흔들린다는 걸 알아차렸다. 승합차는 배 위에 주차한 것이고 배는 바다로 나가고 있었다.

먼 바다까지 항해가 가능한 진짜 배다. 낡고 지저분하고 녹이 슨 배는 쓰레기장에서 5달러쯤 주면 살 수 있을 법한 그런 배다. 하지만 자동차도 실을 수 있고 먼 바다로 나갈 수도 있으며 가라앉지도 않는다.

배는 훨씬 크고 더 많은 사람을 태운 것 말고는 승합차와 전혀 다를 게 없다. 배에 탄 사람들도 모두 같은 걸 먹고 같은 노래를 부르고 잠도 별로 자지 않았다. 이제 와이티도 이상할 정도로 그런 분위기가 편안하게 느껴진다. 자신과 다를 것 없는 많은 사람과 함께 있으니 안전한 기분이 든다. 그녀는 돌아가는 상황이 익숙하다. 그녀는 자신이 속한 곳이 어딘지 잘 알고 있다.

그리고 마침내 그들은 뗏목 선단에 도착한다. 아무도 와이티에게 그리로 간다고 말해 주지 않았지만, 이제 모든 게 뻔해 보인다. 와이티는 두려운 마음이 들지 않을 수가 없다. 하지만 사람들이 말하는 것처럼 뗏목 선단의 상황이 끔찍하다면 사람들이 그리로 갈 리는 없을 것이다.

멀리 선단이 보이기 시작하자 와이티는 혹시 사람들이 자신을 다시 테이프로 묶지 않을까 하는 생각이 든다. 그러나 스스로 그럴 필요가 없다는 걸 알아차린다. 그녀는 지금까지 아무런 문제도 일으키지 않았다. 사람들은 그녀를 받아들였고 믿고 있다. 한편으로 그녀는 자랑스러운 기분이 든다.

그리고 그녀는 선단에 오르면 얌전히 있을 작정이다. 달아나 봐야 어차피 뗏목 선단을 벗어나지 못하기 때문이다. 그래 봐야 오히려 진정한 뗏목 선단의 맛을 볼 수밖에 없다. 수많은 홍콩 B급 영화와 유혈이 낭자한 일본 만화에 등장하는 바로 그 뗏목 선단. 홀로 떨어진 열여섯 살짜리 금발 미국 여자아이가 뗏목 선단에서 무슨 일을 당할지 오래 상상하지 않아도 너무나 뻔한 일이다. 그리고 와이티와 함께 있는 이들도 그걸 잘 알고 있다.

가끔 엄마가 걱정되기도 했지만 와이티는 마음을 굳게 먹고 어쩌면 이 모든 일이 엄마를 위해 더 나을지도 모른다고 생각하기도 한다. 기운을 차리는 계기가 될 수도 있다. 엄마는 이런 일이 필요하다. 아빠가 떠나고 나서 엄마는 마치 불 속에 던져진 종이로 접은 새처럼 자신을 누르며 살았다.

뗏목 선단에서 몇 킬로미터 떨어진 곳에 조그만 배들이 구름처럼 몰려 안쪽을 둘러싸고 있다. 거의 모든 배가 어선이다. 일부 배에 총을 든 사내들이 보이지만 아무도 와이티를 태운 배를 귀찮게 하려 들지는 않는다. 그녀가 탄 배는 바깥쪽 조그만 배들 사이를 지나더니 크게 방향을 바꾸면서 마침내 뗏목 선단의 측면이자 하얀색 배들이 모인 곳으로 다가간다. 문자 그대로 새하얀 배들. 전부 깨끗한 새 배들이다. 옆구리에 러시아어로 뭔가 쓰인 커다랗고 녹슨 배 두 척이 보인다. 와이티를 실은 배는 그 두 척의 배 가운데 하나 옆으로 다가간다. 밧줄이 날아가더니 그 위로 어망과 판자 그리고 다 쓰고 버린 자동차 바퀴로 만든 그물이 추가된다.

이곳 뗏목 선단에서라면 스케이트보드는 전혀 탈 수 없을 것 같다.

와이티는 혹시 같은 배에 탄 사람들 가운데 그녀처럼 보드를 타는 사람이 있는지 궁금해진다. 그럴 것 같지는 않다. 주위에 있는 사람들은 그녀와는 사뭇 달라 보인다. 그녀는 늘 고속 도로의 지저분한 쓰레기 같은 삶을 살았을 뿐 옆에서 즐겁게 모여 노래를 부르는 사람들과는 달랐다. 어쩌면 뗏목 선단에 제대로 적응할 수 있는 사람은 바로 그녀일지 모른다.

사람들이 그녀를 두 척의 러시아 배 가운데 하나로 데려가더니 세상의 일 중에서 제일 야만적인 일거리를 맡긴다. 바로 물고기를 자르는 일이다. 그녀는 일하고 싶지도 않았고, 일거리를 달라고 요청하지도 않았다. 그러나 사람들이 일을 맡겼다. 여전히 아무도 그녀에게 말을 하거나 뭔가 설명을 하거나 하지 않았고, 그래서 그녀는 뭔가를 물어보기가 쉽지 않다. 그녀는 그저 거대한 문화적 충격을 온몸으로 받아들였다. 왜냐하면 이 배에 탄 사람들은 대부분 늙고 뚱뚱했으며 러시아 사람인 데다 영어를 못했기 때문이다.

며칠 동안 그녀는 일거리를 앞에 두고 졸며 시간을 보냈고 그럴 때마다 같은 곳에서 일하는 덩치 큰 러시아 아줌마들은 그녀를 쿡쿡 찔러 댔다. 그녀는 먹기도 했다. 작업장으로 오는 일부 물고기들은 상당히 고약한 냄새를 풍겼지만, 연어도 꽤 많이 볼 수 있었다. 그나마 상가 초밥집에서 연어를 본 적이 있었기에 알아볼 수 있었다. 연어는 주홍색이 도는 물고기이다. 그래서 그녀는 가끔 신선한 연어 고기를 생으로 우적우적 씹어 먹었는데 맛이 좋았다. 머리를 약간 맑게 해 주었다.

일단 충격에서 벗어나 규칙적인 생활을 하게 되자 와이티는 주변을 둘러보기 시작한다. 함께 생선을 다듬는 나이 든 여자들을 보며 그녀는 세상 사람의 99퍼센트는 바로 이런 식으로 살아가는 게 아닌가 하는 생각을 하게 된다. 이런 곳에서. 다른 사람들이 주위를 둘러싸고 있지만, 그들은 나를 이해하지 못하고 나 역시 그들을 이해하지 못한다. 하지만 어쨌거나 사람들은 아무 의미 없는 말을 서로 지껄여 댄다. 목숨을 부지하려면 매일 바보처럼 의미 없는 노동을 해야만 한다. 이곳에서 벗어나는 길은 일을 그만두고 여기서 달아난 다음 지긋지긋한 세상, 나를 삼켜 버리고 아무런 소식도 남기지 않을 진짜 세상으로 뛰어드는 것뿐이다.

와이티는 특별히 물고기 손질을 잘하지는 못한다. 그래서 덩치가 큰 러시아 여자들, 넓적한 얼굴을 한 노인네들이 계속 그녀를 괴롭힌다. 그녀들은 줄곧 돌아다니다가 와이티가 물고기를 다듬는 모양을 보고는 마치 뭐 저런 바보가 있느냐며 믿을 수 없다는 식의 표정을 짓곤 한다. 그리고 제대로 일하는 요령을 시범으로 보여 주지만 그런다고 와이티의 일솜씨가 나아질 리는 없다. 일 자체가 어려운 데다 손은 늘 시리고 뻣뻣하다.

괴로움으로 며칠이 지나고 나서 와이티는 새로운 일자리를 얻는다. 생산 공정으로 보면 훨씬 뒤쪽으로 이동한 셈이다. 식당에서 일하게 된 것이다. 고등학교 식당에서 음식을 담아 주거나 하는 일을 맡은 것과 같다. 그녀는 커다란 러시아 배 가운데 한 척의 식당에서 일하게 되었는데, 생선을 넣고 끓인 요리를 커다란 통에 담아 사람들이 떠먹을 수 있도록 식당으로 끌고 간 다음 일일이 그릇에 담아 배식 창구 너머로 건네주는 일을 하게 되었다. 배식하는 카운터 앞에는 종교적 광신자 뒤에 종교적 광신자 그리고 그 뒤에도 계속 종교적인 광신자가 이어서 선 줄이 끊기는 법이 없을 정도였다. 식사 시간을 제외하면 대부분 동양 사람들이고 미국인은 찾아보기가 어렵다.

그리고 여기에는 전혀 처음 보는 새로운 종족도 보인다. 머리에 안테나가 튀어나온 사람들이다. 마치 경찰이 사용하는 무전기에 달린 안테나와 비슷하다. 짧고 뭉툭하고 검은색 고무 채찍처럼 생겼다. 그런 안테나가 귀 뒤쪽에 솟아 있다. 처음 그런 사람을 봤을 때, 와이티는 새로 나온 워크맨일 거라 생각하고 그 사람에게 그걸 어디서 구했는지, 무슨 음악을 듣고 있는지 묻고 싶었다. 그러나 사내는 이상해 보인다. 그것도 지금까지 본 다른 누구보다 더 이상한 사람이다. 그가 어딘지 먼 곳을 보는 시선을 유지한 채 도저히 알아들을 수 없는 말을 지껄여 대는 바람에 와이티는 결국 너무 섬뜩한 기분에 빠지고 만다. 그녀가 국을 한 국자를 퍼서 사내의 얼굴에 끼얹고 나서야 사내는 허둥지둥 앞사람을 따라간다.

그녀는 가끔 승합차를 함께 타고 온 사람들을 만나기도 한다. 그러나 상대방은 그녀를 알아보지 못하는 것 같다. 그들은 그녀를 제대로 바라보지 못한다. 흐리멍덩한 눈이다. 마치 세뇌라도 당한 것 같다.

와이티 역시 세뇌를 당한 것 같다.

그녀는 이렇게 오랜 시간이 걸려서야 그들이 자신에게 무슨 짓을 하고 있는지 알아차린 걸 믿을 수가 없다. 그래서 그녀는 더욱 화가 났다.

44

실제의 포트 서먼은 놀라울 정도로 조그만 마을로 사실 총 길이가 몇 구역도 채 되지 않는다. 뗏목 선단이 오기 전까지만 해도 이곳에 사는 사람은 2천 명 정도였다. 이제 이곳 인구는 거의 5만 명에 육박할 게 분명하다. 마을로 들어선 히로는 길거리에 누워 잠을 자며 교통을 막는 난민들 때문에 제대로 속도를 내서 달릴 수가 없다.

하지만 그런 상황이 그의 목숨을 살려 준 셈이다. 왜냐하면 그가 포트 서먼에 들어서자마자 오토바이 바큇살이 굳어 버려 제대로 달릴 수가 없었기 때문이다. 몇 초 뒤, 오토바이는 아예 작동을 멈추고 고철 덩어리가 되어 버리고 만다. 엔진조차 꼼짝하지 않는다. 그는 연료통 위에 달린 평평한 모니터를 내려다보며 기기의 상태를 파악하려 했지만, 화면에는 그저 하얀색 노이즈만 가득할 뿐이다. 운영 체제가 멈춰 버린 것이다. 그는 오토바이를 아세라에게 빼앗겨 버렸다.

그는 오토바이를 길거리에 내버리고 해안 쪽으로 걷기 시작한다. 뒤에서는 잠을 깬 난민들이 침낭이나 담요 속에서 기어 나와 쓰러진 오토바이 주변으로 몰려들더니 오토바이를 서로 갖겠다고 싸우는 소리가 들린다.

가슴 깊은 곳에서 뭔가 쿵쿵 울리는 소리가 들린다. 한참 동안 LA에서 들었던 레이븐의 오토바이 소리가 생각난다. 그때도 그는 온몸으로 소리를 느낀 다음 한참 후에야 귀로 들을 수 있었다. 그러나 주변을 둘러봐도 오토바이는 보이지 않는다. 그 소리는 위쪽에서 들린다. 오토바이가 아니라 하늘을 나는 헬리콥터 소리다.

해변으로 밀려와 썩어 가는 해초류 냄새가 나는 걸 보니 바다가 가까운 모양이다. 모퉁이를 하나 돌자 해안가 도로가 바로 눈앞에 나타난다. 한쪽은 스펙트럼 2000의 정면과 닿아 있고 반대편은 바로 바다이다.

헬기는 피오르 해안을 따라 먼바다에서 내륙 쪽으로 날며 스펙트럼 2000을 똑바로 향하고 있다. 기체가 작고 유리로 된 부분이 많은 날렵한 기종이다. 히로가 보니 과거에 붉은 별이 그려져 있던 부분에 온통 십자가를 그려 넣은 모습이다. 헬기는 이른 아침 푸른빛이 도는 맑은 공기 사이에서 눈부실 정도로 반짝거린다. 왜냐하면 몇 초 간격으로 헬기에서 튀어나오는 청백색 마그네슘 섬광탄이 별처럼 빛을 내며 자취를 만들어 내기 때문이다. 바다에 떨어져도 계속 타오르는 섬광탄은 마치 별들이 떨어져 항구 쪽으로 긴 길을 만든 것처럼 보인다. 멋있게 보이려고 쏘는 건 아니다. 열 추적 미사일을 교란하는 목적으로 사용하는 것이다.

히로는 바로 호텔 아래쪽에 있어서 그가 선 곳에서는 호텔의 옥상이 보이지 않는다. 그러나 그는 구로프가 동이 트자마자 날아온 헬기를 타고 도자기빛 하늘로 날아올라 뗏목 선단으로 가려고 포트 셔먼에서 제일 높은 건물인 호텔 옥상에서 기다리고 있을 것 같은 느낌이 든다.

궁금한 점. 왜 달아나려는 거지? 그리고 왜 열 추적 미사일을 겁내는 걸까? 히로는 늦었지만, 뭔가 중대한 일이 벌어지고 있다는 걸 알아차린다.

만일 오토바이가 멀쩡했다면 그는 바로 계단을 타고 달려 올라가 옥상에서 무슨 일이 벌어지는지 알아볼 수 있을 것이다. 그러나 그는 오토바이가 없다.

바로 오른쪽 건물 옥상에서 뭔가 나지막한 폭발음이 들린다. 백 년 전 개척자들이 활보하던 시절 이곳에 처음으로 세운 오래된 건물처럼 보인다. 무릎에서 힘이 빠진 히로는 입을 벌리고 자기도 모르게 어깨를 움츠린 채 소리가 난 쪽을 바라본다. 뭔가 조그맣고 까만 것이 옥상을 박차고 날아올라 한 마리 새처럼 창공으로 날아가는 모습이 눈에 띈다. 그런데 바다 위로 백여 미터쯤 날아가던 새에 불이 붙더니 끈적거리는 듯한 노란색 연기를 엄청나게 뿜어내며 하얀색 불덩이로 변해 앞으로 돌진한다. 불덩어리는 점점 더 빨라지며 항구 상공을 가로질러 날아가 조그만 헬기의 앞 유리창을 꿰뚫고 들어가며 관통한다. 헬기는 마치 알을 깨고 나오는 불사조처럼 시커먼 쇳조각을 뿌리는 거대한 화염으로 바뀐다.

구로프를 미워하는 사람이 히로 말고도 이 마을에 있는 게 확실해 보인다. 이제 구로프는 아래로 내려와 배를 이용해야 할 것이다.

스펙트럼 2000 호텔의 로비는 총을 든 수염 난 사내들로 가득 차 있어 군부대를 방불케 할 정도다. 군인들은 이제 막 방어 태세를 갖추기 시작하는 중이다. 많은 병사가 아직 보관소 잠자리에서 빠져나오며 옷도 제대로 못 입은 채 총을 집어 들고 있다. 타타르 출신으로 소련 군대에서 부사관으로 복무했던 걸로 보이는 시커먼 얼굴의 사내 하나는 소련 해병대 옷을 고쳐 입은 채 로비 내부를 뛰어다닌다. 그는 소리를 질러 대고 사람들을 난폭하게 밀어젖히기도 한다.

구로프가 믿음이 깊은 사람인지는 모르지만 물 위를 걷지는 못할 것이다. 그는 해안 도로로 나와 두 구역 떨어진 곳에 있는 출입구까지 가야 통제 지역인 부두로 들어가 배를 탈 수 있다. 그곳에서 그를 기다리는 코디액의 여왕호에 불이 들어오더니 굴뚝에서 검은 연기가 뿜어져 나오기 시작한다. 같은 부두 약간 떨어진 곳에 정박 중인 커다란 구룡九龍호는 이 선생의 위대한 홍콩에 소속된 배다.

히로는 스펙트럼 2000을 등지고 돌아서 해안 도로를 따라 달리기 시작한다. 결국 그는 자신이 원하던 이 선생의 위대한 홍콩 가맹점을 찾아낸다.

가맹점은 문을 걸어 잠근 채 열어 주지 않는다. 히로가 여권을 꺼내 보이자 문이 열린다. 경비원은 중국인이지만 영어를 약간 할 줄 안다. 이것만 봐도 포트 셔먼이 얼마나 이상한 곳인지 알 수 있다. 경비원이 입구를 지키다니. 이 선생의 위대한 홍콩은 대개 문을 활짝 열고 새로운 시민이 될 사람을 늘 구하곤 한다. 설사 그 대상이 찢어지게 가난한 난민이라고 해도 말이다.

"죄송합니다."

경비원이 날카롭고 성의 없는 목소리로 말한다.

"잘 몰라서 그만……."

사내는 히로가 손에 든 여권을 가리킨다.

가맹점 사무실은 그야말로 시원한 한 줄기 바람이다. 그 안에서는 제3세계 같은 분위기도 오줌 냄새도 느껴지지 않는다. 그런 걸로 볼 때 히로가 들어선 가맹점은 지역 본부 비슷한 곳이 분명하다. 왜냐하면 포트 셔먼에 있는 홍콩 소속 가맹점이라고 해봐야 대부분 총 든 직원이 로비에 놓인 공중전화 하나를 지키는 정도일 것이기 때문이다. 그러나 이곳 상점은 넓고 깨끗하고 쾌적하다. 수백 명이나 되는 난민이 유리창 너머로 그를 바라보고 있다. 그들이 상점 안으로 몰려들지 못하는 이유는 단순히 두꺼운 유리뿐 아니라 상점 한쪽 벽에 경비견 로봇의 집 세 개가 줄지어 서 있기 때문이다. 자세히 보니 두 개는 최근에 새로 들여놓은 것처럼 보인다. 뗏목 선단이 접근하자 경비를 강화하려고 추가한 것이다.

히로는 접수대로 걸어간다. 사내 하나가 전화를 들고 광둥어로 통화하고 있다. 다시 말해 고래고래 소리를 지르고 있다는 뜻이다. 히로가 보니 그 사내가 포트 서먼의 영사인 것 같다. 그는 전화 통화에 온통 정신이 팔려 있지만, 히로가 둘러맨 칼을 똑똑히 본 터였기 때문에 히로에게서 눈을 떼지 못하고 있다.

"저희는 아주 바쁩니다."

사내는 그렇게 말하며 전화를 끊는다.

"이제 더 바쁘게 해 드리겠소. 당신네 배인 구룡호를 빌리고 싶소."

히로가 말한다.

"그 배는 아주 비쌉니다."

사내가 말한다.

"난 새로 뽑은 최고급 오토바이를 조금 떨어진 차고까지 끌고 가기 귀찮아서 길바닥에 버리고 온 사람이오. 내가 돈이 얼마나 많은지 알면 당신은 까무러칠 거요."

히로가 말한다.

"배는 고장 난 겁니다."

"그냥 안 된다고 하지 않아 주시니 고맙군요. 하지만 난 사실 우연이지만 그 배가 고장 나지 않았다는 걸 알고 있소. 그러니 조금 전의 말은 사실은 빌려줄 수 없다는 말로 받아들일 수밖에 없소."

히로가 말한다.

"다른 분이 빌리셨기 때문에 빌려 드릴 수가 없습니다."

사내가 말한다.

"배가 아직 부두에 있으니 전에 빌리신 분께 조금 전 내게 한 말로 핑계를 대면서 예약을 취소해 주시오. 그러면 내가 웃돈을 얹어 드리겠소."

히로가 말한다.

"그렇게 할 수는 없습니다."

사내가 말한다.

"그렇다면 밖으로 나가서 난민들에게 구룡호가 정확히 한 시간 후에 LA로 떠날 것이고, 이 사무실에 선착순으로 들어온 스무 명의 난민을 추가로 태우고 갈 수 있다고 말하겠소."

히로가 말한다.

"안됩니다."

사내가 말한다.

"거기다 당신에게 개인적으로 부탁해 보라고 귀띔하겠소."

"구룡호를 타고 어디로 가겠다는 겁니까?"

사내가 말한다.

"뗏목 선단이오."

"아, 그렇군요. 왜 미리 그렇다고 말하지 않았습니까? 이미 배를 세내신 분도 그리로 가신다고 합니다."

사내가 말한다.

"나 말고도 뗏목 선단으로 가려는 사람이 있다는 겁니까?"

"그렇다니까요. 여권 주십시오."

히로는 여권을 건네준다. 사내는 기계의 투입구에 여권을 집어넣는다. 히로의 이름과 개인 정보 그리고 얼굴 사진이 디지털 기기를 통해 가맹점 운영 체제로 전송되고 사내가 키보드를 몇 번 두드리자 기계에서 사진이 붙은 출입증이 코팅된 채로 튀어나온다.

"이걸 보여 주고 부두로 들어가세요. 6시간 동안 유효한 출입증입니다. 배에 타는 건 배를 먼저 세내신 분과 직접 상의하세요. 그 후엔 다시 만나는 일이 없길 바랍니다."

사내가 말한다.

"뭔가 더 도움이 필요하면 어쩌죠?"

"저도 언제든 밖으로 나가 칼을 찬 검둥이가 중국인 난민들을 강간하고 돌아다닌다고 떠들어 댈 수 있습니다."

사내가 말한다.

"흠. 정확히 말해 이런 식의 대접은 이 선생의 위대한 홍콩에서 받아 본 최고의 서비스라고 할 수는 없겠군요."

"지금은 정상적인 상황이 아닙니다. 창밖을 좀 보라고요, 정신없는 양반 같으니."

사내가 말한다.

해변 쪽 풍경은 그다지 달라진 게 없다. 정교도들은 스펙트럼 2000 호텔 로비에서 방어 태세를 굳게 다지고 있다. 가구들을 뒤집어 쌓아 올려 만든 장애물이 보인다. 히로가 생각하기에 호텔 안에서도 사람들이 맹렬하게 움직이고 있을 것이다.

정교도들이 누구 때문에 이렇게 난리를 피우는 건지는 아직 명확하지 않다. 해변 거리를 돌아다녀 보지만 별로 눈에 띄는 건 없다. 헐렁한 옷을 걸친 중국인 난민들이 좀 많을 뿐이다. 그 사람들 가운데 일부가 그저 다른 이들보다 더 긴장하고 있는 듯 보인다. 그들은 전혀 다른 분위기를 풍긴다. 중국인들은 대개 발끝에 보이는 땅바닥에 시선을 던진 채 생각은 엉뚱한 곳에 가 있게 마련이다. 그러나 골목길을 오가는 일부 사람은 경계 태세를 갖추고 주위를 이리저리 둘러보기도 한다. 공교롭게도 그런 사람들은 모두 넉넉한 윗도리를 입은 젊은이들이다. 그리고 머리 모양도 다른 사람들하고는 사뭇 다른 세계에서 온 사람들처럼 눈에 띈다. 머리에 젤을 바른 흔적도 보인다.

부자들이 사용하는 부두로 들어가는 출입구에는 모래주머니가 쌓여 있고 철조망에 경비원까지 있다. 히로는 자신의 양손이 잘 보이도록 천천히 다가가 출입증을 경비원에게 보여 준다. 제일 높은 경비원으로 보이는 사내는 히로가 포트 셔먼에 도착해 처음으로 보는 백인이다.

히로는 그렇게 부두로 들어선다. 너무 간단한 절차다. 홍콩 가맹점과 마찬가지로 사람이 없고 조용하며 냄새도 나지 않는다. 부두는 파도가 치는 대로 부드럽게 위아래로 흔들리는데, 히로는 한편으론 편안한 마음이 든다. 부두라고는 하지만 사실 물 위에 띄운 커다란 스티로폼 덩어리 위에 두꺼운 판자를 덮어 만든 뗏목을 길게 연결한 것에 불과하다. 그러니 사람을 두어 지키지 않으면 아마 끌려가 뗏목 선단에 묶이는 신세가 되었을 것이다.

일반적인 부두와 달리 조용하지도 않고 사람들 모습이 꽤 보인다. 부두라면 사람들이 배를 묶어 두고 그냥 가 버려야 정상이다. 하지만 이곳에서는 배 한 척마다 최소한 한 명이 남아 커피를 마시며 무기를 잘 보이는 곳에 두고 부두 위를 돌아다니는 히로를 주의 깊게 바라보고 있다. 몇 초 간격으로 부두를 울리는 발소리가 나고 러시아인 한두 명이 히로를 지나쳐 코디액의 여왕호로 달려간다. 모두 젊은 사내들로 선원이나 군인처럼 생겼는데, 그들은 마치 코디액의 여왕호가 무슨 지옥에서 빠져나가는 마지막 배라도 되는 것처럼 군다. 장교들은 그들에게 소리를 질러 대고 선원들은 각자 맡은 자리로 뛰어가며 미치기라도 한 것처럼 여러 가지 허드렛일에 몰두하기 시작한다.

구룡호의 상황은 훨씬 차분하다. 그 배도 역시 사람들이 지키고 있지만 대부분 웨이터나 승객을 맞이하는 이들로 황동 단추가 달린 깔끔한 제복을 입고 하얀 장갑을 꼈다. 제복은 쾌적하고 온도가 조절되는 실내 만찬장 같은 곳에서나 입을 수 있는 것들이다. 드문드문 선원들도 보인다. 검은 머리를 매끄럽게 뒤로 빗어 넘긴 그들은 추위와 물보라를 견딜 만한 짙은 색 점퍼를 입고 있다. 구룡호에 탄 사람들 가운데 승객으로 보이는 사람은 한 사람뿐이다. 키가 크고 호리호리한 백인으로 짙은 색 정장을 차려입은 사내는 휴대 전화로 뭔가 이야기를 나누며 서성거리는 중이다. 아마 멍청한 사업가로 유람선을 타고 바다로 나가 뗏목 선단에 탄 난민들을 구경하며 멋진 식당에서 최고급 요리를 즐기려는 모양이다.

히로가 부두 중간 지점까지 걸어갔을 때 스펙트럼 2000 호텔 앞 해변에서 온통 난리가 벌어지기 시작한다. 연달아 들린 중기관총 소리가 그 시작이었는데, 다친 사람이 있는 것 같지는 않지만, 길거리에 보이던 사람들은 금세 모두 사라져 버린다. 난민들 가운데 99퍼센트는 그저 증발해 버린 것처럼 보인다. 남은 1퍼센트, 즉 히로가 눈여겨본 젊은이들은 옷 속에서 흥미롭게 생긴 첨단 무기를 꺼내 들더니 출입구나 건물들 사이로 재빨리 몸을 숨긴다. 히로는 걷던 속도를 약간 높이고 부두를 따라 뒷걸음질 치며 어떻게든 전투가 벌어지는 곳에서 날아드는 유탄에 맞지 않도록 큰 배 뒤에 몸을 숨기려고 애를 쓴다.

바다에서 상쾌한 바람이 부두 쪽으로 불어온다. 구룡호를 스치며 지난 바람에서는 베이컨 굽는 냄새와 커피 끓는 향기가 난다. 히로는 자신이 한 마지막 식사가 '한숨 자고 떠나요' 모텔에 있는 '캘리네 꼭지'에서 마신 약간의 싸구려 맥주라는 사실을 생각하지 않을 수가 없다.

호텔 안팎에 있는 모든 사람이 길을 가운데 두고 서로 총질을 해 대는 바람에 스펙트럼 2000 앞에서 벌어진 상황은 이제 믿을 수 없을 정도로 엄청난 굉음을 뿜어 대는 양상을 띠기 시작한다.

뭔가 히로의 어깨에 닿는 느낌이 든다. 떨어내려고 돌아보니 키가 작은 중국인 웨이트리스가 그를 올려다보고 있다. 부두 아래쪽 구룡호에서 온 것 같다. 히로가 고개를 돌리자 그녀는 양손을 원위치시킨다. 양쪽 귀를 덮는 것이다.

"히로 프로타고니스트 씨 되시죠?"

전투 때문에 들리는 소음이 어찌나 큰지 그녀의 말은 거의 들리지 않는다.

히로는 고개를 끄덕인다. 그녀도 고개를 끄덕이더니 옆으로 비켜서며 구룡호를 향해 고갯짓을 해 보인다. 양손으로 귀를 막은 채 그런 동작을 하니 마치 일종의 포크 댄스를 추는 것처럼 보인다.

히로는 그녀를 따라 부두를 걷는다. 어쩌면 결국 히로에게 구룡호를 내주기로 한 건지도 모른다. 여자는 히로를 알루미늄으로 된 트랩으로 안내한다.

트랩을 건너며 고개를 들어 위층 갑판을 보니 선원 두 명이 짙은 색 점퍼를 입고 서 있는 모습이 보인다. 한 사람은 난간에 기대 망원경으로 전투를 구경하고 있다. 나이가 더 든 다른 사내가 첫 번째 사내에게 다가가 등을 내려다보더니 양쪽 어깻죽지 사이를 두어 번 두들긴다.

첫 번째 사내는 망원경을 내리며 누가 등을 두드리는지 돌아본다. 눈을 보니 중국인이 아니다. 나이 든 사내는 자기 목을 손으로 가리키며 뭔가 말한다. 그 역시 중국인이 아니다.

망원경을 든 사내가 고개를 끄덕이고 한 손으로 옷깃에 달린 스위치를 누른다. 다시 돌아서는 모습을 보니 등 뒤에는 녹색 네온 불빛으로 쓴 글자가 보인다. 마피아.

나이가 든 사내가 돌아선다. 그의 점퍼 뒤에도 같은 글자가 쓰여 있다.

히로는 트랩 중간에서 몸을 돌린다. 스무 명의 사내들이 그를 둘러싸고 있다. 갑자기 사내들이 입은 점퍼 위에 '마피아'라는 글자가 나타난다. 그리고 갑자기 그들 모두는 무기를 꺼내 든다.

45

"이 선생의 위대한 홍콩에 연락해서 이곳 포트 셔먼 본부 가맹점의 서비스에 대해 불만을 제기하려던 참이었죠. 오늘 아침에 선생께서 세내신 배를 제가 빌리겠다고 우길 때 그다지 협조적으로 나오지 않았거든요."

히로는 농담을 늘어놓는다.

히로는 구룡호의 일등석 식당에 앉아 있다. 하얀 천을 덮은 탁자 맞은편에는 히로가 멍청한 사업가라 생각했던 사내가 앉아 있다. 나무랄 데 없는 검은색 정장을 갖춰 입은 사내는 한쪽 눈이 유리알이다. 사내는 히로가 자신을 이미 알고 있다고 생각하는지 스스로 누군지 밝힐 생각도 하지 않는다.

사내는 히로의 이야기에 별 관심이 없는 모양이다. 오히려 약간 어리둥절해하는 것 같다.

"그래서?"

"이제 불만을 제기할 이유가 없네요."

히로가 말한다.

"그건 왜지?"

"에, 지금 보니 그 친구가 왜 여러분이 한 예약을 무시하지 않으려 했는지 알 것 같으니까 말이죠."

"왜 그렇지? 자네 돈 많잖아?"

"많죠, 하지만……."

"그렇지!"

유리 눈 사내가 탄성을 내지르더니 억지로 웃음을 짓는다.

"우리가 마피아라서 그랬다는 말이로군."

"그렇죠."

히로는 얼굴이 뜨거워지는 느낌이 든다. 스스로 이렇게 바보처럼 느껴진 적은 없다.

바깥에서 벌어지는 전투의 총성이 희미하게 들린다. 식당을 이중으로 둘러싼 엄청나게 두꺼운 유리는 방음, 방수, 방풍에다가 방탄 기능까지 갖춘 듯 보인다. 게다가 이중 유리창 사이를 뭔가 끈적거리는 물질이 채우고 있다. 소란스러운 소리는 아까처럼 계속 들리지는 않는다.

"빌어먹을 기관총 같으니. 난 기관총이 싫어. 천 발을 쏴야 겨우 하나 제대로 맞을까 말까 하는 정도니까. 그리고 귀가 따가워서 말이야. 커피나 뭐 좀 마시겠나?"

사내가 말한다.

"그거 좋죠."

"조금 기다리면 근사한 뷔페가 준비될 거야. 베이컨, 달걀 요리, 신선한 과일. 믿을 수 없을걸?"

아까 위층 갑판에서 망원경을 든 사내의 등을 두드리던 남자가 식당 안으로 고개를 들이민다.

"죄송합니다, 보스. 이제 작전 3단계로 진입합니다. 알아 두셔야 할 것 같아서요."

"고맙네, 리비오. 러시아 놈들이 부두에 도착하면 알려 주게."

사내는 커피를 마시다 히로가 혼란스러워하는 걸 알아차린다.

"그러니까 우리는 작전을 수행 중인데, 그 작전이 여러 단계로 나뉘어 있어서 말이야."

"네, 그런 것 같군요."

"1단계는 기동성을 없애는 거야. 헬기를 해치우는 거지. 그다음엔 2단계로 넘어가지. 그러니까 우리가 호텔에서 녀석들을 없애려 한다고 생각하게 하는 거야. 내 생각엔 2단계가 멋지게 성공한 것 같아."

"저도 같은 생각입니다."

"고맙네. 작전의 또 다른 중요한 부분은 자네를 여기로 모시는 건데 그것 역시 잘 진행된 것 같군."

"제가 이 작전의 일부라고요?"

유리 눈 사내가 활기차게 웃는다.

"만일 자네가 이번 작전의 일부가 아니었다면 자넨 이미 죽었을 거야."

"그럼 제가 포트 셔먼으로 온다고 미리 알고 있었다는 겁니까?"

"와이티라는 계집애 알지? 자네가 우릴 감시하라고 시켰던 녀석 말이야."

"압니다."

거짓말을 해 봐야 소용없는 일이다.

"사실은 그 녀석한테 자네를 감시하라고 시켰어."

"왜죠? 도대체 무엇 때문에 제게 신경을 쓰는 겁니까?"

"그건 우리가 나누던 주된 대화에서 벗어나는 주제로군. 우린 원래 단계

별 계획을 논하던 중이었지."

"좋습니다. 2단계 작전까지 말하고 있었죠."

"이제 작전 3단계야. 지금 진행되고 있지. 녀석들이 스스로 믿을 수 없을 정도로 멋지게 탈출해 도로를 따라 부두까지 철수한다고 믿게 하는 거야."

"작전 4단계!"

간부급으로 보이는 리비오가 소리를 지른다.

"실례하네."

유리 눈 사내는 의자를 뒤로 밀어내더니 냅킨을 접어 탁자에 올려놓고 일어서서 식당 밖으로 나가 버린다. 히로도 그를 따라 갑판으로 올라간다.

수십 명이나 되는 러시아인들이 출입문을 넘어 부두로 들어서려고 기를 쓰고 있다. 입구가 좁아 한 번에 들어올 수 있는 사람이 몇 명 되지 않는다. 결국 그들은 수십 미터에 걸쳐 일렬로 선 다음 안전한 장소인 코디액의 여왕 호까지 달리기 시작한다.

그렇지만 십여 명 정도 되는 사람들은 여전히 무리를 지어 서 있다. 군인들이 인간 방패처럼 가운데 선 몇 명을 둘러싼 모습이다.

"거물이시로군."

유리 눈 사내는 냉정하게 고개를 흔든다.

러시아인들은 모두 최대한 몸을 숙이고 가끔 포트 셔먼 쪽을 향해 기관총으로 엄호 사격을 해 가며 게걸음을 친다.

유리 눈 사내는 갑자기 부는 차가운 바람에 눈을 가늘게 뜬다. 그는 히로를 바라보더니 살짝 웃는다.

"이걸 잘 보라고."

그는 말을 마치고 손에 든 작은 검은색 상자에 달린 버튼을 누른다.

마치 한 번의 북소리가 울리듯 사방에서 폭발이 일어난다. 물속에서 솟구치는 폭발음에 히로는 다리가 떨린다. 커다란 화염도 자욱한 연기도 없이 마치 온천처럼 코디액의 여왕호 밑에서 물이 솟아오른다. 위로 분출되며 하얗게 김을 뿜어내는 물줄기는 마치 접었던 날개를 펴는 것처럼 보인다. 날개가 갑자기 아래로 접히고 코디액의 여왕호는 놀랄 만큼 빠르게 물속으로 가라앉기 시작한다.

부두를 달리던 사내들은 모두 갑자기 그 자리에 멈추어 선다.

"지금이야."

망원경을 든 사내가 옷깃에 대고 말한다.

부두 아래쪽에서 작은 폭발이 여러 번 일어난다. 부두 전체가 물속을 헤엄치는 뱀처럼 휘며 몸부림친다. 거물이 서 있는 부분이 격렬하게 흔들리더니 양쪽 끝에서 연기가 피어오른다. 부두의 그 부분이 나머지로부터 떨어져 나온 것이다.

부두 일부분이 그렇게 떨어져 나오자, 그 위에 있던 모든 사람이 같은 방향으로 넘어진다. 히로가 보니 물속에 잠겼던 밧줄이 물 밖으로 나오며 팽팽해진다. 수십 미터나 길게 이어진 밧줄은 커다란 모터가 달린 조그만 배에 연결되어 있다. 배는 항구 밖으로 달려 나가는 중이다.

끌려가는 부두 일부분에는 여전히 열 명도 넘는 경호원이 남아 있다. 그들 가운데 하나가 상황을 눈치채고 AK-47 소총을 들어 그들을 끌고 가는 배를 겨누지만 이내 머리가 날아가 버린다. 구룡호 꼭대기에 저격수가 자리 잡고 있기 때문이다.

다른 모든 경호원은 바다에 총을 던진다.

"이제 5단계로 넘어갈 시간이군. 빌어먹을 정도로 거나한 아침을 먹는 거야."

유리 눈 사내가 말한다.

사내와 히로가 다시 식당으로 돌아와 자리 잡고 앉을 무렵엔 이미 구룡호는 부두를 떠나 부두 조각을 끌고 가는 작은 배와 평행한 항로를 따라 달리고 있다. 식사하며 창밖을 내다보니 바다 위 몇백 미터 떨어진 곳에 잘린 부두가 그들과 나란히 달리는 모습이 보인다. 거물들과 경호원들은 잘린 부두가 미친 듯 흔들리자 이제 모두 엉덩이를 바닥에 붙이고 최대한 무게 중심을 아래로 유지하고 있다.

"육지에서 멀어지면 파도는 더 높아지지. 멀미는 질색이야. 점심밥으로 틀어막을 때까지만이라도 아침 먹은 게 올라오지 않기를 바랄 뿐."

유리 눈 사내가 말한다.

"아멘."

접시에 달걀 요리를 잔뜩 담던 리비오가 말한다.

"저 친구들을 건져 낼 겁니까? 아니면 저렇게 한참 놔둘 건가요?"

히로가 말한다.

"죽든 말든. 엉덩이 좀 꽁꽁 얼어 보라고 해. 그러고 나서 이 배로 데려오면 준비가 끝났을 거야. 싸울 마음은 싹 사라지겠지. 아마 모든 걸 털어놓을지도 몰라."

모두 엄청나게 배가 고픈 것 같다. 한참 동안 그들은 그저 식사에만 집중한다. 어느 정도 시간이 흐르고 나서 유리 눈 사내가 음식이 맛있었다며 말을 꺼내자 모두 동의한다. 히로는 이제 말해도 되나 생각한다.

"왜 여러분이 제게 관심을 두고 있는지 계속 생각했습니다."

히로는 자신이 마피아로부터 관심을 받고 있으니 이유가 뭔지 알아 두는 편이 좋다는 생각이다.

"우리는 모두 같은 일을 하는 동지거든."

유리 눈 사내가 말한다.

"무슨 일을 하는 동지요?"

"라고스派라고 할 수 있지."

"네?"

"아, 라고스의 부하들이라는 건 아니야. 하지만 모든 걸 이렇게 만든 건 라고스지. 모든 일의 중심이 그였거든."

"도대체 무슨 말을 하는 겁니까?"

"좋아."

사내는 접시를 옆으로 치우더니 냅킨을 접어 탁자에 올려놓는다.

"라고스는 생각이 많은 사람이었어. 생각이 미치지 않는 분야가 없었지."

"그렇더군요."

"그는 온갖 다양한 주제에 대한 자료를 여기저기 뿌려 두었어. 망할 놈의 지도 전체에서 뽑아낸 지식을 한꺼번에 모아 엮어서 여러 카드에 넣어 둔 거야. 그는 메타버스 여기저기에 그런 자료를 숨겨 두고 언젠가 유용하게 쓰일 날이 오기를 기다렸지."

"그런 자료가 여러 개라고요?"

히로가 말한다.

"그런 것 같아. 그러니까, 몇 년 전에 라고스는 L. 밥 라이프에게 접근한 적이 있어."

"접근했다고요?"

"그래. 라이프 밑에서 일하는 프로그래머가 수없이 많다는 건 잘 알 거야. 그는 부하 직원들이 자신의 자료를 빼돌리지 않나 고심했지."

"그래서 직원들 집을 도청하곤 했다고 알고 있습니다."

"자네가 그 얘기를 아는 건 라고스가 만들어 둔 자료를 봤기 때문이지. 라고스가 그런 속사정을 알아낼 수 있었던 이유는 시장 조사를 했기 때문이고.

그는 자신이 알아낸 정보를 보고 큰돈을 낼 사람을 찾는 중이었지."

"그는 L. 밥 라이프가 바이러스가 필요할지도 모른다고 생각했던 거 군요."

히로가 말한다.

"맞아. 도대체 돌아가는 이야기를 난 알 수가 없어. 라고스가 머리가 좋은 엘리트들을 겨냥한 오래전 바이러스인지 뭔지를 찾았다나, 뭐 그런 내용이 더라고."

"기술을 선도하는 사제들이죠. 정보로 먹고사는 사람들. 바이러스가 수 메르의 정보 체계를 날려 버린 적이 있죠."

"무슨 말인지 모르겠군."

"말도 안 되는 소리입니다. 그건 마치 종업원들이 사무실에서 볼펜을 슬쩍한다고 잡아다 죽이는 꼴입니다. 그 바이러스를 사용하면 라이프는 자기 밑에서 일하는 모든 프로그래머의 정신을 전부 파괴하지 않을 수가 없거든요."

"원래 존재하던 상태로 사용하면 그렇겠지. 하지만 중요한 점은 라고스는 그 분야를 연구하고 싶었다는 거야."

유리 눈 사내가 말한다.

"정보전 연구로군요."

"바로 그거야. 그는 따로 뽑아낸 바이러스를 수정해 프로그래머들의 머리를 망쳐 버리지 않고 조종할 수 있기를 바랐지."

"성공했나요?"

"그야 모르지. 라이프는 라고스의 아이디어를 훔쳐 달아나 버렸어. 그러고 나서 라이프가 그걸로 뭘 했는지 라고스는 알 수가 없었어. 그러나 몇 년이 지나고 라고스는 돌아가는 상황이 걱정되기 시작했어."

"예를 들면 웨인 목사의 천국의 문이 폭발적으로 성장하는 일 따위 말이군요."

"그리고 알아들을 수도 없는 말을 지껄이는 러시아 놈들. 게다가 라이프는 고대 도시를 파헤치질 않나……."

"에리두 말이군요."

"그래. 그리고 무슨 전파를 연구하는 천문학 연구소도 있고. 라고스는 여러 가지가 걱정된 거야. 그래서 사람들에게 접근하기 시작했지. 우리에게도 그렇고. 자네와 사귀던 여자한테도 그렇고……."

"후아니타군요."

"그래. 멋진 여자야. 그리고 라고스는 이 선생에게도 접근했지. 그러니 전혀 어울리지 않는 여러 사람이 이 작은 작전에 참여하고 있다고 봐도 무방하다네."

46

"어디로 갔죠?"

히로가 말한다.

사람들은 부두 조각이 사라진 사실을 동시에 눈치채기라도 한 것처럼 이미 바다 위를 찾고 있다. 한참 만에야 몇백 미터나 뒤쪽에 서 있는 모습을 발견한다. 거물들과 경호원들은 일어서서 모두 같은 방향을 바라보고 있다. 조그만 고속 모터보트는 주변을 돌며 다시 밧줄을 연결할 준비를 한다.

"저 친구들이 밧줄을 푸는 방법을 알아낸 모양이군요."

히로가 말한다.

"그럴 리가 없는데."

유리 눈 사내가 말한다.

"밧줄은 물 속에서 부두 바닥에 묶여 있어. 게다가 강철 밧줄이라 녀석들이 끊어 낼 수 없었을 거야."

히로의 눈에 바다 위에서 까딱거리며 떠 있는 다른 조그만 배가 하나 더 보인다. 러시아인들과 그들을 끌고 가던 고속 모터보트의 중간쯤이다. 배가 너무 작은 데다 색깔이 바다와 비슷해 확실하진 않다. 1인용 카약에 긴 머리를 한 사내 한 명이 앉아 있다.

"빌어먹을. 저 녀석이 어디서 나타난 거지?"

리비오가 말한다.

카약에 탄 사내는 파도를 재는 듯 뒤를 힐끔거리더니 갑자기 방향을 바꾸어 힘차게 노를 저으며 속도를 높인다. 그러면서 몇 번 노를 저을 때마다 뒤를 바라본다. 커다란 파도가 달려오며 카약 아래에서 위로 치솟아 오르고 사내는 파도와 속도를 맞춘다. 카약은 파도 꼭대기에 올라앉아 너울을 타고 마치 미사일처럼 돌진하더니 갑자기 바다에서 가장 빠른 물체보다 두 배나 빠른 속도를 내기 시작한다.

카약을 탄 사내는 노 한쪽 끝을 깊게 바다에 꽂아 넣으며 여러 번 방향을 바꾼다. 그러더니 노를 카약 위에 가로질러 놓고 아래로 손을 넣어 뭔가 조그맣고 시커먼 물체를 꺼낸다. 그는 1미터가 조금 넘어 보이는 튜브처럼 생긴 물체를 한쪽 어깨 위에 얹는다.

그와 모터보트는 서로 마주 보고 열 걸음 정도 떨어진 채 빗겨 지나간다. 그러더니 모터보트는 폭발하고 만다.

구룡호는 폭발이 일어난 지점을 지나쳐 몇 킬로미터는 더 온 상태다. 구룡호는 그만한 덩치를 지닌 배가 돌 수 있는 한 최대로 급격히 방향을 바꾼다. 완전히 180도 방향을 바꾸어 되돌아가 러시아인들, 그리고 훨씬 더 걱정스러운 상대인 레이븐과 맞상대하려는 것이다.

레이븐은 다시 노를 저어 동료들에게 다가간다.

"저런 망할 자식 같으니. 이제 어쩌려는 거지. 전부 카약에 매달고 뗏목 선단으로 가기라도 하겠다는 건가?"

리비오가 말한다.

"뭔가 찜찜하군. 갑판에 스팅어 미사일 사수를 배치해 두도록 해. 분명히 헬기나 뭐가 더 올 테니까 말이야."

유리 눈 사내가 말한다.

"레이더에 다른 배는 보이지 않습니다. 우리와 저 녀석들뿐입니다. 헬기도 없습니다."

선원 가운데 하나가 말한다.

"레이븐이 수소 폭탄을 갖고 다니는 건 아시죠?"

히로가 말한다.

"그렇다고 들었네. 하지만 카약에는 들어가지 않겠지. 너무 작으니까 말이야. 어떻게 저런 배를 타고 바다에 나가는지 모르겠군."

바다에서 산이 하나 솟아오른다. 시꺼먼 바닷물 속에서 거품이 일더니 그 모양이 점차 넓어진다. 부서진 부두가 까딱거리는 뒤쪽, 물속에서 까만 탑이 수직으로 튀어나온다. 꼭대기 양쪽이 날개 모양으로 튀어나온 모습이다. 탑은 점점 커지고 날개 모양은 수면에서 조금씩 높아진다. 그리고 그 앞과 뒤로 산이 솟아오르며 모습을 드러낸다. 빨간 별들과 숫자가 여러 개 그려져 있다. 그러나 굳이 그 숫자를 읽지 않아도 누구나 그게 잠수함이란 걸 알 수 있다. 핵미사일 잠수함이다.

잠수함이 부상을 멈춘다. 부서진 부두 조각에 올라탄 러시아인들로부터 매우 가까운 곳이라 구로프와 친구들은 바로 잠수함 위로 뛰어올라도 될 정도로 보인다. 노를 저어 그들에게 다가가는 레이븐은 마치 유리 칼로 파도를 자르는 것 같다.

"이런 제기랄."

유리 눈 사내가 말한다. 엄청나게 놀란 모양이다.

"젠장, 젠장. 엉클 엔조께서 무척 화를 내시겠군."

"예측하지 못한 상황입니다. 쏴 버릴까요?"

리비오가 말한다.

유리 눈 사내가 미처 판단을 내리기도 전에 핵 잠수함 갑판에서 기관포가 모습을 드러낸다. 첫 번째 포탄은 몇 미터 차이로 빗나간다.

"좋아, 상황이 아주 빠르게 발전하는군. 나랑 함께 가지, 히로."

구룡호의 승무원들은 이미 상황을 파악하고 핵 잠수함을 상대할 수는 없다고 생각한 모양이다. 그들은 난간을 따라 이리저리 뛰어다니며 유리 섬유로 된 커다란 덩어리를 바다에 집어 던진다. 덩어리가 열리며 접혀 있던 밝은 주황색 물건이 모습을 드러내더니 부풀어 오르며 구명보트 모양을 갖춘다.

핵 잠수함 갑판의 기관포들이 일단 한 번 구룡호를 맞히자 상황은 더욱 급하게 돌아가기 시작한다. 구룡호는 가라앉을지 불에 탈지 아니면 그저 부서져 사라질지 모를 상황이다. 결국 배는 그 세 가지 상황을 동시에 맞는다. 그때는 배에 탔던 사람들이 모두 구명보트에 올라탄 후다. 사람들은 구명보트에 올라타고 입은 주황색 구명조끼 지퍼를 끝까지 올려 채우고 핵 잠수함을 바라보고 있다.

레이븐이 마지막으로 잠수함 선내로 사라진다. 그는 한참 동안 카약에서 장비를 꺼냈다. 가방에 든 몇 가지와 2미터가 훨씬 넘고 끝부분이 투명한 잎사귀 모양으로 생긴 작살 하나였다. 잠수함 속으로 사라지기 전에 그는 구룡호의 잔해 쪽으로 몸을 돌리더니 작살을 머리 위로 높이 치켜든다. 이겼다는 걸 과시하는 것 같기도 하고 뭔가 약속하는 듯한 느낌도 든다. 그리고 그는 사라진다. 몇 분 뒤, 잠수함도 모습을 감춘다.

"으스스한 놈이군."

유리 눈 사내가 말한다.

47

주변 사람들 모두가 정상이 아니라는 걸 확실하게 파악하자 와이티는 다른 점들도 발견할 수 있다. 예를 들면 지금까지 아무도 그녀의 눈을 똑바로 본 적이 없다는 사실을 들 수 있다. 특히 남자들이 그렇다. 여기 남자들은 성욕을 전혀 느끼지 못한다. 마음속 깊이 묻어 둔 모양이다. 남자들이 뚱뚱한 러시아 아줌마들을 바라보지 않는 이유는 그녀도 잘 안다. 하지만 그녀는 열여섯 살 먹은 미국 여자아이다. 그녀는 자신을 노골적으로 보는 시선에 익숙하다. 하지만 여기서는 그런 시선을 받지 못한다.

하지만 어느 날 생선이 담긴 커다란 배식용 용기에서 눈을 들어 보니 어떤 남자의 가슴팍이 보인다. 그리고 상대방의 가슴을 따라 목으로, 목을 지나 얼굴로 시선을 옮기자 배식 카운터 너머에서 자신을 지그시 바라보는 짙은 눈이 보인다.

남자의 이마에는 글씨가 새겨져 있다. 충동 조절 불가. 약간 무서운 모습이다. 매력적인 느낌도 든다. 이곳 사람들에게서 찾아볼 수 없는 낭만적인 느낌이 확실하게 든다. 그녀가 생각했던 뗏목 선단은 어둡고 위험한 곳이었지만, 지내다 보니 오히려 엄마가 일하는 직장과 크게 다를 게 없다. 이 사내는 이곳에 와 만난 사람들 가운데 정말 뗏목 선단에서나 볼 수 있을 것처럼 생긴 최초의 사람이다.

멋진 외모도 아니다. 믿을 수 없을 정도로 우악스럽게 생겼다. 가느다란 콧수염을 기르긴 했지만 별로 도움이 되지는 않는다. 오히려 자신의 이목구비를 제대로 드러내지 못하고 있다.

"이 끔찍한 걸 드시겠다고요? 생선 대가리는 몇 개나 드릴까요?"

와이티는 눈길을 끌 수 있도록 국자를 흔들어 가며 말한다. 사람들이 어차피 알아듣지 못하기 때문에 그녀는 늘 배식하며 아무렇게나 지껄이곤 한다.

"네가 권하는 거라면 뭐든 먹지."

사내가 말한다. 그것도 영어로. 약간 뻣뻣한 말투다.

"내가 뭘 먹으라고 권하는 게 아니에요. 하지만 거기 서서 쭉 훑어보시고 싶으면 마음대로 하세요."

그녀가 말한다.

사내는 서서 잠시 음식들을 훑어본다. 시간이 걸리자 뒤쪽에 줄 선 사람들이 까치발을 하고 뭐가 문제인지 관심을 보인다. 그러나 문제가 되는 사람이 누구인지 확인하자 사람들은 정말 재빠르게 뒤꿈치를 내리고 등을 구부린 채 생선 냄새가 밴 옷을 입은 사람들 틈으로 고개를 처박는다.

"오늘 후식은 뭐지? 날 위해 준비한 달콤한 게 좀 있나?"

사내가 묻는다.

"우린 후식 같은 거 취급 안 해요. 그건 빌어먹을 죄악이라고요, 몰라요?"

와이티가 말한다.

"그건 문화적 성향이 어떤지에 따라 달라."

"아, 그래요? 문화적 성향이 어떠신데요?"

"난 알류트족이야."

"오, 처음 들어 보는 말이네요."

"그건 우리가 역사상 다른 어느 민족보다 핍박받았기 때문이야."

덩치가 크고 무섭게 생긴 알류트족 사내가 말한다.

"안됐네요. 자, 그럼 생선을 좀 드릴까요? 아니면 그냥 굶으실래요?"

커다란 알류트족 사나이는 그녀를 한참 바라본다. 그러더니 고개를 옆으로 돌리며 말한다.

"가자. 빌어먹을 이곳에서 나가자고."

"에? 이렇게 좋은 일자리를 날리라고요?"

사내는 우스꽝스럽게 웃어 보인다.

"내가 더 좋은 일을 찾아 주지."

"그 일자리 혹시 옷이라도 벗어야 하는 건 아니겠죠?"

"자, 빨리. 지금 가자고."

그녀를 보는 사내의 눈이 이글거린다. 와이티는 갑자기 두 다리 사이에서 느껴지는 격렬한 긴장감을 무시하려 애쓴다.

그녀는 배식 카운터 너머의 사내를 따라 같은 방향으로 걸으며 주방에서 나갈 수 있는 좁은 틈이 있는 쪽으로 간다. 뒤쪽에서 러시아 아줌마들 가운데 우두머리 격인 여자가 쿵쿵거리며 오더니 뭔가 알아들을 수 없는 말을 크게 지껄인다.

와이티는 뒤를 돌아본다. 그때 커다란 두 손이 옆구리를 따라 미끄러지듯 겨드랑이로 올라가는 느낌에 놀라 와이티는 자신의 양손으로 사내의 손을 잡는다. 그러나 아무런 소용도 없이 사내의 손은 겨드랑이까지 올라가더니 그녀를 번쩍 들어 올린다. 덩치 큰 사내는 마치 세 살짜리 아이라도 되는 것처럼 그녀를 카운터 너머로 들어 올려 자기 옆에 내려놓는다.

와이티는 뒤로 돌아 러시아 아줌마를 바라본다. 그러나 그 여자는 놀라움, 두려움 그리고 같은 여자로서의 분노가 뒤섞인 감정에 얼어붙어 있다. 하지만 결국 두려움이 다른 감정을 누른 듯 시선을 돌리더니 뒤돌아서 아홉 번째 배식 담당인 와이티의 자리를 메우러 걸어간다.

"태워 줘서 고마워요."

와이티의 목소리는 당황하고 놀란 듯 우스꽝스럽게 들린다.

"아, 식사 안 해도 괜찮겠어요?"

"어차피 나가서 뭘 좀 먹으려던 참이야."

사내가 말한다.

"외식하시게요? 뗏목 선단에서 어떻게 외식을 하려고요?"

"가자고, 내가 보여 줄게."

사내는 그녀를 데리고 복도를 지나고 가파른 철제 계단을 올라 갑판으로 간다. 해가 질 무렵이라 어렴풋이 보이는 엔터프라이즈호의 관제탑은 짙은 회색 하늘을 배경으로 시커멓게 보인다. 하늘은 너무나 빨리 어두워지고 음침해져서 오히려 한밤중보다 더 어두운 게 아닌가 하는 생각이 들 정도다. 그런데도 아직 조명은 하나도 켜지지 않았고 그저 시커먼 철판과 짙은 청회색 하늘만 보인다.

와이티는 사내를 따라 선미 쪽 갑판으로 간다. 갑판에서 바다까지는 높이가 10미터가량 되는데 이곳에서는 러시아 사람들이 사는 깨끗하고 부유해 보이는 지역이 잘 내려다보인다. 그 지역과 지저분하고 어두컴컴한, 진정한 뗏목 선단 사이를 바닷물이 드나드는 넓은 운하가 가로막고 있고 총을 든 사람들이 경비를 서고 있다. 계단도 밧줄로 된 사다리도 없지만, 난간에 두꺼운 밧줄이 매달려 있다. 큰 덩치의 알류트족 사내는 밧줄을 집어 들더니 재빠른 솜씨로 한쪽 팔 아래로 통과시킨 다음 다리에 건다. 그리고 다른 한쪽 팔로 와이티의 허리를 감싸 안고 줄을 타고 배에서 아래로 몸을 던진다.

그녀는 간신히 비명을 참는다. 밧줄이 사내의 몸을 감으며 붙잡는 느낌, 자신의 몸을 껴안은 사내의 팔 힘이 너무 강해 잠깐 숨이 막힐 것 같은 느낌. 그리고 이내 그녀는 사내의 팔에 안겨 공중에 매달린 상태가 된다.

그녀는 대담하게 양팔을 옆으로 뻗는다. 그러나 결국 너무 두려운 마음에 몸을 사내에게 맡기고 두 팔로 사내의 목을 감고 머리를 어깨에 기대는 자세로 힘주어 매달린다. 사내는 그녀를 안은 채 밧줄을 타고 내려간다. 그들은 금세 깨끗하고 부유해 보이는 러시아인들의 배에 도착한다.

"그런데 이름이 어떻게 되세요?"

그녀가 말한다.

"드미트리 라비노프. 사람들은 레이븐이라고 하지."

이런, 제기랄.

배들이 연결된 모습은 워낙 복잡해서 도저히 예측할 수가 없다. A 지점에서 B 지점으로 가려면 온통 여기저기를 헤집고 돌아야 가능하다. 그러나 레이븐은 길을 잘 알고 있다. 때때로 그는 손을 내밀어 그녀의 손을 잡아 주기도 했지만 아무리 그녀가 느리게 걸어도 잡아당기거나 하지는 않는다. 그는 자주 뒤를 돌아보며 그녀에게 웃음을 지어 보인다. 마치 그녀를 해칠 수 있지만 그럴 생각이 없다는 것 같은 표정이다.

두 사람은 러시아인들이 사는 지역이 나머지 뗏목들과 넓은 널빤지로 연결된 지점에 도착한다. 우지 기관 단총을 든 사내들이 경비를 서고 있다. 레이븐은 와이티의 손을 잡고 경비원들을 무시한 채 다리를 건넌다. 미처 그런 생각을 해 볼 시간도 없던 그녀지만 주위를 둘러본 와이티는 수척한 아시아 사람들이 자신을 마치 최고급 풀코스 요리라도 되는 것처럼 노려보는 걸 보고 생각한다. 나는 뗏목 선단에 있다. 진짜 뗏목 선단.

"여기 사람들은 홍콩계 베트남인들이야. 베트남 출신이지만 전쟁이 난 후에 난민이 되어 보트를 타고 홍콩으로 간 사람들이지. 그렇게 삼판 배에 탄 채 세대가 바뀐 거야. 겁먹지 마. 위험한 곳은 아니니까."

"돌아가는 길을 찾을 수 없을 것 같아요."

와이티가 말한다.

"걱정하지 마. 여자 친구를 잃어 본 적은 없으니까 말이야."

"여자 친구가 있던 적도 있어요?"

레이븐은 머리를 뒤로 젖히며 웃음을 터뜨린다.

"옛날엔 많았지. 지난 몇 년은 별로 없었지만."

"그래요? 옛날이라고요? 문신도 그 옛날에 얻은 건가요?"

"그래. 난 알코올 중독이었어. 사고도 많이 쳤지. 하지만 이제 술 끊은 지 8년째야."

"그럼 왜 아직도 사람들이 당신을 두려워하는 거죠?"

레이븐은 그녀를 향해 돌아서며 활짝 웃더니 어깨를 으쓱한다.

"아, 그건 내가 믿기지 않을 정도로 무자비하고 솜씨가 좋고 잔혹한 살인자기 때문이지."

와이티는 웃는다. 레이븐도 따라 웃는다.

"하는 일이 뭐예요?"

와이티가 묻는다.

"작살잡이야."

"모비딕에 나오는 그런 일을 하는 건가요?"

와이티는 자기가 한 말이 마음에 든다. 그녀는 학교 다닐 때 그 책을 읽었다. 책벌레를 포함해 그녀와 같은 반이던 친구들 대부분은 그 책이 별로라고 생각했다. 그러나 와이티는 작살이 등장하는 부분이 모두 마음에 들었다.

"아니야. 나랑 비교하면 모비딕에 나오는 녀석들은 계집애들이나 다름 없어."

"작살로 뭘 잡아요?"

"뭐든 잡지."

밖으로 나온 이후로 그녀는 그만을 바라보고 있다. 아니면 사람이 아닌 물건에 눈길을 주고 있다. 그렇지 않으면 그녀를 쏘아보는 수천 개의 짙은 눈을 마주해야 하기 때문이다. 그런 식으로 그녀는 식당에서 배급하던 때와는 달리 유명한 존재가 되어 버렸다.

물론 그녀의 외모가 특이하기 때문이기도 하다. 그렇지만 또 다른 이유는 뗏목 선단에서는 사생활이라는 개념이 존재하지 않기 때문이기도 하다. 이곳에서 돌아다니려면 이 배에서 저 배로 건너다녀야만 한다. 그런데 모든 배에는 30여 명이나 되는 사람들이 살고 있어서 결국 돌아다니려면 남의 집 거실을 드나드는 꼴이 되고 만다. 그리고 욕실이나 침실까지도. 자연스럽게 사람들 눈에 띄게 된다.

두 사람은 빈 기름통 위에 임시로 만든 통로를 쿵쿵거리며 지나간다. 베트남 사내 둘이 두꺼운 생선 살 조각을 놓고 다투듯 승강이를 하고 있다. 한쪽이 몸을 돌리다가 다가서는 두 사람을 바라본다. 사내의 번쩍거리는 시선이 와이티를 훑고 지나더니 레이븐에게 멈춘다. 그리고 사내는 눈을 크게 뜨며 뒤로 물러선다. 등을 돌리고 섰던 상대방 사내가 몸을 돌리다가 그야말로 공중으로 뛰어오르며 비명을 간신히 억누른다. 두 사내 모두 레이븐이 가는 길을 막지 않으려 물러선다.

그때야 와이티는 뭔가 중요한 걸 깨닫는다. 이 사람들은 그녀를 보는 게 아니다. 그들은 그녀를 두 번 보지도 않는다. 그들은 모두 레이븐을 보고 있다. 그것도 그저 유명한 사람을 보는 그런 눈길이 아니다. 뗏목 선단에 있는 모든 사내, 억세고 무시무시한 깡패들이 모두 이 사내가 무서워 어쩔 줄을 모르고 있다.

그리고 그녀는 그런 사내와 데이트를 하고 있다.

이제 막 시작된 관계.

또 다른 베트남 사람이 사는 거실을 지나던 와이티는 갑자기 일 년 전 살면서 가장 끔찍했던 엄마와의 대화를 떠올린다. 엄마는 남자 친구가 갑자기 덤벼들면 어떻게 대처해야 하는지 미리 알려 주려고 했다. 그래요, 엄마 말이 맞았어요. 엄마 말 명심할게요. 엄마가 한 말을 잊지 않겠어요. 와이티는 엄마가 했던 말이 아무 도움이 되지 않으리란 걸 잘 안다. 그리고 지금의 상황은 그녀의 생각이 옳다는 걸 보여 주려 하고 있다.

48

구명보트에는 남자 네 명이 타고 있다. 우선 정보를 수집해 CIC에 팔며 사는 히로 프로타고니스트. 그는 흔히 '무미건조'한 일만 취급한다. 멍하니 돌아다니다 걸려드는 정보를 나중에 CIC의 데이터베이스인 도서관에 전송하는 것 말고는 실제로 하는 일은 없다는 뜻이다. 지금 그가 하는 일은 건조하긴커녕 끔찍할 정도로 축축하다. 히로는 칼 두 자루와 흔히 9밀리라고 줄여서 부르는 9밀리미터 반자동 권총으로 무장한 상태이며 탄환이 11개씩 든 탄창 두 개가 있다.

빅. 성은 모르겠다. 만일 아직 소득세라는 게 남아 있었다면 빅은 매년 제출하는 소득세 신고서 직업란에 '저격수'라고 적을 것이다. 전통적인 저격수답게 빅은 과묵하고 나서는 법이 없다. 그가 가진, 길고 구경이 큰 소총 위에는 커다란 부피를 자랑하는 기계 장치가 붙어 있다. 만일 빅이 자신이 일하는 업계에서 제일 잘 나가는 부류가 아니었다면 그 자리엔 평범한 조준경이 달려 있을 것이다. 그 장치가 정확히 뭘 하는 건지는 알 수 없지만, 히로가 추측하기에는 중앙에 정교한 조준용 십자선이 달린, 완벽할 정도로 정확한 감지 장치일 것 같다. 빅이 추가로 조그만 무기를 몸에 숨기고 있다고 봐도 틀린 생각은 아닐 것이다.

엘리엇 청. 엘리엇은 구룡호의 선장이었다. 그는 일자리를 잃은 상태다. 엘리엇은 LA의 와츠에서 자란 터라 영어를 하면 흑인처럼 들린다. 유전학적으로는 완벽한 중국인이다. 그는 흑인 영어와 백인 영어뿐 아니라 광둥어, 택시 링가에도 능통하며 베트남어, 스페인어 그리고 만다린어도 조금 할 줄 안다. 엘리엇은 44구경 매그넘 리볼버를 가지고 있는데 그 총은 오직 '넙치를 위해' 준비한 것이다. 다시 말해 그는 그 권총을 승객들이 낚은 넙치를 갑판으로 끌어올리기 전에 죽이는 용도로만 사용했다는 말이다. 북태평양의 큰 넙치는 얼마나 몸집이 크고 격렬하게 날뛰는지 낚시꾼의 목숨도 쉽사리 빼앗을 수 있을 정도다. 그래서 낚은 넙치를 갑판으로 끌어올리기 전에 대가리에 총알을 몇 발 박아 주는 편이 안전하다. 그게 엘리엇이 권총을 가진 유일한 이유다. 그 밖에 구룡호의 안전을 유지하는 일은 그런 일에 전문가인 다른 선원들에게 맡기면 되었다.

물고기 눈. 유리 눈 사내의 별명이다. 본명은 밝혀지지 않았다. 그의 무기는 커다랗고 두툼한 검은색 서류 가방이다.

서류 가방은 바퀴가 달렸고 대단히 컸는데 히로가 들어 보니 무게는 150킬로그램에서 1톤 사이인 것 같지만 도대체 가늠하기가 어려웠다. 어찌나 무거운지 보통은 평평하게 마련인 구명보트 바닥이 원뿔형으로 가라앉는다. 가방에는 눈에 띄는 물건이 달려 있다. 케이블인지 호스인지 알 수 없는, 굵기가 10센티미터가 좀 못 되고 잘 구부러지는 그 물체는 길이가 2미터 정도인데 가방 구석에서 튀어나와 구명보트의 기울어진 바닥을 타고 뻗어 보트

166

끝을 지나 바닷물 속에 처박혀 있다. 이 기괴하게 생긴 촉수 끝에는 휴지통만 한 쇳덩어리가 달렸는데, 수많은 냉각핀이 어찌나 좁고 세밀하게 붙어 있는지 전체 면적을 합하면 델라웨어주만큼 넓을 것 같다. 히로가 물 밖에 있는 그 물건을 본 건 구명보트로 옮겨 탈 때였고 따라서 매우 정신이 없는 상태였다. 당시 그 물건은 벌겋게 달아올라 있었다. 그리고 그 후 그 물건은 엷은 회색을 띤 채 물속에 박혀 있어 히로는 제대로 그 모양을 볼 수 없었다. 왜냐하면 그 물건 주위의 바닷물이 계속 펄펄 끓으며 거품을 만들어 냈기 때문이다. 낮이고 밤이고 할 것 없이 주먹 크기만 한 물방울이 뜨겁게 달구어진 냉각핀에 들러붙었다가 바다 표면으로 솟구쳐 올라온다. 동력 장치도 없이 북태평양에서 떠도는 구명보트는 마치 아메리카 대륙을 횡단하는 기관차처럼 수증기를 어마어마하게 내뿜고 있다. 히로나 엘리엇이 눈치를 채거나 말을 하지는 않지만, 물고기 눈이 조그맣고 자체적으로 구동할 수 있는 핵 동력 장치를 들고 다닌다는 건 의심할 수 없는 사실로 보인다. 경비견 로봇의 몸에 장착된 에너지원과 같은 것임이 거의 확실해 보인다. 하지만 물고기 눈이 먼저 나서서 설명해 주지 않는 이상 먼저 이러쿵저러쿵하는 건 점잖은 행동이라 할 수 없다.

모두 온몸을 뒤덮는 두꺼운 주황색 구명복을 입고 있다. 북태평양에서는 일반 구명조끼 대신 이런 걸 사용한다. 구명복 부피가 커서 우스꽝스럽지만 엘리엇 청의 말에 따르면 북태평양에서라면 구명조끼는 시체가 가라앉지 않도록 하는 것 말고는 별 도움이 안 된다고 한다.

구명보트는 바람을 불어 넣는 모양인데 길이가 3미터 정도 되지만 모터는 안 달려 있다. 보트에는 텐트처럼 생긴 방수 덮개가 달렸고 끝까지 지퍼를 올릴 수 있게 되어 있어서 아무리 바다가 거친 날씨라고 해도 보트 안으로 물이 들어오지 않도록 할 수 있다.

며칠 동안 산에서 불어 내려온 차갑고 강한 바람이 보트를 오리건 해안에서 먼바다로 밀어냈다. 엘리엇은 그들이 탄 구명보트가 표류하는 여행자들을 구조할 해군이나 해안 경비대가 존재하던 아주 오랜 옛날에 고안되었다며 즐겁게 설명한다. 그저 떠다니며 주황색이 잘 보이도록 하기만 하면 된다는 것이다. 물고기 눈이 휴대용 무전기를 하나 들고 있지만, 단거리에서나 사용할 수 있는 물건이다. 그리고 네트워크에 접속이 가능한 히로의 컴퓨터는 이런 상황에서는 휴대 전화밖에 되지 않는다. 그러니 이런 망망대해에서는 소용이 없다.

비가 억수처럼 쏟아지면 그들은 덮개를 치고 몸을 숨긴다. 비가 많이 오지 않으면 덮개 위로 올라가 앉아 있기도 한다. 그들은 각자 나름대로 시간을 보낼 방법을 가지고 있다.

당연히 히로는 컴퓨터를 주물럭거리고 있다. 구명보트를 타고 태평양에서 표류하는 건 해커로서는 완벽한 상황이 아닐 수 없다.

빅은 그들이 서 있던 구룡호가 날아갈 때 자신이 입었던 방풍 점퍼 안에 들어 있다가 물을 흠뻑 먹은 페이퍼백 소설책을 읽고 또 읽는다. 며칠 동안 기다리는 일이 그에게는 쉬워 보인다. 직업이 저격수인 그는 시간을 죽이는 방법을 잘 알고 있다.

엘리엇은 아무리 볼 것이 없어도 늘 망원경을 손에 들고 여기저기 둘러보곤 한다. 그는 배를 책임지는 선장이 그렇듯 늘 구명보트를 가지고 안달하며 대부분의 시간을 보내고 있다. 그리고 낚시도 자주 한다. 구명보트에는 많은 양의 식량이 실려 있지만 가끔은 신선한 넙치나 연어를 먹는 것도 괜찮다.

물고기 눈은 무거운 검은 가방에서 나온 것 같은 사용 설명서에 온통 시간을 쏟고 있다. 레이저 프린터로 뽑은 문서를 두껍게 엮어 놓은 것이다. 설명서를 엮은 바인더는 평범한 문방구에서 살 수 있는, 아무 표시도 없는 평범한 것이다. 그런 상황은 히로에게는 완벽할 정도로 친근하다. 문제의 물건은 아직 개발이 완전히 끝나지 않은 첨단 제품이다. 모든 기술적인 장비는 어떤 식이든 설명서가 있어야 한다. 그리고 그런 문서를 작성할 수 있는 사람은 실제 그 장비를 개발한 기술자들이다. 그런데 개발자들은 그런 일을 너무 싫어해서 늘 마지막 순간까지 미루어 두게 마련이다. 그러다 워드 프로세서로 대충 작성한 다음 레이저 프린터로 출력하고 부서의 서무직원으로부터 받은 싸구려 바인더에 묶는 짓을 하곤 한다.

그러나 물고기 눈이 설명서를 들여다보는 것도 잠시뿐이다. 그는 나머지 시간 동안 그저 멍하니 수평선만 바라보고 있다. 마치 시칠리아섬이 나타나길 바라기라도 하는 것처럼. 물론 섬이 나타날 리는 없다. 그는 자신이 수행하던 작전이 실패로 돌아가 풀이 죽었다. 그런 기분을 떨치기가 어려운지 계속 뭔가 입속으로 중얼거리기도 한다.

"혹시 이런 걸 여쭤봐도 될지 모르겠네요. 작전의 목표가 뭐였습니까?"

히로가 말한다.

물고기 눈은 한참을 생각하더니 대답한다.

"그건 자네가 어떻게 보느냐에 달렸어. 명목상 내 목표는 저 나쁜 놈들로부터 열여섯 살 먹은 여자애를 구해 내는 거였지. 그래서 내가 세운 작전은 상대방 거물급들을 인질로 잡아 교환하자는 거였어."

"열여섯 살짜리 여자애가 누구죠?"

물고기 눈은 어깨를 으쓱해 보인다.

"자네도 아는 사람이야. 와이티거든."

"정말 그것만이 작전의 목표였습니까?"

"히로, 중요한 건 마피아가 일하는 방식을 이해해야 한다는 거야. 우리는 사람들 사이의 관계를 구실 삼아 더 큰 목적을 추구한단 말이야. 예를 들면 자네가 피자를 배달할 때를 생각해 보지. 자네는 피자를 빨리 배달해야만 돈을 더 벌 수 있었기에 부지런히 움직인 게 아니야. 물론 빌어먹을 놈의 회사 방침에 잘 따랐기 때문도 아니지. 자네는 엉클 엔조와 소비자 사이에 개인적으로 이루어진 약속을 지키려고 노력한 거야. 우리는 그런 식으로 개인이 스스로 보호하려고 하는 관념의 덫을 회피하는 거야. 관념은 바이러스야. 그러니까 그 계집애를 구해 내는 건 단지 그런 결과를 뜻하는 게 아니야. 그건 추상적인 목표를 실재적인 것으로 표현하는 거야. 우린 실재하는 걸 좋아하지. 그렇지 않나, 빅?"

빅은 신중하고 빈정거리는 듯한 표정을 짓더니 깊은 웃음을 짓는다.

"이번 작전에서 추상적인 목표는 뭐였습니까?"

히로가 말한다.

"내가 맡은 부서에서 알 내용이 아니야. 하지만 내가 보기에 엉클 엔조께서 L. 밥 라이프한테 단단히 화가 나신 것 같아."

물고기 눈이 말한다.

히로는 이차원 그림이 가득 찬 컴퓨터 화면을 들여다보며 시간을 보낸다. 화면을 단순하게 보는 이유는 컴퓨터의 배터리를 아끼기 위해서다. 사무실을 전부 입체로 나타내려면 여러 프로세서가 쉬지 않고 작동해야 하지만 책상만 단순히 평면으로 표현하면 거의 전력이 소비되지 않는다.

그러나 그가 화면을 입체적으로 보지 않는 진정한 이유는 마지막 프리랜서 해커인 히로 프로타고니스트가 프로그램을 만드는 중이기 때문이다. 그리고 해커들이 해킹할 때는 허울뿐인 메타버스나 아바타 따위는 사용하지 않는 법이다. 그들은 그런 표면에 불과한 세상을 버리고 코드와 얽히고설킨 남섭을 이용해야 하는 지하 세계로 내려간다. 메타버스에서 보던 모든 것이 아무리 현실적으로, 아름답게, 입체적으로 보였다고 해도 이 지하 세계에서는 그저 단순한 텍스트 파일에 지나지 않는다. 전자 화면에 일련의 문자로 표현된다는 뜻이다. 마치 원시적인 텔레타이프나 IBM의 펀치 카드 따위의 장비로 프로그래밍하던 시절처럼 말이다.

그런 시절부터 산뜻하고 사용자가 편하게 쓸 수 있는 프로그램 도구들이 개발되기 시작했다. 지금은 메타버스 안에서 책상 앞에 앉아 미리 프로그램이 되어 있는 아이들 블록 장난감처럼 생긴 구성단위를 연결해 주는 것만으로도 프로그래밍을 할 수 있다. 그러나 진정한 해커라면 그런 기술을 쓰지 않는다. 그건 자동차 수리 명장이 운전대 뒤에 앉아 계기반에 나타나는 바보 같은 불빛을 바라보는 짓과 다름이 없다.

히로는 자신이 뭘 하는지, 무엇에 대비하는 건지 알지 못한다. 하지만 괜찮다. 프로그래밍이라는 것은 대개 기초 공사를 하며 현재 눈앞에 닥친 과제와는 아무런 상관없는 내용을 끼워 맞추고 세우는 과정이기 때문이다.

그가 아는 건 한 가지다. 이제 메타버스에서는 누구든 죽임을 당할 수 있다는 점이다. 아니 꼭 그렇진 않더라도 거의 죽는 거나 다름없을 정도로 뇌가 엉망이 되어 버릴 수도 있다. 이건 메타버스라는 곳의 특성을 근본적으로 바꾸는 변화다. 천국에 총이 나타난 것이다.

어떻게 보면 당연한 귀결이라는 생각이 든다. 그들은 메타버스를 너무 취약하게 만들었다. 그들은 메타버스를 통해 벌어질 수 있는 가장 우려스러운 상황이라고 해 봐야 고작 컴퓨터에 바이러스가 침투해 접속한 상태의 사용자가 어쩔 수 없이 강제로 튕겨 나가고 그래서 컴퓨터를 껐다 켜야 하는 정도로 생각했다. 혹시 백신 프로그램을 깔아 두지 않은 사용자라면 약간의 자료가 날아갈 수 있는 정도는 예상했다. 그래서 메타버스는 활짝 열린 채 제대로 된 방어막이 존재하지 않았다. 마치 폭탄도 금속 탐지기도 없던 시절의 공항이나 총을 든 미치광이가 난입하는 일이 없던 시절의 초등학교 같은 모습이다. 아무나 접속해 원하는 일을 할 수 있는 곳이다. 경찰도 없다. 스스로 방어할 수도 나쁜 놈들을 붙잡을 수도 없다. 그런 상황을 바꾸려면 많은 일을 해야 할 것이다. 메타버스라는 세계는 이제 전체적으로 모두가 참여한 근본적인 재건설이 필요하다.

그때까지만이라도 메타버스를 잘 아는 사람들의 손이 필요할 수도 있다. 제대로 몇 가지만 손봐 두어도 상황은 상당히 바뀔 수 있다. 거대한 소프트웨어 공장이 문제에 대처하기 전이라도 프리랜서 해커 한 명이긴 해도 상당한 일을 해 놓을 수도 있다.

얼굴 앞에 나타나 다파이비드의 뇌를 먹어 치워 버린 바이러스는 일련의 바이너리 정보로 비트맵 형태를 띠고 있다. 하얀색과 검은색 화소만으로 이루어졌는데 하얀색은 0을, 검은색은 1을 뜻한다. 그들은 그 비트맵을 두루마리 형태로 만들어 아바타들에게 주었고 그 아바타들은 희생자를 찾아 메타버스 안을 돌아다니고 있다.

블랙 선에서 히로를 감염시키려 했던 클린트 아바타는 달아나긴 했지만 떨어뜨린 두루마리를 주워 가지는 못했다. 팔이 잘릴 거라는 생각은 하지 못했던 모양이다. 그리고 히로는 그 두루마리를 묘지기 데몬들이 사는 곳, 바닥 아래에 있는 지하 터널 속에 던져두었다. 그리고 나중에 데몬을 시켜 자신이 일할 때 쓰는 작업장에 가져다 두게 했다. 히로의 집에 있는 모든 물건은 당연히 히로의 컴퓨터 안에 저장되어 있다. 자신의 물건을 확인하려고 세계와 연결된 네트워크에 접속할 필요는 없다.

자신을 죽일 수도 있는 정보를 다루는 건 쉽지 않은 일이다. 그러나 문제는 없다. 현실 세계에서도 사람들은 늘 위험천만한 물질을 다루며 산다. 방

172

사성 동위 원소나 독극물이나 다름없는 화학 물질들. 하지만 제대로 된 도구만 갖추면 된다. 원격 조종 인공 팔이나 장갑, 보호안경, 납으로 처리한 용기 등이 있으면 된다. 그리고 평면으로 표현되는 모니터 화면에서 도구가 필요하면 그냥 앉은 자리에서 직접 프로그램을 만들면 된다. 그래서 히로는 두루마리에 담긴 내용을 보지 않고도 그걸 다룰 수 있는 몇 가지 간단한 프로그램을 만들어 낸다.

바이러스가 담긴 두루마리는 메타버스에서 볼 수 있는 모든 사물과 마찬가지로 하나의 소프트웨어다. 자신의 모습이 어떻게 보여야 하는지를 묘사한 코드를 포함하고 있어서 모든 컴퓨터가 두루마리 모양을 알 수 있도록 해준다. 그리고 두루마리가 어떻게 접히고 펼쳐지는지도 미리 모두 정해 두었다. 또 두루마리 안에는 스노 크래시 바이러스를 디지털로 바꾼 일정량의 정보가 저장되어 있다.

일단 바이러스의 내용을 풀어내어 따로 분리하기만 하면 히로는 쉽사리 '스노 스캔'이라는 새로운 프로그램을 만들어 낼 수 있다.

스노 스캔은 일종의 백신 프로그램이다. 디지털 스노 크래시 바이러스로부터 히로의 시스템을 보호하는 코드로 이루어져 있다. 하드웨어인 컴퓨터는 물론 라고스가 말했던 대로 히로의 신체인 바이오웨어까지 보호해 준다. 히로가 컴퓨터에 설치하면 그 백신 프로그램은 외부에서 들어오는 정보를 계속 감시하면서 두루마리에 든 내용과 같은 정보가 유입되는지를 살핀다. 그러다 만일 같은 정보가 발견되면 막아 낼 것이다.

그 밖에도 프로그래밍해야 할 것이 하나 더 있다. 히로는 아바타도 잘 만들어 낸다. 그는 스스로 사용할, 보이지 않는 아바타를 하나 만든다. 이유는 단지 새롭고 더 위험해진 메타버스에서 편리하게 쓸 수 있을 거라는 생각이 들기 때문이다. 보이지 않는 아바타를 만드는 건 어려울 건 없지만, 제대로 만들려면 놀랄 정도로 까다롭기도 하다. 누구나 사람들 눈에 띄지 않는 아바타를 만들어 낼 수 있지만 만든 걸 실제로 사용하려면 여러 문제가 생긴다. 블랙 선을 포함한 메타버스 안의 특정 공간에서는 출입하는 아바타의 크기를 알고 싶어 한다. 그래야 다른 아바타나 장애물과 상충하는지를 알 수 있기 때문이다. 만일 아바타를 너무나 작게 만든 사람이 스스로 크기가 0이라는 대답을 한다면 크기를 물어본 해당 공간은 에러를 일으키거나 뭔가 잘못되었다고 판단할 것이다. 아바타를 그렇게 만들면 안 보일 수는 있지만, 메타버스 안에서 가는 곳마다 엄청난 파괴와 혼란을 일으키게 될 것이다. 또 어떤 공간에서는 보이지 않는 아바타가 불법일 수도 있다. 그런 곳에서는 만일 아바타가 투명해서 어떤 빛도 반사하지 않는다면 즉각 불법 아바타로 인식되어 경보음이 울린다. 보이지 않는 아바타를 만드는 가장 쉬운 방법은 그렇게 모든 빛을 반사하지 않도록 하는 것이다. 그러니 보이지 않는 아바타를 만들려면 사람들 눈에는 보이지 않으면서도 메타버스 안에 있는 다양한 공간 소프트웨어에는 보이는 것으로 인식되도록 해야 한다.

보이지 않는 아바타를 만들려면 이런 식으로 주의해야 할 작은 일이 대단히 많다. 히로가 지난 몇 년 동안 비탈리 체르노빌 같은 사람들에게 아바타를 만들어 주는 일을 하지 않았더라면 그런 것들을 알 수 없었을 것이다. 아무것도 없는 상태에서 보이지 않는 아바타를 정말 훌륭하게 만들려면 많은 시간이 걸릴 것이다. 그러나 히로는 예전에 진행했던 프로젝트와 관련한 코드들을 컴퓨터 안에서 찾아내 이리저리 몇 시간 동안 꿰맞추어 아바타를 만든다. 해커들은 대개 이런 식으로 일한다.

그 일을 하다가 히로는 탈것 소프트웨어를 보관해 둔 상당히 오래된 폴더를 우연히 발견한다. 아주 오래전에 만들어 둔 것으로 당시에는 메타버스에 모노레일도 없었기 때문에 그 안에서 돌아다니려면 걷거나 탈것 역할을 하는 물건을 프로그램으로 만드는 방법밖에 없었다.

메타버스가 아무런 형체도 없는 검은 공에 지나지 않던 옛날엔 그런 일이 별 게 아니었다. 하지만 나중에 스트리트가 생기고 사람들이 건물이나 여러 형태의 공간을 만들면서 일이 조금씩 복잡해지기 시작했다. 스트리트에서 사람들은 다른 사람들의 아바타와 서로 뚫고 지나다닌다. 그러나 벽을 뚫고 지나갈 수는 없다. 다른 사람의 사유 공간에도 마음대로 들어가면 안 된다. 그리고 다른 탈것도 뚫고 지나갈 수 없고 포트나 모노레일 선로를 받치고 서 있는 기둥처럼 스트리트에 고정적으로 달려 있는 시설도 뚫고 지나다닐 수 없다. 그런 물체들에 달려들어 충돌한다고 해서 죽거나 메타버스에서 팅겨져 나오는 건 아니다. 콘크리트 벽을 향해 붙어 서서 똑바로 달리는 만화 속 주인공처럼 그저 꼼짝 못 하고 서 있게 된다.

다른 말로 하면 메타버스에 달리다 부딪칠 만한 이런저런 장애물들이 자꾸 들어서자 빠른 속도로 돌아다니는 일이 갑자기 재미난 일이 되었다. 조종 능력이 중요해졌다. 탈것의 크기도 중요해졌다. 히로와 다파이비드 그리고 다른 해커들은 초창기에 선호하던 거대하고 기묘한 탈것들을 버리기 시작했다. 탱크 바퀴가 달린 빅토리아 시대의 저택이라든지 굴러가는 대형 여객선 또는 크기가 1킬로미터도 훨씬 넘는 수정 구슬, 용이 끄는 불붙은 마차 같은 것들이다. 그리고 그 대신 작고 다루기 편한 탈것을 이용하기 시작했다. 기본적으로 오토바이들이었다.

메타버스에서 이용하는 탈것들은 쿼크만큼이나 빠르고 민첩할 수 있다. 물리적 한계 자체가 존재하지 않으며, 가속하는 데 있어서 아무런 제약도, 공기의 저항마저도 없기 때문이다. 타이어가 듣기 싫은 소리를 내지도 않고 제동 장치가 문제를 일으키는 법도 없다. 한 가지 어쩔 수 없는 건 사용자가 반응하는 데 걸리는 시간이다. 그래서 그들이 최신형 오토바이 소프트웨어를 타고 함께 경주할 때면 시내를 마하 1의 속도로 내달리면서도 엔진이 견뎌 줄지 걱정할 필요가 없다. 그들이 걱정하는 건 탈것에 올라탄 사람이 자신이 생각하는 것만큼 재빠르게 방향을 바꾸고 속도를 내고 제동할 수 있도록 기계를 조종할 수 있는 사용자 인터페이스를 어떻게 만드느냐 하는 것이었다. 왜냐하면 여러 명이 함께 복잡한 지역을 어마어마할 정도로 빨리 달리다가 혼자 뭔가에 막혀 갑자기 거의 제자리에 선 것이나 다름없을 정도로 속도가 떨어지면 다시 다른 사람들을 뒤쫓아 가는 일은 불가능하기 때문이다. 실수 한 번이면 홀로 떨어져 남는 것이다.

히로는 상당히 괜찮은 오토바이를 갖고 있었다. 어쩌면 그가 가진 오토바이가 스트리트에서 제일 뛰어난 것일 수도 있다. 왜냐하면 그는 소름이 끼칠 정도로 반사 작용이 뛰어나기 때문이다. 그러나 그는 오토바이를 타는 것보다 칼싸움에 더 관심을 쏟게 되었다.

그는 가장 최근에 만들었던 오토바이 소프트웨어를 꺼내 다시 조종해 본다. 그는 평면으로 표현된 화면을 끄고 삼차원으로 만들어진 메타버스 환경을 구동시킨 다음 오토바이를 몰고 주위를 잠시 돌아다녀 본다. 네트워크에 연결할 수 없는 상태라서 집 마당을 벗어난 지역은 아무것도 없는 암흑세계다. 마치 구명보트를 타고 태평양 위에 떠 있는 것처럼, 길을 잃어 쓸쓸한 기분이 든다.

49

가끔 멀리 떠 있는 배가 보이기도 한다. 두어 척의 배는 가까이 다가와 살펴보고 가기까지 한다. 그러나 아무도 그들을 구해 주고 싶은 마음은 없는 모양이다. 뗏목 선단에서 가까운 곳이니 남을 위하는 마음을 가진 이들이 있을 리 없다. 그리고 구명보트에는 별로 빼앗을 만한 것도 없는 것 같다.

가끔 길이가 15미터에서 30미터 정도 되는 오래된 원양 어선이 주위에 대여섯 척의 작고 빠른 배들을 거느리고 가는 모습이 보이기도 한다.

엘리엇이 그런 배들은 해적선이라고 설명하자 빅과 물고기 눈은 귀를 쫑긋 세운다. 빅은 바닷물이 들어가지 않도록 비닐봉지에 꼭꼭 넣어 두었던 총을 꺼내 들더니 윗부분에 달린 조준 장치를 떼어 내 망원경 대신 눈에 들이댄다. 히로는 굳이 총에서 조준 장치를 떼어 내지 않고 그냥 봐도 되지 않을까 생각하지만, 만일 그냥 총을 들어서 보면 상대방이 보기엔 자신을 쏘려고 겨냥하는 걸로 오해를 할 수도 있다.

해적선이 나타나기만 하면 그들은 서로 돌아가며 조준 장치에 달린 온갖 모드를 동원해 상대를 살피곤 한다. 일반, 적외선 그런 식으로 말이다. 엘리엇은 태평양 이곳저곳을 워낙 오랫동안 돌아다녔기 때문에 다양한 해적 무리의 깃발을 잘 알아볼 수 있다. 그래서 조준 장치로 상대를 살피고 난 후 그들이 누군지 말해 줄 수도 있을 정도다. 어느 날은 '클린트 이스트우드와 그의 무리'라는 해적단이 몇 분 동안 옆에 붙어 따라오며 그들을 살펴보기도 하고, 또 다른 날은 '황야의 7인'이 빼앗을 물건이 있는지 확인하러 보낸 조그만 배가 빠른 속도로 옆을 스치고 지나가기도 한다. 히로는 황야의 7인이라는 해적단이 가진 배가 제일 좋아 보여서 그들에게 잡혀갔으면 하는 생각도 한다. 원래 호화 유람선이었던 그들 해적선은 앞쪽 갑판에 엑조세 미사일 발사대를 갖추고 있다. 그러나 그들은 자세히 살펴보더니 아무 짓도 하지 않고 가 버린다. 열역학을 공부한 적 없는 해적들은 구명보트 아래쪽에서 끝없이 뿜어져 나오는 수증기가 어떤 의미인지 전혀 눈치채지 못한다.

어느 날 아침, 있지도 않은 안개가 걷힌 것처럼 갑작스럽게 커다란 구식 트롤 어선 한 척이 바로 옆에서 모습을 드러낸다. 히로는 그 배의 엔진 소리를 이미 한참 전부터 듣고 있었지만 얼마나 가까운 곳인지는 알지 못하는 상태였다.

"저건 누구지?"

끔찍하게 싫어하는 냉동 건조 커피를 마시던 물고기 눈이 숨이 막힐 뻔한 목소리로 묻는다. 그는 은박지처럼 보이는 비상용 담요를 몸에 둘둘 감은 채 보트에 달린 방수 덮개 아래에 몸을 웅크리고 있어서 간신히 얼굴과 손만 겉으로 드러난 모습이다.

엘리엇이 조준 장치를 들더니 다가오는 배를 살펴본다. 속마음을 겉으로 잘 드러내지 않는 그지만 그 배를 보고 상당히 기분이 나빠졌다는 게 확연하게 보인다.

"브루스 리 해적단입니다."

그가 말한다.

"저놈들은 뭐가 달라?"

물고기 눈이 말한다.

"에, 깃발을 한 번 보세요."

엘리엇이 말한다.

해적선이 가까이 다가온 상태라 깃발이 깔끔하게 잘 보인다. 빨간 바탕에 한가운데에 은색 주먹이 그려져 있고 그 아래에 쌍절곤 한 개가 서로 교차하는 모습에다 그 양쪽에는 B와 L이라는 글자가 새겨져 있다.

"깃발이 뭐?"

물고기 눈이 말한다.

"아, 아마 두목 노릇을 하는 사내가 스스로 브루스 리라고 부르는 것 같습니다. 그 사람이 입은 조끼 등판에 저 깃발과 똑같은 게 달렸다고 합니다."

"그런데?"

"그런데 그 무늬가 실로 새겼거나 그런 게 아니라 사실은 사람 머리 가죽으로 만든 거라는군요. 그러니까 쪼가리를 이어 붙인 겁니다."

"뭐가 어째요?"

히로가 말한다.

"게다가 소문이긴 하지만 그자는 자신이 원하는 붉은색과 은색 머리 가죽을 구하려고 난민들이 탄 배를 뒤지고 돌아다녔다는 말도 있습니다."

히로가 여전히 어이없어하고 있는데 물고기 눈은 기대하지 않았던 결정을 내린다.

"브루스 리라는 친구랑 이야기를 나누고 싶군. 흥미로운 친구인 것 같은데?"

그가 말한다.

"그런 빌어먹을 미친놈과 왜 이야기하고 싶다는 겁니까?"

엘리엇이 말한다.

"맞아요. 텔레비전에서 하는 '스파이의 시선'인가 하는 프로그램도 못 봤어요? 그 자식은 돌았다고요."

물고기 눈은 그 말에 대한 대답은 마치 종교 이론처럼 인간이 이해할 수 없는 영역에 속한다는 듯 양손을 들어 올리며 말한다.

"내가 결정하면 끝이야."

"당신이 뭔데요?"

엘리엇이 말한다.

"이 배의 대장이다. 나를 스스로 추천하지. 누가 동의하겠나?"

물고기 눈이 말한다.

"동의합니다."

빅이 48시간 만에 처음으로 입을 열더니 말한다.

"동의하시는 분은 찬성이라고 말해."

물고기 눈이 말한다.

"찬성."

갑자기 말수가 많아진 빅이 다시 말한다.

"내가 이겼군. 자, 그럼 어떻게 하면 저 친구들이 이리로 와서 우리랑 대화할 수 있을까?"

물고기 눈이 말한다.

"저놈들이 뭐 하러 오겠어요? 우리가 가진 것 가운데 저들이 원하는 건 엉덩이 말고는 없을 텐데."

엘리엇이 말한다.

"지금 저 자식들이 호모라는 거야?"

그렇게 말하는 물고기 눈의 얼굴에 주름이 진다.

"젠장, 사람 머리 가죽 이야기를 할 때는 꿈쩍도 하지 않더니만."

엘리엇이 말한다.

"처음에 배를 타야 한다고 할 때부터 기분이 영 아니었다니까."

물고기 눈이 말한다.

"혹시 생각이 달라지실지 모르니까 말하죠. 저놈들은 우리가 흔히 생각하는 그런 동성애자가 아닙니다. 그런 면에서는 정상이지만 해적들이에요. 따뜻하고 움푹 파인 곳이 보이기만 하면 앞뒤 안 가리고 달려들 겁니다."

엘리엇이 설명한다.

물고기 눈이 재빨리 결정을 내린다.

"좋아, 히로하고 엘리엇 두 사람 모두 중국인이지. 옷을 모두 벗어."

"뭐요?"

"빨리 벗어. 내가 대장이란 거 잊었어? 빅한테 벗기라고 할까?"

엘리엇과 히로는 빅을 바라보지 않을 수가 없다. 그는 그저 우두커니 앉아만 있다. 모든 것에 환멸을 느끼는 듯한 그의 태도는 왠지 두려움을 불러일으킨다.

"안 벗으면 전부 죽여 버리겠어."

물고기 눈은 마침내 정곡을 찌르듯 말한다.

엘리엇과 히로는 출렁거리는 보트 바닥 위에서 우스꽝스럽게 흔들리며 구명복을 벗는다. 그리고 나머지 옷을 모두 벗고 며칠 만에 처음으로 맨살을 공기 중에 드러낸다.

트롤 어선이 바로 6미터 옆으로 다가오더니 엔진을 멈춘다. 배는 훌륭한 장비를 갖추고 있다. 따로 모터가 달린 고무보트가 대여섯 척이나 되고 엑조세처럼 보이는 미사일도 갖추었으며 레이더가 두 개에 배의 앞과 뒤에 기관총 두 문이 달려 있다. 지금은 아무도 기관총을 붙잡고 있지 않은 모습이다. 고속 모터보트 두 척이 마치 호화 유람선이 매달고 다니는 작은 배처럼 트롤 어선 뒤에 달렸는데 각각 기관총이 달렸다. 그리고 엔진이 달리고 길이가 10미터도 넘어 보이는 요트 한 척이 별도로 멀리 뒤에서 따라오고 있다.

스무 명도 훨씬 넘어 보이는 브루스 리 해적단 사내들이 트롤 어선 난간에 줄지어 서서 웃으며 휘파람을 불거나 늑대 울음소리를 흉내 내거나 길게 바람을 불어 넣은 콘돔을 공중에 휘둘러 대고 있다.

"걱정들 하지 마. 따먹히지 않도록 해 줄 테니까."

물고기 눈이 웃으며 말한다.

"어쩌겠다는 겁니까? 교황 칙령이라도 내리시려고요?"

엘리엇이 말한다.

"저들은 이성의 소리에 귀를 기울일 거야."

물고기 눈이 말한다.

"저놈들은 마피아를 무서워하지 않아요. 혹시 그걸 믿는 건 아니겠죠?"

엘리엇이 말한다.

"그건 녀석들이 우리를 아주 잘 알지 못하기 때문이야."

마침내 브루스 리라는 두목이 앞으로 나선다. 사십 대로 보이는 사내는 탄창 주머니가 달린 조끼 속에 방탄조끼를 껴입었다. 그 위에 대각선으로 탄띠와 사무라이 칼을 둘러맸고 또 쌍절곤과 사람들 머리 가죽을 덧대어 만들었다는 깃발도 주렁주렁 매달고 있다.

그는 구명보트를 향해 멋진 웃음을 날리고 히로와 엘리엇을 내려다보고는 뭔가를 짙게 연상시키듯 엄지손가락을 번쩍 들어 보인다. 그러곤 뽐내듯

뱃전을 한 번 오락가락하며 손을 높이 들어 즐거워하는 부하들과 손뼉을 마주친다. 그러더니 부하들 가운데 아무나 하나를 골라 그가 든 콘돔을 가리킨다. 부하는 콘돔을 입에 대고 바람을 불어 넣어 미끌미끌한 풍선을 만들어 보인다. 그러자 브루스 리는 혹시 구멍 난 곳이 없는지 검사한다. 부하들을 엄격하게 다루는 규율이 선 해적단이라는 건 틀림없어 보인다.

히로는 브루스 리의 등에 달린 사람 머리 가죽에서 눈을 뗄 수가 없다. 그런 모습을 눈치챈 해적들이 히로에게 인상을 써 보이며 머리 가죽을 손으로 가리키고 고개를 끄덕이며 눈으로 비웃는 시늉을 해 보인다. 그런데 머리 가죽 깃발은 상당히 일정한 색을 띠고 있다. 한 조각과 다른 조각들이 전혀 다른 점이 없다. 히로는 브루스 리가 소문과 달리 아무 머리 가죽이나 구해 표백한 다음 한꺼번에 염색한 게 틀림없다고 결론짓는다. 못난 녀석 같으니.

마침내 브루스 리가 뱃전 중앙으로 돌아오더니 그들을 향해 다시 환히 웃어 보인다. 그자의 웃음은 눈이 부실 정도로 멋졌고 스스로 그걸 잘 아는 것처럼 보인다. 어쩌면 앞니에 접착제로 붙인 여러 개의 1캐럿짜리 다이아몬드 때문일 수도 있다.

"배가 고장 났군. 서로 배를 바꿀까? 하하하."

브루스 리가 말한다.

구명보트에 탄 사람들 가운데 빅을 제외한 나머지 셋은 그저 슬쩍 웃는 척할 뿐이다.

"어디로 가나? 키웨스트에라도 가시나? 하하하."

브루스 리는 히로와 엘리엇을 한참 바라보더니 몸을 한 바퀴 돌려 몸매 자랑을 해 보라는 뜻으로 집게손가락을 돌려 보인다. 두 사람은 제자리에서 한 바퀴 돈다.

"콴토?"

브루스 리가 말하자 모든 해적이 요란스레 웃음을 터뜨린다. 브루스 리의 목소리가 제일 크다. 히로는 괄약근이 숨구멍만 한 크기로 오그라드는 것 같은 기분이다.

"우리가 얼마짜리냐고 묻고 있습니다. 그냥 농담이죠. 저들은 이리로 와서 아무 대가도 치르지 않고 우리를 범할 수 있다는 걸 알고 있으니까요."

엘리엇이 설명을 한다.

"오, 재미있군!"

물고기 눈이 말한다. 히로와 엘리엇은 문자 그대로 엉덩이가 얼어붙을 판인데, 그는 여전히 덮개 아래에 숨어 있다. 빌어먹을 자식.

"하푼 하나면 되나?"

브루스 리는 갑판에 달린 미사일을 가리키며 말한다.

"아니면 버그? 모토로라?"

"하푼은 함대함 미사일을 말합니다. 정말 비싸죠. 버그는 마이크로칩을 뜻합니다. 모토로라는 아마 포드나 쉐보레처럼 상표일 겁니다. 브루스 리는 여러 가지 전자 제품을 거래하거든요. 아시겠지만 아시아 지역 해적들이 대개 그렇습니다."

엘리엇이 말한다.

"자네 두 사람 대신 하푼 미사일을 준다고?"

물고기 눈이 말한다.

"아뇨! 그냥 놀리느라 그러는 거예요. 이 멍청한 양반아!"

엘리엇이 말한다.

"선외 모터가 달린 보트 한 척이 필요하다고 말해."

물고기 눈이 말한다.

"한 녀석을 줄 테니 기름 가득 찬 모터 달린 배와 바꾸자."

엘리엇이 브루스 리에게 소리 지른다.

갑자기 브루스 리는 어떻게 할지 정말 심각하게 고민한다.

"조건을 붙여도 되겠지? 구경과 지구력 말이야."

"자기들이 직접 상품을 확인할 수 있으면 생각해 본답니다. 우리 물건이 얼마나 빡빡한지, 뭘 입에 넣고도 토하지 않고 잘 견디는지 말입니다. 모두 뗏목 선단에 있는 매음굴에서 유래한 용어들입니다."

"이놈들은 12 정도 되겠군, 하하하."

"우리 항문 구경이 12 정도 될 거랍니다. 다시 말해 너무 늘어나 있어서 아무 쓸모가 없단 거죠."

엘리엇이 말한다.

물고기 눈이 목소리를 높여 직접 브루스 리에게 말한다.

"아니, 아니야. 전부 10짜리 네 명이지!"

갑판에 선 해적들이 즐거워 죽겠다는 듯 소리 죽여 웃는다.

"말도 안 돼."

브루스 리가 말한다.

"여기 있는 우리는 모두 첫 경험이란 말이야!"

물고기 눈이 다시 말한다.

온 갑판이 비명을 지르는 듯한 거친 웃음소리로 가득 찬다. 해적 한 놈이 난간 위로 올라가 균형을 잡더니 한쪽 주먹을 치켜들고 한 바퀴 돌며 소리를 지른다.

"바 카 나 주 마 레이 가 노 마 라 아리아 마 나 포 노 아 압 주……."

그러자 다른 모든 해적들이 웃음을 멈추더니 온통 심각한 표정을 지으며 동참해서는 고함을 지르듯 중얼거리기 시작한다. 주변이 깊고 쉰 목소리로 짖어 대는 듯한 소음으로 진동한다.

구명보트가 갑자기 움직이자 히로는 바닥에 벌렁 나자빠진다. 엘리엇도 마찬가지로 넘어져 히로 옆에 뒹군다.

브루스 리의 해적선을 쳐다보던 히로는 뭔가 어두운 색 파도가 배의 뒤에서 앞쪽으로 덮치며 난간에 줄지어 선 해적 사내들을 휩쓸고 지나가는 모습을 보고 본능적으로 몸을 움츠린다. 그러나 그 장면은 일종의 착시 현상이다. 그건 실제 파도가 아니다. 트롤 어선으로부터 6미터 정도 떨어져 있던 구명보트는 갑자기 15미터도 넘게 멀어진다. 난간에 선 해적들의 웃음소리가 잦아들면서 히로의 귀에 새로운 소리가 들린다. 물고기 눈이 선 쪽, 그리고 그 주변 공기를 휘감으며 들리는, 낮게 윙윙거리는 소리는 마치 벼락이 떨어지기 전에 나는 뭔가를 쥐어뜯는 듯한 쉭쉭거리는 소음이다. 종이를 절반으로 잡아 찢는 소리처럼 들리기도 한다.

다시 브루스 리의 트롤 어선을 보니 시커먼 파도처럼 몰려오는 건 피의 파도다. 마치 어마어마하게 굵은 대동맥을 잘라 호스처럼 피를 뿌려 대는 모습으로 보인다. 하지만 누군가 외부에서 피를 뿌리는 건 아니다. 피는 해적 사내들 몸속에서 뿜어져 나온다. 꼬리 쪽에서 뱃머리 방향으로 한 사람씩 몸이 터지고 있다. 이제 브루스 리의 해적선은 조용하고 아무런 움직임도 보이지 않는다. 오직 피와 죽처럼 퍼져 버린 내장들이 녹슨 선체 바닥을 미끄러지듯 흐르다가 바다로 떨어지고 있을 뿐이다.

물고기 눈은 이제까지 덮고 있던 비상용 담요와 보트에 달린 덮개를 벗어 버린 채 무릎을 꿇고 몸을 일으킨 모습이다. 한 손으로 지름이 5센티미터 정도 되는 긴 장비를 들었는데 거기에서 윙윙거리는 소리가 난다. 그 장비는 길이가 60센티미터 정도 되는 연필 굵기의 관 여러 개를 합친 것 같은 모습으로, 작은 개틀링 기관총처럼 생겼다. 어찌나 빨리 윙윙거리며 도는지 얇은 관들이 어떻게 생겼는지 알아보기도 어렵다. 돌아가는 총신이 너무 빨라 작동중에는 흐릿하고 투명하게 보이기 때문에 마치 물고기 눈의 팔에서 뭔가 번쩍거리는 반투명 물질이 튀어나오는 것처럼 보이기도 한다. 장비에 달린 손목 굵기의 이런저런 튜브와 케이블들이 이리저리 꼬이며 커다란 검은색 가방에 연결되어 있다. 검은색 가방은 구명보트 바닥에 뚜껑이 열린 채 놓여 있다. 가방 안에 장착된 컬러 모니터 화면에 나타난 그림은 탄환이 얼마나 남았는지, 하부 시스템의 여러 상태는 어떤지 등 이 무기의 현재 상태에 관한 정보를 보여 주고 있다. 히로가 잠깐 그 무기를 훑어보는 동안 브루스 리의 해적선에 실린 탄약이 전부 터지기 시작한다.

"거 봐. 내가 이성의 소리에 귀를 기울일 거라고 했지?"

물고기 눈은 윙윙거리는 총을 내리며 말한다. 이제야 히로의 눈에 무기에 붙은 명패가 들어온다.

이성의 소리

버전 1.0B7

개틀링식 3mm 초고속 레일 건 시스템

응 보안 회사

실험용 - 실전 사용 불가

사람이 많은 곳에서 실험하지 말 것.

-울티마 레이쇼우 리검-

"빌어먹을 반동 때문에 더 쏘면 중국까지 날아가겠군."

물고기 눈이 만족스럽다는 듯 말한다.

"당신이 그런 겁니까? 어떻게 된 거죠?"

엘리엇이 말한다.

"내가 그랬지. 이걸로 말이야. 잘 봐. 이 무기는 요롷게 조그만 금속 덩어리를 쏘아 보낸다고. 엄청나게 빠른 속도로 말이야. 총알보다 파괴력이 훨씬 세지. 열화우라늄탄을 쓰거든."

돌아가던 여러 개의 총신은 속도를 줄이다 이제야 멈추고 있다. 총신은 20여 개 정도로 보인다.

"기관총을 싫어한다고 하지 않았나요?"

히로가 말한다.

"기관총보다는 이놈의 구명보트가 훨씬 더 싫어. 저 배로 가서 뭔가 움직이는 걸 찾자고. 뭔가 모터가 좀 달린 놈으로 말이야."

그들은 브루스 리의 해적선이 불이 붙은 데다 작은 폭발을 일으키고 있어서 해적 몇 명이 살아남아 이쪽으로 총을 쏘고 있다는 걸 금세 알아차리지 못한다. 상황을 눈치챈 물고기 눈이 다시 방아쇠를 당기자 총신들은 다시 투명한 원통 모양이 되며 찢어지는 듯 쉭쉭거리는 소리를 내기 시작한다. 물고기 눈이 총을 옆으로 흔들며 소나기 같은 열화우라늄탄을 목표물 위로 쏟아 내자 브루스 리의 해적선은 전체적으로 불꽃을 튀기며 번쩍거린다. 마치 팅커벨이 배의 이물에서 고물까지 날아다니며 핵 성분이 든 마법 가루를 뿌리는 것 같다.

해적선을 뒤따라오던 요트는 무슨 일인지 보려고 앞으로 다가서는 실수를 저지르고 만다. 물고기 눈이 총구를 잠깐 요트 쪽으로 돌리는가 싶더니 높게 튀어나온 요트의 선교가 미끄러지듯 무너져 바닷속으로 사라진다.

해적선의 주요 구조물들이 무너져 내리고 있다. 금속 구조물들이 스위스 치즈처럼 녹아내리고 뭔가 터지거나 비틀리는 듯한 거대한 굉음이 배 안쪽에서 들리더니 갑판 위 구조물이 마치 망쳐 버린 수플레처럼 천천히 선체 안쪽으로 쓰러진다. 그러고 나서야 물고기 눈은 발사를 멈춘다.

"그만하세요, 보스."

빅이 말한다.

"손이 녹아 버리겠군."

물고기 눈이 소리 지른다.

"저 트롤 어선을 타고 갈 수도 있었잖아요, 멍청한 양반아."

엘리엇은 앙심을 품은 듯 바지를 집어 들며 말한다.

"전부 날려 버리려고 그런 건 아니야. 이제 보니 조그만 탄환들이 뭐든 뚫어 버리는 모양이야."

"똑똑도 하시네요."

히로가 말한다.

"아, 우리 엉덩이를 구하느라 좀 과했다면 사과하지. 자, 그만하고 얼른 가서 작은 보트라도 건지자고. 다 타 버리기 전에."

그들은 선교가 잘려 나간 요트 쪽으로 구명보트를 저어 간다. 그들이 요트에 도착할 때쯤 브루스 리의 트롤 어선은 그저 불길과 연기를 뿜어내며 기울어 가는 텅 빈 선체에 불과할 뿐이지만 이따금 폭발을 일으키기도 한다.

요트의 남은 부분에는 조그만 구멍들이 너무 많이 보이고, 유리 섬유가 폭발하며 생긴 파편들로 반짝거린다. 1밀리미터 정도의 크기로 쪼개진 조그만 유리 섬유 조각들이 수백만 개는 되는 듯하다. 요트의 선장과 그 부하 한 명, 아니 선교가 총격을 받았을 때 이미 하나로 뭉쳐진 덩어리는 아무 흔적도 남기지 않고 다른 잔해와 함께 바닷속으로 쓸려 들어간 모습이다. 다만 바다로 떨어질 때 바닥에 미끄러진 긴 자국만이 남아 있다. 하지만 주방에 필리핀 소년 하나가 보인다. 주방이 워낙 아래쪽에 있는 터라 다치지 않은 것은 물론 밖에서 무슨 일이 있었는지도 모르는 것 같다.

여기저기 전선들이 온통 잘려 나갔다. 엘리엇이 아래층 선실에서 가져온 공구함을 뒤지며 12시간 동안 맞추고 고쳐 대더니 요트는 엔진이 돌아가기 시작하고 방향을 바꾸는 것도 가능해진다. 전기 장치를 잘 모르는 히로는 심부름꾼 역할을 맡는다.

"물고기 눈이 총을 쏘기 전에 해적 녀석들이 하던 말 들었죠?"

히로는 일을 돕다가 엘리엇에게 묻는다.

"그 지저분한 말들?"

"아뇨. 마지막에 하던 말 있잖아요. 이상하게 중얼거리는 거요."

"그래. 뗏목 선단에서 쓰는 말이야."

"그래요?"

"그래. 한 사람이 시작하면 나머지가 따라서 하는 거야. 내가 보기엔 그냥 유행이야."

"그런데 그게 뗏목 선단에서는 흔한 일이에요?"

"그래. 거기에는 온갖 민족이 뒤섞여 사니까 말이 제각각이잖아. 그 빌어먹을 바벨탑 이야기 같은 거지. 난 말이야, 사람들이 그 소리를 낼 때, 그러니까 서로 중얼거릴 때 그냥 다른 사람들이 내는 소리를 흉내 내는 게 아닌가 하는 생각이 들어."

필리핀 아이는 그들을 위해 음식을 만들기 시작한다. 빅과 물고기 눈은 아래층 제일 큰 선실에 앉아 음식을 먹으며 중국 잡지에 나온 아시아 여자들 사진을 뒤적거리다가 가끔 항해용 지도를 들여다보기도 한다. 엘리엇이 전기 시스템을 복구하자 히로는 컴퓨터에 전기를 꽂아 배터리를 충전하기 시작한다.

요트가 제 기능을 모두 회복했을 때는 밖이 어두워진 다음이다. 남서쪽에서 낮게 드리운 구름을 배경으로 밝은 빛줄기가 장난치듯 왔다 갔다 흔들리는 모습이 보인다.

"뗏목 선단이 저기 있는 건가?"

엘리엇이 임시방편으로 마련한 조종실에 모두 모였을 때 물고기 눈이 빛줄기를 가리키며 묻는다.

"맞아요. 밤에 불을 밝혀 둬야 고기를 잡으러 나갔던 어선들이 되돌아올 수 있으니까요."

엘리엇이 말한다.

"얼마나 멀리 떨어진 것 같아?"

물고기 눈이 말한다.

"30킬로미터 정도일 겁니다."

엘리엇이 어깨를 으쓱하며 말한다.

"그럼 육지까지는 얼마나 떨어졌을까?"

"모르겠어요. 브루스 리 해적단의 선장은 알고 있었겠죠. 하지만 다른 사람들과 함께 졸인 음식이 되어 버렸으니."

"그래 맞아. 총을 쏠 때 내가 너무 강하게 설정해 놓은 게 문제였어."

"보통 뗏목 선단은 해안에서 160킬로미터 이상은 떨어지지 않아요. 혹시라도 뜻하지 않은 위험한 일이 생길까 봐 그런 거죠."

히로가 말한다.

"우리 연료는 얼마나 남았지?"

"연료 통을 확인해 봤는데 솔직히 말하면 별로 상황이 안 좋은 것 같습니다."

엘리엇이 말한다.

"상황이 안 좋은 건 뭐야?"

"일단 바다에 나온 상황에서 정확히 남은 연료의 양을 알기는 어려워요. 게다가 이 배 엔진이 연료를 얼마나 먹는지도 모르고요. 하지만 만일 우리가 정말 해안에서 130킬로미터에서 160킬로미터 정도 떨어졌다면 육지까지 갈 수는 없을 겁니다."

엘리엇이 말한다.

"그럼 뗏목 선단으로 가자고. 그리로 가서 우리에게 연료를 줄 만한 사람을 찾아 설득하는 거야. 그리고 다시 육지로 되돌아가는 거지."

물고기 눈이 말한다.

이런 식으로 문제가 해결되리라 믿는 사람은 아무도 없다. 특히 물고기 눈이 더욱 그렇다.

"그리고 연료를 확보한 다음 육지로 되돌아가기 전에 뗏목 선단에서 뭔가 다른 일이 벌어질 수도 있지. 인생이란 모르는 거니까 말이야."

물고기 눈이 이어서 말한다.

"혹시 속으로 품은 생각이 있으면 그냥 말하지 그래요?"

히로가 말한다.

"좋아. 내가 내린 결정은 이래. 인질 확보 작전은 실패했어. 그러니 구출하는 거야."

"누굴요?"

"와이티 말이야."

"그 작전엔 찬성입니다. 그렇지만 어차피 구출 작전을 편다면 한 사람 더 구출해야 해요."

히로가 말한다.

"누구?"

"후아니타요. 도와주세요. 당신 입으로 괜찮은 여자라고 했잖아요."

"그녀가 뗏목 선단에 있다면 그렇게 괜찮은 여자가 아닐 수도 있지."

물고기 눈이 말한다.

"어쨌거나 구해 냈으면 좋겠어요. 우리 모두 힘을 합치는 거죠? 우린 모두 같은 라고스파잖아요."

"뗏목 선단에도 브루스 리가 거느린 패거리가 있어요."

엘리엇이 말한다.

"괜찮아. 죽은 녀석이 부하는 무슨 부하야."

"하지만 남은 놈들이 엄청나게 열받아 할 겁니다."

"그건 자네 생각이지. 내 생각엔 겁이 나서 벌벌 떨 거야. 이제 배를 몰게, 엘리엇. 어서 가자고. 이 빌어먹을 바다는 이제 지긋지긋해."

물고기 눈이 말한다.

50

레이븐은 뒷부분이 납작하고 위에 덮개가 달린 배로 와이티를 안내한다. 원래는 강에서 쓰던 걸 베트남, 미국, 타이, 중국의 여러 회사가 모여 세운 합작 회사가 술집, 식당, 매음굴, 도박장 등의 용도로 고쳐 쓰는 그런 배다. 배에는 사람들이 모여 시끄럽게 어울리는 큰 방이 몇 개 있고 그 아래층에는 철판으로 나뉜 조그만 방이 많다. 작은 방들 안에서 무슨 일이 벌어지는지는 아무도 모를 것이다.

제일 큰 방에서는 하류 인생들이 모여 흥청대는 중이다. 연기 때문에 와이티는 기관지가 배배 꼬이는 느낌이 든다. 실내에는 귀청이 떨어질 것 같은 음악이 쿵쾅거리고 있다. 300 데시벨은 될 것 같은, 온통 뒤틀린 굉음이 페인트를 칠한 철제 벽을 울리고 있다. 한쪽 벽에 붙은 붙박이 텔레비전에서 나오는 외국 만화 영화는 흐릿한 심홍색과 초록색으로밖에 보이지 않는다. 로드 러너와 광견병에 걸린 코요테가 나오는 만화처럼 잔인한 늑대가 계속 죽임을 당하는 내용인데, 워너 브라더스사는 꿈도 꾸지 못할 정도로 표현이 잔인하다. 만화지만 끔찍해 보인다. 만화에서 나오는 음향은 완전히 꺼둔 건지 아니면 스피커에서 흐르는 찢어지는 음악에 묻힌 건지 알 도리가 없다. 한쪽 끝에서는 야하게 차려입은 여러 명의 무용수가 춤추고 있다.

어찌나 사람이 많은지 아무도 자리 잡고 앉을 엄두를 낼 수 없을 정도다. 그러나 레이븐이 안으로 들어서고 조금 시간이 흐르자 구석에 있던 사내들 대여섯 명이 갑자기 벌떡 일어서더니 달아나듯 흩어지다가 다시 생각난 듯 돌아와 담배와 술병을 챙겨 가는 모습이 보인다. 레이븐은 마치 카약의 뱃머리라도 되는 것처럼 와이티를 앞장세우고 실내를 가로질러 간다. 그들이 가는 곳마다 사람들은 그녀 앞에서 몸을 비키곤 한다. 레이븐이 뿜어내는 개인적인 힘 때문인 것 같다.

레이븐은 허리를 구부리고 탁자 아래를 살피더니 의자를 들어 올려 마찬가지로 아래쪽을 본다. 의자에 폭탄이 달리지 않았는지는 살펴보고 또 살펴봐도 지나치지 않다. 그는 내려놓은 의자를 두 벽이 만나는 구석에 가져다 놓더니 앉는다. 그는 와이티에게도 앉으라는 시늉을 해 보인다. 그녀는 시끄러운 실내를 등지고 의자에 앉는다. 앉은 자리에서 보니 야하게 몸을 흔들어 대는 무용수들 위, 거울로 된 동그란 조명 기기에서 뻗어 나온 빛이 사람들 틈을 뚫고 가끔 레이븐의 얼굴을 비춘다. 그리고 만화 영화 속 늑대가 또 실수로 수소 폭탄을 삼키거나 재수 없게도 화염 방사기 세례를 받을 때마다 번쩍거리는 초록색과 심홍색이 섞인 어렴풋한 텔레비전 불빛도 그의 얼굴을 비춘다.

금세 웨이터가 나타난다. 레이븐은 탁자 너머에서 그녀를 향해 큰 소리를 지르기 시작한다. 무슨 말인지 알아들을 수는 없지만 아마도 뭘 먹겠느냐고 묻는 것 같다.

"치즈버거요!"

그녀도 덩달아 소리를 지른다.

레이븐이 웃으며 고개를 젓는다.

"이런 곳에서 소를 키울 수가 있겠어?"

"생선 말고 아무거나요!"

그녀는 소리를 지른다.

레이븐은 택시 링가를 약간 변형시킨 듯한 언어로 웨이터에게 한참 주문한다.

"오징어를 좀 시켰어. 연체동물이야."

그가 소리를 지른다.

멋진 일이다. 레이븐이야말로 마지막으로 남은 신사라고 할 수 있다.

그러고 나서 둘은 소리를 질러 가며 한 시간가량 대화를 나눈다. 와이티는 그저 듣고 웃고 고개를 끄덕인다. 혹시라도 레이븐이 "나는 폭력적이고 상대방을 학대하는 섹스를 정말 즐기지." 따위의 말을 하는 게 아니길 바랄 뿐이다.

그가 그런 말을 하는 것 같다는 생각은 전혀 들지 않는다. 레이븐은 정치 이야기를 하고 있다. 레이븐이 입으로 오징어를 쑤셔 넣는 중이 아닐 때, 그리고 음악이 너무 크지 않을 때 가끔 들렸다 말았다 하는 정도지만, 그가 하는 이야기는 알류트족의 역사와 관련된 내용이다.

"러시아 놈들이 우릴 엿 먹인 거야……. 천연두는 치사율이 90퍼센트나 되기 때문에……. 바다표범 사냥 산업 분야에서 노예로 일했고……. 슈어드(미국 국무 장관으로 1867년 러시아와 협상해 알래스카를 샀다)가 멍청한……. 빌어먹을 일본 놈들이 마흔두 살밖에 안 된 우리 아버지를 잡아다가 포로수용소에 얼마나 오랫동안 가두어 두었냐면……. 그러다 미국 놈들이 우리한테 핵폭탄을 떨어뜨렸어. 그게 말이 된다고 생각해?"

레이븐이 말한다. 잠시 음악이 멈추는 바람에 갑작스레 그녀는 레이븐이 하는 말을 전부 들을 수 있다.

"일본 놈들은 자기들이 핵을 맞아 본 유일한 사람들이라고 하지. 하지만 핵무기를 가진 나라라면 핵 실험을 위해 원주민이 사는 지역에서 실험을 안 한 나라가 없다고. 미국은 알류샨 열도에서 실험했지. 바로 암치카섬이야."

레이븐은 자랑스럽다는 듯 웃으며 계속 말을 잇는다.

"우리 아버지는 두 번이나 핵을 맞았지. 나가사키에서 처음 핵을 맞았을 때는 눈이 멀었어. 그런데 또 1972년에 미국인들이 우리 고향에 핵폭탄을 던진 거야."

와이티는 속으로 대단하다고 생각한다. 새로 생긴 남자 친구가 돌연변이 라니. 레이븐이 왜 이상한지 이제 알 수 있을 것 같다.

"바로 몇 달 뒤 내가 태어났어."

레이븐은 분명히 밝히려는 듯 말을 잇는다.

"이 정교도들하고는 어떻게 연결된 거예요?"

"난 살던 곳에서 달아나 결국 솔다트나의 유전 지대에서 일하게 되었지."

레이븐은 마치 와이티가 솔다트나가 어디 있는 건지 당연히 아는 것처럼 말한다.

"거기서 살 때 술을 너무 많이 마셔서 이걸 얻었지."

그는 이마의 문신을 가리키며 말한다.

"그리고 거기 있을 때 여자랑 잠도 처음 자 봤어. 내가 작살 던지는 것보다 유일하게 잘하는 일이야."

와이티는 레이븐이 잠자리하는 것과 작살을 던지는 일이 아주 밀접한 관계가 있는 행동이라고 생각하는 게 아닐까 하고 생각하지 않을 수 없다. 그러나 매우 유치하기는 해도 레이븐이 거북할 정도의 그녀를 달아오르게 하고 있다는 걸 부인할 수는 없다.

"돈을 더 벌려고 어선에서 일하기도 했지. 넙치를 잡으러 나가면 48시간 동안 일하고 돌아와야 했어. 그 당시엔 물고기를 잡는 데 규정이 있었거든. 돌아온 우리는 구명복을 입고 주머니마다 맥주병을 잔뜩 꽂고 바다에 뛰어들어 밤새도록 떠다니며 술을 마시곤 했어. 그런데 언젠가 그러다가 그만 너무 마시는 바람에 정신을 잃었어. 정신을 차려 보니 다음 날인지 며칠이 지난 건지 잘 모르겠더라고. 게다가 내가 구명복을 입은 채 쿡만灣 한가운데에 혼자 떠 있는 거야. 같이 배를 타던 친구들은 날 잊어버렸나 봐."

아주 편하게도 생각하는군. 와이티는 속으로 생각한다.

"어쨌거나, 며칠 동안 바다에 떠 있었어. 정말 목이 타더군. 결국 코디액 섬으로 밀려갔지. 그때는 이미 헛것이 보일 정도로 몸이 엉망이었어. 하지만 내가 밀려 올라간 곳 근처에 러시아 정교 교회가 있어서 그 사람들이 날 발견하고 거두어 치료해 주었지. 그리고 그때 나는 서구적이고 미국적인 생활 습관 때문에 내가 죽을 뻔했다는 걸 깨달은 거야."

설교가 따로 없다.

"그리고 나는 오직 믿음을 갖고 단순한 삶을 살 수밖에 없다는 걸 알게 되었지. 술은 안 돼. 텔레비전도 안 돼. 그런 것들을 버려야 해."

"그럼 우린 여기서 뭘 할 건데요?"

레이븐은 어깨를 으쓱한다.

"여기는 내가 시간을 보내곤 하던 나쁜 곳의 본보기야. 하지만 뗏목 선단에서 제대로 된 음식을 찾는다면 이런 곳에 오지 않을 수가 없다고."

웨이터가 탁자로 다가온다. 눈은 동그랗게 뜨고 머뭇거리는 태도를 보인다. 주문을 받으러 오는 모습이 아니다. 뭔가 나쁜 소식을 전하러 온 모양이다.

"저, 무전으로 선생님을 찾고 있습니다. 죄송합니다."

"누군데?"

레이븐이 말한다.

웨이터는 공개적으로 이름을 입 밖에 낼 수도 없다는 듯 주위를 둘러보더니 말한다.

"중요한 일이랍니다."

레이븐은 크게 한숨을 내쉬더니 마지막으로 남은 오징어 조각을 입에 집어넣는다. 그리고 일어서더니 와이티가 미처 움직이기도 전에 뺨에 입을 맞춘다.

"일해야 할 것 같으니 자기는 여기서 날 기다려, 알았지?"

"여기서요?"

"아무도 널 건드리지 못할 거야."

레이븐은 와이티보다는 웨이터가 들으라는 듯 말한다.

51

몇 킬로미터 떨어진 곳에서 보니 뗏목 선단은 신비로울 정도로 즐거워 보인다. 높게 솟은 엔터프라이즈호의 관제탑에 달린 십여 개의 탐조등과 그보다 많아 보이는 레이저 조명이 구름 사이를 비추며 왔다 갔다 하는 모양이 마치 할리우드의 영화 시사회 행사처럼 보인다. 좀 더 다가가서 보니 그렇게 밝지도 않고 즐겁지도 않다. 이리저리 얽히고설킨 어마어마하게 많은 작은 배들에서 퍼져 나오는 노란 불빛의 흐릿한 기운이 경치를 망쳐 놓고 있다.

두어 군데에서는 불이 타는 모습이 보인다. 높게 치솟는 불길과 뿜어져 나오는 검은 연기로 보아 즐겁게 놀며 피운 모닥불이 아니라 상당한 양의 휘발유가 타는 것처럼 보인다.

"조직끼리 붙었나 보군."

엘리엇이 추측한다.

"연료 창고가 있는 곳인가 보네."

히로도 추측을 해 본다.

"그냥 재미로 불을 냈겠지. 빌어먹을 뗏목 선단에는 케이블 TV가 없으니까 말이야."

물고기 눈이 말한다.

지옥에 본격적으로 뛰어들기 전에 엘리엇은 연료 통 뚜껑을 열고 긴 막대기를 넣어 연료가 얼마나 남았는지 알아본다. 아무 말도 하지 않지만, 특별히 즐거운 표정은 아니다.

"불을 모두 끕시다."

엘리엇은 아직 몇 킬로미터 더 가야 하는 상황에서 말을 꺼낸다.

"수백 명 또는 수천 명이나 되는, 굶주리고 무장한 사람들이 이미 우리를 발견했다는 사실을 잊지 말아요."

빅은 이미 배 위를 돌아다니며 망치라는 알맞은 도구로 불을 끄고 있다. 갑자기 공손해진 물고기 눈은 가만히 서서 엘리엇이 하는 말을 열심히 듣고 있다. 엘리엇은 말을 잇는다.

"춥더라도 밝은 주황색 옷은 모두 벗어 버리세요. 이제부터는 갑판에 납작 엎드려서 최대한 눈에 띄지 않도록 해야 합니다. 그리고 불필요한 말은 서로 하지도 마세요. 빅은 총을 가지고 중앙에서 대기하면서 누군가 우리에게 탐조등을 비추는지 봐. 어떤 방향에서든 누구든 우리 배를 향해 조명을 비추면 쏴 버리라고. 조그만 배에서 손전등을 비추더라도 말이야. 히로는 가장자리에서 정찰을 맡아. 요트 난간을 따라 계속 돌아다니면서 누구든 수영을 해서 우리 배로 기어 올라오면 다 올라온 다음에 팔을 잘라 버려. 마찬가지로 갈고리 같은 것이 날아들지 않는지도 살펴. 물고기 눈 선생은 우리 배를 향해 30미터 안쪽으로 다가오는 건 뭐든 가라앉혀 버려요. 그리고 혹시 뗏목 선단 사람들 가운데 머리에 안테나가 튀어나온 사람을 보면 먼저 죽이는 게 좋습니다. 그 친구들은 서로 말할 수 있거든요."

"머리에서 안테나가 튀어나와요?"

히로가 말한다.

"그래. 뗏목 선단의 가고일이라고 할 수 있지."

엘리엇이 말한다.

"그자들은 뭔데요?"

"젠장, 내가 어떻게 알아? 나도 몇 번 멀리서 봤을 뿐이야. 어쨌든 일단 배를 몰고 가운데를 향해 똑바로 가다가 어느 정도 가까이 접근하면 우현으로 방향을 틀어 시계 반대 방향으로 돌면서 우리에게 연료를 팔 만한 사람을 찾아보도록 합시다. 상황이 더 나빠져 선단에 올라가야 하는 상황이 되면 함께 모여 길잡이를 고용하도록 할 겁니다. 어지러운 지리를 잘 아는 사람으로부터 도움을 받지 않고 뗏목 선단에서 돌아다니다가는 나쁜 상황에 빠지게 될 게 뻔하니까요."

"이를테면 어떤 나쁜 상황을 말하는 거지?"

물고기 눈이 묻는다.

"제멋대로 흔들리는 배 두 척 사이에 매어 둔 다 썩어 빠지고 진흙투성이인 그물에 매달리는 상황 같은 거죠. 그물 아래엔 전염병에 걸린 쥐 떼와 맹독성 쓰레기 그리고 살인 고래가 우글거리는 얼음장 같은 바닷물밖에 없을 거고요. 또 질문 있어요?"

"있네. 나 집에 가도 되나?"

물고기 눈이 말한다.

다행이다. 히로는 물고기 눈이 겁먹을 정도면 자기도 겁내도 괜찮을 거라는 생각을 한다.

"브루스 리라는 해적 선장이 어떤 꼴이 되었는지 기억하자고요. 그는 무기도 많고 힘도 셌습니다. 그는 어느 날 난민이 가득한 구명보트 옆에 멈춰 서서 겁탈해 볼까 생각했죠. 그리고 녀석은 미처 스스로 눈치채기도 전에 죽어 버렸어요. 이제 우릴 겁탈하려는 훨씬 많은 사람이 있습니다."

엘리엇이 말한다.

"선단에 경찰 비슷한 게 있지 않나요? 그렇다고 들은 것 같은데."

빅이 말한다.

다른 말로 하면 빅은 뗏목 선단을 무대로 한 영화를 보느라 극장에서 시간을 꽤 보낸 것 같다.

"엔터프라이즈호에 있는 사람들이 질서를 유지하지. 그들이 내리는 처벌은 거의 진노하신 하나님이나 마찬가지야. 비행갑판 끄트머리에 커다란 기관포가 여러 개 달렸는데 모양은 우리가 쓴 레일 건처럼 개틀링 기관총이지만 탄환은 훨씬 더 커. 원래는 날아드는 엑조세 미사일을 요격하려고 장착한 놈들이야. 불을 뿜으면 거의 운석이 떨어지는 것 같다더군. 만일 뗏목 선단에 까부는 사람이 있으면 그들이 정리할 거야. 하지만 살인이라든지 폭동 정도는 그들의 관심을 끌지 못해. 맞수 해적단 사이에 로켓포를 들고 싸운다면 다른 이야기지만 말이야."

엘리엇이 말한다.

갑자기 매우 크고 강력한 조명이 비추는 바람에 주위가 보이지 않는다.

그러더니 주위가 다시 어두워지며 빅의 라이플에서 울린 총성이 바다 위에서 울려 퍼지고 있다.

"멋진 솜씨군, 빅."

물고기 눈이 말한다.

"마약 파는 놈들 배 가운데 하나로 보입니다."

빅이 마술 같은 능력을 갖춘 조준 장치를 들여다보며 말한다.

"다섯 명이 탄 배입니다. 이쪽으로 옵니다."

탕.

"정정합니다. 네 명입니다."

탕.

"정정합니다. 이제 이쪽으로 오지 않습니다."

탕. 60미터가량 떨어진 곳, 바다 위에서 불덩어리가 피어오른다.

"정정합니다. 보트가 없습니다."

물고기 눈이 웃음을 터뜨리며 넓적다리를 철썩 때린다.

"히로, 전부 녹화하고 있지?"

"아뇨. 어두워서 안 보일 겁니다."

히로가 말한다.

"오, 그렇군."

물고기 눈은 히로의 대답을 듣더니 당황하는 것처럼 보인다.

"첫 번째 부류입니다. 부유한 해적은 쉬운 먹잇감을 노리죠. 하지만 잃을 것이 많아 겁을 잘 먹어요."

엘리엇이 말한다.

"다른 큰 요트처럼 생긴 배가 보입니다. 하지만 뱃머리를 돌리고 있습니다."

빅이 말한다.

낮게 웃는 것 같은 놈들의 요트 엔진 소리 위로 높은음의 모터 소리가 들린다.

"두 번째 부류. 해적 지망생들이죠. 이런 친구들은 빠른 속도로 달려드니까 정신을 바짝 차려야 합니다."

엘리엇이 말한다.

"여기엔 밀리미터파 레이더도 달렸어."

물고기 눈이 말한다. 히로는 그를 바라본다. 손에 든 무기에 장착된 화면에서 뿜어내는 빛에 물고기 눈의 얼굴이 빛난다.

"빌어먹을 대낮처럼 녀석들이 잘 보인다고."

빅이 여러 발을 더 쏘더니 총에서 탄창을 뽑아내고 새것으로 갈아 끼운다.

고무보트 한 척이 파도 위로 미끄러지듯 옆을 지나며 희미한 조명과 함께 총탄을 퍼붓는다. 물고기 눈이 레일 건을 들어 몇 번 짧게 쏘자 차가운 밤공기 사이로 뜨거운 수증기가 피어오른다. 하지만 목표물에 맞지는 않는다.

"탄환을 아껴요. 저놈들이 속도를 늦추지 않으면 아무리 놈들이 우지 기관 단총을 갖고 있다고 해도 우릴 맞히지는 못할 겁니다. 그리고 레이더로 겨냥해도 저놈들을 잡을 수는 없어요."

엘리엇이 말한다.

두 번째 고무보트가 반대편에 나타나 첫 번째 보트보다 더 가까이 스치며 지난다. 빅과 물고기 눈은 총을 쏘지 않고 기다린다. 두 척의 고무보트가 선회하며 다시 돌아오는 소리가 들린다.

"두 척의 보트가 합류하고 있습니다. 그리고 두 척이 더 있어요. 총 네 척입니다. 서로 이야기합니다."

빅이 말한다.

"아까는 정찰하러 온 거야. 작전을 짜는 중이겠지. 이번 공격이 진짜일 거야."

엘리엇이 말한다.

그 순간, 요트 뒤쪽 엘리엇이 있는 곳에서 엄청나게 커다란 소리가 두 번 들리고 잠깐 불빛이 보인다. 몸을 돌리던 히로의 눈에 누군가 갑판에 쓰러지는 모습이 보인다. 엘리엇은 아니다. 엘리엇은 커다란 넙치 사냥용 권총을 움켜쥐고 한쪽 무릎을 꿇은 채 앉아 있다.

뒤쪽으로 뛰어가는 히로의 눈에 구름 사이로 비치는 희미한 빛 아래로 한 사내가 죽어 넘어져 있는 모습이 보인다. 벌거벗은 몸에 온통 검은 기름을 바르고 총과 칼이 하나씩 달린 허리띠만 달랑 찬 모습이다. 사내는 요트에 뛰어오를 때 사용한 밧줄을 여전히 움켜쥐고 있다. 밧줄 끝에 달린 갈고리는 요트의 선체가 들쭉날쭉한 모양으로 찢어지며 생긴 구멍에 걸려 있다.

"생각보다 세 번째 부류의 공격이 이르게 시작되는군."

엘리엇의 높은 목소리가 흔들린다. 침착한 목소리를 내려고 상당히 애쓰고 있지만, 오히려 그 반대로 들린다.

"히로, 이 권총에 총알이 세 개 더 남았네. 마지막 하나는 아껴 두었다가 만일 이런 새끼가 하나라도 더 갑판에 올라오면 자네한테 박아 넣어 주겠어."

"미안합니다."

히로는 짧은 칼을 꺼내 든다. 다른 쪽 손에 9밀리 권총을 들면 훨씬 낫겠지만 균형을 잡고 바다로 떨어지지 않으려면 한 손은 비워 두어야만 한다. 그는 혹시 또 갈고리가 있는지 재빨리 요트 위를 한 바퀴 돌아본다. 그러다 반대편에서 난간 기둥에 걸린 갈고리를 하나 발견한다. 갈고리에 묶인 밧줄이 팽팽하게 바다로 뻗어 있다.

정정 사항. 팽팽하게 묶인 건 케이블이다. 칼로는 끊어 버릴 수가 없다. 그리고 너무 팽팽한 나머지 난간 기둥에서 풀어낼 수도 없다.

히로가 쭈그리고 앉아 갈고리를 만지작거리는 사이 기름을 바른 손 하나가 물속에서 튀어나오더니 그의 손목을 움켜쥔다. 상대방의 다른 손은 히로의 반대편 손을 더듬어 대다가 손목 대신 칼날을 움켜쥐고 만다. 칼을 휘둘러 빼낸 히로는 상대방에게 상처를 입힌 것 같은 생각이 든다. 짧은 칼 와키자시를 상대방의 양손 가운데로 겨누는 순간 누군가 히로의 사타구니를 이로 깨문다. 그러나 오토바이 복장을 갖춰 입은 히로의 가랑이 부분은 딱딱한 플라스틱으로 덮인 상태라, 그를 물어뜯은 인간 상어의 입 안에 가득 남은 건 방탄 섬유 쪼가리뿐이다. 사내는 양손의 힘이 약해지더니 바다로 떨어진다. 히로는 갈고리를 벗겨 내 바다로 던져 버린다.

빅이 연달아 세 발을 더 쏘자 불덩어리가 치솟아 오르며 요트 한쪽 전체를 환히 밝힌다. 잠깐이지만 주변 백여 미터가 환하게 보이는데, 보이는 모습은 마치 한밤중에 부엌으로 가서 전등을 켰더니 조리대에 쥐 떼가 우글거리는 상황이나 마찬가지다. 최소한 십여 척도 넘는 작은 배가 주위를 둘러싸고 있다.

"녀석들이 화염병을 갖고 있습니다."

빅이 말한다.

조그만 배에 탄 녀석들도 마찬가지로 이쪽을 잠깐 볼 수 있다. 여러 방향에서 예광탄이 날아든다. 히로는 최소한 세 군데에서 불을 뿜는 총구를 볼 수 있다. 물고기 눈이 한 번 그리고 두 번 레일 건의 방아쇠를 당긴다. 그저 한 번에 수십 발씩 쏘는 정도지만 요트에서 상당히 멀리 떨어진 배 한 척이 불덩어리가 되어 버린다.

마지막으로 움직인 지 최소한 5초가 지났기 때문에 히로는 주변에 갈고리가 걸리지 않았는지 다시 확인한 후 요트 가장자리를 따라 한 바퀴 돌며 주위를 점검한다. 이번에는 별로 눈에 띄는 게 없다. 아까 온몸에 기름칠을 한 두 녀석은 한꺼번에 같이 달려든 게 분명하다.

화염병 하나가 하늘에 활 모양을 그리며 날아들더니 요트 우현에 떨어지지만, 갑판 위라서 별 피해는 없을 것 같다. 실내로 떨어졌다면 훨씬 상황이

나빴을 것이다. 물고기 눈이 화염병이 날아든 쪽에 레일 건으로 응사한다. 하지만 화염병이 떨어진 곳 주변이 환하게 밝아지자 적들은 불길을 목표 삼아 소구경 화기로 공격해 온다. 오가는 총격으로 환해진 사이 히로의 눈에 빅이 몸을 숨긴 곳에서 피가 뚝뚝 떨어지는 모습이 보인다.

히로는 요트 좌측 바다 위에 뭔가 길고 좁고 낮은 물체 안에서 사람 몸통이 일어서는 모습을 발견한다. 사내는 긴 머리를 어깨까지 늘어뜨렸고 한쪽 손으로 2미터도 훨씬 넘는 장대를 들고 있다. 히로가 사내를 발견한 순간, 사내가 장대를 집어던진다.

작살은 바다 위를 6미터가량 날아간다. 섬세하게 가공된 유리로 된 작살 끝이 빛을 반사하는 모습은 마치 유성이 날아가는 모습처럼 보인다. 물고기 눈의 등에 꽂힌 작살은 그가 양복 속에 받쳐 입은 방탄 섬유 옷을 쉽사리 헤치고 박혀 몸을 완전히 꿰뚫은 다음 몸 앞쪽으로 튀어 나간다. 충격으로 튀어 오른 몸이 배 밖으로 떨어져 거꾸로 바다에 박힐 때쯤 물고기 눈은 이미 시체가 되어 있다.

기억해 둘 점. 레이븐이 쓰는 무기들은 레이더에 나타나지 않는다.

히로는 레이븐을 보려고 고개를 돌리지만, 그는 이미 사라지고 없다. 히로가 선 곳에서 앞으로 3미터가량 떨어진 곳에 몸에 기름칠한 사내 둘이 나란히 난간을 뛰어넘어 올라온다. 하지만 그들은 불꽃 때문에 순간적으로 눈이 부셔 앞을 보지 못한다. 히로는 권총을 꺼내 사내들을 겨누고 그들이 뒤쪽 바다로 떨어질 때까지 계속 방아쇠를 당긴다. 이제 권총에 탄환이 얼마나 남았는지도 알 수 없다.

뭔가 내뱉는 듯 쉭쉭 하는 소리가 들리고 나서 불꽃이 흐려지더니 결국 사라진다. 엘리엇이 소화기로 불길을 잡아 버렸기 때문이다.

발밑 요트 갑판이 출렁거리는 바람에 히로는 넘어지며 갑판에 얼굴과 어깨를 부딪친다. 그는 요트가 뭔가 들이받았거나 뭔가에 들이받힌 것 같다고 생각하며 몸을 일으킨다. 뭔가 아주 큰 것이다. 갑판 위를 쿵쿵 달리는 소리가 들린다. 히로는 근처에서 발소리가 나자 와키자시를 내던지고 카타나를 머리 위로 돌리며 뽑아 드는 동시에 누군가의 몸뚱이를 향해 긴 칼날을 날린다. 그러는 사이 누군가 긴 칼로 히로의 등을 공격하지만 방탄복을 뚫지는 못한 채 약간의 상처만 남긴다. 히로는 어딘가에 박혔던 카타나를 다시 뽑아낸다. 끊어치듯 공격하는 걸 잊었기 때문에 어딘가 칼날이 박혀 버릴 수도 있었지만, 운이 좋았다. 히로는 다시 몸을 돌려 다른 녀석이 내뻗는 칼날을 본능적으로 막아 낸 후 카타나를 치켜들어 상대방의 두개골을 노리고 끊듯 내려친다. 이번에는 제대로 성공해 칼날이 박히지 않게 하면서 상대방을 해치운다. 그를 사이에 두고 양쪽에 적들이 서 있다. 히로는 한쪽을 골라 칼을 옆으로 날려 한 녀석의 목을 벤다. 그리고 돌아선다. 다른 녀석이 손에 못이 박힌 몽둥이를 들고 기우뚱거리는 갑판 위에서 뒤뚱거리며 다가온다. 히로와는 달리 균형을 잡지 못하는 모습이다. 히로는 상대를 맞으려 자세를 바꾼 다음 무게 중심을 두 발 위에 두고 다가오는 녀석을 카타나로 찌른다.

또 다른 녀석 하나가 뱃머리 쪽에 서서 놀란 채 모든 광경을 바라보고 있다. 히로가 권총을 쏘자 녀석은 갑판에 쓰러진다. 남은 두 녀석은 자진해서 배에서 뛰어내려 바다로 달아난다.

요트는 마치 불쌍한 동물을 잡는 덫처럼 바다 위에 이리저리 뻗은 오래되고 더러운 밧줄과 화물용 그물에 뒤얽힌 채 꼼짝 못 하고 있다. 엔진은 여전히 힘을 다해 움직이지만, 프로펠러가 움직이지 않는다. 프로펠러가 연결된 축에 뭔가 걸린 모양이다.

레이븐은 흔적도 보이지 않는다. 어쩌면 물고기 눈만 처리해 달라는 계약을 했는지도 모를 일이다. 어쩌면 지저분하게 얽히고설킨 배들 위에서는 싸우고 싶지 않았는지도 모른다. 아니면 일단 레일 건만 사라지면 조무래기들이 나머지 일은 알아서 처리할 수 있다는 걸 잘 아는 건지도 모른다.

조종실에 엘리엇이 보이지 않는다. 요트 위에 없는 것 같다. 히로가 이름을 크게 불러도 아무런 대답이 없다. 바다에 빠져 허우적대는 것도 아니다. 그가 마지막으로 보인 모습은 난간에 기대선 채 화염병 때문에 난 불을 소화기로 끄는 것이었다. 배가 뭔가에 부딪히며 멈출 때 바다로 굴러떨어진 게 틀림없다.

그들이 있는 곳은 히로가 생각한 것보다 엔터프라이즈호에 상당히 가까운 곳이다. 싸움을 벌이는 동안 상당히 긴 거리를 흘러온 나머지 접근해서는 안 되는 지역에 들어선 것이다. 사실 지금 히로는 뗏목 선단의 한가운데 들어와 있는 꼴이 되었다. 화염병을 싣고 덤벼들던 보트의 잔해에 붙은 불이 힘없이 어른거린다. 그런 잔해들은 요트를 둘러싼 그물에 걸려 뒤엉킨다.

히로는 요트를 몰아 다시 먼 바다로 나가는 일은 그리 현명하지 않다고 생각한다. 이런 식의 싸움에서는 살아남기 어려울 것이다. 그는 안쪽으로 계속 전진한다. 레일 건의 동력원인 동시에 탄약통으로 쓰이던 가방이 뚜껑이 열린 채 바로 옆 갑판에 놓여 있다. 안쪽에 붙은 컬러 모니터 화면에 글씨가 보인다. *죄송합니다. 치명적 오류가 발생했습니다. 시스템을 껐다가 켠 후 다시 시도해 주시기 바랍니다.*

그리고 히로가 보는 앞에서 화면은 완전히 고장나더니 하얀 노이즈만 가득한 모습으로 바뀐다.

빅도 기관총에 맞아 죽은 모습이다. 주변을 보니 얽히고설킨 거미집 같은 곳에 걸린 채 바다에 떠 있는 배가 대여섯 척 보인다. 모두 멋지게 생긴 요트다. 하지만 모두 속이 텅 빈 채 엔진이나 쓸 만한 물건은 뜯겨 나간 상태다. 위장막을 치고 숨은 사냥꾼 앞에 놓인 유인용 가짜 오리처럼 보인다. 근처에 떠 있는 부표에 손으로 쓴 글씨가 보인다. '연료'라는 말이 영어를 비롯한 여러 언어로 쓰어 있다.

먼바다 쪽에서 그들을 뒤쫓던 여러 배가 꾸물거리며 거미집 같은 이곳을 피하려고 애쓰고 있다. 이리로 들어오면 안 된다는 걸 아는 모양이다. 여기는 검은 기름을 온몸에 바르고 바다에서 수영하는 자들이 독점한 지역인 것 같다. 거미집의 거미라 할 그들은 이제 거의 죽고 없다.

만일 히로가 뗏목 선단에 올라탄다고 해도 이보다 더 나빠질 일은 없을 것이다. 그렇지 않은가?

요트에는 바람을 불어 넣는 고무보트가 있는데, 그 보트에는 작은 모터도 달려 있다. 히로는 보트를 바다로 내려놓는다.

"같이 갈래요."

누군가의 목소리가 들린다.

히로는 총을 꺼내며 몸을 돌린다. 그의 총구는 식당에서 일하던 필리핀 아이의 얼굴을 겨누고 있다. 아이는 약간 놀란 듯 눈을 껌벅거리지만, 특별히 겁을 먹은 것 같지는 않다. 어차피 해적들이랑 생활하던 아이니 그럴 만도 하다. 그리고 보니 요트 위에 죽어 나자빠진 많은 사람을 보고도 아이는 별로 무서워하지도 않는 것 같다.

"길 안내를 해 드릴게요."

아이가 말한다.

"바 라 진 카 누 파 라 타……."

52

너무 오래 기다린 와이티는 이제 동이 트지 않았을까 하는 생각마저 든다. 그러나 사실은 두어 시간밖에 지나지 않았음을 스스로 잘 알고 있다. 사실 어떻게 보면 아무 상관도 없다. 아무것도 변한 게 없기 때문이다. 음악도 그대로고 텔레비전에서 나오는 만화도 자동으로 처음으로 되감기더니 다시 시작되었으며 손님들은 계속 들어와 그녀를 바라보지 않으려고 애쓰며 술을 마신다. 어차피 그녀는 탁자에 쇠고랑으로 묶인 거나 다름없는 신세다. 여기서 되돌아가는 길을 찾을 수가 없기 때문이다. 그래서 그녀는 그저 기다린다.

갑자기 레이븐이 앞에 나타난다. 아까와는 달리 동물 가죽 비슷한 걸로 만든 미끄럽고 축축한 옷을 입었다. 밖에서 들어와 그런지 젖은 얼굴이 발갛게 달아올랐다.

"일은 모두 끝냈어요?"

와이티가 말한다.

"그런 셈이지. 그 정도면 충분히 해 준 거야."

레이븐이 말한다.

"충분해요?"

"데이트하고 있는데 쓸데없는 일로 불려 나가는 건 질색이란 말이지. 그래서 중요한 일만 처리해 주고 나머지 일은 조무래기들에게 맡겨 두고 왔어."

레이븐이 말한다.

"아, 전 여기서 아주 즐겁게 지냈어요."

"미안해. 여기서 나가자고."

긴장한 듯한 레이븐의 목소리에서 몸이 잔뜩 달아오른 남자의 부자연스러움이 느껴진다.

"중심 선단으로 가자."

시원한 바람이 부는 갑판으로 나서자 레이븐이 말한다.

"거긴 뭐가 있는데요?"

"뭐든 다 있지. 이 모든 걸 움직이는 사람들이 사는 곳이야. 여기 사는 사람들 가운데 거기 들어갈 수 있는 사람은 몇 안 돼."

레이븐은 손을 들어 뗏목 선단을 가리킨다.

"하지만 난 갈 수 있지. 가 보고 싶어?"

"그럼요. 가 보고 싶죠."

와이티는 자신의 목소리가 멍청하게 들리는 게 너무 싫다. 하지만 달리 어떻게 말할 수 있겠는가?

레이븐은 달빛에 비친, 긴 판자 다리 여러 개를 넘어 뗏목 선단 한가운데 커다란 배들이 모인 곳으로 와이티를 데려간다. 그들이 지나는 다리라면 스케이트보드를 타고 넘을 수 있을 것도 같다. 물론 실력이 아주 뛰어나야 할 테지만.

"당신은 왜 다른 사람들과 달라요?"

와이티가 말한다. 사실은 별생각 없이 불쑥 꺼낸 말이다. 그러나 뱉어 놓고 보니 상당히 괜찮은 질문이다.

레이븐은 웃는다.

"난 알류트족이야. 여러 가지로 다른 점이 많지."

"아뇨. 내 말은 머리가 이상하게 돌아 버리지 않았다는 말이에요. 맛이 가지 않았다고요. 무슨 말인지 알아요? 말씀이 어떻다느니 하는 얘기는 밤새 한마디도 하지 않았잖아요."

와이티가 말한다.

"카약을 탈 때 쓰는 요령이 있어. 파도타기와 비슷하지."

레이븐이 말한다.

"정말요? 나도 마찬가지예요. 도로를 달리는 자동차를 이용하죠."

와이티가 말한다.

"우린 재미로 하는 게 아니야. 살아가는 방식 가운데 일부지. 우리는 파도를 타고 섬과 섬 사이를 건너다니거든."

레이븐이 말한다.

"우리도 그래요. 대신 우리는 목적지 사이를 오갈 때 자동차에 붙어서 가지만요."

와이티가 말한다.

"그래, 세상은 우리보다 힘센 것들로 가득해. 하지만 요령만 있으면 그걸 이용해서 어디든 원하는 대로 갈 수 있지."

레이븐이 말한다.

"맞아요. 무슨 말인지 나도 잘 알아요."

"나와 정교도 사이의 관계가 바로 그런 거야. 그들의 종교는 일부 나와 맞는 부분도 있어. 하지만 전부는 아니지. 그렇지만 그 친구들이 벌이는 활동은 아주 강력해. 신자도 많고 돈이나 배도 많지."

"당신은 그 위에 올라탄 셈이군요."

"그렇지."

"멋지네요. 무슨 말인지 알 것 같아요. 그런데 뭘 하려는 거죠? 그러니까, 진짜 목표가 뭐냐고요."

두 사람은 넓은 갑판을 가로지르며 걷는 중이다. 그는 갑자기 그녀의 뒤로 가더니 그녀를 양팔로 들어 올리듯 껴안는다. 발가락이 바닥에 닿을락 말락 한다. 관자놀이에 닿는 차갑게 언 레이븐의 콧마루와 한쪽 귀로 불어오는 뜨거운 입김이 느껴진다. 따끔거리는 홍분이 발가락 끝까지 내리꽂힌다.

"지금의 목표를 말하는 거야? 아니면 장기적인 목표?"

레이븐이 속삭이듯 말한다.

"음……. 장기 목표요."

"아주 오래된 계획이 있지. 난 미국에 핵 공격을 하려고 했어."

"오. 상당히 무서운 목표네요."

"그럴지도. 내가 어떤 기분이냐에 따라 다르게 느껴지곤 해. 그것 말고는 장기 목표는 없어."

레이븐이 속삭일 때마다 그의 숨결에 귀가 간지럽다.

"그럼 중기 목표는 뭐예요?"

"몇 시간 후면 뗏목 선단은 흩어질 거야. 우리는 살기 좋은 곳을 찾아 캘리포니아로 갈 예정이지. 우리를 방해하려는 사람들이 좀 있어. 내가 맡은 일은 사람들이 안전하게 해안에 내리도록 돕는 거지. 다시 말해 전쟁터에 나간다고 보면 돼."

"오, 유감스러운 일이네요."

그녀는 중얼거리듯 말한다.

"그러니 지금 당장은 눈앞의 일 말고는 생각하기 어려워."

"네, 알아요."

"마지막 밤을 보낼 멋진 방을 잡아 두었어. 시트도 깨끗한 걸로 준비했지."

레이븐이 말한다.

금세 지저분해질걸? 그녀는 속으로 생각한다.

와이티는 레이븐의 입술이 물고기처럼 차갑고 딱딱하리라 생각했다. 그러나 그의 입술은 놀랄 만큼 따뜻했다. 그는 온몸이 뜨거웠다. 그것만이 북극 가까운 지역에서 몸을 따뜻하게 유지하는 비결인 것 같았다.

키스를 시작한 지 30초 정도 지나자 그는 허리를 숙이며 허벅지처럼 거대한 팔뚝으로 그녀의 허리를 감싸 안고 공중으로 그녀를 들어 올린다. 그녀의 발이 바닥에서 떨어진다.

그녀는 레이븐이 무시무시한 곳으로 자신을 데려가지 않을까 두려웠지만 도착해 보니 그는 중심 선단에 속한 한 화물선에 높게 쌓인 여러 컨테이너 가운데 한 칸을 통째로 빌려 놓았다. 화물선은 중심 선단에 사는 거물들이 묵는 고급 호텔 역할을 하는 듯 보인다.

그녀는 아무 소용도 없이 매달려 늘어진 두 다리를 어떻게 해야 할지 고민하는 중이다. 이제 막 데이트를 시작한 사이에 다리로 남자의 몸을 감을 준비는 되어 있지 않았다. 그 순간 그녀의 두 다리가 아주 넓게 벌어진다. 레이븐의 넓적다리는 그녀의 허리보다 굵은 게 틀림없다. 그는 한쪽 다리를 들어 그녀의 가랑이 사이로 넣은 다음 의자에 발을 올려서 그녀가 자신의 넓적다리 위에 걸터앉도록 한다. 그리고 두 팔로 그녀를 안고 꼭 안았다가 풀었다가 하기를 반복한다. 그녀는 어쩔 수 없이 자신의 사타구니에 체중을 실은 채 앞뒤로 흔들리기 시작한다. 그가 그녀를 더 가까이 세게 끌어안으며 흔들수록 그녀는 그의 거대한 넓적다리 근육 덩어리 가운데서도 골반에 붙은 제일 윗부분에 올라타는 모양이 될 수밖에 없다. 어찌나 세게 문질러 대는지 그녀는 자신이 입은 작업복 가랑이 부분의 솔기와 레이븐이 입은 검은색 진바지 열쇠 주머니에 든 동전들까지 느낄 수 있다. 그가 양손을 아래로 내리더니 여전히 그녀를 자신 쪽으로 끌어당기면서 엉덩이를 힘껏 움켜쥔다. 손이 어찌나 큰지 마치 살구를 움켜쥐는 것처럼 보인다. 엉덩이를 움켜쥐고도 남을 정도로 긴 손가락들은 그녀의 갈라진 깊은 곳으로 밀고 들어온다. 그녀는 손가락을 피해 앞으로 몸을 밀어붙이지만 그럴수록 레이븐의 몸으로 파고드는 꼴이 된다. 그녀는 입술을 떼고 땀으로 번들거리는, 넓고 부드럽고 수염이라고는 보이지 않는 그의 목에 얼굴을 비벼댄다. 어쩔 수 없이 쏟아 내던 비명이 신음으로 바뀌고, 그녀는 이제 그 때문에 꼼짝하지 못하게 되었다는 걸 알아차린다. 섹스를 하면서 단 한 번도 신음을 내지 않았던 그녀가 이번에는 도저히 참을 수 없다는 걸 느꼈기 때문이다.

일단 마음을 먹자 그녀는 도저히 참을 수가 없다. 양팔과 다리는 움직일 수 있지만 몸의 가운데 부분은 꼼짝하지 못하는 상황인데, 레이븐이 자세를 바꾸지 않는 한 어쩔 수가 없다. 그리고 레이븐은 그녀가 특별한 행동을 하지 않는 한 자세를 바꾸려 들지 않을 것이다. 그래서 그녀는 레이븐의 귀를 공략하기로 한다. 그러면 남자들은 대개 넘어가게 마련이다.

그는 그녀에게서 떨어지려 한다. 천하의 레이븐이 뭔가로부터 달아나려는 것이다. 그녀는 재밌다고 생각한다. 고속 도로에서 작살을 던져 차에 매달리던 그녀이기에 팔심은 여느 남자 못지않다. 그녀는 마치 바이스처럼 양팔로 그의 머리를 감싸 안고 이마로 그의 머리 옆 부분을 눌러 대며 혀끝으로 귓바퀴를 살살이 핥기 시작한다.

그녀의 혀가 점차 귀 안쪽을 향해 움직이다가 마침내 귓구멍 깊이 밀고 들어가자 몸이 굳은 듯 숨을 죽이고 한참을 섰던 그는 마치 작살에 맞은 것처럼 몸을 뒤틀며 신음을 내뱉더니 그녀를 들어 올리고 밟고 섰던 의자를 발로 밀듯 차 버린다. 채인 의자는 방 끝으로 밀려가다가 철판으로 된 화물용 컨테이너 벽에 부딪혀 부서져 버린다. 그녀는 뒤쪽 매트리스 위로 쓰러지는 느낌이 든다. 잠시 레이븐에게 깔려 으깨질까 봐 걱정하지만, 레이븐은 매트리스에 팔꿈치를 짚고 온몸의 무게를 지탱한다. 하지만 그가 아랫도리를 잔뜩 그녀의 몸쪽으로 밀어붙이자 다시 그녀의 등과 두 다리에 전기 충격처럼 찌릿한 느낌이 밀려온다. 그녀의 넓적다리와 장딴지는 마치 피를 가득 뿜어 넣은 것처럼 팽팽해지고 단단해져 도저히 힘을 뺄 수가 없다. 그는 한쪽 팔꿈치로 몸을 지탱하며 순간적으로 몸을 떼더니 접촉을 끊을 수 없다는 듯 입술로 와이티의 입술을 덮고 혀로 그녀의 입 안을 가득 채운다. 그렇게 그녀를 꼼짝하지 못하게 만든 그는 한 손으로 그녀가 입은 옷 목깃에 달린 지퍼를 붙잡고 단번에 가랑이까지 내려 버린다. 옷이 갈라지면서 양어깨로부터 가랑이로 뻗는 커다란 V자 모양 살결이 드러난다. 그는 다시 그녀의 몸을 덮치더니 그녀의 작업복을 양손으로 붙잡고 그녀의 등 뒤로 벗겨 낸다. 그녀의 두 팔은 양쪽으로 늘어졌고, 레이븐은 그가 벗긴 작업복을 뭉쳐 그녀의 허리 뒤에 받쳤기 때문에 그녀는 그를 향해 활처럼 몸을 내민 모습을 하고 있다. 그 순간 그의 몸이 그녀의 단단한 넓적다리, 스케이트를 많이 타 엄청나게 팽팽해진 근육질 다리 사이로 들어온다. 그리고 그의 두 손이 다시 안쪽으로 들어오며 그녀의 엉덩이를 움켜쥔다. 옷이 벗겨진 상태라 그의 뜨거운 살갗이 몸에 닿는다. 마치 버터를 두른 따끈한 프라이팬에 앉은 듯한 느낌이 온몸을 따뜻하게 만든다.

이 시점에서 그녀가 기억해야만 하는 뭔가가 있는 것 같다. 뭔가 조심해야 하는 것. 뭔가 중요한 것이다. 불쾌한 느낌을 주는 의무 가운데 하나로, 이론적으로 생각할 때는 당연한 것 같지만 이런 상황을 맞아 생각하면 너무 엉뚱한 생각일 뿐이며 자신에게는 그런 일이 벌어지지 않을 것 같은 바로 그것.

혹시 임신이라도 하지 않을까 걱정이 되는 걸까? 아마 그런 생각일 것이다. 그러나 와이티는 이미 열정에 사로잡힌 채 어쩔 수 없는 상황이고 그걸 핑계 삼기로 한다. 그래서 그녀는 몸부림치며 작업복과 팬티가 발목까지 내려가도록 발길질을 한다.

레이븐은 3초 만에 한 올 남김없이 알몸이 된다. 셔츠를 머리 위로 벗어 어디론가 집어던지더니 벗은 바지를 바닥에 떨어뜨린다. 그의 피부는 그녀와 마찬가지로 매끄럽다. 마치 바다를 헤엄치는 포유동물의 가죽처럼 느껴지지만, 생선처럼 차지 않고 따뜻하다. 레이븐의 성기가 보이지 않지만 보고 싶은 마음도 들지 않는다. 그게 무슨 의미가 있겠는가?

그녀는 과거에 없던 상황을 맞는다. 그의 몸이 안으로 밀고 들어오자마자 절정에 다다른 것이다. 마치 몸 한가운데서 번쩍이기 시작한 한 줄기 번개가 팽팽하게 긴장한 두 다리 뒤와 등줄기를 타고 양쪽 젖꼭지로 퍼지는 듯한 느낌이다. 그녀는 갈비뼈들이 피부 바깥쪽으로 드러날 때까지 공기를 잔뜩 들이마시고 다시 전부 비명으로 뱉어낸다. 어찌나 큰 소리를 질러 대는지 레이븐은 아마 청각에 이상을 느낄지도 모른다. 그러나 그따위가 무슨 상관이겠는가?

그녀의 몸이 축 늘어진다. 레이븐도 마찬가지다. 그 역시 동시에 절정에

도달한 것 같다. 아무래도 좋다. 아직 시작일 뿐이고 불쌍한 레이븐은 바다에서 막 돌아온 염소만큼 흥분한 상태였으니 말이다. 다음에는 좀 더 길게 즐길 수 있기를 바라는 마음이다.

지금 당장 그녀는 밑에 깔린 채 그의 몸에서 뿜어져 나오는 따뜻한 기운을 들이마시는 것으로도 만족스럽다. 며칠 동안 추위에 떤 그녀였다. 밖으로 드러난 두 발은 여전히 차갑지만 그래서인지 발을 제외한 다른 부분이 느끼는 기분은 더 좋다.

레이븐도 만족스러운 눈치다. 생긴 것과는 사뭇 다른 모습이다. 더없이 행복하다고 말한다. 다른 남자들이었다면 이미 텔레비전 채널을 이리저리 돌리고 있었을 것이다. 레이븐은 그렇지 않다. 그녀의 목에 부드러운 숨결을 뿜어 대며 밤새도록 누워 있어도 좋다고 말할 그런 사람이다. 사실 그는 그녀의 몸 위에서 잠들어 버렸다. 여자나 할 그런 행동을 한다.

그녀도 함께 잠을 청한다. 잠깐이지만 그렇게 누워 있으니 지금까지 본 여러 장면이 머리를 스치고 지난다.

컨테이너 호텔 방은 상당히 멋진 곳이다. 마치 밸리 지역에 있는 저렴하지만 그럴듯한 호텔 같은 느낌이다. 그녀는 뗏목 선단 위에 이런 곳이 있으리라고는 꿈에도 생각하지 않았다. 그러나 이곳에도 다른 어느 곳이나 마찬가지로 돈 많은 사람도 있고 가난한 사람도 있을 것이다.

그들이 이곳으로 올 때 중심 선단에 속한 큰 배들이 시작되는 곳에서 좁은 통로를 만났는데, 그 앞에 무장한 사내가 경비를 서고 있었다. 그는 레이븐을 제지하지 않았고 레이븐은 와이티의 손을 잡고 이끌었다. 경비병은 슬쩍 와이티를 봤지만 아무 말 없이 그저 레이븐에게만 신경을 곤두세우는 모습이었다.

그곳을 지나자 길이 훨씬 좋아지기 시작했다. 마치 해변에서 볼 수 있는 산책로처럼 넓은 길에는 등에 잔뜩 짐을 지고 다니는 중국 할머니들이 우글거리지도 않았다. 그리고 기분 나쁜 냄새도 풍기지 않았다.

그렇게 중심 선단에 속한 첫 번째 배에 도착하니 해수면 높이에서 배의 갑판으로 올라가는 계단이 나타났다. 갑판으로 올라간 두 사람은 널빤지로 만든 좁은 통로를 지나 다른 배의 안쪽 지역으로 들어섰다. 레이븐은 마치 백만 번은 와 본 것처럼 익숙하게 그녀를 안내했고 또 다른 긴 통로를 지나 이 컨테이너 화물선에 도착했다. 안으로 들어와 보니 여기는 호텔과 다를 게 전혀 없었다. 하얀 장갑을 낀 직원들이 양복을 입은 손님들의 짐을 나르는 모습이 보이고 손님을 맞는 리셉션 데스크까지 없는 게 없었다. 하얀색 페인트를 백만 번 정도 칠해서 그렇지 배는 배였다. 그러나 그녀가 생각했던 배와는 달랐다. 양복을 입은 사람들이 오가는 곳에 헬기 착륙장도 보였다. 그곳에 그녀가 본 적 있는 로고가 박힌 헬기가 앉아 있는 모습이 보였다. 라이프 첨단 연구소. 바로 행정부 작전 총괄 사령부 본부에 갖다 주라며 그녀에게 서류 봉투를 준 사람들이 일하는 곳이다. 이제야 모든 게 맞아 들어가기 시작한다. 연방 정부와 L. 밥 라이프, 웨인 목사의 천국의 문 그리고 뗏목 선단이 모두 한통속이다.

"여기 사람들은 전부 누구죠?"

그녀는 사람들을 보자마자 레이븐에게 물었다. 그러나 그는 아무 말도 하지 않았다.

나중에 예약한 방을 찾으러 다닐 때 다시 묻자 그가 대답해 주었다. 그들이 본 사람들은 모두 L. 밥 라이프 밑에서 일하는 사람들이라고 했다. 프로그래머와 엔지니어 그리고 통신 업무를 맡은 사람들. 라이프는 중요한 인물이다. 거대한 독점 기업을 운영하고 있다.

"라이프가 여기 있어요?"

그녀는 물었다. 물론 아무것도 아닌 듯 능청을 떨면서. 이제 그런 일에도 이력이 난 그녀였다.

"쉿."

그가 말했다.

괜찮은 정보였다. 히로가 들으면 좋아할 것이다. 만일 전달할 수만 있다면 말이다. 하지만 여기라면 히로와 연락하기도 쉬울 것 같다. 뗏목 선단에 메타버스에 접속할 수 있는 단말기가 있으리라고는 생각하지 못했지만, 이 배에는 양복을 입은 손님들이 문명 세계를 접할 수 있도록 컴퓨터가 열을 지어 서 있다. 레이븐이 깨지 않도록 조심하면서 컴퓨터를 쓸 수만 있으면 된다. 신중해야만 하는 일이다. 뗏목 선단을 다룬 영화에서 흔히 볼 수 있는 것처럼 레이븐에게 약을 먹일 수 없는 게 유감이다.

바로 그 순간 그녀는 깨닫는다. 마치 악몽처럼 잠재의식 속에서 뭔가 떠오른다. 아니면 집을 나서고 30분이나 지난 후에야 불 위에 올려놓은 주전자가 생각나는 것처럼. 이제 그녀가 도저히 어쩔 수 없는, 몸서리가 쳐질 정도로 냉엄한 현실이다.

그녀는 이제야 레이븐과 실제로 관계를 맺기 바로 직전, 순간적으로 신경 쓰이던 게 뭔지 기억해 낸다.

피임 걱정이 아니었다. 위생과 관련한 게 아니었다.

그건 그녀의 덴타타였다. 개인적인 방어 체계의 마지막 선. 엉클 엔조에게서 받은 개 목걸이와 함께 정교도들이 유일하게 빼앗지 못한 바로 그것. 그들이 덴타타를 발견하지 못한 이유는 알몸 수색을 하지 않았기 때문이다.

그 말은 레이븐이 성기를 삽입한 순간 아주 미세한 주삿바늘이 잔뜩 부풀어 오른 그의 성기 혈관에 미끄러지듯 꽂히면서 자동으로 강력한 마취제와 진정제를 섞은 약물이 그의 혈관으로 들어갔다는 말이다.

레이븐은 전혀 예상하지 못했던 곳에서 작살을 맞은 셈이다. 이제 그는 최소한 4시간은 잠에서 깨어나지 못할 것이다.

깨어나면 엄청나게 화를 낼 것이다.

53

히로는 엘리엇의 경고를 잊지 않았다. 주변을 잘 아는 안내인 없이 뗏목 선단에 가지 말 것. 이 아이는 브루스 리가 뗏목 선단의 필리핀 사람들이 사는 지역에서 데려온 난민임이 틀림없다.

아이의 이름은 트랜서브스탠시에이션이라고 한다. 줄여서 트래니라고 부른다. 히로가 타라고 하지도 않았는데 아이는 고무보트에 올라탄다.

"좀 기다려. 먼저 짐을 좀 싸야겠다."

히로가 말한다.

히로는 위험을 무릅쓰고 조그만 손전등을 켜 들고 요트 안을 이리저리 뒤지며 쓸 만한 물건을 찾는다. 마실 수 있는[아마도] 물 몇 병, 약간의 음식 그리고 그가 사용하는 9밀리 권총 탄환이 조금 있다. 갈고리 하나도 달린 밧줄까지 깔끔하게 접어서 챙겨 둔다. 아마 뗏목 선단에서 유용하게 쓰는 물건 같다.

그리고 별로 원하지는 않지만 처리해야 할 일이 한 가지 더 있다.

히로가 살던 여러 집에서는 늘 쥐들이 문제였다. 그는 쥐를 없애려고 덫을 쓰곤 했다. 그러나 덫을 쓰면서 그는 불운을 여러 번 맛봐야 했다. 한밤중에 덫이 덜컥하고 접히는 소리가 나면 바로 조용해지는 게 아니다. 덫에 걸린 짐승은 가련하게 우는 소리나 몸부림치는 큰 소리를 내고, 몸뚱이 중 어딘가가 덫에 걸린 채로도 안전한 곳으로 달아나려 발광한다. 대개 덫에는 머리가 걸리곤 한다. 새벽 3시에 일어나 부엌 싱크대 위에서 살아 있는 쥐가 뇌수를 뿌려 가며 버둥거리는 꼴을 본다면 다시 잠자리에 들기 어려울 것이다. 그래서 이제 그는 덫 대신 쥐약을 놓는다.

그와 비슷한 상황으로, 히로가 마지막에 총을 쐈을 때 심하게 상처 입은 사내가 요트 뱃머리 쪽에서 버둥거리며 알아듣지 못할 말을 웅얼거리고 있다.

히로는 그냥 고무보트에 올라타 떠나 버리고 싶은 마음뿐이다. 요트에서 사내를 돕거나 괴로움에서 일찌감치 벗어나게 해 주려면 사내에게 손전등을 비춰야 할 것이다. 그러면 그는 도저히 잊지 못할 뭔가를 보게 될 것이다.

하지만 그냥 떠나 버릴 수는 없다. 히로는 침을 두어 번 삼킨다. 그는 이미 메스꺼움에 괴로워하며 손전등 불빛을 따라 이물 쪽으로 향하는 중이다.

상황은 예상보다 훨씬 끔찍하다.

쓰러진 사내의 콧마루 근처 어딘가에 맞은 총알은 위로 뚫고 지나간 것 같다. 총을 맞은 곳으로부터 윗부분은 거의 날아가 버리다시피 한 모습이다. 히로의 눈에 보이는 건 사내의 뇌 아랫부분을 횡으로 자른 단면이다.

그런데 사내 머리에 뭔가 삐죽 솟아나 있다. 히로는 머리뼈 조각이나 그 비슷한 게 분명하다고 생각한다. 그러나 그렇다고 보기엔 모양이 너무 일정하고 부드럽다.

처음엔 구역질이 나더니 시간이 좀 지나서 그런지 같은 모습을 보면서도 약간 속이 가라앉는다. 사내가 더는 괴로움을 겪고 있지 않다는 걸 알고 나니 그나마 마음이 좀 진정된다. 뇌 절반이 날아갔으니 살아 있을 리는 없다. 사내는 여전히 중얼거리고 있다. 확실하지 않은, 휘파람을 부는 것 같은 사내의 목소리는 두뇌에 생긴 큰 변화 때문인지 마치 고장 난 파이프 오르간 소리처럼 들린다. 그러나 그나마 그 목소리는 뇌간의 기능으로 성대가 경련을 일으키기 때문에 나오는 것이다.

사내의 머리에서 튀어나온 건 길이가 30센티미터 정도 되는 안테나다. 그건 경찰관들이 사용하는 무전기에 달린 안테나처럼 겉 부분이 검은 고무에 싸여 있다. 그런 안테나가 왼쪽 귀 위쪽으로 솟아 나와 있다. 사내는 엘리엇이 경고한, 머리에 안테나 달린 놈들 가운데 한 명이다.

히로는 안테나를 잡아당긴다. 헤드셋을 뜯어 가면 괜찮을 수도 있다는 생각이 들어서다. 안테나는 L. 밥 라이프가 뗏목 선단을 지휘하는 방법과 관련된 물건임이 틀림없다.

안테나는 뽑히지 않는다. 히로가 잡아당기자 사내의 남은 머리가 꿈틀거리기만 할 뿐, 안테나는 머리에서 떨어지지 않는다. 이제야 히로는 이게 헤드셋이 아니란 걸 알아차린다. 안테나는 사내의 두뇌에 이식되어 영구적으로 붙은 물건이다.

히로는 고글에 달린 스위치를 조절해 밀리미터파 레이더 상태로 바꾼 다음 부서져 버린 사내의 뇌를 자세히 들여다본다.

두개골에 붙어 있는 안테나는 짧은 나사못으로 뼛속 깊이 박혀 있는데, 그렇다고 뼈를 아예 뚫고 들어가지는 않았다. 안테나의 뿌리 부분에 박혀 있는 몇 개의 마이크로칩은 그냥 봐서는 어떤 기능을 하는지 알 수가 없다. 그러나 요즘은 슈퍼컴퓨터도 칩 하나에 집어넣을 수 있으니 두 개 이상의 칩이 모였다면 그건 아주 대단한 기계임이 틀림없다.

안테나 뿌리 부분에서 뻗어 나온, 머리카락만큼 가느다란 선 하나가 두 개골을 관통하고 있다. 선은 정확히 뇌간으로 뻗어 들어간 다음 가지를 치고 다시 가지를 쳐 보이지 않을 정도로 가는 선들로 이루어진 그물 모양으로 바뀐 다음 뇌 조직에 박혀 있다. 나무 밑동에 뿌리와 흙이 달린 모습처럼 보인다.

이제야 머리통이 날아가 버린 사내가 어떻게 여전히 뗏목 사람들이 쓰는 말을 쏟아 내고 있는지 알 수 있을 것 같다. L. 밥 라이프는 뇌에서 아세라가 사는 부분에 전기적으로 접근할 방법을 알아낸 것 같다. 주절거리는 소리는 스스로 하는 게 아니다. 그 소리는 사내 머리에 박힌 안테나에서 흘러나오는 오순절 라디오 방송이다.

레일 건이 담긴 가방은 여전히 뚜껑이 열린 채로 있다. 모니터에는 아무 내용도 없는 파란 화면이 떠 있다. 히로는 스위치를 찾아 전원을 내려 버린다. 이 정도로 강력한 컴퓨터라면 스스로 전원을 차단하는 능력이 있다. 그런 기계의 전원 스위치를 강제로 끄는 건 누군가를 잠재우려고 목을 잘라 버리는 것과 다름없다. 그러나 지금 레일 건의 컴퓨터는 스노 크래시에 당한 상태라 스스로 전원을 내릴 수 없으니 원시적인 방법을 동원해야만 한다. 히로는 레일 건을 가방 안에 집어넣고 뚜껑을 닫고 잠근다.

어쩌면 가방이 생각보다 가벼운 것일 수도 있고 아니면 몸에서 아드레날린이 지나치게 솟구쳐 나오는 것일 수도 있다. 그러다가 히로는 가방이 왜 전보다 많이 가벼워졌는지 알아차린다. 가방이 무거웠던 이유는 대부분 탄약 때문이었는데, 물고기 눈이 많은 양을 써 버린 것이다. 히로는 열 교환기가 물속에서 빠져나오지 않도록 조심하며 반은 들고 반은 끄는 모양으로 가방을 고물 쪽으로 가져가 고무보트 안으로 던져 넣는다.

레일 건의 뒤를 따라 보트에 올라탄 히로는 이미 보트에 앉은 트래니 곁에 자리를 잡고 모터를 살펴보기 시작한다.

"모터 안 돼. 뭐 걸려요."

트래니가 말한다.

그렇다. 거미집처럼 지저분한 쓰레기들이 프로펠러에 감길 수도 있다. 트래니는 노를 꺼내더니 노걸이에 어떻게 끼우는지 시범을 보여 준다.

한참 노를 젓던 히로는 북극 유빙 가운데에 난 깨끗한 수로처럼 뗏목 선단 사이로 지그재그 뻗은 깔끔하고 긴 지역에 들어서고 있다는 걸 발견한다.

"모터 돼요."

트래니가 말한다.

히로는 모터를 물속에 담근다. 트래니가 연료관에 펌프질을 하더니 시동을 건다. 줄을 한 번 당기자 모터는 바로 돌기 시작한다. 브루스 리 해적단은 장비를 잘 관리해 둔 것 같다.

모터를 움직이며 앞이 트인 바다로 나가던 히로는 혹시 자신이 가는 곳이 지저분한 빈민촌에 있는 후미진 공간이 아닌가 걱정한다. 그러나 그건 불빛 때문에 생긴 오해였다. 모퉁이 하나를 돌자 제법 먼 곳까지 보일 정도로 트인 공간이 나온다. 뗏목 선단 바깥쪽을 감싸는 일종의 순환 도로다. 이 넓은 수로에서 갈라지는 작은 길과 더 작은 골목으로 들어가면 이런저런 동네를 만날 수 있다. 망원경으로 보니 입구마다 보초가 있다. 순환 도로는 아무나 자유롭게 돌아다닐 수 있지만, 주거지로 들어오는 건 통제하는 것 같다.

뗏목 선단에서 벌어질 수 있는 가장 끔찍한 일은 본진에서 떨어져 나가는 일이다. 그래서 뗏목 선단은 온통 서로 뒤얽혀 있다. 동네마다 가장 두려워하는 건 이웃 동네 사람들이 집단으로 몰려와 연결된 선을 끊어 버려 태평양 한가운데서 굶어 죽게 되는 일이다. 그래서 사람들은 끊임없이 서로 묶을 새로운 방법을 연구한다. 배 위로든 밑으로든. 그리고 가깝거나 멀리 떨어진 상대를 가리지 않는다. 가능하면 중심 선단에 속한 배에 어떻게든 케이블을 던져 연결하려 노력한다.

동네 어귀를 지키는 보초들은 당연히 무기를 들고 있다. 그들이 든 무기는 중국에서 작은 형태로 복제한 AK-47 소총이다. 기본적으로 금속으로 만들었기 때문에 총은 레이더에 깔끔하게 잘 나타난다. 소련과 지상전을 치러야 할 수도 있다고 생각하면서 시간을 보내던 오랜 옛날 중국 정부는 그런 소총을 상상할 수 없을 정도로 잔뜩 생산했을 것이 틀림없다.

보초들은 대부분 게으름을 피우는 제3세계의 민병대처럼 보인다. 하지만 어떤 거주지로 들어가는 입구에서 히로가 본 보초들의 지휘관은 머리에서 튀어나온 안테나가 공중으로 삐죽 튀어나온 모습을 하고 있다.

몇 분 뒤, 그들은 순환 도로처럼 생긴 수로와 뗏목 선단 한가운데, 그러니까 큰 배들이 있는 중심 선단으로 향하는 넓은 수로가 만나는 곳에 도착한다. 거기서 보이는 중심 선단 가운데 가장 큰 배는 일본 컨테이너 화물선이다. 나지막하고 평평한 갑판에 선교가 높고 갑판에는 화물용 철제 컨테이너가 잔뜩 쌓여 있다. 높이 쌓인 여러 컨테이너로 사람들이 오르내릴 수 있도록 밧줄 사다리와 임시로 만든 계단이 이리저리 얽혀 있다. 대부분 컨테이너가 안쪽에 불을 환히 밝히고 있다.

"아파트 건물이에요."

히로가 관심을 보이자 트래니가 농담을 한다. 그러더니 고개를 흔들고 눈알을 굴리고 엄지손가락을 다른 손가락 끝으로 문질러 댄다. 컨테이너 화물선은 아마 아주 고급스러운 동네인 듯하다.

어둡고 연기가 흘러나오는 지역에서 튀어나온 몇 척의 빠르고 작은 배를 발견한 순간 그들의 즐거운 항해는 끝이 난다.

"베트남 조직이에요."

트래니가 말한다. 아이는 한 손을 들더니 얌전하지만 단호하게 히로의 손을 모터에서 떼어 낸다. 히로는 상대방 사내들을 레이더로 살펴본다. 두 사람이 소형 AK-47 소총을 들긴 했지만 대부분 칼과 권총으로 무장한 상태다. 그들은 히로가 탄 배가 얼른 가까이 다가왔으면 하고 바라는 듯한 표정이다. 배에 탄 상대방 사내들은 물론 졸병들이다. 더 높아 보이는 사람들은 주거지로 쓰는 배 위에 서서 담배를 피우며 히로가 탄 배를 바라보고 있다. 그 가운데 두 명의 머리에는 안테나가 삐죽 튀어나와 있다.

트래니는 모터 속도를 높이더니 아라비아풍 배들을 듬성듬성 묶어 놓은 지역으로 방향을 바꿔 어둠 속에서 한참을 달린다. 아이는 가끔 손으로 히로의 머리를 살며시 누르며 그의 목에 밧줄이 걸리지 않도록 해 준다.

어둡고 긴 통로를 빠져나오자 베트남 조직 사내들은 이제 눈에 띄지 않는다. 만일 한낮이었다면 깡패들이 레일 건의 열 교환기에서 뿜어져 나오는 수증기를 따라 그들을 추적할 수 있었을 것이다. 트래니는 넓지도 좁지도 않은 수로를 지나 어선들이 잔뜩 몰려 있는 곳으로 향한다. 그 지역 한가운데에서는 낡은 트롤 어선을 고철로 해체하는 작업이 한창이다. 용접기 불빛이 주변 검은 바닷물을 환히 비춘다. 하지만 대부분의 작업이 망치와 정으로 이루어지는 까닭에 끔찍한 소음이 잔잔한 바다 위로 퍼져나가고 있다.

"집이에요."

트래니가 웃으며 집같이 생긴 두 척의 배가 묶여 있는 모습을 손으로 가리킨다. 환하게 불을 밝힌 배에는 사내 둘이 갑판에서 아무렇게나 말아 만든 굵은 시가를 피우고 있고, 부엌에서 일하는 여자 둘의 모습이 창문으로 보인다.

그들이 다가가자 갑판에 있던 사내들이 몸을 일으키더니 허리춤에서 리

볼버 권총을 뽑아 든다. 그러나 트래니가 타갈로그어로 즐겁게 몇 마디 소리 지르자 모든 게 바뀐다.

트래니는 돌아온 탕아답게 대단한 환대를 받는다. 뚱뚱한 여자들이 정신을 잃을 것처럼 울음을 터뜨리고, 그물 침대에서 우르르 내려와 달려온 아이들은 손가락을 빨며 이리저리 뛰어다닌다. 나이 든 남자들은 사이가 벌어진 시커먼 이를 드러내고 환하게 웃으며 트래니를 보고 고개를 끄덕이다가 가끔 몸을 기울여 아이를 안아 주기도 한다.

그리고 그렇게 몰려 서 있는 사람들 끄트머리, 어두운 곳에 안테나가 달린 사내가 하나 서 있다.

"이리로 같이 오세요."

유니스라는 이름을 가진 사십 대 여자가 히로에게 말한다.

"괜찮습니다. 방해가 되고 싶지 않군요."

히로가 말한다.

히로가 한 말은 통역을 거쳐 이제 주변을 잔뜩 메운 896명이나 되는 필리핀 사람들 사이로 물결처럼 퍼져 간다. 사람들은 그 말을 듣고는 기절이라도 할 것처럼 놀란다. 방해? 어떻게 그런 생각을! 말도 안 돼! 어떻게 그런 식으로 우리를 모욕할 수 있지?

치아 사이가 벌어지고 키 작은 사내 하나가 흔들리는 고무보트로 뛰어내리더니 도마뱀처럼 바닥에 들러붙는다. 나이가 많아 보이는 게 어쩌면 2차 세계 대전에 참전했던 사람인지도 모른다. 그는 히로의 어깨에 팔을 두르더니 마리화나 담배 하나를 입에 꽂는다.

믿음직해 보이는 인상이다. 히로는 사내에게 기대며 묻는다.

"저기 안테나 달린 사람은 누구죠? 친굽니까?"

"에이, 아니야."

사내가 속삭이듯 말한다.

"저 자식, 나쁜 놈이지."

그러더니 과장된 동작으로 집게손가락을 입술에 대며 조용히 하라는 신호를 해 보인다.

54

중요한 건 눈이다. 수갑을 풀거나 도로의 중앙 분리대를 뛰어넘는 법 그리고 성도착자로부터 스스로를 보호하는 일처럼 쿠리에라면 기본적으로 익혀 두어야 할 기술 가운데 하나다. 다른 게 아니라 자신이 있어서는 안 될 장소에서 아무 의심도 받지 않으면서 돌아다니는 요령이다. 아무도 쳐다보지 않는 게 중요하다. 무슨 일이 있어도 시선은 앞을 향하도록 하고, 눈을 너무 크게 뜨거나 긴장한 것처럼 보이지 않도록 해야만 한다. 그런 요령을 부리면서 조금 전 모두가 두려워하는 사내와 함께 이곳에 왔다는 사실 때문에 그녀는 아무 문제없이 컨테이너 화물선 로비에 도착한다.

"메타버스에 접속할 단말기가 필요해요. 요금은 제가 묵는 방에 달아 주세요."

와이티는 데스크에 있는 종업원에게 말한다.

"네, 손님."

종업원이 말한다. 그녀가 묵는 방이 몇 호인지 물어볼 필요도 없다. 웃음을 잔뜩 머금은 얼굴에 존경심이 가득하다. 쿠리에로 일하면서 흔히 접할 수 있는 표정은 아니다.

그녀는 레이븐이 돌연변이 살인광만 아니라면 이런 관계가 점점 더 마음에 들 것 같다는 생각이 든다.

55

히로는 트래니의 귀환 축하를 위해 열린 만찬이 모두 끝나기 전에 빠져나와 고무보트에서 레일 건이 담긴 가방을 떼어 낸다. 그리고 집으로 사용하는 배의 현관 부분으로 가져가 뚜껑을 열고 그 운영 체제에 자신의 컴퓨터를 연결한다.

레일 건은 아무 문제 없이 전원이 들어온다. 당연한 일이다. 아마 그가 간절하게 레일 건이 필요한 상황이 오면 그때도 문제없이 작동할 것이다. 그러다가 물고기 눈이 쓸 때 그랬던 것처럼 갑자기 작동을 멈출 것이다. 그럴 때마다 껐다 켜는 것도 괜찮지만, 격렬한 전투를 벌이는 중에 그럴 수는 없다. 그건 해커들이 마음에 들어 할 해결책이 아니다. 그 전에 미리 디버깅을 해 두는 게 훨씬 현명한 일이다.

만일 시간만 충분하다면 히로가 스스로 프로그램을 짜서 해결할 수 있다. 하지만 더 편하게 처리할 방법이 있을 것 같다. 지금쯤이면 응 보안 회사에서 문제를 해결했을 가능성도 있다. 아마 운영 소프트웨어의 새로운 버전이 나왔을 것이다. 만일 그렇다면 스트리트로 가서 새 운영 소프트웨어를 구할 수 있을 것이다.

히로는 자신의 사무실로 접속해 들어간다. 혹시 히로가 자신에게 질문할 지도 모른다는 생각을 한 사서 데몬이 옆방에서 고개를 삐죽 내민다.

"울티마 레이쇼우 리검이 무슨 말이지?"

"'왕들의 최후 수단'이란 뜻이죠. 프랑스 왕 루이 14세는 자신이 통치하던 기간에 만든 모든 대포 포신에 그 말을 새기도록 했습니다."

사서 데몬이 말한다.

히로는 일어나 마당으로 걸어 나간다. 오토바이는 문으로 향하는 자갈길 에 서서 히로를 기다리고 있다. 담 너머로 보니 보이지 않던 다운타운의 불 빛이 멀리 보인다. 컴퓨터가 성공적으로 L. 밥 라이프가 운영하는 세계적인 네트워크에 접속한 모양이다. 그는 스트리트에 갈 수 있다. 히로가 생각했던 대로다. 라이프는 아마 엔터프라이즈호에 위성 송신기를 완벽하게 갖춰 놓 고 뗏목 선단 전체에서 무선 네트워크를 사용할 수 있도록 해 둔 게 틀림없 다. 그렇게 해 두지 않으면 그는 자신의 요새에서 메타버스에 접속할 수 없 을 텐데, 라이프 같은 사람이 그런 상황을 그냥 둘 리가 없다.

히로는 오토바이에 올라타 천천히 동네를 빠져나간 다음 스트리트로 들 어선다. 그리고 시속 수백 킬로미터로 속도를 높여 모노레일을 받친 여러 기둥 사이로 달리며 연습해 본다. 기둥 몇 개는 제대로 피하지 못하고 부딪 치는 바람에 가끔 오토바이가 멈추어 섰는데, 그것도 역시 그가 생각했던 대로다.

응 보안 회사는 다운타운 중심가, 1번 포트 근처에 자리한 하늘을 찌를 것 처럼 높고 네온사인이 잔뜩 달린 건물 가운데 한 층을 통째로 사용하고 있다. 메타버스에 있는 다른 모든 것들과 마찬가지로 사무실은 24시간 운영되고 있다. 전 세계로 보자면 늘 어느 곳에서는 일과 시간에 해당하기 때문이다. 히로는 오토바이를 스트리트에 세워 두고 엘리베이터를 타고 397층에 내려 접수를 맡은 데몬과 얼굴을 맞대고 선다. 잠깐이지만 접수처의 여자 데몬이 어떤 인종인지 알아볼 수가 없지만, 이내 그와 마찬가지로 흑인 피가 섞인 동양인처럼 생긴 걸 알아볼 수 있게 된다. 만일 엘리베이터에서 백인 남자가 내렸다면 그녀는 금발 백인 미녀로 변했을 것이다. 일본인 실업가는 활발한 일본인 여직원과 맞닥뜨렸을 것이다.

"네, 손님. 구매를 원하시나요? 아니면 소비자 상담 때문에 오셨나요?"

"소비자 상담입니다."

"어디서 일하시나요?"

"적당히 아무 곳으로나 해 둡시다."

"무슨 말씀이시죠?"

진짜 인간 안내원과 마찬가지로 안내원 데몬은 말장난에 특히 약한 모습을 보인다.

"지금 당장은 CIC, 마피아 그리고 이 선생의 위대한 홍콩을 위해 일하는 중인 것 같습니다."

"아, 그러시군요."

안내원 데몬은 히로가 한 말을 받아 적는다. 안내원 일을 하는 진짜 사람과 마찬가지로 안내원 데몬도 그런 식의 허세에 특별한 인상을 받지는 않는 것 같다.

"그럼 무슨 제품과 관련한 일이시죠?"

"레일 건입니다."

"그러시군요! 응 보안 회사에 오신 걸 환영합니다."

전혀 다른 목소리가 대답한다.

아름다운 모습의, 흑인 피가 섞인 동양인 여자 데몬이 아주 멋진 옷을 입고 안쪽 사무실에서 나타난다.

그녀는 히로를 안내해 길고 멋지게 꾸며진 복도를 지나 또 다른 길고 멋진 복도를 통과한 다음 또 다른 길고 멋진 복도로 데려간다. 몇 걸음 지날 때마다 전 세계에서 온 아바타들이 손님을 안내하는 구역에 놓인 의자에 앉아 시간을 허비하는 모습이 보인다. 그러나 히로는 기다릴 필요가 없다. 그녀는 어떤 남자가 책상 뒤에 앉아 있는, 근사하고 커다란 사무실로 곧장 안내한다. 사내가 앉은 책상 위에는 헬리콥터 모형이 어지럽게 자리를 차지하고 있다. 바로 웅이라는 사람이다. 웅이 일어서고 히로는 웅과 서로 고개 숙여 인사한다. 히로를 안내했던 여자 데몬이 밖으로 나간다.

"물고기 눈과 일하는 분이오?"

웅이 담배에 불을 붙이며 말한다. 연기가 공중에서 허세를 부리듯 피어오른다. 웅의 입에서 나오는 연기 모양을 실제와 똑같이 표현하려면 지구의 전체 기상 상태를 표현할 수 있을 정도로 강력한 컴퓨터가 필요하다.

"그 사람 죽었습니다. 아주 중요한 순간에 레일 건이 먹통이 되었고, 그는 작살에 맞아 버렸죠."

히로가 말한다.

웅은 아무 반응도 보이지 않는다. 대신 손님이 작살에 맞아 죽는 일은 늘 있다는 듯 몇 초 동안 꼼짝도 하지 않은 채 히로가 전해 준 정보를 받아들이고 있다. 어쩌면 그는 자기가 만든 무기를 사용한 모든 사람이 어떻게 되었는지 자료로 만들어 머릿속에 기억해 두는 사람인지도 모른다.

"내가 아직 시험용 제품이라고 말했는데……. 게다가 그렇게 적과 가까운 상태에서 사용해서는 안 되는 물건이라는 걸 몰랐던 모양이군. 그런 싸움에 선 2달러짜리 잭나이프가 훨씬 유용했을 텐데 말이오."

응이 말한다.

"동감입니다. 하지만 그 물건에 흠뻑 빠졌던 모양입니다."

응은 생각에 빠진 듯 다시 연기를 뿜어낸다.

"베트남 전쟁에서 알게 된 건데, 강력한 힘을 가진 무기는 정신에 효과를 미치는 마약과 마찬가지로 인간의 감각 기관에 강한 영향을 주죠. LSD처럼 말이오. 약에 취한 사람들은 하늘을 날 수 있다는 생각에 창문으로 뛰어내리기도 하죠. 마찬가지로 무기도 사람을 지나칠 정도로 자신감 넘치게 만듭니다. 전략적인 판단을 제대로 내리지 못하게 되죠. 물고기 눈의 경우를 보더라도 말입니다."

"확실하게 기억해 두도록 하겠습니다."

히로가 말한다.

"어떤 형태의 전투에서 레일 건을 사용할 예정입니까?"

응이 말한다.

"내일 아침 항공 모함 하나를 접수하려고 합니다."

"엔터프라이즈호 말인가요?"

"그렇습니다."

"그게 말이죠."

응은 스스럼없이 이야기를 나누고 싶은 기분이 된 것 같다.

"예전에 실제로 혼자 핵미사일 잠수함을 장악한 사내가 있었죠. 그 친구가 가진 무기라곤 유리로 만든……."

"압니다. 바로 그자가 물고기 눈을 죽였습니다. 어쩌면 그놈과 싸워야 할지도 모르죠."

응이 웃음을 터뜨린다.

"도대체 어떤 계획을 세운 겁니까? 우리가 모두 한편이란 걸 모르지는 않겠죠? 그러니 무슨 생각을 하는지 내게 말해도 됩니다."

"이번 건은 좀 더 신중하게 접근하는 편이 좋을 것 같습니다만……."

"그러기엔 너무 늦었어, 히로."

또 다른 목소리가 들린다. 히로가 돌아서자 여자 데몬으로부터 안내를 받으며 엉클 엔조가 문으로 들어서는 중이다. 여자 데몬은 무척 아름다운 이탈리아 여인의 모습을 하고 있다. 엉클 엔조의 몇 걸음 뒤에는 키 작은 동양인 사업가와 동양인 안내원이 보인다.

"당신이 도착했을 때 내가 이분들에게 연락을 드려서 같이 의논을 하자고 했습니다."

웅이 말한다.

"만나서 반갑네."

엉클 엔조는 히로에게 살짝 고개를 숙여 보인다.

히로도 고개를 숙인다.

"피자 배달차 건은 죄송했습니다."

"모두 잊었네."

엉클 엔조가 말한다.

작은 동양인 사내가 이제 방으로 들어선다. 그제야 히로는 사내를 알아볼 수 있다. 전 세계에 있는 이 선생의 위대한 홍콩 지점마다 벽에 붙어 있던 사진 속의 주인공이다.

모두 서로 자기소개를 하며 인사를 주고받는 시간을 가진다. 갑자기 보이지 않던 의자 여러 개가 사무실에 나타나고 모두 의자 앞에 가서 자리를 잡는다. 웅이 책상 뒤에서 나오고 모두 둥그렇게 둘러앉는다.

"히로, 자네가 처한 상황은 알 것 같으니 바로 본론으로 들어가도록 하겠네. 아마 우리보다 불안정한 처지일 거야."

엉클 엔조가 말한다.

"바로 보셨습니다."

"우리 모두 도대체 무슨 일이 벌어지는 건지 알았으면 좋겠소."

이 선생이 말한다. 그가 구사하는 영어에서 중국식 억양은 전혀 느껴지지 않는다. 귀엽고 어수룩하다고 알려진 그의 이미지는 꾸며진 것 같다.

"지금까지 여러분이 알아내신 내용은 얼마나 되십니까?"

"조각난 약간의 정보뿐이야. 자네는 얼마나 알아냈나?"

엉클 엔조가 말한다.

"거의 전부 알아냈습니다. 후아니타를 만나 이야기를 나누면 나머지를 알수 있을 겁니다."

히로가 말한다.

"그렇다면 자네는 매우 귀중한 정보를 아는 셈이군."

엉클 엔조는 주머니에 손을 넣더니 하이퍼카드 하나를 꺼내 히로에게 내민다.

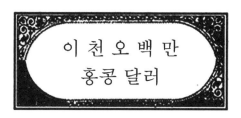

이 천 오 백 만
홍콩 달러

히로는 손을 내밀어 카드를 받는다.

지구 어디선가 두 대의 컴퓨터가 갑작스럽게 전기 신호를 주고받더니 마피아의 계좌에서 히로의 계좌로 돈이 전송된다.

"와이티의 몫을 나누어 주는 건 알아서 할 걸로 믿네."

엉클 엔조가 말한다.

히로는 고개를 끄덕인다. 당연한 말씀.

56

"저는 어떤 소프트웨어를 찾으려고 여기 뗏목 선단에 왔습니다. 정확히 말하자면 백신 프로그램입니다. 오천 년 전 수메르에 살았던 엔키라는 이름의 사람으로 신경 언어를 다루는 해커가 만든 것입니다."

"그게 도대체 무슨 소리요?"

이 선생이 말한다.

"그러니까 그 사람은 남섭이라고 알려진 일련의 언어 정보를 사용해 다른 사람들의 정신을 프로그래밍하는 능력을 지녔다고 합니다."

웅은 아무런 감정도 드러내지 않는다. 그저 다시 담배 연기를 빨아들이더니 머리 위로 뿜어내고 연기가 천장으로 퍼져나가는 걸 지켜본다.

"어떻게 작용하는 거죠?"

"우리는 머릿속에 두 가지 언어를 갖고 있습니다. 우리가 지금 사용하는 언어는 습득한 겁니다. 우리가 언어를 배우는 동안 뇌에는 그와 관련된 정보가 새겨지게 됩니다. 하지만 그와는 별도로 뇌의 심층 조직에 기반을 둔 언어가 있고 사람들은 누구나 그 말을 할 줄 압니다. 이런 심층 조직은 기초적인 신경 회로로 구성되어 있으며 우리 뇌가 더 뛰어난 언어를 습득할 수 있도록 해 줍니다."

"언어학적 기초 시설이로군."

엉클 엔조가 말한다.

"그렇죠. 저는 '깊은 조직'이나 '기초 시설'이나 같은 뜻이라고 생각합니다. 어쨌든 인간은 제대로 환경만 갖추면 뇌의 그런 부분을 사용할 수 있습니다. 입으로 이상한 소리를 내는 방언은 그런 능력의 출력물이라고 할 수 있습니다. 뇌 언어와 관련된 조직이 태어나서 배운 고급 언어를 무시하고 혀를 움직여 말하게 만드는 겁니다. 이런 사실은 알려진 지 꽤 오래되었습니다."

"그게 출력물이면 입력을 하는 방법도 있다는 겁니까?"

응이 말한다.

"바로 그렇습니다. 반대로 생각하면 됩니다. 필요한 조건만 맞춰 주면 귀나 눈이 뇌의 깊은 조직과 연결되면서 일반적인 언어 기능을 우회해 버리는 겁니다. 그러니까 다시 말하자면 누군가 제대로 된 말을 들려 주거나 적절한 기호를 보여 주면 그것들은 인간의 모든 방어를 뚫고 뇌간에 꽂힌다는 뜻입니다. 마치 모든 방어막을 뚫고 컴퓨터 시스템에 침투한 악질적인 해커가 모든 걸 장악한 다음 모든 걸 조종하는 상태와 같습니다."

"그런 상황이 되면 컴퓨터 주인은 아무 대책이 없겠군."

응이 말한다.

"그렇습니다. 왜냐하면 컴퓨터 주인은 더 높은 수준의 경로로 시스템에 접근해야 하는데 그것이 이미 막혀 버렸기 때문이죠. 같은 방식으로 생각하면 일단 신경 언어학적인 해커가 사람의 뇌 가운데 깊은 조직에 침투한 후에는 뇌의 주인은 그를 빼낼 수가 없습니다. 일반적인 사람은 뇌를 그렇게 근본적인 방식으로 다룰 수 없기 때문입니다."

"지금 말하는 게 엔터프라이즈호에 있는 점토판과 무슨 관련이 있소?"

이 선생이 말한다.

"잠시만 더 들어 보십시오. 우리가 쓰는 말, 즉 모국어는 인간이 초기에 겪는 사회적 발전 단계에서 얻은 부산물입니다. 태고 사회는 메라는 이름을 가진 언어로 이루어진 규칙의 지배를 받았습니다. 그 메라는 것들은 사람들을 위한 작은 프로그램 같은 겁니다. 굴속에 살던 사회가 조직적인 농경 사회로 전환하려면 필요한 부분입니다. 예를 들면 땅에 밭고랑을 내고 씨를 뿌리는 프로그램이 있습니다. 그리고 빵을 굽는 프로그램이나 집을 짓는 프로그램도 있습니다. 그리고 또 전쟁이나 외교를 하는 법이나 종교적 의식을 치르는 요령 같은 훨씬 고급 기능을 가진 메도 있습니다. 자립할 수 있는 사회 문화를 운영하는 데 필요한 모든 기능이 이런 여러 메에 들어 있으며 그 메들은 점토판에 쓰여 있거나 구전으로 전해졌습니다. 어떤 쪽이든 메를 보관하는 장소는 해당 지역의 신전이었습니다. 메를 보관하는 데이터베이스인 신전은 '엔'이라고 부르는 성직자이자 왕인 사람이 관리했습니다. 빵이 필요한 사람은 신전에 있는 엔 또는 그의 아랫사람들에게 가서 빵을 굽는 데 필요한 메를 내려받습니다. 그리고 메에 정해진 대로 수행합니다. 프로그램을 돌리는 겁니다. 모든 행위가 끝나면 빵 한 조각이 만들어지는 거죠.

그런데 데이터베이스를 관리할 중앙 통제소가 필요해졌습니다. 다른 무엇보다 일부 메는 특정 시기에 실행해야 했기 때문입니다. 만일 사람들이 밭을 갈고 씨를 뿌리는 메를 일 년 가운데 엉뚱한 시기에 실행하면 제대로 곡물을 수확하지 못할 테고 모두 굶주릴 겁니다. 그런 메들이 정확한 시기에 실행되도록 하는 확실하고 유일한 방법은 천문 관측소를 세워 계절에 따라 변하는 하늘의 변화를 지켜보는 것이었습니다. 그래서 수메르 사람들은 '꼭 대기에 천국이 그려진' 탑들을 세운 겁니다. 천장에 천문학적인 도형을 그려 넣었다는 겁니다. 엔이라는 사람들이 하늘을 지켜보다가 농사와 관련한 메를 적절한 절기에 나누어 주는 방식으로 사회가 유기적으로 돌아가도록 했습니다."

"내 생각엔 그런 식이면 닭이 먼저냐 달걀이 먼저냐 같은 문제가 생기겠군. 애초에 그런 유기적인 사회가 어떻게 생겨났을까?"

엉클 엔조가 말한다.

"정보가 담긴 존재들 가운데 메타 바이러스라는 게 있습니다. 정보를 다루는 여러 시스템이 스스로 다양한 바이러스에 감염되도록 하는 존재입니다. 이건 그저 다윈이 말하는 자연적인 선택처럼 기초적인 자연 원칙일 수도 있고, 아니면 혜성이나 전자기파에 실려 우주를 떠돌아다니는 실재하는 정보일 수도 있습니다. 저도 모르겠습니다. 어느 쪽이든 결론은 마찬가지입니다. 정보를 다루는 시스템이면서 어느 정도 복잡하다면 반드시 바이러스에 감염되고 만다는 겁니다. 내부에서 스스로 바이러스가 생성되기 때문입니다.

아주 오래전 옛날, 인간을 감염시킨 메타 바이러스는 그 이후 늘 우리와 함께했습니다. 그 녀석이 처음으로 한 짓은 DNA 바이러스로 가득 찬 판도라의 상자를 연 것입니다. 천연두나 독감 같은 것들 말이죠. 이제 건강한 삶과 긴 수명은 과거의 존재가 되어 버렸습니다. 그 사건에 대한 먼 기억은 천국으로부터의 추방 같은 신화 속에 담겨 있습니다. 그런 신화를 보면 인류는 편한 생활에서 병과 고통으로 가득한 세계로 쫓겨나는 걸로 묘사됩니다.

그런 역병들도 점차 일종의 정체기를 맞게 됩니다. 여전히 새로운 DNA 바이러스가 나타나곤 하지만 인간의 신체는 일반적인 DNA 바이러스에 저

항할 수 있을 정도로 발달했습니다."

"어쩌면 인간의 DNA에서 활동할 수 있는 바이러스의 수에 제한이 있을지도 모르죠. 메타 바이러스는 더는 만들어 낼 바이러스가 없는 건지도 모릅니다."

웅이 말한다.

"그럴 수도 있죠. 어쨌든 메에 기초를 둔 사회인 수메르 문화는 메타 바이러스를 보여 주는 또 다른 모습입니다. 단지 다른 점은 바이러스가 DNA가 아니라 언어라는 모습을 갖고 있다는 겁니다."

"잠깐만."

이 선생이 나선다.

"지금 수메르 문화가 감염에서 시작되었다는 겁니까?"

"원시 문명이었을 때는 그렇습니다. 각각의 메는 메타 바이러스라는 원리로 만들어진 일종의 바이러스입니다. 빵을 굽는 메를 예로 들겠습니다. 일단 그 메가 사회에 등장하면 그 정보는 자생 능력을 갖추게 됩니다. 그러면 이제 진화론적인 선택에 관한 간단한 문제가 되어 버립니다. 빵을 굽는 법을 아는 사람은 그렇지 못한 사람보다 더 오래 살 테고 자손들도 번성할 가능성이 큽니다. 자연스럽게 빵 굽는 법을 아는 사람들은 스스로 복제하는 정보의 숙주 노릇을 하며 메를 널리 퍼뜨립니다. 그러니 바이러스라고 해야죠. 각 지역 신전마다 메가 가득했던 수메르 문화는 천 년 동안 쌓인, 성공적인 바이러스들을 모아 둔 것일 뿐입니다. 가맹점을 운영하는 일과 다를 게 없습니다. 단지 황금색으로 가게 입구를 치장하는 대신 지구라트를 세우고, 두꺼운 가맹점 업무 매뉴얼 대신 점토판을 사용하는 게 다를 뿐이죠.

수메르어로 '마음'이나 '지혜'를 가리키는 말은 '귀'를 뜻하는 말과 똑같습니다. 그 당시 사람들은 그랬습니다. 귀에 몸뚱이가 붙은 꼴이었죠. 정보를 수동적으로 받아들이기만 했거든요. 그러나 엔키는 달랐습니다. 엔키는 엔이었는데 어쩌다 보니 맡은 일에 특별하게 솜씨가 뛰어났습니다. 그는 새로운 메를 만들어 내는 비상한 재주를 지녔습니다. 그는 해커였던 겁니다. 사실 그는 최초의 현대적 인간, 그러니까 우리처럼 완벽한 자각을 하는 사람이었던 겁니다.

어느 순간 엔키는 수메르가 판에 박힌 삶을 살고 있다는 걸 깨닫습니다. 사람들은 늘 옛날부터 내려오는 같은 메를 사용하기만 할 뿐, 새로운 메를 만들어 내거나 자신들을 위해 고민을 하지도 않는 겁니다. 세계에서 의식을 지닌 몇 안 되는 사람으로 살아가자니 아마 외로웠을 겁니다. 어쩌면 혼자였는지도 모르죠. 그는 인류가 발전하려면 바이러스로 이루어진 문화의 손아귀에서 벗어나야만 한다고 생각하게 됩니다.

그래서 그는 메나 메타 바이러스와 같은 경로로 퍼지는 역바이러스인 엔키의 남섭이란 걸 만들어 냅니다. 그 역逆바이러스는 뇌의 깊은 조직에 침투해서 프로그램을 바꾸어 버립니다. 그 뒤로 아무도 수메르어나 깊은 조직을 기반으로 하는 언어를 알아듣지 못하게 됩니다. 누구나 사용하던 깊은 조직이 사라지자 사람들은 서로 공통점이 없는 전혀 새로운 언어를 만들어 냅니다. 모든 메는 이제 아무런 소용도 없게 되고 새로운 메를 만들어 내는 일도 불가능합니다. 이제 메타 바이러스가 전파되는 통로가 막혀 버린 겁니다."

"빵을 굽는 메가 사라졌다면 왜 모두가 빵이 없어 굶주리지 않은 거지?"

엉클 엔조가 묻는다.

"아마 일부는 굶주림에 시달렸을 겁니다. 하지만 다른 사람들은 스스로 두뇌의 깊지 않은 조직을 사용해 빵 굽는 방법을 알아냈겠죠. 그러니까 엔키의 남섭이 인류 최초의 자각이라고 봐도 됩니다. 스스로 머리를 써서 생각해 낸 거죠. 또한 이성적인 종교의 시작점이기도 하고, 사람들이 신神이나 선과

악 같은 추상적인 문제를 생각하게 된 출발지이기도 합니다. 바벨이라는 이름도 거기서 시작되었습니다. 쓰인 그대로 하면 바벨은 '신의 문'이라는 뜻입니다. 신이 인류와 만날 수 있게 해 주는 문이었던 겁니다. 바벨은 우리 마음속에 있는 통로입니다. 그 통로가 엔키의 남섭에 의해 열렸고, 엔키의 남섭은 우리를 메타 바이러스로부터 자유롭게 하고 우리에게 생각할 수 있는 자유를 주었습니다. 인간을 유물론적인 세상에서 이원론적인 세상, 그러니까 육체와 정신이라는 두 가지 요소를 가진 바이너리 세상으로 이끈 겁니다.

아마 혼돈과 격변이 있었을 겁니다. 엔키 또는 그의 아들인 마르두크는 과거의 메 대신 법령을 공포해 사회 질서를 되찾으려 애썼습니다. 바로 함무라비 법전입니다. 어느 정도는 성공했지만, 많은 곳에서는 여전히 아세라를 받들었습니다. 수메르로 되돌아가려는 아세라 신앙은 믿을 수 없을 정도로 끈질겼습니다. 그들은 언어나 체액을 매개로 세력을 넓혔습니다. 신전마다 창녀가 있기도 했고 고아를 입양한 다음 모유를 먹이는 방법으로 바이러스를 퍼뜨리기도 했습니다."

"잠깐만. 이제 또 생물학적인 바이러스를 말하는 거요?"

웅이 말한다.

"바로 그렇습니다. 아세라의 가장 중요한 점이 그겁니다. 양쪽 모두에 해당한다는 거죠. 예를 들면 단순 포진을 보세요. 단순 포진 바이러스는 몸에 침투하는 순간 즉시 신경 계통으로 들어갑니다. 어떤 종은 신경 조직 주변에 머물지만 다른 종들은 마치 총알이라도 되는 것처럼 중앙 신경 조직으로 달려들어 뇌세포 안에 영구적으로 자리를 잡습니다. 마치 나무를 감은 뱀처럼 뇌간에 들러붙는 겁니다. 아세라 바이러스는 헤르페스와 관련이 있을 수도 있고 같은 것일 수도 있습니다. 그것은 세포벽을 통과해 핵으로 침투한 다음 스테로이드와 같은 방법으로 세포의 DNA를 엉망으로 만듭니다. 하지만 아세라가 스테로이드보다 훨씬 더 복잡합니다."

"그럼 그렇게 DNA가 바뀐 사람은 어떻게 되죠?"

"아무도 연구한 적이 없습니다. 어쩌면 L. 밥 라이프는 알아냈을 수도 있죠. 제 생각에 원래 구사하던 언어가 멀게 느껴지게 만들고 방언을 하게 하며 메를 좀 더 쉽게 받아들이도록 하는 건 틀림없어 보입니다. 불합리한 행동을 조장하는 경향도 있고, 어쩌면 희생자가 바이러스 같은 개념에 대한 방어력을 떨어뜨리거나 상대를 가리지 않고 성교를 하게 하거나 지금까지 말한 것이 모두 해당할 수도 있습니다."

"바이러스와 같은 사상이나 개념이 있으면 모두 그에 해당하는 생물학적인 바이러스가 있는 건가?"

엉클 엔조가 말한다.

"아닙니다. 제가 아는 한 아세라 바이러스만 그렇습니다. 수메르를 지배하던 모든 메와 신 그리고 모든 종교적 관습 가운데 아세라만이 오늘날까지 강력하게 살아남은 건 바로 그런 이유 때문입니다. 바이러스 같은 개념은 억눌려 사라질 수도 있습니다. 나치주의나 나팔바지 그리고 만화 주인공 심슨이 그려진 셔츠처럼 말입니다. 그러나 생물학적인 측면을 가진 아세라는 인간의 몸에 숨어서 잠복할 수도 있습니다. 바벨탑 사건 이후 아세라는 인간의 두뇌 속에 잠복한 채 어머니에서 아이에게로 연인에서 연인으로 전달되어 내려온 겁니다.

사람들은 모두 바이러스 같은 개념에 쉽게 넘어가는 측면이 있습니다. 집단 히스테리도 그 가운데 하나입니다. 아니면 갑자기 떠오른 멜로디를 종일 흥얼대다가 결국 다른 사람에게 퍼뜨리고 마는 것도 그런 거라고 할 수 있습니다. 농담들도 그렇고요. 근거 없는 소문들이나 말도 안 되는 사이비 종교, 마르크스주의도 마찬가지입니다. 인간이 아무리 똑똑해진다고 해도 깊은 어딘가에 늘 존재하는 이런 불합리한 부분이 우리를 자기 복제 능력이 뛰어난 정보 숙주 노릇을 하게 합니다. 그렇지만 전염성이 강한 변종 아세라 바이러스에 육체적으로 감염되기까지 한다면, 그보다 훨씬 더 쉽게 무너지는 겁니다. 세상이 이렇게 바이러스에 점령당하는 걸 막아 주는 유일한 요소는 바로 바벨탑 사건으로 생겨났습니다. 인류는 제각각 다른 언어를 사용해 서로 이해하지 못하는 바람에 바이러스가 퍼지다가 멈추는 겁니다.

바벨탑 사건 이후 언어의 수는 폭발적으로 늘었습니다. 그것도 엔키의 계획 가운데 하나였습니다. 넓은 옥수수밭처럼 한 가지 작물을 심어 놓은 곳은 전염병이 돌기 쉽죠. 하지만 미국의 평원처럼 유전학적으로 다양한 작물이 섞여 있으면 병균에 매우 강한 곳이 됩니다. 그렇게 몇천 년이 지난 다음 이례적일 정도로 유연성과 힘이 뛰어난 언어인 히브리어가 등장합니다. 기원전 6세기와 7세기에 존재하던 급진적인 일신론자들로 이루어진 신명기 학파가 제일 먼저 혜택을 보게 됩니다. 그들이 살던 시대에는 극단적 민족주의와 이민족 혐오증이 넘쳤는데, 그래서 그들은 아세라 숭배 사상과 같은 외래 사상을 쉽게 물리칠 수 있었습니다. 그들은 자신들의 옛날이야기들을 형식을 갖추어 정리해 토라라는 경전을 만들었고, 경전이 오랜 세월 스스로 살아남을 수 있도록 규칙을 심어 넣었습니다. 다름 아닌 '메를 정확히 베껴 쓰고 매일 읽어야 한다.'라는 규칙이었죠. 그리고 그들은 정보를 다루는 데 있어 일종의 위생 관념을 갖도록 했습니다. 왜냐하면 그들은 정보라는 게 잠재적인 위험을 품고 있다고 보았기 때문입니다. 그래서 정보를 있는 그대로 베껴 쓰고 조심해서 다루는 걸 중요하게 생각했습니다. 결국 그들은 정보를 관리할 대상으로 만든 겁니다.

어쩌면 그들은 그 이상이었는지도 모릅니다. 예루살렘을 정복하려던 센나케리브의 군대에 대항해 면밀하게 계획한 생물학전이 펼쳐졌다는 증거가 있습니다. 그러니까 신명기 학파 사람들에게는 자신들을 지휘하는 엔이 있었을지도 모를 일입니다. 아니면 그저 바이러스에 대해 아주 잘 알아서 자연에서 만들어진 바이러스를 이용할 수 있던 것일 수도 있습니다. 신명기 학파가 개발한 기술은 비밀리에 세대를 넘어 전달되다가 2천 년이 지난 후 유럽에서 다시 모습을 드러냅니다. 그들은 카발리스트, 바알 셈 또는 신성한 이름의 주인들이라 불리는 사람들입니다.

어찌 됐든, 이것이 이성적인 종교의 탄생입니다. 그 뒤에 생겨난 모든 일신론적 종교들은 어느 정도까지는 그런 개념을 품고 있습니다. 이슬람교도들이 흔히 말하는 경전에 기반을 둔 종교들, 그러니까 유대교, 기독교 그리고 이슬람교입니다. 예를 들어 코란에는 그것이 천국의 책을 정확하게 베껴 쓴 사본이라는 내용이 여러 번 반복해 나옵니다. 그 말을 믿는 사람이라면 감히 어떤 식으로든 내용을 바꿀 꿈도 꾸지 못하는 게 당연할 겁니다! 그런 생각들은 상당히 효과적으로 아세라의 확산을 막았고, 한때 바이러스에 대한 추종이 맹위를 떨쳤던 인도부터 스페인에 이르기까지 어느 한 곳 빠지지 않고 점차 이슬람교와 기독교 또는 유대교가 지배하게 됩니다.

하지만 아세라는 감염시킨 대상의 뇌간에 똬리를 튼 채 잠복하며 세대를 넘어 전달되다가 언제라도 다시 모습을 드러낼 수 있습니다. 유대교에서는 히브리 사람들에게 완고한 율법주의적 신권 정치를 강요한 바리새파의 모습으로 나타났습니다. 신전에 저장된 율법에 엄격하게 집착했던 점과 권력을 가진 성직자들이 율법을 운용했다는 점 등으로 보면 바리새파는 오래전 수메르의 체제와 닮았으며 숨막힐 정도로 답답한 사람들이었습니다.

예수 그리스도의 포교는 유대교가 처한 이런 상황을 타개하려는 노력이었습니다. 엔키가 했던 행동을 되풀이한 것이라 할 수 있죠. 예수의 복음은 새로운 남섭이었고 종교를 신전과 성직자들의 손아귀 밖으로 빼내 신의 왕

국을 모든 이에게 돌려주려는 시도였던 겁니다. 예수의 설교를 보면 그런 의도가 명쾌하게 드러납니다. 그리고 텅 빈 그의 무덤에서도 그런 의도는 상징적으로 나타나고 있습니다. 예수가 십자가에 못 박힌 후에 제자들은 예수의 시체를 찾으려 무덤을 찾아가지만, 아무것도 찾아내지 못합니다. 그 의미는 너무나도 명확합니다. 그의 사상은 그 자체로 완벽하며 그의 교회는 더는 한 사람에게 집중하지 않고 모든 사람에게 뿌려졌기 때문에 예수를 우상화하면 안 된다는 것입니다.

바리새파의 엄격한 신권 정치에 익숙한 사람들은 성직자 계급이 없는 일반 민중의 교회라는 사상을 이해할 수가 없었습니다. 그들은 교황과 주교 그리고 사제를 원했어요. 그리고 복음서에는 부활의 신화가 덧보태졌습니다. 예수의 가르침은 우상 숭배의 형태로 변해 버렸습니다. 새롭게 변한 복음서에서 예수는 다시 땅으로 돌아와 교회를 세웁니다. 그 교회가 나중에 동로마 그리고 서로마 제국의 교회가 됩니다. 또 다른 엄격하고 잔인하며 비이성적인 신권 정치가 등장한 겁니다.

동시에 오순절 교회가 등장합니다. 방언을 하던 초기 기독교인들입니다. 성경에서는 '다 놀라며 의혹하여 서로 가로되 "이 어쩐 일이냐" 하며'라고 했습니다. 글쎄요, 저는 그 질문에 대답할 수 있을 것 같습니다. 그건 바이러스의 출현이었습니다. 신명기 학파가 득세한 이래 사람들 사이에 숨어 있던 아세라가 나타난 것이죠. 단지 유대인들이 그동안 정보를 조심해서 다루었기 때문에 눌려 있었던 것뿐입니다. 그러나 기독교가 시작되던 무렵에는 엄청날 정도로 혼란스럽고 과격한 사람들이나 자유사상가들이 날뛰며 전통을 비웃었을 게 틀림없습니다. 이성적인 종교가 생겨나기 전인 수메르 시대로 돌아가려는 움직임도 있었을 겁니다. 그리고 당연한 말이지만 그런 사람들은 서로 에덴의 언어로 떠들어 대기 시작했습니다.

기독교 교회의 주류 세력은 방언을 받아들이는 걸 거부했습니다. 그들은 몇 세기 동안 불쾌해하다가 381년 콘스탄티노플 공의회에서 공식적으로 방언을 추방하기로 합니다. 그렇게 해서 방언을 하는 종파는 기독교의 변방에 머물게 됩니다. 하지만 교회는 만일 이교도를 개종시키는 데 방언이 도움을 준다면 받아들일 여지를 남겨 둡니다. 성 루이 버트란드가 16세기에 수천 명의 인디언을 개종시키면서 방언을 천연두만큼이나 빠른 속도로 온 대륙에 퍼뜨린 경우에서처럼 말입니다. 그러나 개종하는 순간 그 인디언들도 입을 다물고 다른 사람들처럼 라틴어를 써야만 했습니다.

종교 개혁이 문을 조금 더 넓게 열었습니다. 그러나 오순절 종파가 진정으로 번성하기 시작한 건 1900년 캔자스주의 한 신학 대학교의 작은 모임에 속한 학생들이 방언을 말하기 시작하면서부터였습니다. 그들은 그런 의식을 텍사스주에 퍼뜨렸습니다. 거기서부터 부흥 운동이라는 이름이 붙었습니다. 그런 운동은 미국 전역으로 들불처럼 퍼져나갔고, 결국 세계로 번져 1906년에는 중국과 인도까지 번졌습니다. 20세기의 대중 매체와 낮은 문맹률 그리고 빠른 운송 수단이 바이러스를 퍼뜨리는 데 많은 도움이 되었습니다. 사람들이 빽빽이 들어찬 부흥 집회장이나 제3세계의 난민 수용소에서 방언은 무서운 속도로 사람들 사이에 퍼져 나갔습니다. 1980년대가 되자 오순절파 신자는 세계적으로 천만 명을 넘어섰습니다.

그리고 그다음으로 나타난 건 텔레비전과 L. 밥 라이프가 소유한 막강한 미디어의 지원을 받는 웨인 목사였습니다. 웨인 목사가 텔레비전 선교 방송이나 유인물 그리고 가맹점에서 드러낸 행동은 초창기 기독교의 오순절파 교회로 그리고 거기서 또 방언을 하는 이교도적인 종파로 곧바로 거슬러 올라가 연결됩니다. 아세라의 종파가 여전히 살아있는 겁니다. 웨인 목사의 천국의 문 교회는 아세라를 숭배하는 집단입니다."

57

"라고스는 이 모든 걸 알아냈습니다. 그는 원래 국회 도서관의 조사원으로 일하다가 CIC가 의회 도서관을 흡수하자 CIC에서 일했습니다. 그는 아무도 뒤지려 하지 않는 자료를 파고들어 흥밋거리를 찾아내는 걸로 먹고살았습니다. 그렇게 찾아낸 정보를 잘 엮어서 사람들에게 팔았죠. 제가 말한 엔키나 아세라와 관련된 이야기를 전부 알아낸 그는 그 정보를 살 사람을 찾다가 통신업계의 제왕이자 광섬유망 네트워크 독점 기업을 가진 L. 밥 라이프를 만났습니다. 당시 라이프는 지구에서 그 누구보다 많은 프로그래머를 고용하고 있었습니다.

장사꾼이 될 수 없는 전형적인 사람인 라고스는 치명적인 흠이 있었습니다. 너무 좁게 생각하는 것이었습니다. 그는 약간의 투자만 받을 수 있다면 자신이 발견한 신경 언어학적인 해킹으로 새로운 기술을 개발해서 라이프 밑에서 일하는 프로그래머들의 뇌에 전달된 정보가 외부로 유출되지 않도록 할 수 있으리라 생각했습니다. 도덕적인 면을 빼고 보면 그리 나쁘지 않은 아이디어였죠.

라이프는 크게 생각하길 좋아하는 사람입니다. 그는 이 아이디어가 훨씬 강력하다는 걸 알아보았습니다. 그는 아이디어만 가로채어 라고스를 쫓아냈습니다. 그리고 나서 오순절 교회에 있는 대로 돈을 퍼붓기 시작했죠. 텍사스주 베이뷰에 있는 조그만 교회를 하나 사서 신학 대학으로 키웠습니다. 그리고 삼류 설교사였던 웨인 베드포드 목사를 데려다가 교황보다 더 대단한 사람으로 만들었습니다. 그는 자급자족할 수 있는 종교 가맹점들을 전 세계에 건설한 다음, 신학 대학과 메타버스에 있는 교육 기관을 이용해 수만 명에 달하는 선교사를 배출했습니다. 제3세계로 퍼져나간 그들은 성 루이 버트란드처럼 수십만 명을 개종시키기 시작한 겁니다. L. 밥 라이프의 방언 종파는 이슬람교 이후 가장 성공적인 종교가 되었습니다. 그들은 예수가 어쩌고저쩌고 떠들어 대지만 스스로 기독교회라고 일컫는 다른 많은 단체처럼 예수라는 이름을 쓴다는 걸 빼면 기독교와 아무 상관이 없습니다. 이성이라고는 찾아볼 수 없는 종교입니다.

또한 라이프는 신도를 빨리 늘리거나 믿음을 강화하는 수단으로 생물학적인 바이러스를 퍼뜨리길 원했습니다. 하지만 옛날처럼 신전에 창녀를 머물게 해서 그런 일을 시킬 수는 없었습니다. 그건 파렴치하고 반기독교적인 행동이기 때문이죠. 그러나 제3세계로 간 선교사들이 하는 일 가운데 중요한 것 중 하나는 오지에 들어가 사람들에게 예방 접종을 하는 것입니다. 그 주사기 속에는 꼭 백신만 들어 있는 게 아니었습니다.

우리처럼 선진국에 사는 사람들은 이미 예방 접종을 한 상태기 때문에 종교를 광적으로 믿는 사람이 덤벼들어 주사를 놓는 걸 그냥 두지 않습니다. 그러나 우리는 마약을 많이 하죠. 그래서 우리 같은 사람들을 노린 라이프는 인간 혈청에서 바이러스를 뽑아내어 스노 크래시라고 알려진 마약을 만들어 냈습니다.

그러는 동안, 그는 뗏목 선단을 만들어 아시아의 비참한 지역에서 자신을 따르는 신도를 수십만 명 모아 미국으로 실어 나르는 도구로 사용하기 시작합니다. 언론에서 전하는 뗏목 선단의 이미지는 혼돈의 극치입니다. 사람들의 언어만 해도 수천 가지이고 아무도 사람들을 통제하지 않는다고 알고 있죠. 그러나 전혀 그렇지 않습니다. 뗏목 선단에 탄 사람들은 고도로 조직화한 상태로 제대로 된 통제에 따르고 있습니다. 모든 사람은 서로 방언으로 대화합니다. L. 밥 라이프는 배운 적 없는 언어를 이해하는 초능력을 연구하고 발전시켜 과학으로 바꾼 겁니다.

그는 사람들의 머리통에 무전 수신기를 박아 넣어 조종할 수 있습니다. 마치 방송하는 것처럼 직접 사람들 뇌간에 명령을 보내는 겁니다. 메를 보내는 거죠. 만일 백 명 가운데 한 명이 수신기를 갖추고 있으면 그는 해당 지역의 엔으로서 L. 밥 라이프의 메를 모든 사람에게 전파하는 겁니다. 그러면 모든 사람은 마치 그렇게 움직이도록 프로그램된 것처럼 L. 밥 라이프가 내린 명령에 따라 움직이게 될 겁니다. 그리고 바로 지금, 라이프는 캘리포니아 해안으로 달려가려는 백만 명이나 되는 신도를 거느리고 있습니다.

거기다 라이프는 바이너리 코드로 된 디지털 메타 바이러스도 갖고 있습니다. 컴퓨터를 감염시킬 수 있을 뿐 아니라 시신경을 통해 해커도 감염시킬 수 있습니다."

"라이프가 어떻게 바이러스를 바이너리 형태로 옮길 수 있었을까요?"

웅이 말한다.

"직접 바이너리 코드로 만들지는 못했을 겁니다. 아마 우주 공간에서 찾아내지 않았나 싶습니다. 라이프는 세계에서 가장 규모가 큰 천문 전파 연구소를 운영하고 있습니다. 그 연구소는 천문학은 별로 연구하지 않습니다. 그저 다른 행성에서 오는 신호를 듣고 있죠. 언젠지는 모르지만 라이프가 가진 위성 접시 가운데 하나가 전파에 섞인 메타 바이러스를 발견했다고 보는 편이 이치에 맞을 겁니다."

"그게 왜 이치에 맞는다는 거죠?"

"메타 바이러스는 어디든 존재합니다. 생명체가 있으면 그걸 이용해 번식하는 메타 바이러스가 늘 있게 마련입니다. 원래는 혜성을 타고 번졌습니다. 어쩌면 지구에 처음 생명체가 생긴 것도 혜성 때문일지도 모릅니다. 메타 바이러스도 같은 방법으로 왔을 수도 있고요. 하지만 혜성은 느리고 대신 전파는 빠릅니다. 바이너리 형태로 된 바이러스는 빛의 속도로 우주를 튀듯 돌아다닐 수 있습니다. 그러다가 문명이 있는 행성을 감염시키고 컴퓨터에 침투한 다음 자기 복제를 합니다. 그러다 보면 필연적으로 텔레비전이나 라디오 같은 걸 통해 멀리 퍼지지 않을 수 없습니다. 그렇게 바이러스가 섞인 전파는 행성의 대기권 안까지만 퍼지는 게 아닙니다. 전파는 영원히 깊은 우주까지 퍼져 나갑니다. 그러다 라이프가 하는 것처럼 별들로부터 들리는 소리를 연구하는 사람들이 세운 또 다른 문명 행성을 만나면 그 행성도 감염시키는 거죠. 아마 라이프가 세운 계획도 그런 식이었고, 성공한 것 같다는 생각입니다. 단지 라이프는 영리한 사람이기 때문에 마음먹은 대로 상대를 감염시킬 수 있었습니다. 그걸 분리해서 무기로 만든 겁니다. 정보 전쟁에서 쓰일 폭탄을 자유자재로 다루게 된 거죠. 그게 들어가면 컴퓨터는 새로운 바이러스에 감염이 되어 먹통이 되어 버리고 맙니다. 하지만 두뇌 속에 깊은 조직을 써서 바이너리 코드를 이해할 수 있는 해커의 정신으로 들어가면 훨씬 끔찍한 결과가 생깁니다. 바이너리 메타 바이러스는 해커의 정신을 파괴합니다."

"결국 라이프는 두 종류의 사람을 지배할 수 있군요. 우선 메를 통해 오순절 교회 신도들을 조종할 수 있죠. 그리고 바이너리 바이러스로 뇌에 손상을 입히는 훨씬 폭력적인 방식으로 해커들을 조종할 수도 있고 말입니다."

응이 말한다.

"정확히 보셨습니다."

"라이프가 원하는 게 뭐라고 봅니까?"

응이 말한다.

"왕 중의 왕인 오지만디어스(이집트의 왕 람세스 2세의 별칭)가 되길 바랍니다. 이건 간단한 겁니다. 일단 그가 사람을 개종시키면 그는 상대방을 메로 조종할 수 있습니다. 그리고 그가 만들어 낸 종교는 빌어먹을 바이러스처럼 퍼져 나가기 때문에 수백만 명을 신도로 만들 수 있죠. 아무도 종교에 대해 고민해 보지 않았기 때문에 사람들은 아무 저항도 하지 않습니다. 사람들은 이런 일을 두고 논쟁을 할 만큼 이성적이지 못합니다. 기본적으로 연예 잡지를 읽고 TV에서 레슬링이나 보는 사람들은 신도로 끌어들이기 쉽습니다. 게다가 스노 크래시라는 도구가 있으니 훨씬 더 쉽죠.

라이프가 알아챈 중요한 점은 현대 문화가 수메르 문화와 전혀 다를 게 없다는 겁니다. 문맹에다 TV만 보고 사는 수많은 노동자가 있습니다. 모든 걸 입에서 입으로 물려주는 부류라 할 수 있죠. 그리고 소수지만 대단히 박식하고 강력한 엘리트가 있습니다. 기본적으로 메타버스에 들락거리는 사람들이라고 봐도 되겠죠. 그들은 정보가 힘이란 걸 알고 사회를 좌지우지합니다. 왜냐하면 그들은 컴퓨터 언어를 할 줄 아는 신비한 능력을 갖췄기 때문이죠.

그러니 우리 같은 해커들은 라이프가 세운 계획에 큰 걸림돌이 됩니다. L. 밥 라이프 같은 사람들은 우리 같은 해커들 없이는 아무것도 하지 못합니다. 그리고 혹시 우리를 신도로 포섭한다고 해도 별 소용이 없을 겁니다. 왜냐하면 우리가 하는 일은 원래 창의력이 넘치는 거라서 메를 돌리는 사람들이 흉내 낼 수가 없기 때문입니다. 그러나 그는 스노 크래시라는 뭉툭한 도구로 우리를 협박할 수는 있죠. 제 생각엔 다파이비드가 겪은 일이 바로 그겁니다. 혹시 진짜 해커에게 스노 크래시가 제대로 먹히는지 시험해 본 것일 수도 있습니다. 아니면 전체 해커에게 라이프가 가진 힘을 과시하는 일종의 경고였을 수도 있고요. 메시지는 이렇습니다. 만일 아세라가 성직자들이라 할 수 있는 개발자들에게 무차별적으로 날아간다면……."

"들판에 불을 지르는 셈이 되겠죠."

웅이 말한다.

"제가 아는 한 그 바이너리 바이러스를 멈출 방법은 없습니다. 하지만 라이프의 가짜 종교에 대한 해독제는 있습니다. 엔키의 남섭이 여전히 존재하기 때문입니다. 엔키가 아들인 마르두크에게 물려준 남섭은 함무라비에게까지 전해졌습니다. 물론 마르두크는 진짜 존재했던 사람일 수도 있고 아닐 수도 있습니다. 중요한 건 엔키가 어떤 형태로든 남섭을 후대에 남기려 했다는 듯한 인상을 주었다는 겁니다. 다른 말로 하면 엔키는 아세라가 다시 모습을 드러내면 후세의 해커들이 풀어낼 수 있는 메시지를 심어 놓았다는 거죠.

저는 10년 전 이라크 남부의 에리두라는 고대 수메르 도시에서 발굴된 점토판 덮개에 우리에게 필요한 정보가 새겨져 있으리라 확신합니다. 다른 말로 하면 엔키는 에리두 지방의 엔이었고, 에리두의 신전은 엔키의 메로 가득 찼으며 그 메들 가운데에는 우리가 찾는 남섭도 있을 거라는 말입니다."

"그 점토판 덮개를 누가 찾아냈죠?"

"에리두 발굴을 전체적으로 지원한 단체는 텍사스주 베이뷰에 있는 한 신학 대학입니다."

"라이프가 운영하는 곳 말이오?"

"맞습니다. 라이프는 대학에 고고학과를 만들었습니다. 그 학과의 유일한 기능은 에리두라는 도시를 발굴해 엔키의 신전을 찾아내고, 그 안에 저장된 메를 전부 가져오는 것이었습니다. L. 밥 라이프는 메를 분석해 역으로 엔키가 갖췄던 능력을 알아내려고 한 것입니다. 그러니까 엔키의 메를 연구해 자신이 직접 부릴 수 있는 신경 언어학적인 해커들을 키우려 했던 거죠. 그렇게 태어난 해커들은 라이프가 창조하고 싶은 새로운 사회의 기초적인 규칙과 프로그램이 될 새로운 메를 만들어 낼 수 있겠죠."

"그러나 발굴한 메 가운데에는 라이프의 계획에 위험이 될 수도 있는 엔키의 남섭 사본도 있을 테죠."

응이 말한다.

"그렇습니다. 라이프는 그것도 원했습니다. 분석을 하려는 게 아니라 자신의 계획을 망치려는 다른 이가 손에 넣지 못하도록 하려는 의도였습니다."

"만일 당신이 그 남섭 사본을 손에 넣는다면, 어떻게 될까요?"

응이 말한다.

"만일 우리가 뗏목 선단에 있는 모든 엔들에게 엔키의 남섭을 전송한다면 그들은 그 정보를 뗏목 선단에 탄 모든 사람에게 재전송할 겁니다. 남섭은 모든 사람의 모국어 신경을 차단하고 라이프가 새로운 메로 그들을 프로그래밍하는 걸 막을 겁니다. 그러나 꼭 필요한 점은 뗏목 선단이 분리되기 전에 해치워야 한다는 겁니다. 난민들이 해안에 발을 딛기 전에 해야 한단 말입니다. 라이프는 엔터프라이즈호에 있는 중앙 송신기로 휘하의 엔들에게 연락을 취합니다. 제가 보기에 그 송신기는 송신 거리가 상당히 짧아 직접 눈에 보이는 정도까지만 연락이 되는 듯합니다. 곧 라이프가 그 송신 장비를 써서 큰 메를 하달할 것으로 보입니다. 그러면 모든 난민은 한꺼번에 진군하라는 명령을 받은 연합군처럼 해안으로 향할 겁니다. 달리 말하면 일단 뗏목 선단이 흩어지면 다시는 모든 사람에게 똑같은 명령을 내릴 기회는 없다는 겁니다. 그러니 최대한 빨리 행동을 취해야만 합니다."

"라이프 선생이 엄청나게 싫어하겠군요. 그는 모든 개발자에게 스노 크래시를 보내 복수하려 들 겁니다."

응이 예상한다.

"압니다. 하지만 저는 한 번에 한 가지 걱정밖에 못 합니다. 도움을 좀 주셔야겠습니다."

히로가 말한다.

"말하기야 쉽지요. 중심 선단까지 가려면 날아가거나 작은 배로 한가운데 수로를 뚫고 달려야 합니다. 뗏목 선단에는 총과 미사일 발사기를 든 라이프의 부하들이 엄청나게 많습니다. 아무리 초고성능 무기라고 해도 소화기를 갖춘 대규모 조직을 격퇴할 수는 없어요."

응이 말한다.

"그럼 이 근처까지 올 수 있는 헬기들을 좀 보내 주세요. 뭐든 좋습니다. 아무것이나요. 만일 제가 엔키의 남섭을 확보해 뗏목 선단에 탄 모든 사람을 감염시키기만 하면 여러분은 안전하게 접근할 수 있을 겁니다."

히로가 말한다.

"우리가 뭘 지원해 줄 수 있는지 알아보겠네."

엉클 엔조가 말한다.

"좋습니다. 그럼, 레일 건은 어떻습니까?"

히로가 말한다.

응이 뭔가를 중얼거리자 그의 손에 카드 한 장이 나타난다.

"시스템 운영 체제 최근 버전입니다. 버그가 좀 더 적을 겁니다."

응이 말한다.

"적다고요?"

"버그가 하나도 없는 소프트웨어는 없어요."

웅이 말한다.

엉클 엔조가 말한다.

"우리의 몸속에 아세라가 조금씩 들어 있는 모양이군."

58

　히로는 사무실 밖으로 나와 엘리베이터를 타고 다시 스트리트로 나온다. 네온사인으로 번쩍거리는 높은 건물에서 빠져나오니 흑백 아바타를 쓰는 여자아이가 그의 오토바이에 앉아 계기판을 아무렇게나 건드리고 있다.

　"어디 있어요?"

　와이티가 말한다.

　"나도 뗏목 선단에 있어. 이봐, 우리 방금 2천 5백만 달러 벌었어."

　히로는 처음으로 자신이 하는 말에 와이티가 깊은 인상을 받았으리라 생각한다. 하지만 그렇지 않은 모양이다.

　"그럼 내 몸이 조각조각 잘려 그릇에 담긴 채 배달되면 장례식만은 근사하게 치를 수 있겠네요."

　와이티가 말한다.

　"왜 그런 말을 하지?"

"큰일 났어요."

그녀는 태어나 그런 식으로 말해 보기는 처음이다.

"내 남자 친구가 날 죽이려는 것 같아요."

"그게 누군데?"

"레이븐이요."

만일 아바타가 얼굴이 허옇게 되고 어지러움을 느껴 보도에 주저앉는 기능을 갖췄다면 히로가 지금 그렇게 했을 것이다.

"이제야 왜 그 친구가 이마 한가운데에 충동 조절 불가라는 문신을 새겼는지 알 수 있을 것 같군."

"대단하시네요. 난 그래도 혹시 도움을 주거나 최소한 충고라도 해 주리라 생각했는데."

그녀가 말한다.

"그자가 널 죽일 거라 생각한다면 옳지 않아. 네 생각이 옳다면 넌 이미 죽었을 테니까 말이야."

히로가 말한다.

"내 말을 들으면 생각이 바뀔 거예요."

그녀는 덴타타에 얽힌 재밌는 상황을 설명한다.

"널 돕도록 노력할게. 하지만 나라고 해서 뗏목 선단에서 어울리기에 안전한 사내는 아니라고."

히로가 말한다.

"아직 여자 친구랑 잘 안된 거예요?"

"아직이야. 하지만 상당한 희망을 품고 있어. 살아남을 수만 있다면 말이야."

"뭐가 상당한 희망이란 거예요?"

"우리 사이의 관계 말이야."

"왜요? 전과 달라진 게 뭐죠?"

그녀가 묻는다.

상당히 간단하고 명확한 질문이지만 히로 역시 답을 모르기에 마음이 불편하다.

"글쎄, 이제 그녀가 뭘 하는지 알아낸 것 같은 생각이 들어. 그녀가 왜 이리로 왔는지 말이야."

"그래서요?"

또 간단하고 명확한 질문이다.

"그래서 이제 그녀를 이해하는 것 같은 기분이야."

"정말요?"

"그래. 아, 그런 것 같아."

"그럼 지금 그걸 잘된 일이라고 생각해요?"

"그럼, 물론이지."

"히로, 정말 엉뚱하네요. 후아니타는 여자고 당신은 남자예요. 남자는 여자를 이해할 수 없다고요. 후아니타는 그런 걸 원하지도 않아요."

"그럼 그녀가 원하는 게 뭐라고 생각해? 넌 그녀를 만나 본 적도 없고 현재 레이븐과 사귀고 있다는 걸 잊지 말고 대답해 봐."

"후아니타는 당신이 이해해 주기를 바라지 않아요. 그게 불가능하다는 걸 알죠. 그녀는 당신이 스스로 이해하길 바라고 있어요. 그 밖의 것들은 별 게 아니에요."

"그렇게 생각해?"

"네. 확실해요."

"왜 내가 나를 이해하지 못한다고 생각하지?"

"뻔한 거죠. 당신은 정말 똑똑한 해커에다 세상에서 제일가는 검객이에요. 그런데 당신은 피자 배달을 하고 콘서트를 기획하면서 돈 한 푼 못 벌고 있어요. 그런 당신이 어떻게 그녀가……."

뭔가 현실 세계에서 나는 소음이 이어폰을 뚫고 들어오면서 와이티의 나머지 말이 묻혀 버린다. 묵직한 소음 위로 뭔가 찢어지는 듯 날카로운 소리가 들린다. 그러더니 두려움에 사로잡힌 동네 아이들의 비명과 타갈로그어로 떠들며 우는 소리 그리고 철판으로 만들어진 트롤 어선이 바닷물의 압력에 삐걱거리며 부서지는 소리만 들린다.

"뭐예요?"

와이티가 말한다.

"운석이 떨어졌나 봐."

히로가 말한다.

"네?"

"잠깐 기다려. 한판 큰 싸움을 해야 할 것 같으니까 말이야."

히로가 말한다.

"접속 끊을 거예요?"

"잠깐 입 좀 다물고 있어."

히로가 있는 동네는 U자 모양으로 생겼는데 작은 만처럼 생긴 곳에 낡은 어선이 대여섯 척 묶여 있다. 바깥쪽에는 모양이 제각각인 작은 배들을 연결해 배다리 겸 부두로 쓰고 있다.

해체 작업 중이던 텅 빈 트롤 어선을 향해 엔터프라이즈호 갑판에 달린 기관포가 불을 뿜은 모양이다. 마치 커다란 파도가 밀려와 배를 들어 올린 다음 기둥 주위에 둘러 버린 것 같다. 한쪽 면이 온통 부서진 배는 고물과 이

물이 서로 만나기라도 할 것처럼 가운데를 중심으로 접힌 모습이다. 등이 부러진 꼴이다. 배의 텅 빈 선창은 어마어마한 양의 지저분한 갈색 바닷물을 계속 게걸스럽게 삼킨다. 얼룩덜룩 더러운 물을 삼켜 대는 모양이 물에 빠져 죽는 사람이 공기를 들이마시는 것처럼 보인다. 배는 빠른 속도로 바닥을 향해 가라앉는다.

히로는 레일 건을 다시 고무보트에 싣고 자신도 올라타고 나서 모터를 돌린다. 부두에 맨 밧줄을 풀 틈도 없어 칼을 뽑아 잘라 버린다.

작은 배를 엮어 만든 부두는 이미 가라앉는 배에 묶인 밧줄 때문에 물속으로 딸려 들어가기 시작하고 있다. 트롤 어선이 수면 아래로 사라지며 마치 블랙홀처럼 주변 집들을 빨아들이려 애쓰는 모습이다.

이미 필리핀 사내 둘이 작은 칼을 들고나와 이웃집들과 엮어 놓은 그물이나 밧줄을 끊어 내기 시작했다. 하지만 그들도 구하기에 너무 늦어 버린 집들은 포기하는 모습이다. 히로는 이미 무릎 높이까지 물이 차오르기 시작하는 작은 배들 위로 보트를 몬다. 더 깊이 가라앉은 작은 배에 묶인 밧줄을 찾아낸 히로는 카타나로 잘라 버린다. 잘린 밧줄이 총알처럼 위로 튀어 오르고 가라앉던 작은 배가 풀려나면서 수면을 향해 너무 빠른 속도로 솟구치는 바람에 그가 탄 고무보트가 거의 뒤집힐 뻔한 위기를 넘긴다.

가라앉은 트롤 어선 옆에 붙어 있던, 배를 엮어 만든 부두는 도저히 구할 수가 없다. 고기잡이용 칼을 든 사내들과 부엌칼을 쥔 아낙네들이 무릎을 꿇고 이웃집 배들과 묶인 밧줄을 끊는 중이지만 바닷물은 이미 턱까지 차올라 온다. 밧줄 하나가 아무렇게나 잘릴 때마다 필리핀 사람 하나가 공중으로 튀어 오른다. 폭이 넓은 칼을 쥔 소년 하나가 마지막까지 남았던 밧줄을 잘라 내자 잘린 밧줄이 튀어 오르며 아이의 얼굴을 때린다. 마침내 여러 배를 묶어 만든 뗏목 주거지가 다시 자유로워지더니 흔들리기 시작하고 까딱거리면서 평형을 되찾는다. 트롤 어선이 있던 곳에 남은, 거품이 이는 소용돌이가 가끔 뜯어져 나온 잔해들을 뱉어내고 있다.

몇몇 사람이 이미 트롤 어선 옆에 묶여 있던 어선으로 기어 올라가고 있다. 그 배 역시 상당한 피해를 입은 모습이다. 남자 여러 명이 무리를 지어 난간 밖으로 몸을 길게 빼고는 배 옆구리에 뚫린 커다란 구멍 두 개를 들여다본다. 뚫린 구멍 주위에 큰 접시 정도 크기로 여러 곳의 페인트와 녹이 깔끔하게 떨어져 나간 모습이 보인다. 그리고 그 중앙에 골프공만 한 크기의 구멍이 뚫려 있다.

히로는 떠나야겠다고 생각한다.

그러나 떠나기 전에 품속에 손을 넣어 돈뭉치를 꺼내 몇천 달러의 홍콩 돈을 헤아린다. 그는 갑판에 돈을 올려놓고 날아가지 않도록 빨간색 연료통으로 눌러놓은 다음 출발한다.

옆 동네로 통하는 수로를 찾는 건 그리 어렵지 않다. 어찌나 불안한지 히로는 그 동네를 빠져나가며 계속 앞뒤를 훑어보고 작은 골목길까지 조심스레 바라본다. 좁은 뒷골목에서 머리에 안테나가 달린 사내 하나가 뭔가 중얼거리는 모습이 눈에 띈다.

옆 동네는 말레이시아 사람들이 사는 곳이다. 굉음에 놀랐는지 수십 명이 다리에 몰려나와 웅성거리고 있다. 보트를 타고 동네로 들어서던 히로의 눈에 배를 엮어 만든 다리 위를 총과 칼을 손에 쥔 채 뛰는 사내들이 보인다. 꿈틀거리는 다리는 동네에서 가장 넓은 통로로 쓰이는 것 같다. 이 지역에서 경찰 노릇을 하는 사람들이다. 같은 모습을 한 사내들이 으슥한 뒷길과 여러 척의 작은 배에서 모습을 드러내더니 처음 나타난 자들과 합류한다.

목재 운반 트럭이 벽돌담에 부딪히는 것처럼 소름 끼칠 정도로 크고 찢어지는 듯한 맹렬한 폭음이 바로 옆에서 들린다. 히로의 몸에 물이 튀고 수중기가 얼굴을 휩쓸고 지나간다. 그러더니 다시 조용해진다. 그는 마지못해 천천히 몸을 돌린다. 바로 옆에 있던 납작한 배 한 척이 보이지 않는 대신 피투성이가 된 파편과 잡동사니들만 남았다.

히로는 고개를 돌려 뒤를 본다. 몇 초 전에 본, 머리에 안테나가 달린 사내가 이제 뻔히 보이는 곳으로 나와 물가에 혼자 서 있는 모습이 보인다. 빌어먹을 녀석이 입술을 움직이는 모습이 보인다. 히로는 재빨리 보트를 돌려 녀석에게로 돌아가 모터를 잡지 않은 다른 쪽 손으로 짧은 칼을 뽑아 들고 그 자리에서 녀석을 베어 버린다.

하지만 그런 녀석은 훨씬 많을 것이다. 히로는 이제 그들이 자신을 찾아나서리라는 걸 잘 안다. 엔터프라이즈호에서 포를 쏘는 녀석들은 히로를 잡기 위해서라면 아무리 많은 난민을 죽인다 해도 상관하지 않을 것이다.

말레이시아 사람들이 사는 동네를 빠져나온 히로는 중국인 동네로 들어선다. 철판으로 만든 배들도 있고 평평한 짐배도 있고 상당히 번성한 곳이다. 바다 높이에 선 히로가 볼 때는 중심 선단 반대편으로 상당히 멀리까지 뻗은 동네였다.

그런 히로를 머리에 안테나가 달린 또 다른 사내가 한 중국 배의 높은 선루에 서서 지켜보고 있다. 사내가 뗏목 선단 본부에 상황을 보고하느라 입을 놀리는 모습이 보인다.

엔터프라이즈호의 갑판에 달린 커다란 기관포가 다시 불을 뿜더니 히로와 6미터 정도 떨어진, 아무도 타지 않은 평평한 짐배 옆구리에 열화우라늄 포탄을 퍼붓는다. 마치 철판이 액체로 변해 하수구로 빨려 들어가기라도 하는 것처럼 짐배의 옆구리 전체가 안쪽으로 우그러진다. 충격파가 두껍게 더께가 진 녹을 간단히 공기 중으로 흩날려 버리자 금속이 밝은색으로 바뀐다. 녹을 벗겨 내는 충격음이 어찌나 강력한지 히로는 가슴이 먹먹하고 토할 것 같은 기분이다.

엔터프라이즈호의 기관포는 레이더로 조종하는 것이다. 그래서 금속으로 된 대상에 사격할 때는 매우 정확하다. 하지만 사람 몸을 겨누고 쏠 때는 상대적으로 덜 정확하다.

"히로? 도대체 무슨 일이에요?"

와이티가 외치는 소리가 이어폰에서 들린다.

"말할 시간 없어. 날 내 사무실로 데려가. 날 오토바이 뒷자리에 태우고 사무실로 달려."

히로가 말한다.

"나 오토바이 탈 줄 몰라요."

그녀가 말한다.

"조종할 건 하나밖에 없어. 손잡이를 돌리면 달리는 거야."

히로는 말을 마치고 보트를 먼바다 쪽으로 돌리고 쏜살같이 달린다. 와이티의 흑백 아바타가 오토바이 뒷자리에 앉은 그의 앞에 앉는 모습이 현실 세계에서 보이는 장면 위로 희미하게 겹쳐 보인다. 그녀가 손잡이에 손을 뻗는가 싶더니 두 사람은 앞으로 튀어 나가 마하 1의 속도로 어떤 초고층 건물 벽에 가서 부딪힌다.

히로는 고글을 완전히 투명하게 해서 메타버스의 모습이 아예 보이지 않도록 한다. 그리고 몸에 장착한 스위치를 눌러 완전히 가고일 모드로 전환한다. 적외선 감지 장치와 밀리미터파 레이더를 작동시킨 것이다.

이제 그의 시야에 보이는 세상은 거친 흑백 사진과 같지만 이전보다 훨씬 환한 모습이다. 여기저기 흐릿하게 분홍색과 붉은색으로 이글거리는 물체들이 보인다. 적외선 때문에 나타나는 현상으로 따뜻하거나 뜨겁다는 뜻이다. 사람들은 분홍색으로 보이고 엔진이나 불은 붉은색으로 보인다.

밀리미터파 레이더 장치는 적외선 화면 위에 녹색 네온 빛으로 훨씬 더 깔끔하고 또렷하게 겹쳐 보인다. 그 장치는 뭐든 금속으로 된 물체를 표시한다. 히로는 이제 거친 잿빛 수로를 따라 물 위를 달리는 중이다. 수로 옆을 따라 거칠고 환한 회색으로 보이는 작은 배들을 연결해 만든 다리들이 보인다. 배다리들은 또렷한 녹색 네온 빛으로 보이는 바지선들과 띄엄띄엄 붉은빛을 쏟아 내는 배에 묶여 있다. 멋진 모습은 아니다. 이런 흉한 광경만 보고 살기 때문에 가고일들이 인간관계에서 발달이 뒤처지는 게 아닐까 하는 생각이 든다. 그러나 아까 검은 배경에서 움직이던 시커먼 물체들을 보던 것보다는 훨씬 도움이 된다.

가고일 모드로 전환하는 바람에 히로는 목숨을 건진다. 좁고 흰 수로를 따라 달리던 그의 앞에 얇은 녹색 포물선이 물 위에 늘어져 있다가 갑자기 위쪽으로 솟구치더니 목 높이로 완벽히 곧게 뻗은 선으로 변한 것이다. 피아노선이다. 히로는 고개를 숙여 피아노선을 피한 뒤 그 덫을 장치해 놓은 젊은 중국인 사내들에게 손을 흔들어 보이며 앞으로 계속 나간다.

레이더는 중국제 AK-47 소총을 든 흐릿한 분홍색 사람 셋이 수로 옆에 선 모습을 잡아낸다. 히로는 옆길로 방향을 바꿔 그들을 피한다. 그러나 접어든 길은 훨씬 좁은 데다 어느 쪽으로 향하는지 알 도리도 없다.

"와이티, 도대체 어디쯤 가는 중인 거야?"

그가 묻는다.

"아저씨 집으로 가는 도로를 달리고 있어요. 벌써 여섯 번이나 지나쳐 버렸어요."

수로는 멀리 앞에서 막혀 있다. 히로는 180도 반대편으로 방향을 바꾼다. 뒤쪽에 커다란 열 교환기를 매달고 달리는 중이라 고무보트는 원하는 대로 잘 움직여지지도 않거니와 히로가 바라는 만큼 빠르지도 않다. 그는 아까 지나친 피아노선 올가미 아래를 다시 통과한 다음, 이미 지나친 다른 좁은 수로들을 살펴본다.

"좋아요, 집에 왔어요. 당신은 지금 책상에 앉아 있어요."

와이티가 말한다.

"좋아, 힘들겠지만 해 보자고."

히로가 말한다.

그는 수로 중간에서 보트가 멈추도록 엔진을 끈 다음, 혹시 총을 든 사내들이나 머리에 안테나가 달린 사람이 있는지 주위를 둘러본다. 아무도 보이지 않는다. 바로 옆에 있는 배에서 키가 150센티미터 정도 되는 중국 여인 하나가 네모난 부엌칼을 들고 뭔가를 썰고 있다. 그 여자쯤은 갑자기 덤벼들어도 처리할 수 있을 것 같은 생각이 든 히로는 현실 세계가 보이지 않도록 고글을 조절하고 메타버스로 되돌아온다.

그는 자신의 책상에 앉아 있다. 와이티는 바로 옆에 서서 팔짱을 낀 채 잔뜩 화가 난 표정을 짓고 있다.

"사서?"

"네, 주인님."

사서 데몬이 살그머니 걸어오며 대답한다.

"항공 모함 엔터프라이즈호의 설계도가 필요해. 빨리. 삼차원으로 된 게 있으면 훨씬 좋고."

"네."

사서 데몬이 말한다.

히로는 손을 뻗어 지구를 쥔 다음 말한다.

"현 위치."

지구가 돌다가 그가 뗏목 선단을 똑바로 내려다볼 수 있는 위치에서 멈춘다. 그러더니 그를 향해 엄청난 비율로 확대된다. 자신이 있는 위치를 확인하는 데까지 3초 걸린다.

만일 그가 남부 맨해튼처럼 평범하고 급격한 변화가 없는 곳에 있었다면 모든 지도가 삼차원 화면으로 나타났을 것이다. 하지만 지금 그는 위성에서 내려다보고 찍은 이차원 사진으로 만족해야만 한다. 히로는 뗏목 선단을 찍은 흑백 사진 위에 보이는 빨간색 점을 보고 있다. 빨간 점은 검은색 수로의 한가운데에 있다. 히로의 현재 위치다.

지도를 봐도 어지럽긴 마찬가지다. 그렇지만 지도를 내려다보면 미궁을 빠져나가기가 훨씬 쉬운 법이다. 채 60초도 지나지 않아 히로는 탁 트인 태평양으로 빠져나온다. 안개가 낀 잿빛 새벽이다. 레일 건의 열 교환기에서 뿜어져 나오는 수증기가 안개를 약간 더 짙게 보이게 한다.

"도대체 어디 있는 거예요?"

와이티가 말한다.

"뗏목 선단을 벗어나고 있어."

"아이고, 그렇게 도와주시니 고맙네요."

"금세 돌아갈 거야. 준비를 좀 해야 할 것이 있어서 잠깐 피하는 거야."

"무시무시하게 생긴 사내들이 잔뜩 있어요. 날 보고 있다고요."

와이티가 말한다.

"괜찮아. 레일 건이 전부 해결할 거야."

히로가 말한다.

59

히로는 커다란 가방을 연다. 여전히 켜져 있는 소형 모니터 화면 가장 위에 메뉴 바가 보인다. 그는 트랙볼을 이용해 메뉴를 열어 본다.

도움말
준비하기
레일 건 발사
전술 도움말
유지 관리
문제 해결
기타

'준비하기' 메뉴를 열어 보니 더 바랄 수 없을 정도로 많은 정보가 들었는데, 노출이 제대로 맞지 않은 상태로 제작한 30분짜리 동영상도 하나 포함되어 있다. 동영상에 등장하는 작고 다부지게 생긴 동양인 사내의 흉터 가득한 얼굴은 오만한 표정으로 아예 굳어진 듯 보인다. 동양인 사내가 옷을 입는다. 그러더니 희한한 동작으로 몸을 푼다. 그리고 레일 건 가방을 연다. 총구가 손상되거나 이물질이 끼었는지 점검한다. 히로는 그런 모든 과정을 빨리 돌려 버린다.

마침내 땅딸막한 동양인 사내가 총을 들어 올린다.

물고기 눈은 애초에 레일 건을 잘못 사용했다. 레일 건은 전용 받침대를 장착한 다음 몸에 둘러메고 골반으로 반동을 흡수하듯 몸의 중심으로 총을 떠받치며 사용하는 것이다. 받침대에는 무게와 반동을 견딜 수 있도록 충격 흡수용 판과 조그만 유압 장치들이 달렸다. 이런 장비를 모두 제대로 사용하기만 하면 레일 건을 정확하게 쓰는 일은 훨씬 쉬워진다. 그리고 만일 사용자가 컴퓨터에 연결한 고글을 쓰고 있다면 레일 건이 겨눈 목표물이 조준용 십자 모양 선과 함께 시야에 나타난다.

"말씀하신 삼차원 화면입니다."

사서 데몬이 말한다.

"혹시 내 현 위치 정보하고 연결해서 보여 줄 수 있나?"

히로가 말한다.

"혹시 가능한지 보겠습니다. 양쪽 자료는 호환이 되는 것처럼 보입니다. 주인님?"

"왜?"

"설계도들이 여러 해 전에 만들어진 겁니다. 그리고 그 뒤에 엔터프라이즈호를 민간인이 샀기 때문에……."

"구조를 변경했을 수도 있겠지. 알았어."

히로는 다시 현실 세계로 되돌아온다.

눈앞에 중심 선단으로 향하는 큰 수로가 보인다. 한쪽으로 보행자들이 다니는 좁은 통로가 붙어 있는데 어찌나 아무렇게나 만들었는지 외양으로 보자면 널빤지 다리, 납작한 배, 통나무, 버려진 배, 알루미늄 카누, 기름통이 끝없이 연결되어 있는 모습이다. 다른 곳이었다면 장애물 코스겠지만 여기 제5세계에서 이 정도면 최고의 고속 도로다.

히로는 수로 한가운데로 너무 빠르지 않게 달린다. 만일 뭔가에 부딪히기라도 하면 보트가 뒤집힐 수도 있다. 그러면 레일 건은 가라앉을 것이다. 그리고 지금 히로는 레일 건에 몸이 묶인 상태다.

재빨리 가고일 모드로 전환했더니 여러 개의 반구형 물체가 엔터프라이즈호의 비행갑판 끄트머리를 따라 드문드문 또렷하게 보인다. 히로가 갖춘 레이더 장비들이 반구형 물체의 정체를 파악하더니 '미사일 요격용 팔랑크스 기관포'의 레이더 안테나라고 고글 화면에 보여 준다. 각 반구형 물체 아래쪽에 여러 개의 총구가 비쭉 튀어나와 있다.

히로는 거의 멈추어 선 것처럼 속도를 늦추고 조준용 십자선이 고글에 나오도록 레일 건을 이리저리 흔들어 본다. 조준점이 보인다. 그는 팔랑크스 기관포 하나를 정확히 겨누고 방아쇠를 0.5초 동안 당긴다.

커다란 반구형 물체가 지저분하게 찢어진 파편을 쏟아 내는 분수처럼 바뀌고 만다. 아래쪽 총신은 드문드문 붉은 점이 보이지만 여전히 멀쩡하게 모습을 갖추고 있다. 히로가 조준점을 약간 낮추고 다시 50여 발을 퍼붓자 기관포가 받침대에서 떨어져 나간다. 그러자 기관포에 달려 있던 탄약이 아무렇게나 터지기 시작하고, 히로는 눈이 부신 나머지 고개를 돌리지 않을 수가 없다.

다음번 목표인 기관포의 총구가 이미 히로를 정확히 겨누고 있다. 너무나 두려워진 히로는 자기도 모르게 방아쇠를 당기며 한참 동안 레일 건을 쏘지만 아무것도 맞히지 못한 것 같다. 그러다 보니 갑자기 뭔가 가까운 물체가 시선을 가로막는다. 레일 건 반동에 뒤로 밀리는 바람에 고무보트가 수로 한쪽에 묶인 낡은 요트 뒤로 들어갔기 때문이다.

무슨 일이 벌어질지는 뻔하다. 열 교환기에서 뿜어져 나오는 수중기 때문에 히로를 찾아내는 일은 어렵지 않기 때문이다. 히로는 얼른 요트 뒤에서 빠져나온다. 바로 그 순간, 낡은 요트는 기관포탄 세례에 바로 가라앉아 버린다. 히로는 보트로 잠깐 달린 후 납작한 배를 한 척 찾아내 그 뒤에서 잠시 안정을 찾은 다음 다시 길게 총탄을 발사한다. 발사를 멈추자 엔터프라이즈 호의 갑판 끄트머리에서 팔랑크스 기관포가 달려 있던 자리에는 반원형으로 물어뜯긴 자국만 남는다.

히로는 다시 넓은 수로를 따라 안으로 전진하다가 중심 선단에 속한 배 아래에 멈추어 선다. 높은 아파트로 고친 컨테이너용 화물선이다. 옆에 있는 배와의 사이에 화물용 그물이 놓여 있는데 그게 출입구 역할을 하는 것 같다. 아마 빈민굴에서 원하지 않는 사람이 기어 올라오면 들어 올려 진입을 막는 다리로 사용하는 듯 보인다. 히로는 뗏목 선단에서 다른 누구보다 원하지 않는 사람이지만 화물용 그물은 움직이지 않고 그대로 있다.

아무래도 좋다. 히로는 당장은 작은 배에 머물 생각이다. 그는 화물선 옆을 따라 달리다가 뱃머리를 끼고 유턴한다.

그다음 옆에 있는 선박은 커다란 유조선인데 속이 거의 비었는지 물 위로 많은 부분이 드러나 있다. 두 척의 배 사이에 있는 철판으로 된 가파른 계곡을 올려다보니 여기에는 편리한 화물용 그물이 보이지 않는다. 도둑이나 테러리스트가 유조선에 올라와 구멍을 뚫고 기름을 훔쳐 가는 걸 바라지 않는 모양이다.

바로 다음 배가 엔터프라이즈호다.

유조선과 항공 모함, 나란히 항해하는 두 척의 거대한 선박은 3미터에서 15미터 정도 사이를 두고 떨어져 있다. 어마어마하게 두꺼운 케이블로 서로 묶여 있지만 동시에 서로 직접 부딪히는 걸 막으려고 두 배 사이에 비행선처럼 커다란 에어백을 끼고 있다. 두 배는 엄청나게 두꺼운 케이블로 그냥 묶어 둔 게 아니다. 무거운 추와 도르래를 써서 거친 파도가 양쪽 배를 서로 다른 방향으로 끌어당겨 사이가 벌어져도 문제가 없도록 하는 장치를 만들어 둔 것처럼 보인다.

히로는 두 척의 배 사이를 고무보트를 타고 달린다. 음침한 강철 터널은 뗏목 선단 위쪽과 비교하면 조용하고 멀리 떨어진 듯한 분위기이다. 그를 제외하면 이런 곳에 있을 사람은 없다. 잠시 그는 거기 머무르며 쉬고 싶은 마음이다.

하지만 그러고 있을 시간이 없다는 생각이 든다.

"현 위치."

길게 휜 회색 강철판으로 이루어진 엔터프라이즈호의 선체가 보이던 눈앞에 삼차원 철골 구조물 설계 도면이 나타나더니 항공 모함의 내부 구조가 훤하게 드러나 보인다.

엔터프라이즈호의 내부 가운데 수면 근처는 어뢰 공격에 대비해 두꺼운 장갑을 두르고 있다. 공격해 봐야 별 소용이 없을 것 같다. 약간 윗부분은 철판이 얇고 그 안쪽에 위험한 연료 탱크나 탄약고가 아닌 텅 빈 곳이 있어 적당해 보인다.

히로는 장교 휴게실이라는 이름이 붙은 공간을 겨누고 레일 건을 발사한다.

엔터프라이즈호의 선체는 놀라울 정도로 단단하다. 레일 건으로도 바로 구멍이 뚫리지 않고 제법 시간이 걸린다. 그리고 뚫린 구멍도 지름이 20센티미터 정도밖에 되지 않는다. 사격으로 인한 반동 때문에 히로의 몸이 유조선의 녹슨 선체 쪽으로 밀려난다.

어차피 레일 건을 들고 배에 올라탈 수는 없다. 그는 방아쇠를 당긴 채 탄약이 떨어질 때까지 계속 같은 곳을 맞히도록 애쓴다. 그리고 레일 건을 벗어 보트 밖으로 집어 던진다. 레일 건은 바다 밑으로 가라앉아 계속 수증기를 뿜어내며 위치를 표시할 것이다. 나중에 이 선생의 위대한 홍콩에서 환경 문제 대응팀을 보내 회수하면 된다. 그러면 그들이 원할 경우 히로를 환경 범죄 국제 재판에 부칠 수 있을 것이다. 지금 당장은 그런 일에 신경 쓸 여유가 없다.

그는 수면에서 6미터 정도 위쪽에 제멋대로 뚫린 구멍을 향해 갈고리를 대여섯 번이나 던지고 나서야 거는 데 성공한다.

꿈틀대며 구멍으로 몸을 집어넣자 뜨겁게 달구어진 날카로운 금속이 합성 물질로 된 옷을 녹이며 찢어 대고, 뭔가 터지고 새는 듯한 소리가 난다. 그가 걸어가면서 지나는 선체 주변에 녹은 옷 조각이 들러붙어 남는다. 이제 밖으로 드러난 그의 피부는 약한 화상을 입는다. 그러나 아직 그렇게 아프지는 않다. 상처가 나면 늘 그렇다. 한참 후에야 아픔이 느껴진다. 불타는 파편을 밟고 지나자 신발 밑창이 지글거리며 녹는 소리를 낸다. 실내에 연기가 자욱하지만 항공 모함은 불이 나지만 않으면 별문제가 아닌 것 같다. 이 방에는 불이 붙을 만한 것이 보이지 않는다. 히로는 연기를 헤치며 문으로 향한다. 문짝은 레일 건에 맞아 온통 구멍이 숭숭 뚫린 모습이다. 그는 문짝을 걷어차 열고 설계도에 간단히 '통로'라고만 표시된 곳으로 들어선다. 그리고 카타나를 뽑아 든다. 칼을 뽑기에 제일 적당한 시기인 것 같다.

60

히로가 현실 세계에서 뭔가를 하고 있으면 그의 아바타는 멍해지는 듯한 모습이다. 마치 자위용 풍선 인형처럼 앉은 아바타의 얼굴에 온갖 괴상한 표정이 떠올랐다 사라진다. 그가 뭘 하는 건지는 알 수 없지만 와이티가 보기에 상당히 흥미로운 상황인 듯하다. 왜냐하면 대부분 극도로 놀라거나 어마어마하게 겁먹은 표정이기 때문이다.

히로가 사서 데몬과 항공 모함에 관해 이야기를 나눈 다음 얼마 지나지 않아 밖에서 크고 낮은 굉음이 들리기 시작한다. 현실 세계에서 말이다. 기관총 소리와 전기톱 소리를 섞어 놓은 것 같다. 그 소리가 들릴 때마다 히로의 얼굴은 깜짝 놀란 표정으로 금세 죽을 것 같다고 말하는 것 같다.

누군가 어깨를 두드린다. 아침 이른 시간에 메타버스에서 누굴 만나기로 약속한 어떤 양복쟁이는 쿠리에 녀석이 하는 일이 뭐든 별 게 아니라고 생각한 것 같다. 그녀는 한참 동안 그냥 무시하고 만다.

결국 히로의 사무실이 흐릿하게 보이기 시작하다가 마치 창문 가리개에 그려진 그림처럼 위로 사라지더니 어떤 사내의 얼굴이 보인다. 섬뜩하게 생긴 동양인이다. 머리에는 안테나가 비쭉 솟아나 있다. 무서운 그 녀석들 가운데 한 명이다.

"알았어요. 왜 그러시죠?"

그녀가 말한다.

사내는 와이티의 팔을 잡더니 컴퓨터 부스에서 그녀를 끌어낸다. 함께 온 다른 녀석이 그녀의 반대편 팔을 붙잡는다. 세 명은 함께 걸어 나오기 시작한다.

"이 빌어먹을 팔 좀 놔요. 따라갈게요. 좀 놓고 가자고요."

그녀가 말한다.

양복쟁이들이 가득 찬 건물에서 쫓겨나는 건 처음 당하는 일이 아니다. 하지만 이번에는 뭔가 좀 다르다. 이 두 경비원은 마치 장난감 가게에서 파는 실물 크기의 플라스틱 인형처럼 느껴진다.

사내들이 영어를 하지 못하는 것처럼 느껴지기 때문만은 아니다. 이들은 정상적으로 행동하지 않는다. 사실 그녀가 한쪽 팔을 간신히 비틀어 빼냈을 때도 사내는 그녀를 때리거나 하지도 않고 그저 굳은 표정으로 그녀에게 달려들며 기계적으로 다시 그녀의 팔을 붙들었을 뿐이다. 표정 하나 변하지 않는다. 두 눈은 깨진 자동차 전조등처럼 보인다. 벌어진 입으로 숨을 쉬기는 하지만 움직이지 않는 입술에서 느껴지는 표정의 변화는 전혀 없다.

그들은 선실 여러 개와 한쪽이 뚫린 컨테이너를 모아 만든 호텔 로비에 있다. 사내들은 그녀를 문밖으로 데려가더니 헬기 착륙장 한가운데를 지나 끌고 간다. 그때 그들이 지난 자리에 아슬아슬하게 헬기 한 대가 내려앉는다. 여기는 안전 수칙이라는 건 존재하지도 않는 것 같다. 하마터면 머리가 잘려 나갈 뻔한 상황이었다. 매끈한 민간인용 헬기에는 전에도 본 '라이프 연구소'라는 로고가 새겨져 있다.

머리에 안테나가 달린 사내들은 그녀를 끌고 화물선 옆 다른 배로 통하는 널빤지 다리 위로 걸어간다. 그녀는 가까스로 몸을 돌려 양손으로 난간을 잡고 발목을 기둥에 건 채로 매달린다. 사내 하나가 뒤에서 그녀의 허리를 붙잡고 떼어 내려 애쓰는 동안 다른 사내는 앞에서 난간에 매달린 그녀의 손가락을 차례로 하나씩 떼어 내기 시작한다.

방금 착륙한 헬기에서 여러 명의 사내가 우르르 쏟아지듯 내린다. 사내들이 입은 작업복에는 주머니마다 장비가 잔뜩 들었는데 언뜻 청진기도 보이는 것 같다. 그들은 옆에 빨간 십자가가 그려진 커다란 유리 섬유 상자를 헬기에서 꺼내더니 화물선 안으로 달려 들어간다. 그들이 자두를 넣어 끓인 요리를 먹다가 심장마비를 일으킨 뚱뚱한 사업가 때문에 몰려온 게 아니라는 걸 와이티는 잘 안다. 그들은 그녀의 남자 친구를 소생시키려고 온 것이다. 레이븐은 엄청난 속도로 힘을 모두 써 버린 상태였다. 그렇게 있는 편이 세상을 위해 좋다.

사내들은 그녀를 끌고 갑판을 가로질러 다음 배로 간다. 그리고 그 배에서 계단처럼 생긴 걸 타고 어마어마하게 큰 다음 배로 건너간다. 그녀가 보기엔 유조선처럼 보인다. 광활한 갑판 위에 파이프가 복잡하게 얽혀 있고 하얀 페인트 사이로 여기저기 녹슨 곳이 보인다. 그 갑판 너머로 엔터프라이즈호가 보인다. 그들은 그리로 가고 있다.

엔터프라이즈호로 직접 연결된 통로는 없다. 엔터프라이즈호 갑판에 있는 크레인이 빙그르르 돌더니 케이블에 매단 조그만 쇠 우리를 유조선 갑판 위로 늘어뜨린다. 케이블에 매달린 채 갑판에서 채 1미터도 떨어지지 않은 철창은 양쪽 배가 움직이자 마치 추처럼 이리저리 흔들린다. 우리 한쪽에 달린 문이 활짝 열려 있다.

사내들은 저항하지 못하도록 그녀의 팔을 몸 양쪽에 붙인 채 집어던지듯 머리를 안쪽으로 해서 그녀를 우리 속으로 밀어 넣는다. 그리고 뒤에서 그녀의 다리를 접어 안으로 밀어 넣느라 시간을 보낸다. 이제 떠들어 봐야 별 소용이 없다는 걸 안 그녀는 아무 말 없이 몸부림만 치고 있다. 어쩌다 그녀는 사내 한 명의 콧등에 멋지게 발길질을 날린다. 그녀와 맞은 사내 두 사람 모두 뼈가 부러지는 소리를 듣고 몸으로 느끼지만 사내는 그저 머리를 뒤로 젖힐 뿐 아무런 반응도 보이지 않는다. 그녀가 발길질을 멈춘 채 자신이 걷어차서 코뼈가 부러진 걸 사내가 알아차리기만을 기다리며 바라보는 사이 우리의 문이 닫혀 버리고 만다.

걸쇠는 훈련만 받으면 너구리라도 풀 수 있을 정도로 단순한 모양이다. 사람을 잡아 두려고 만든 우리는 아닌 것 같다. 그러나 그녀가 걸쇠를 풀려고 몸을 돌려 손을 뻗을 무렵 우리는 이미 갑판에서 6미터는 올라간 상태로 유조선과 엔터프라이즈호 사이의 시커먼 바닷물 위를 건너는 중이다. 아래쪽에 누군가 버리고 간 고무보트 한 척이 두 개의 강철 벽에 부딪히며 흔들리고 있다.

엔터프라이즈호는 정확히 말해 정상적인 상태는 아니다. 어딘가에서 뭔가 불타고 있다. 사람들이 총을 쏴 대고 있다. 별로 올라타고 싶은 생각이 들지 않는다. 높은 공중에 매달려 아래를 내려다보니 항공 모함에서 빠져나갈 널빤지 다리나 사다리는 전혀 보이지 않는다.

그녀는 엔터프라이즈호를 향해 내려진다. 케이블에 매달린 쇠 우리는 이리저리 뒤뚱거리며 갑판 위를 미끄러지듯 움직이다가 마침내 바닥에 내려앉는다. 내려앉으며 1미터 정도 미끄러진 우리는 멈추어 선다. 그녀는 걸쇠를 젖히고 우리에서 빠져나온다. 이제 어떻게 하지?

커다란 과녁 같은 게 그려진 갑판 끄트머리에 헬리콥터 여러 대가 밧줄에 꽁꽁 묶인 채 서 있다. 그리고 제트 엔진이 두 개나 달린 거대한 헬리콥터도 한 대 보인다. 온통 기관포와 미사일이 달린, 하늘을 나는 목욕통처럼 생긴 그 헬기는 모든 조명과 엔진을 켠 상태로 과녁 한가운데 앉아 있다. 회전 날개가 정신없이 돌아가고 있다. 그 곁에 사내 여러 명이 모여 있는 모습이 보인다.

와이티는 그쪽으로 걸어간다. 상황이 아주 마음에 들지 않는다. 자신이 뭘 어떻게 해야 하는지 정확히 알고 있다. 다른 방법은 전혀 없다. 스케이트보드가 있었으면 좋겠다는 생각이 절실히 든다. 이 항공 모함 갑판은 그녀가 본 것들 가운데 보드를 타고 달리기에 최상의 조건을 갖춘 곳이다. 그녀는 항공 모함에 달린 커다란 비행기 발사대가 하늘로 비행기를 밀어 던지는 모습을 영화에서 본 적이 있다. 스케이트보드를 타고 비행기 발사대 위를 그런 식으로 달리면 기분이 끝내줄 것이다!

헬리콥터를 향해 걸어가는데, 서 있던 사내들 가운데 하나가 무리에서 떨어져 나와 그녀를 향해 다가온다. 큰 덩치가 마치 드럼통 같은 사내는 끄트머리가 꼬부라진 콧수염을 달고 있다. 그녀에게로 다가오며 만족스럽다는 듯 표정을 짓는 사내의 얼굴이 그녀에게 화를 불러일으킨다.

"아이고, 이렇게 불쌍해 보일 수가 있나! 젠장, 너 정말 물에 빠진 생쥐를 다시 말려 놓은 꼴이로구나."

사내가 말한다.

"고맙군요. 당신은 햄 덩어리를 사람 모양으로 깎아 놓은 것 같네요."

그녀가 말한다.

"재밌기도 하구나."

사내가 말한다.

"재미있다면서 왜 안 웃죠? 내 말이 정말일까 봐 겁나나?"

"이봐, 이런 어린애 장난으로 보낼 시간은 없어. 난 그런 짓거리가 지겨워서 나이 먹고 늙은 사람이란 말이야."

사내가 말한다.

"시간이 없고 지겨워서가 아니겠지. 당신이 이런 말싸움에 이겨 본 적이 없어서 싫어하는 거야."

그녀가 말한다.

"너 내가 누군지 아니?"

사내가 묻는다.

"그럼요, 알죠. 당신은 내가 누군지 알아요?"

"와이티. 열여섯 살 먹은 쿠리에지."

"그리고 엉클 엔조하고 특별히 친한 사이죠."

와이티는 인식표 목걸이를 벗어 사내를 향해 던진다. 그는 놀라며 한 손을 내밀어 군번줄을 붙잡더니 들고 살펴본다.

"그렇군, 그래. 대단한 물건을 가졌군."

사내는 인식표를 다시 와이티에게 던져 준다.

"네가 엉클 엔조와 친구 사이라는 건 잘 알아. 그렇지 않았으면 널 이리로 모시는 대신 바다에 처박아 버렸겠지. 하지만 솔직히 말해 그런 건 신경 쓰지 않아. 왜냐면 오늘만 지나면 엉클 엔조는 쫓겨나거나 네 말대로 고깃덩어리가 되어 버릴 테니까 말이야. 하지만 내가 보기에 그 이탈리아인 녀석은 자기 장난감이 헬기에 타고 있다는 걸 알면 함부로 미사일을 쏴 대진 못할 거야."

사내가 말한다.

"그런 게 아니에요. 우린 같이 잠자는 사이가 아니라고요."

286

와이티가 말한다. 그러나 그녀는 그렇게 오랜 시간이 지나고서야 그동안 간직한 개 목걸이가 나쁜 놈들에게 마술 같은 효과를 내지 못한다는 사실을 알게 되어 원통한 기분이다.

라이프는 돌아서서 다시 헬기로 걸어간다. 몇 걸음을 걷던 그는 돌아서서 그 자리에 선 채 울음을 터뜨리지 않으려 애쓰는 와이티를 바라보더니 말한다.

"안 가?"

그녀는 헬기를 바라본다. 뗏목 선단에서 빠져나가는 티켓이다.

"레이븐에게 전갈을 남길 수 없을까요?"

"레이븐에게라면 넌 이미 확실한 뜻을 밝힌 것 같은데? 하하하. 자, 가자고. 괜히 연료만 낭비하고 있잖아. 빌어먹을 환경을 위해서도 그런 건 나쁜 일이야."

그녀는 그를 따라 헬기로 가서 올라탄다. 실내는 따뜻하고 밝고 의자들도 근사하다. 추운 2월에 모래로 잔뜩 덮인 고속 도로를 한참 달리다 실내로 들어와 푹신한 의자에 앉는 기분이다.

"실내를 새로 꾸몄어. 이건 오래된 소련제 대형 무장 헬리콥터라서 그다지 편안하지는 않아. 그래도 방탄 기능이 확실하니까 그 정도는 참아야지."

라이프가 말한다.

안에는 사내 둘이 더 타고 있다. 한 명은 땀구멍이 숭숭 뚫리고 테가 얇은 안경을 쓴 수척한 오십 대 남자로 노트북을 들고 있다. 개발자가 틀림없다. 다른 사내는 덩치가 크고 피부가 검은 미국인으로 총을 한 자루 들고 있다.

"와이티, 인사하지. 기술을 담당하는 프랭크 프로스트와 보안 담당인 토니 마이클스야."

늘 정중한 L. 밥 라이프가 말한다.

"안녕하세요?"

토니가 말한다.

"안녕하신가."

프랭크가 말한다.

"지랄하고 있네."

와이티가 말한다.

"거기 밟지 말아 주시오."

프랭크가 말한다.

와이티는 아래를 내려다본다. 출입문에서 제일 가까운 자리로 가던 그녀가 바닥에 놓인 꾸러미를 밟은 모양이다. 크기는 전화번호부만 하지만 매우 무겁고 불규칙한 모양으로, 공기가 든 비닐 포장지에 싸인 채 투명 비닐에 들어 있다. 그녀는 안에 뭐가 들었는지 슬쩍 들여다본다. 색깔은 옅은 붉은색이 도는 갈색이다. 닭 발자국이 잔뜩 찍혀 있다. 돌처럼 단단하다.

"이건 뭐죠? 엄마가 직접 만들어 준 빵인가?"

와이티가 말한다.

"고대 유물이야."

잔뜩 화가 난 프랭크가 말한다. 와이티가 이제 다른 사람을 공격하기 시작하자 라이프는 기쁜지 낄낄대며 안심을 하는 모습이다.

또 다른 사내 한 명이 돌아가는 회전 날개에 죽기 싫은지 오리걸음으로 갑판을 걸어오더니 헬기에 올라탄다. 나이는 60세 정도로 보이는데, 하얀 머리를 어찌나 눌러 붙였는지 회전 날개에서 아무리 바람이 세게 불어도 머리칼이 꼼짝도 하지 않는다.

"모두 안녕하십니까?"

사내가 즐거운 듯 말한다.

"모르는 분이 계시네요. 오늘 아침에야 여길 왔는데 벌써 돌아갑니다!"

"당신 누구요?"

토니가 말한다.

마지막으로 헬기에 오른 사내는 풀이 죽은 듯 말한다.

"그렉 릿치라고 합니다."

그래도 아무도 반응을 보이지 않자 사내는 사람들의 기억을 되살려 준다.

"미국 대통령입니다."

"오! 죄송합니다. 만나 뵙게 되어 반갑습니다. 대통령 각하. 토니 마이클스라고 합니다"

토니가 손을 내밀며 말한다.

"프랭크 프로스트입니다."

프랭크는 따분하다는 듯 손을 내밀며 말한다.

"전 신경 쓰지 않으셔도 돼요. 인질이거든요."

와이티는 릿치가 자신 쪽을 바라보자 말한다.

"어서 가자고. LA로 가. 우리에겐 해내야 할 임무가 있어."

라이프가 조종사에게 말한다.

조종사는 얼굴이 각진 걸 보니 전형적인 러시아 사람이다. 뗏목 선단에서 생활해 본 와이티는 알아볼 수 있다. 조종사가 조종을 시작한다. 엔진 소리가 더 커지기 시작하더니 회전 날개가 도는 소리가 빨라진다. 와이티는 작은 두 번의 폭발음을 몸으로 느낀다. 다른 이들도 모두 느꼈지만, 반응을 보이는 건 토니뿐이다. 그는 헬기 바닥에 엎드리더니 옷 속에서 권총을 뽑아 들고 자기 쪽에 달린 문을 열어젖힌다. 그러는 사이 엔진이 푸드덕거리더니 회전 날개가 헛돌기 시작한다.

와이티도 창문 밖으로 그의 모습이 보인다. 히로다. 온통 피투성이에다 연기로 시커메진 히로는 한 손에 권총을 쥐고 있다. 헬기 안에 있는 사람들의 관심을 끌려고 공중에 권총을 두 발 쏜 그는 이제 근처에 선 여러 헬기 가운데 하나 뒤에 숨어 몸을 숨기고 있다.

"넌 죽었어. 뗏목 선단에서 벗어나지 못할 거야, 이 자식아. 내 전사들이 백만 명은 될 거야. 네가 전부 해치울 건가?"

라이프가 소리를 지른다.

"칼은 탄약이 필요 없다."

히로가 맞고함을 친다.

"그래, 원하는 게 뭐냐?"

"점토판을 내놔라. 그것만 내주면 넌 부하들에게 날 해치우라고 말하고 떠나게 해 주마. 점토판을 내놓지 않으면 이 총 안에 든 탄환을 그 헬기 유리창에 모두 퍼부어 주겠다."

"이건 방탄유리야! 멍청아!"

라이프가 말한다.

"아니, 그렇지 않아. 아프가니스탄의 반군들이 전쟁 중에 증명한 적이 있지."

히로가 말한다.

"저놈 말이 맞습니다."

조종사가 말한다.

"빌어먹을 소련제 물건 같으니! 뱃가죽에는 그렇게 두꺼운 철판을 붙인 놈들이 창을 그냥 유리로 만들었단 말이야?"

"점토판을 내놔. 아니면 뺏으러 가겠다."

히로가 말한다.

"넌 공격할 수 없어. 내가 여기 팅커벨을 붙잡고 있거든."

라이프가 말한다.

마지막 순간 와이티는 히로가 자신을 보지 못하도록 고개를 숙이고 숨는다. 부끄럽기 때문이다. 그러나 히로는 스치듯 그녀의 모습을 본다. 히로의 얼굴에 패배의 그림자가 드리운다.

와이티는 문 쪽으로 몸을 날려 회전 날개가 만드는 바람 속으로 빠져나오려 시도한다. 토니가 그녀의 작업복 깃을 붙잡더니 안으로 잡아당긴다. 그는 그녀가 배를 깔고 엎드리도록 넘어뜨린 후 꼼짝하지 못하도록 한쪽 무릎으로 그녀의 뒤쪽 허리 부근을 누른다. 그러는 동안 엔진이 힘을 더하더니 헬기의 열린 문밖으로 보이던 항공 모함 갑판의 철제 수평선이 밑으로 사라진다.

그렇게 온갖 노력을 다했는데 와이티가 작전을 망친 것이다. 그녀는 히로에게 빚을 지게 되었다.

아니, 그렇지 않을 수도 있다.

그녀는 한쪽 손바닥 아래를 점토판에 대고 최대한 힘껏 잡아당긴다. 점토판이 바닥을 미끄러지더니 문턱에 걸려 건덩대다가 뱅그르르 돌며 헬기 밖으로 떨어진다.

그녀는 다시 한번 배달을 완료했다. 또 한 번의 고객 만족.

61

　헬기는 1분가량 머리 위 6미터 정도 상공에서 맴돈다. 헬기에 탄 모든 사람이 헬기 착륙장 한가운데 떨어져 포장을 뜯고 튀어나온 점토판을 내려다보고 있다. 겉을 싼 비닐 한쪽이 찢어지는 바람에 깨진 점토판 조각들이 이리저리 사방으로 흩어져 있다.

　지상에 서 있는 헬기 뒤에 몸을 안전하게 숨긴 히로 역시 같은 광경을 보고 있다. 어찌나 열심히 바라보는지 주위를 살필 생각은 아예 잊은 모양이다. 그 순간 머리에 안테나가 달린 두 녀석이 히로의 뒤를 덮치고 히로는 얼굴을 헬기 옆구리에 부딪힌다. 그는 무너져 내리며 엎드린 모습으로 쓰러진다. 권총을 든 손은 여전히 자유롭지만, 또 다른 두 녀석이 그 팔을 깔고 앉아 있다. 다리에도 두 놈이 붙었다. 꼼짝할 수가 없다. 히로의 눈에는 멀지 않은 비행갑판에 부서져 떨어진 점토판 말고는 아무것도 보이지 않는다. 라이프 일행이 탄 헬기가 만들어 내는 바람과 소음이 멀리 사라져 가지만 완전히 사라지기까지는 꽤 오랜 시간이 걸린다.

히로는 이들이 머리에 수술용 칼과 드릴을 들이댈 걸 생각하니 귀 뒤쪽이 욱신거리는 느낌이 든다.

그를 붙잡은 놈들은 누군가 어디 먼 곳에서 조종하는 것처럼 보인다. 웅은 뗏목 선단이 조직적인 보안 시스템을 갖추고 있으리라 예상했다. 어쩌면 책임자 해커인 엔이 엔터프라이즈의 관제탑에 앉아 이 녀석들이 움직일 수 있도록 명령을 내리고 있을지도 모를 일이다.

사실이 어떻든, 녀석들은 자연스럽게 움직이는 것과는 거리가 멀다. 히로를 깔고 앉은 녀석들은 다음에 어떻게 할 건지 결정이 내려질 때까지 한참 멍하니 보낸다. 그러더니 여러 손이 한꺼번에 달려들어 그의 허리와 발목, 팔꿈치, 무릎을 움켜잡는다. 녀석들은 마치 관을 운반하는 사람들처럼 히로를 갑판 위로 질질 끌고 간다. 관제탑을 올려다보니 두 사람이 그를 내려다보고 있다. 그 가운데 한 명, 엔이 마이크에 대고 뭔가 말하고 있다.

마침내 그들은 커다랗고 널찍한 엘리베이터를 타고 항공 모함의 깊은 아래, 관제탑에서 보이지 않는 곳으로 내려간다. 엘리베이터는 하부 갑판 가운데 한 곳에 멈춘다. 겉으로 보기에 항공기들을 보수하는 데 사용하는 격납고 같다.

어떤 여자가 부드럽지만 명확하게 뭔가 말하는 소리가 들린다.

"메 루 루 무 알 누 움 메 엔 키 메 엔 메 루 루 무 메 알 누 움 메 알 누 우메 메 메 무 루 에 알 누 움 메 덕 가 무 메 무 루 에 알 누 움 메……."

갑자기 히로는 등이 아래를 향한 채 1미터 가까이 떨어져 머리를 바닥에 부딪친다. 떨어진 팔다리가 철판으로 된 바닥에 아무렇게나 늘어진다. 주위를 둘러보니 그를 붙잡고 있던 안테나 달린 녀석들이 모두 젖은 수건 떨어지듯 자빠지는 모습이 보인다.

히로의 몸 전체가 꼼짝하지 않는다. 눈동자만 간신히 조금 움직일 뿐이다. 시야 안쪽으로 얼굴이 하나 나타난다. 하지만 히로가 아무리 초점을 맞추려 애써 봐도 잘 안 된다. 그러나 나타난 여자가 흘러내리는 머리칼을 뒤로 넘기는 동작을 보고 누군지 알아차린다. 후아니타. 머리 아래쪽에서 안테나가 솟아난 모습을 한 후아니타가 서 있다.

그녀는 히로 곁에 무릎을 꿇고 앉아 고개를 숙이더니 귀에 손을 대고 조용히 속삭인다. 뜨거운 입김이 귀를 간질이자 히로는 머리를 빼려 해 보지만 잘되지 않는다. 그녀는 히로의 귀에 대고 또 뭐라고 길게 중얼거린다. 그리고 고개를 들더니 손으로 그의 옆구리를 쿡 찌른다. 히로는 몸을 움찔하며 피한다.

"일어나, 이 게으름쟁이."

그녀가 말한다.

그는 일어나 앉는다. 몸은 싹 나았다. 그러나 다른 사내들은 여전히 꼼짝도 하지 않고 주위에 누워 있다.

"슬쩍해 둔 남섭을 약간 사용했지. 이 사람들 괜찮을 거야."

그녀가 말한다.

"반가워."

그가 말한다.

"나도. 다시 만나니 기뻐, 히로. 자, 이제 껴안을 테니까 내 안테나를 조심하라고."

그녀가 히로를 안는다. 히로도 그녀를 껴안는다. 안테나가 그의 얼굴을 찌르지만 상관없다.

"이놈의 안테나를 떼어 내면 머리칼 같은 건 다시 자랄 거야."

그녀는 그렇게 속삭이더니 겨우 그를 놓아준다.

"당신보다는 날 위해 껴안은 거야. 여기 있는 동안 외로웠어. 외롭고 무서웠지."

후아니타는 이런 식으로 앞뒤가 맞지 않는 행동을 자주 한다. 이런 순간에도 서로의 몸을 안으며 위안으로 삼다니.

"이상하게 듣지는 마. 하지만 당신 지금은 나쁜 편 아니야?"

히로가 말한다.

"아, 이거 말이야?"

"그래. 당신 저놈들 밑에서 일하는 거잖아."

"만일 그렇다면 난 지금 일을 그르치는 중이겠지."

그녀는 둥글게 원을 그린 채 쓰러진 안테나 사내들을 가리킨다.

"아니야. 이 안테나는 나한테는 통하지 않아. 잠시 통하는 것 같았지만, 이겨 내는 방법이 있더라고."

"왜? 왜 당신한테는 안 통해?"

"난 최근 몇 년 동안 예수회에서 수련했거든. 들어 봐. 뇌에도 몸처럼 면역 체계가 있어. 면역 체계는 사용할수록, 그러니까 바이러스에 노출되면 될수록 더 강해져. 그리고 내 면역 체계는 엄청날 정도로 강해. 내가 한참 무신론자로 지내다가 몹시 어려운 과정을 거쳐 다시 종교를 갖게 된 걸 기억하라고."

"왜 저들이 당신을 다파이비드를 다루듯 망쳐 놓지 않았을까?"

"난 이리로 자원해서 왔거든."

"이난나처럼 말이지."

"맞아."

"이런 곳에 뭐 하러 자원해서 온 거야?"

"히로, 모르겠어? 바로 여기야. 여기는 새롭지만 엄청나게 오래된 종교의 신경 중추야. 여기 머무는 건 마치 예수나 마호메트 주변에서 새로운 종교가 탄생하는 걸 지켜보는 것과 같아."

"하지만 끔찍한 일이야. 라이프는 적그리스도라고."

"물론 그래. 하지만 그래도 재밌잖아. 게다가 라이프는 뭔가 다른 일을 꾸미고 있어. 에리두 말이야."

"엔키의 도시."

"바로 그거야. 라이프는 엔키가 쓴 모든 점토판을 찾아냈어. 종교와 컴퓨터에 관심이 많은 사람이라면 여기보다 더 멋진 곳은 없을 거야. 만일 그 점토판들이 아라비아에 있었다면 난 차도르를 뒤집어쓰고 시민권을 포기한 채 그리로 갔을 거야. 하지만 점토판들이 여기 있으니 저들이 내 머리에 안테나를 꽂게 그냥 둔 거지."

"그럼 지금까지 당신의 목표는 엔키가 남긴 점토판을 공부하는 거였군."

"메를 구하는 거지. 이난나처럼. 달리 뭐가 있겠어?"

"그래, 점토판을 보고 연구했어?"

"아, 그럼."

"그래서?"

그녀는 쓰러진 사내들을 가리킨다.

"이렇게 할 수 있지. 나는 바알 셈이야. 뇌를 해킹할 수 있다고."

"좋아. 당신이 좋다니 나도 기뻐. 하지만 지금 당장 우리에겐 문제가 있어. 우리 주위엔 우리를 죽이고 싶어 하는 백만 명이나 되는 적이 있다고. 전부 마비시킬 수 있어?"

"그럼. 하지만 그럼 전부 죽을 거야."

그녀가 말한다.

"우리가 어떻게 해야 하는지 아는 거지, 후아니타?"

"엔키의 남섭을 풀어 버리는 거야. 바벨탑 사건처럼 말이지."

그녀가 말한다.

"그걸 구하러 가자."

히로가 말한다.

"먼저 해야 할 일이 있어. 관제탑으로 가야 해."

후아니타가 말한다.

"좋아, 당신은 점토판을 맡으라고. 난 관제탑으로 쳐들어갈 테니까 말이야."

"가서 어떻게 하려고? 칼로 사람들을 잘라 버릴 거야?"

"그래. 칼은 자르라고 있는 거니까 말이야."

"반대로 해 보자고."

후아니타가 말한다. 그녀는 일어서더니 격납고 갑판을 가로질러 어디론가 사라진다.

엔키의 남섭은 점토 덮개에 싸인 점토판으로, 경고 스티커 정도 되는 양의 설형 문자가 새겨져 있다. 판과 덮개로 이루어진 남섭은 10여 개나 되는 조각으로 부서졌다. 조각 대부분은 비닐봉지 안에 남았지만, 일부는 비행갑판 여기저기 흩어진 상태다. 히로는 헬기 착륙장에 흩어진 조각을 모아 갑판 한가운데로 가지고 온다.

히로가 비닐봉지를 뜯어내고 있을 때쯤 후아니타가 관제탑 꼭대기 층 창문에서 손을 흔드는 모습이 보인다.

히로는 덮개에 속한 걸로 보이는 조각을 따로 한쪽으로 모아 둔다. 그리고 점토판으로 보이는 나머지 조각을 이렇게 저렇게 맞춰 본다. 어떻게 맞춰야 할지 명확하지 않다. 그는 지금 그런 퍼즐을 풀고 있을 시간이 없다.

그래서 그는 고글을 쓰고 메타버스에 있는 자신의 사무실로 간 다음 컴퓨터를 이용해 부서진 조각들의 이미지를 하이퍼카드에 저장하고 사서 데몬을 불러낸다.

"네, 주인님?"

"여기 하이퍼카드에 부서진 점토판 이미지가 들어 있어. 조각을 다시 맞추는 소프트웨어가 혹시 있을까?"

"잠시만 기다려 주십시오."

사서 데몬의 손에 하이퍼카드가 하나 나타난다. 그는 카드를 히로에게 건넨다. 카드에는 완전히 맞춰진 점토판의 형상이 들어 있다.

"그게 온전한 모습입니다."

"수메르 문자를 읽을 수 있나?"

"네, 주인님."

"여기 점토판에 쓰인 문자를 크게 읽어 주겠나?"

"네, 주인님."

"일단 준비만 해. 그리고 잠시만 기다려."

히로는 관제탑 아래로 걸어간다. 문을 여니 계단이 나온다. 그는 걸어서 꼭대기 층으로 올라간다. 왠지 철기 시대와 최첨단 기술을 묘하게 섞어 놓은 분위기가 풍긴다. 후아니타는 평화롭게 잠든 안테나 사내들에 둘러싸인 채 그를 기다리고 있다. 그녀는 계기반에 툭 튀어나온 마이크를 두들겨 본다. 아까 엔이 입에 대고 말하던 바로 그 마이크다.

"뗏목 선단 전체로 방송하는 거야. 시작하자고."

그녀가 말한다.

히로는 자신의 컴퓨터를 스피커폰 모드로 바꾼 다음 마이크 앞에 선다.

"사서, 읽기 시작해."

스피커에서 뭔가를 읽는 소리가 쏟아져 나온다.

사서가 남섭을 읽는 동안 히로는 후아니타를 흘깃 바라본다. 그녀는 먼 구석에 서서 손을 양쪽 귀에 대고 있다.

계단 아래쪽에서 안테나 사내 하나가 말하기 시작한다. 엔터프라이즈호의 깊은 아래층에서도 좀 더 많은 말소리가 들려온다. 알아들을 수 있는 말은 없다. 그저 중얼중얼 뭔지 모를 소리뿐이다.

관제탑 외부에는 좁은 통로가 빙 둘러 달려 있다. 히로는 그리로 나가 뗏목 선단에서 나는 소리에 귀를 기울인다. 사방에서 희미한 아우성이 들려온다. 파도 소리도 아니고 바람 소리도 아닌 백만 명이나 되는 인간이 속박에서 풀려나 내뱉는 혼란스러운 여러 가지 언어의 소리다.

후아니타도 그 소리를 들으러 밖으로 나온다. 그녀의 귀 아래로 빨간 액체가 흘러내리는 모습이 보인다.

"당신, 피가 흘러."

그가 말한다.

"알아. 원시적인 수술을 좀 했어."

그녀의 목소리는 불편하고 부자연스럽다.

"이럴 때를 대비해서 수술용 칼을 들고 다녔지."

"무슨 짓을 한 거야?"

"안테나 아래를 약간 절개하고 두개골로 들어가는 선을 잘랐어."

그녀가 말한다.

"언제 그런 거야?"

"당신이 아래쪽 비행갑판에 있을 때."

"왜?"

"왜 그랬다고 생각해? 그래야만 엔키의 남섭에 노출되지 않을 테니까 그런 거지. 히로, 난 이제 신경 언어학 해커야. 이 지식을 얻으려고 끔찍한 고생을 했다고. 이제 그 능력은 내 몸의 일부야. 내 뇌를 열어 연구하려는 생각은 꿈에도 하지 마."

"이 사태를 모두 해결하고 나면 내 여자가 되어 주겠어?"

"당연하지. 그럼 이제 사태를 해결하자고."

그녀가 말한다.

62

"난 그냥 내 할 일을 한 거라고요. 엔키라는 친구가 히로에게 전할 말이 있다서 배달해 준 것뿐이에요."

와이티가 말한다.

"닥쳐."

라이프가 말한다. 화난 말투는 아니다. 그저 와이티가 입을 다물었으면 좋겠다는 생각인 것 같다. 왜냐하면 어차피 많은 안테나 인간이 히로를 덮쳤으니 그녀가 한 짓은 아무 효과도 없기 때문이다.

와이티는 창밖을 내다본다. 헬기는 태평양 상공을 날아간다. 어찌나 낮게 나는지 헬기 아래에서 바닷물이 튀는 모습이 보인다. 속도가 얼마나 빠른지 알 수는 없지만, 눈으로 보기엔 빌어먹을 정도로 빠른 것 같다. 그녀는 바다는 늘 파란색이라고 생각했는데 사실 바다의 색깔은 그녀가 본 회색 가운데서도 가장 지루한 회색이다. 그리고 그런 바다가 끝도 없이 펼쳐져 있다.

한참 후 다른 헬기 한 대가 그들을 따라잡더니 옆에 바짝 붙어 대형을 이루며 함께 날기 시작한다. 라이프 연구소 로고가 붙은, 의료진이 잔뜩 탄 그 헬기다.

와이티는 상대편 헬기의 창문을 통해 레이븐이 의자에 앉은 모습을 본다. 그가 몸을 앞으로 구부린 채 움직이지 않아 처음에는 그가 여전히 의식을 잃은 줄 알았다.

그 순간 그가 고개를 들었는데, 고글을 쓰고 메타버스에 접속하고 있는 모습이다. 그는 잠시 한쪽 손으로 고글을 이마 위로 밀어 올리더니 눈을 가늘게 뜨고 창밖을 보다 자신을 보는 와이티를 발견한다. 그와 눈길이 마주치자 그녀는 비닐봉지에 갇힌 토끼처럼 가슴이 약하게 쿵쾅거리기 시작한다. 레이븐은 씩 웃으며 손을 흔든다.

와이티는 의자에 앉은 채 몸을 뒤로 기울이며 창문 가리개를 내려 버린다.

63

히로의 집 앞마당에서 127번 포트에 있는 L. 밥 라이프의 검은색 정육면체 구조물까지의 거리는 3만 2,768킬로미터로 메타버스를 거의 반 바퀴나 돌만큼 멀다. 제일 어려운 부분은 사실 다운타운에서 벗어나는 일이다. 오토바이를 탄 채 다른 사람들의 아바타는 뚫고 지나갈 수 있지만, 스트리트에서는 그뿐 아니라 차량이나 광고판, 공공 광장 그리고 외양이 단단해 보이는 소프트웨어들이 달리는 앞을 막곤 한다.

게다가 그곳엔 눈길을 잡아끄는 시설물도 많다. 오른쪽, 블랙 선에서 1킬로미터 정도 떨어진 곳에 높은 건물 사이로 깊게 파인 곳이 있다. 너비가 1.5킬로미터도 넘는 광장으로, 아바타들이 모여 공연을 보거나 집회나 축전을 여는 곳으로 쓰는 일종의 공원 같은 곳이다. 깊게 파인 원형 극장이 가장 크게 자리를 잡고 있는데, 그곳에는 한꺼번에 백만 명에 가까운 아바타를 수용할 수 있다. 원형 극장 제일 아래쪽 한가운데에는 커다랗고 둥근 무대가 있다.

보통 그 무대는 유명한 록 그룹이 차지하곤 한다. 오늘 밤, 무대를 차지한 주인공은 사람의 상상력이 만들어 낼 수 있는 가장 웅장하고 화려한 컴퓨터 그래픽이다. 무대에는 삼차원 천막이 펼쳐져 있고, 그 위에 오늘 밤 예정된 행사를 안내하는 글씨가 쓰여 있다. 알 수 없는 병으로 아직 병상에 있는 다 파이비드 마이어를 추모하는 자선 그래픽 공연. 벌써 모여든 해커들이 원형 극장을 절반 정도 채웠다.

일단 다운타운을 벗어난 히로는 속도를 최고로 올려 나머지 3만 2천 킬로미터가 좀 넘는 거리를 10분에 주파한다. 머리 위로 고속철도가 시속 1만 6천 킬로미터의 속도로 달리고 있다. 히로는 달리는 기차가 서 있기라도 한 것처럼 더 빠른 속도로 지나친다. 이런 일은 그가 완벽하게 직선으로 달릴 때만 가능한 일이다. 그는 오토바이 소프트웨어가 자동으로 모노레일 궤도를 따라가도록 해 두었기 때문에 조종하느라 신경 쓸 필요가 없다.

그러는 동안 후아니타는 현실 세계에서 히로의 곁에 서 있다. 그녀 역시 고글을 쓰고 있다. 그녀도 히로가 보는 장면을 그대로 볼 수 있다.

"라이프는 민간 여객기에서 쓰는 것처럼 헬기에 휴대용 위성 통신기를 장치했기 때문에 하늘을 날면서도 메타버스에 접속할 수 있어. 공중에 있는 한, 그게 메타버스에 접속할 유일한 통로지. 우리가 그 유일한 연결망을 해킹해서 막아 버리거나 하면 어떨지……."

"그런 수준 낮은 통신망에는 백신이 잔뜩 깔려 있어서 뚫고 들어가려면 한 10년은 걸릴 거야."

히로는 오토바이를 세우며 말한다.

"이런, 빌어먹을. 와이티가 말한 그대로군."

그는 127번 포트 앞에 서 있다. 라이프의 검은 정육면체 구조물이 와이티가 묘사한 그대로 보인다. 문은 보이지 않는다.

히로는 스트리트에서 벗어나 검은 구조물 쪽으로 걸어간다. 건물은 전혀 빛을 반사하지 않기 때문에 3미터 떨어져 있는지 10킬로미터 넘게 떨어져 있는지, 대여섯 명 정도 되는 경비원 데몬이 갑자기 모습을 드러내기 전까지는 도저히 감을 잡을 수가 없다. 덩치 크고 튼튼하게 생긴 아바타들이 푸른색 작업복 차림을 한 경비원 데몬들은 계급장 없는 군인처럼 보인다. 그들은 모두 같은 프로그램으로 돌리는 존재들이라 계급이 있을 필요는 없다. 경비원 데몬들은 반지름이 3미터 정도 되는 깔끔한 반원형으로 서서 검은 구조물로 향하는 히로를 막아선다.

히로가 작은 목소리로 뭔가를 중얼거리자 그의 모습이 사라진다. 투명 아바타로 모양을 바꾼 것이다. 근처에 숨어 경비원 데몬들이 어떻게 대처하는지 살펴보면 재미있겠지만, 지금은 그들에게 혹시라도 들키기 전에 얼른 움직여야만 한다.

경비원 데몬들은 히로를 찾아내지 못한다. 최소한 금방 찾아내지는 못하는 것 같다. 히로는 두 경비원 데몬 사이로 뛰어서 건물 벽으로 돌진한다. 마침내 건물에 도착한 그는 벽에 부딪히며 꼼짝하지 못하고 멈춰 선다. 경비원 데몬들이 모두 돌아서더니 그를 뒤쫓는다. 그들은 히로가 있는 위치를 컴퓨터를 통해 알아낸 모양이지만 그 이상 어쩔 도리는 없다. 히로가 제작에 참여한 블랙 선의 문지기 데몬들처럼 이곳 경비원 데몬도 기본적인 아바타 물리학을 기반으로 사람을 밀 수 있다. 하지만 히로가 보이지 않으면 밀거나 잡아당길 수가 없다. 그러나 잘 짜인 경비원 데몬 프로그램이라면 교묘한 방법으로 그를 제지할 수도 있으므로 히로는 괜한 틈을 주지 않는다. 히로는 카타나로 검은 건물의 옆을 찌르고 검을 따라 들어가 벽 반대편으로 나온다.

이건 일종의 해킹이다. 무척 오래전 히로가 기존의 메타버스 프로그램에

검술 대결과 관련한 원칙을 개발해 넣다가 발견한 빈틈을 이용한 방법이다. 그의 칼날이라고 해서 벽에 구멍을 내는 힘을 갖고 있지는 않다. 만일 그런 힘이 있다면 다른 사람의 건물을 영구적으로 바꾸어 놓을 수 있다는 뜻이 된다. 히로의 칼은 다만 사물을 관통하는 힘을 가졌을 뿐이다. 아바타들은 그런 능력이 없다. 어차피 메타버스에서 벽이 가진 의미가 그것이기 때문이다. 벽은 아바타들이 꿰뚫어 보지 못하도록 만들어 놓은 구조물이다. 그러나 메타버스의 다른 모든 것과 마찬가지로 그것도 하나의 규칙에 지나지 않는다. 여러 컴퓨터가 따르기로 한 합의 사항일 뿐이다. 이론적으로는 무시할 수 없는 규칙이다. 하지만 실제 상황에서는 다양한 컴퓨터가 얼마나 정확하고 빠르고 적절한 시간에 정보를 대체할 수 있는가에 따라 달라진다. 그리고 히로처럼 뗏목 선단에 설치된 위성 송수신기를 통해 메타버스에 접속했을 때는 신호가 위성까지 오가는 시간만큼 지체 현상이 일어난다. 재빨리 과감하게 행동할 수만 있다면 그렇게 비는 시간을 유리하게 이용할 수도 있다. 히로는 아무 곳이나 뚫을 수 있는 카타나의 칼자루 끝에 붙어서 재빨리 벽을 통과한 것이다.

라이프가 세운 검은색 건물은 거대하고 환하게 불을 밝힌 공간으로 원색으로 칠한 기초적인 모양의 물건들이 가득 차 있다. 마치 세 살짜리 아이에게 입체 기하학을 가르치려고 만든 교육용 완구 안에 들어온 것 같다. 여러 개의 정육면체, 구, 사면체, 다면체가 복잡하게 얽힌 원통과 선 그리고 나선형 코일에 연결되어 있다. 그러나 일반적인 완구와 달리 이곳은 너무나 복잡하게 얽혀 있는 모습이다. 레고 블록과 또 다른 만들기 장난감을 몽땅 모아 별다른 계획도 없이 아무렇게나 얼기설기 엮어 놓은 것처럼 보인다.

메타버스를 많이 겪어 본 히로는 눈앞에 보이는 모습이 아무리 밝고 유쾌한 모습이라고 해도 사실은 군 기지처럼 단순하고 실용적이란 걸 알아볼 수 있다. 이건 시스템을 표현해 놓은 것이다. 그것도 거대하고 복잡한 시스템. 이런저런 모양은 아마 컴퓨터들이나 세계적으로 뻗은 라이프의 주요 네트워크 또는 천국의 문 가맹점을 표시한 듯 보인다. 그게 아니더라도 라이프가 전 세계에서 운영하는 다른 모습의 지역 사무실일 것이다. 구조물 위로 기어 올라가 안으로 뚫고 들어가면 혹시 라이프의 네트워크를 운영하는 프로그램 내용을 조금이라도 알아낼 수 있을지 모른다. 그러면 후아니타가 제안한 대로 네트워크를 해킹할 수 있을 것이다.

그러나 자신이 이해하지 못하는 걸 건드리는 건 의미가 없다. 그러다 혹시 라이프 신학 대학 화장실에서 쓰는 자동 물 내림 장치를 조절하는 소프트웨어 코드를 두고 시간을 허비할 수도 있기 때문이다. 그래서 히로는 계속 움직이며 복잡하게 얽힌 모양에 뭔가 형식이 있는지 살펴본다. 그러던 히로는 자신이 메타버스 전체를 움직이는 기관실로 가는 길을 발견했다는 걸 알아차린다. 그러나 그 가운데 자신이 정확히 어떤 걸 찾아내야 하는지는 도저히 알 수가 없다.

히로는 이 시스템이 사실은 여러 개의 별도 네트워크가 한 곳에 복잡하게 얽혀 있는 거라는 사실을 깨닫는다. 수백만 가닥은 되어 보이는 가느다란 붉은색 선들이 엄청나게 복잡한 모양으로 얽혀서 수천 개나 되는 조그만 붉은색 공 사이를 이리저리 오가는 모습이 보인다. 히로의 추측으로는 라이프가 전 세계의 셀 수도 없을 정도로 많은 지점을 통해 제공하는 광섬유 통신망을 나타내는 것 같다. 상대적으로 덜 복잡하고 다른 색으로 만든 네트워크도 있는데, 아마 과거 케이블 텔레비전이나 전화용으로 쓰던 동축 케이블로 이루어진 망인 듯하다.

그리고 온통 파란색으로 만든 커다랗고 허술해 보이는 네트워크도 보인다. 10여 개도 채 되지 않는 커다란 파란색 정육면체로 이루어져 있다. 정육면체들은 그저 파란색을 띤 굵은 튜브로 연결되어 있다. 속이 비쳐 보이는 튜브 속에는 여러 가지 색깔로 이루어진 훨씬 가느다란 선들이 들어 있다. 파란색 정육면체 주변에는 장애물이 많아 자세히 살펴보는 데 시간이 제법 걸린다. 조그만 붉은색 공 여러 개와 가늘게 뻗어 나온 선들이 침뿌리처럼 파란색 정육면체 주위를 감싸고 있다. 겉으로 보기에 원시적 수준에 가까운, 전화 같은 용도로 사용하던 낡은 네트워크의 한 종류로 보인다. 라이프가 원래 시스템에 자신만이 가진 첨단 기술 시스템을 덧붙여 고쳐 놓은 것이다.

히로는 파란색 정육면체를 더 가까이 볼 수 있는 곳까지 안으로 조심스레 들어가 스스로 자라난 것처럼 온통 복잡하게 엉킨 선들을 들여다본다. 파란색 정육면체의 각 면에는 커다란 하얀색 별이 그려져 있다.

"미합중국 정부를 나타내는 거야."

후아니타가 말한다.

"해커들의 무덤이지."

히로가 말한다. 미국 정부는 세계에서 가장 크지만 제일 비효율적인 소프트웨어 개발 회사라고 할 수 있다.

히로와 와이티는 LA 시내를 온통 휘젓고 돌아다니며 몸에 좋지도 않은 음식을 먹곤 했다. 도넛, 부리토, 피자, 초밥을 포함해 뭐든. 그리고 그 많은 시간 동안 와이티가 떠들어 댄 이야기는 모두 엄마와 그녀가 정부를 위해 해야 하는 끔찍한 일들에 관한 것들이었다. 대단히 통제가 심하다든지, 거짓말 탐지기 조사를 받아야 한다든지. 와이티의 엄마는 자신이 하는 일만 보면 정부가 도대체 무슨 일을 하는 건지 알 수 없다고 늘 말한다고 했다.

그런 말을 들을 때마다 히로도 이상하게 생각했지만, 정부가 하는 짓이 원래 그렇다고 넘겨 버리고 말았다. 정부라는 건 민간 기업이 하려고 하지 않는 일, 그러니까 할 이유가 없는 일을 하려고 만든 조직이다. 정부가 무슨 일을, 어떤 이유로 하는지 아무도 알지 못한다. 전통적으로 프로그래머들은 정부가 운영하는 프로그래밍 공장을 두려워하며 그런 곳이 있다는 것 자체를 잊어버리려 애쓰곤 한다.

그러나 미국 정부에서 일하는 프로그래머도 수천 명이 넘는다. 그들은 왜곡된 개인적 충성심에 빠져 하루에 열두 시간씩 일한다. 그들이 소프트웨어를 다루는 기술은 거칠고 엄격하긴 하지만 상당히 수준이 높다. 그들이 뭔가 일을 꾸미는 것이 틀림없다.

"후아니타?"

"왜?"

"내가 왜 이런 생각을 하는지 묻지 마. 하지만 내 생각엔 정부가 L. 밥 라이프를 위해 거대한 소프트웨어 개발 작업을 하는 것 같아."

"그럴 수도 있지. 라이프는 밑에서 일하는 프로그래머들과 애증의 관계를 맺고 있으니 말이야. 그는 프로그래머들이 필요하지만 믿지는 않아. 중요한 프로그램을 만들 거라면 정부만큼 믿을 수 있는 조직은 없겠지. 중요한 프로그램이 뭘까?"

그녀가 말한다.

"잠깐, 잠깐만."

히로가 말한다.

히로는 바닥에 놓인 커다란 파란색 정육면체를 그리 멀지 않은 곳에서 바라보고 있다. 다른 모든 파란색 정육면체들은 그리로 뭔가를 공급하는 모양을 띠고 있다. 그 커다란 상자 옆에 흑백에 가까운 탁한 천연색으로 칠한 오토바이가 한 대 서 있다. 이미지도 들쭉날쭉 부드럽지 못하고 색도 제한적으로 사용한 것으로 보인다. 오토바이에는 사이드카가 달려 있다. 그 곁에 레이븐이 서 있다.

레이븐은 옆구리에 뭔가를 끼고 있다. 그 물건 역시 단순하고 기하학적인 모습을 띠고 있는데, 길이가 30센티미터 정도 되는 부드러운 타원형이다. 움직이는 태도로 보아 레이븐은 방금 그 물건을 파란색 상자에서 떼어 낸 것 같다. 그는 물건을 오토바이로 옮기더니 사이드카에 조심스레 집어넣는다.

"바로 저거로군."

히로가 말한다.

"바로 우리가 두려워하던 것, 라이프의 복수야."

후아니타가 말한다.

"원형 극장으로 가는 거야. 모든 해커가 한자리에 모인 곳이지. 라이프는 그들 모두를 한꺼번에 감염시키려는 거야. 그들의 정신을 모두 날려 버릴 거라고."

64

레이븐은 이미 오토바이에 올라탔다. 만일 히로가 달려서 그의 뒤를 쫓는다면 어쩌면 오토바이가 스트리트로 접어들기 전에 붙잡을 수 있을지도 모른다.

그러나 놓칠 수도 있다. 그러면 히로가 다시 자신의 오토바이로 돌아가는 사이에 레이븐은 다운타운을 향해 시속 수만 킬로미터의 속도로 달려갈 것이다. 그런 속도라면 일단 히로가 레이븐의 모습을 놓치면 영원히 다시 찾을 수 없다.

레이븐은 오토바이를 몰고 복잡하게 뒤얽힌 각종 장치 사이로 출구를 향해 움직인다. 히로는 보이지 않는 다리로 최대한 빨리 벽 쪽으로 움직인다.

잠시 후 벽을 뚫고 나온 히로는 스트리트로 달려간다. 보이지 않을 정도로 작은 아바타로는 오토바이를 몰 수 없어 평상시 사용하는 아바타의 모습으로 돌아온 히로는 오토바이에 뛰어올라 오토바이 방향을 반대로 바꾼다.

그러는 사이 뒤를 돌아보니 레이븐이 스트리트로 나오는 모습이 보인다. 바이러스 폭탄은 원자로 안에 든 중수처럼 부드러운 푸른색으로 이글거리는 모습이다. 그는 아직 히로를 보지 못했다.

지금이 기회다. 히로는 카타나를 뽑아 들고 오토바이가 레이븐을 향하도록 한 다음 속도를 시속 100킬로미터에 가깝도록 올린다. 그 이상으로 빠를 필요는 없다. 레이븐의 아바타를 죽일 유일한 방법은 목을 자르는 것이다. 오토바이로 그를 들이받아 봐야 아무런 소용도 없다.

경비원 데몬 하나가 팔을 흔들며 레이븐에게 뛰어가는 모습이 보인다. 레이븐이 고개를 돌려 자신에게 달려드는 히로를 보더니 재빨리 앞으로 튀어나간다. 칼은 레이븐의 머리가 있던 허공을 스치고 지난다.

너무 늦고 말았다. 레이븐은 이제 사라져 보이지도 않을 게 뻔하다. 하지만 돌아서며 보니 레이븐은 여전히 스트리트 한가운데 서 있다. 그는 모노레일 선로를 받치는 기둥에 부딪힌 상태다. 모노레일 선로 기둥은 초고속을 자랑하는 오토바이족에게 끝없이 짜증을 불러일으킨다.

"빌어먹을!"

두 사람은 동시에 외친다.

레이븐은 다운타운을 향해 오토바이의 방향을 바꾼 다음 손잡이를 돌려 속도를 높이고, 히로는 그를 따라 스트리트로 올라가 똑같은 동작을 한다. 몇 초 지나지 않아 두 사람은 다운타운을 향해 시속 8만 킬로미터에 가까운 속도로 달리고 있다. 히로가 약 8백 미터 정도 뒤처진 상태지만 레이븐이 똑똑히 보인다. 길 양쪽을 따라 설치된 가로등이 부드러운 두 줄기 노란빛으로 환하게 보이는 데다, 레이븐의 아바타는 화려한 싸구려 컬러에 눈에 띄게 거친 모습이었기 때문이다.

"저 녀석 목만 잘라 버리면 놈들의 계획은 끝장나는 거야."

히로가 말한다.

"그렇군. 만일 당신이 레이븐을 죽이면 그는 시스템에서 튕겨 나가겠지. 그럼 묘지기 데몬들이 아바타의 시체를 처리할 때까지 다시 접속하지 못하는 거야."

후아니타가 말한다.

"그리고 나는 묘지기 데몬을 부릴 수 있지. 그러니 내가 할 일은 저 자식을 한 번만 죽이면 되는 거야."

"일단 저들이 탄 헬기가 땅에 내리면 더 좋은 상태로 메타버스에 접속할 수 있어. 아니면 다른 사람을 메타버스로 보내 레이븐 대신 일을 시켜도 되고 말이야."

후아니타가 경고한다.

"아냐. 땅에서는 엉클 엔조와 이 선생이 저들을 기다리고 있어. 저놈들이 한 시간 안에 계획을 실행에 옮기지 못하도록 하면 그걸로 끝이야."

65

와이티는 갑자기 깨어난다. 자신이 잠든 지도 미처 몰랐다. 규칙적으로 돌아가는 회전 날개 소음에 몸의 긴장이 풀어진 것 같았다. 사실 그녀는 너무 피곤한 상태였다.

"도대체 네트워크가 왜 이 모양이야?"

L. 밥 라이프가 고함을 질러 댄다.

"아무도 대답이 없습니다. 뗏목 선단도, LA도 휴스턴도 마찬가지입니다."

러시아인 조종사가 말한다.

"LA 공항을 전화로 연결해. 거기서 비행기를 타고 휴스턴으로 가야겠어. 그쪽에 도착하면 일이 어떻게 돌아가는지 알 수 있겠지."

라이프가 말한다.

조종사의 손이 계기판 위를 어지럽게 돌아다닌다.

"안됩니다."

"뭐가 어째?"

조종사는 절망스럽게 고개를 젓는다.

"누군가 무선 전화를 방해합니다. 방해 전파를 쏘는 것 같습니다."

"나라면 혹시 연결을 할 수 있을지도 모릅니다."

대통령이 말한다. 라이프는 그저 무시하는 듯한 표정을 지어 보인다. *됐네, 이 사람아.*

"누구 동전 가진 사람 있나?"

라이프가 소리 지른다. 프랭크와 토니는 순간적으로 깜짝 놀란다.

"공중전화가 보이자마자 그 옆에 내리라고. 빌어먹을 전화 좀 걸게 말이야."

라이프는 웃더니 말한다.

"믿어져? 내가 전화를 쓰다니."

잠시 후 창밖을 내다보던 와이티는 실제로 육지가 다가오는 모습에 마음이 무거워진다. 따뜻한 모래밭 해안을 따라 2차선 고속 도로가 구불구불 달리고 있다. 캘리포니아다.

헬기가 속도를 줄이더니 육지로 올라서서 고속 도로를 따라 날기 시작한다. 플라스틱이나 네온 간판은 거의 보이지 않는다. 하지만 오래되지 않아 해안에서 제법 멀리 떨어진 곳 길 양쪽에 약간의 가맹점들이 보인다.

헬기는 한 후다닥 편의점 주차장에 내려앉는다. 다행스럽게도 주차장에 아무도 없던 터라 사람 목이 잘리는 일은 벌어지지 않는다. 편의점 안에서 젊은 친구 둘이 비디오 게임을 하고 있는데, 깜짝 놀랄 만한 헬기의 출현에도 고개조차 들지 않는다. 와이티는 기쁜 마음이다. 그녀는 이런 늙다리 멍청이들과 함께 다니는 장면을 남들이 보면 너무 당황스러울 것 같다. 헬기가 주차장에 내려 엔진을 계속 돌리는 동안 L. 밥 라이프는 밖으로 뛰어내려 편의점 출입구 옆에 매달린 공중전화로 뛰어간다.

녀석들은 멍청한 나머지 와이티를 소화기 바로 옆자리에 앉혀 두었다. 그런 이점을 이용하지 않을 리가 없는 그녀였다. 와이티는 소화기를 벽에서 떼어 내면서 거의 동시에 안전핀을 뽑고 토니 얼굴 쪽으로 들이대며 손잡이를 당긴다.

아무 일도 벌어지지 않는다.

"젠장!"

그녀는 소리 지르며 소화기를 토니 쪽으로 던진다. 아니, 소화기로 그를 민다고 해야 더 어울린다. 몸을 숙이며 와이티의 손목을 잡는 순간 소화기가 얼굴을 때리자 토니의 자세가 흐트러진다. 그 틈을 놓치지 않고 와이티는 양 다리를 헬기 밖으로 빼낸다.

모든 일이 엉망이 되어 버린다. 반은 떨어지고 반을 구르는 것처럼 헬기 밖으로 내빼던 그녀의 작업복의 열린 주머니 하나가 소화기를 걸어 두었던 받침대에 걸리고 만 것이다. 주머니를 빼낼 즈음엔 토니가 바닥을 기어와 그녀에게 손을 뻗는다.

하지만 그녀는 토니의 손아귀를 간신히 피한다. 자유로워진 그녀는 주차장으로 달아난다. 뒤쪽은 편의점 건물이 막고 있고 양쪽으로 높이 솟은 울타리 너머는 각각 네오 아쿠아리안 사원과 이 선생의 위대한 홍콩 가맹점이다. 유일한 탈출로는 헬기 옆을 지나 도로 쪽으로 달리는 것이다. 하지만 조종사와 프랭크 그리고 토니까지 이미 뛰쳐나와 도로 쪽으로 가는 길을 막아섰다.

네오 아쿠아리안 사원은 그녀를 도와주지 않을 것이다. 그녀가 빌고 빌어도 그들은 그저 다음 주에 있을 모임에 나오라고 말할 것이다. 하지만 이 선생의 위대한 홍콩이라면 이야기는 다르다. 그녀는 울타리로 달려가 기어오르기 시작한다. 철망으로 만든, 2미터가 훌쩍 넘는 울타리 꼭대기에는 뾰족

뾰족한 가시 철망이 붙어 있다. 그러나 그녀가 입은 작업복이라면 가시를 막아 줄 것이다. 대부분은.

그녀는 철망 울타리 중간쯤을 오르는 중이다. 퉁퉁하지만 강인한 두 팔이 그녀의 허리를 끌어안는다. 그녀의 운은 여기까지다. L. 밥 라이프가 그녀를 울타리에서 바로 떼어 낸다. 그녀는 팔다리를 힘차게 휘저어 보지만 아무 소용 없다. 라이프는 두 걸음 뒤로 물러선 다음 그녀를 끌고 헬기로 가기 시작한다.

와이티는 뒤쪽에 있는 홍콩 가맹점을 돌아본다. 거의 다 왔는데.

주차장에 누군가 보인다. 고속 도로를 벗어나 막 홍콩 가맹점 주차장으로 들어서는 쿠리에다. 태평스러운 모습이다.

"이봐!"

그녀는 소리 지른다. 그리고 손을 뻗어 작업복 깃에 달린 스위치를 눌러 작업복을 파란색과 주황색이 섞인 유니폼으로 바꾼다.

"이봐요! 나도 쿠리에야! 내 이름은 와이티라고! 이 미친놈들이 날 납치했어!"

"이런! 빌어먹을."

쿠리에는 그녀에게 뭔가 묻는다. 하지만 헬리콥터의 회전 날개가 돌며 내는 소음에 무슨 말인지 알아들을 수가 없다.

"날 LA 공항으로 데려간다고!"

그녀는 온 힘을 짜내 소리 지른다. 그 순간 라이프가 그녀를 헬기 안으로 거꾸로 집어 던진다. 헬기는 떠오른다. 이 선생의 위대한 홍콩 가맹점 지붕에 달린 안테나들은 헬기를 정확하게 추적하기 시작한다.

주차장에 선 쿠리에는 날아가는 헬기를 올려다본다. 기관총이 잔뜩 달린 헬기가 떠올라 날아가는 걸 보는 일은 멋지다.

그러나 헬기에 탄 작자들은 아까 그 여자애를 모질게 다루는 것 같았다.

쿠리에는 휴대 전화를 뽑아 들고 래딕스사의 중앙 통제소에 연결한 다음 커다랗고 빨간 버튼을 누른다. 구조 요청을 하는 것이다.

2천 5백 명이나 되는 쿠리에가 LA 강가 철근 콘크리트 제방에 모여 있다. 제방 아래쪽에서는 비탈리 체르노빌과 원자로 폭발 밴드가 히트 싱글곡인 〈제어봉 이상〉 가운데 가장 멋진 부분을 연주하고 있다. 신나는 노래가 나오자 수많은 쿠리에가 제방 아래위로 보드를 타고 돌아다닌다. 시속 백 킬로미터를 훨씬 넘는 속도로 제방 위를 달리는 그들이 콘크리트 바닥에 몸을 처박지 않을 수 있도록 아드레날린이 넘치게 할 수 있는 건 비탈리의 라이브 연주뿐이다.

그런데 그 순간, 온통 시커먼 복장을 한 원자로 폭발 밴드의 팬들의 몸에서 2천 5백 개의 별이 켜지고, 관중석은 주황색 섞인 붉은 은하수가 소용돌이치는 모습으로 변한다. 정신이 아찔할 정도로 멋진 장면이다. 처음에 쿠리에들은 이 모습을 공연장에서 만들어 낸 특수 효과로 착각한다. 수없이 많은 라이터를 켜 놓은 듯한 광경이지만, 훨씬 밝고 더 짜임새가 느껴진다. 쿠리에들은 각자의 벨트를 내려다보고 나서야 그 불빛이 번쩍거리는 휴대 전화라는 걸 알아차린다. 어떤 불쌍한 동료가 구조 신호를 보내는 모양이다.

피닉스 외곽에 있는 이 선생의 위대한 홍콩 가맹점에 있는 경비견 로봇 B-782호가 깨어난다.

피도가 깬 까닭은 다른 로봇들이 짖었기 때문이다.

물론 로봇들은 늘 짖는다. 대부분 짖는 소리는 아주 먼 곳에서 들린다. 피도는 멀리서 들리는 짖는 소리는 가까이에서 들리는 것보다 중요하지 않다는 걸 안다. 그래서 짖는 소리가 들려도 그냥 자곤 한다.

그러나 가끔 멀리서 들리는 짖는 소리에 특별한 내용이 섞여 있으면 피도는 흥분으로 그냥 잘 수가 없다.

지금 들리는 소리가 그렇다. 멀리서 나고 있지만 아주 다급한 소리다. 어딘가에 있는 착한 경비견 로봇이 화가 단단히 난 모양이다. 얼마나 화가 났는지 같은 무리에 속한 다른 로봇들도 따라 짖기 시작한다.

피도는 짖는 소리에 귀를 기울인다. 그 역시 흥분한다. 어떤 나쁜 사람들이 조금 전에 착한 경비견 로봇이 지키는 마당에서 아주 가까운 곳에 있었다. 그들은 날아다니는 걸 타고 있다. 총도 많이 가지고 있다.

피도는 총을 별로 좋아하지 않는다. 낯선 사람이 쏜 총에 맞아 다친 적이 있기 때문이다. 그때 착한 소녀가 와서 피도를 살려 주었다.

이 사람들은 매우 나쁜 사람들이다. 제대로 된 정신을 가진 경비견 로봇이라면 그들을 공격해 달아나게 하고 싶을 것이다. 짖는 소리를 듣던 피도는 나쁜 사람들의 모습과 그들이 내는 소리를 저장한다. 몹시 나쁜 이 사람들이 혹시라도 자신이 지키는 마당에 나타나면 피도는 엄청나게 화가 날 것이다.

그러다 피도는 이 나쁜 사람들이 누군가를 뒤쫓는다는 걸 알아차린다. 쫓기는 여자의 목소리와 행동으로 볼 때 나쁜 놈들이 그녀를 해치는 모양이다.

나쁜 놈들이 그를 사랑해 준 착한 소녀를 해치고 있다!

피도는 그 어느 때보다 더 화가 난다. 오래전 나쁜 놈이 자신을 총으로 쐈을 때보다 더.

피도의 임무는 자신이 맡은 마당에 나쁜 침입자가 들어오지 못하도록 하는 것이다. 그는 다른 일은 하지 않는다.

그러나 그를 사랑해 준 착한 소녀를 보호하는 일은 그보다 더 중요하다. 다른 무엇보다 더 중요한 일이다. 아무것도 피도를 막지 못한다. 울타리라고 해도.

울타리는 매우 높다. 하지만 피도는 아주 오랜 옛날, 자신보다 훨씬 더 높은 곳에도 뛰어오르곤 했던 일을 기억해 낼 수 있다.

피도는 집에서 나와 긴 다리를 몸 아래로 접고 자신이 그럴 수 없다는 사실을 미처 깨닫지도 못하고 울타리를 훌쩍 뛰어넘어 버린다. 피도는 이런 모순을 이해할 수가 없다. 한 마리 개인 피도는 어차피 자신이라는 존재를 깊게 들여다보는 능력이 없다.

짖는 소리는 멀리 떨어진 다른 곳까지 퍼져 나간다. 소리를 들은, 먼 곳에 있는 착한 경비견 로봇들은 몹시 나쁜 사람들과 피도를 사랑해 준 소녀를 찾으라는 연락을 받는다. 왜냐하면 그곳에 그들이 나타날 것이기 때문이다. 피도는 마음으로 그 장소를 본다. 크고 넓고 평평하고 탁 트인, 날아가는 원반을 따라잡는 놀이를 하기에 아주 좋은 들판 같은 곳이다. 날아다니는 거대한 물건이 많이 보인다. 그 지역 외곽에도 착한 경비견 로봇이 사는 마당이 두 개 있다.

피도는 그곳에 사는 착한 경비견들이 대답하듯 짖는 소리를 듣는다. 거기가 어딘지 알 수 있다. 아주 먼 곳이다. 하지만 도로를 따라가면 찾아갈 수 있다. 피도는 여기저기 도로를 아주 많이 안다. 피도는 바로 도로 위를 달리기 시작한다. 자신이 어디 있는지 어디로 가는지 잘 알고 있다.

처음에 가맹점이 몰려 있는 동네 한가운데의 길바닥에 B-782호가 남긴 자취는 춤추듯 흔들리는 불꽃뿐이었다. 그러나 일단 길고 곧게 뻗은 고속 도로에 올라서자 피도는 더 확실한 증거를 남기기 시작한다. 차선이 네 개인 도로를 가득 메운 자동차 창문이 모두 부서지고 산산조각이 난 푸른색 안전 유리가 거품처럼 흩어진다. 공중으로 솟구쳐 오르는 유리 조각들은 마치 고속 모터보트가 수면을 달릴 때 수탉 꼬리처럼 일어나는 물보라처럼 보인다.

이 선생의 선린 외교 정책에 포함된 규칙에 따라 모든 경비견 로봇은 사람이 많은 곳에서는 절대 음속을 넘는 속도로 달릴 수 없도록 프로그램되어 있다. 그러나 피도는 너무 바쁜 마음에 선린 외교 정책 따위에 신경 쓸 수 없는 상황이다. 피도는 음속을 돌파해 달린다. 굉음을 울리며.

66

"레이븐. 널 죽이기 전에 이야기를 하나 들려주지."

히로가 말한다.

"말해 봐. 어차피 한참 가야 하니까."

레이븐이 말한다.

메타버스에 있는 모든 탈것에는 음성 전화가 달려 있다. 히로는 그저 집에 있는 사서 데몬에게 전화를 걸어 레이븐의 전화번호를 찾아 달라고 말한 것뿐이다. 그들은 가공의 행성 위 까만 겉면을 따라 바짝 붙어 달리는 중이다. 그래도 히로는 레이븐에게 조금씩 가까이 접근하고 있다.

"아버지는 2차 세계 대전에 참전하셨지. 나이를 속이고 입대한 거야. 태평양 전선에서 시시한 일을 맡았지. 어쨌든 아버지는 일본군에게 생포됐어."

"그래서?"

"일본군이 아버지를 일본으로 보냈어. 그런 다음 포로수용소에 넣었지.

미국인 포로들이 대부분이었고 영국인과 중국인도 있었어. 그리고 어디 출신인지 모를 사람도 두어 명 있었다고 해. 인디언처럼 보이는 사람들. 영어도 좀 하고. 하지만 러시아어를 훨씬 더 잘했다고 하더군."

"알류트족이야. 그들도 미국 시민이지. 하지만 아무도 그들이 누군지 들어 본 적 없어. 전쟁 중에 일본이 미국 영토를 점령했었다는 걸 아는 사람은 거의 없어. 알류샨 열도 끝에 있는 섬 몇 개가 점령당했지. 거기에도 사람이 살았다고. 내가 태어난 곳이야. 일본 놈들이 가장 중요한 알류트족 두 사람을 잡아다가 본국에 있는 수용소에 가두었어. 한 사람은 가장 높은 행정 관료인 시장이었지만 다른 사람이 우리에겐 더욱 중요한 인물이었지. 그는 알류샨의 제일가는 작살잡이였던 거야."

레이븐이 말한다.

"시장이라는 사람은 병이 나서 죽었어."

히로가 말한다.

"면역력이 너무 약했던 거지. 하지만 작살잡이는 정말 강인한 자였어. 병이 몇 번 났지만 살아남았지. 다른 포로들과 함께 들판에 노역을 나가 군량미를 위해 농사를 짓기도 했어. 식당에서 포로와 경비병들이 먹을 음식을 준비하기도 했고 말이야. 그는 늘 혼자 지냈어. 몸에서 끔찍한 냄새가 나서 모두 그를 피했거든. 그 사람 때문에 막사 전체에 악취가 진동했지."

"그는 들에 나가 일하다 구한 버섯과 다른 물질로 고래 잡는 아코니틴 독약을 만들었어. 그걸 옷에 숨기고 있어서 그랬던 거야."

레이븐이 말한다.

"그 밖에 막사 유리창을 깬 적이 있어서 포로들은 그를 싫어했지. 남은 겨울 동안 찬바람이 들이치는 막사에서 생활해야 했거든. 어쨌든, 어느 날 점심을 먹은 경비병들이 모두 끔찍한 병이 났어."

히로가 이야기를 이어 간다.

"생선 요리에 독약을 넣었기 때문이야."

레이븐이 말한다.

"포로들은 이미 들판에 나가 일하는 중이었는데, 배탈이 난 경비병들은 포로를 다시 막사로 돌려보내기 시작했어. 위에 경련이 나서 몸이 반으로 접히는 상황에서 포로들을 감시할 수는 없었기 때문이지. 게다가 전쟁이 막바지에 달하면서 추가 병력을 요청하기도 어려웠거든. 아버지는 포로들 가운데 제일 뒤에 서서 걸었어. 그런데 그 알류트족 사내가 바로 그 앞에 서 있었던 거야."

히로가 말한다.

"포로들이 들에 물을 대는 수로를 건널 때 알류트족 사내는 물로 뛰어들어 사라졌지."

레이븐이 말한다.

"아버지는 어떻게 해야 할지 몰랐어. 그런데 뒤에서 따라오던 경비병이 신음을 내더라는 거야. 돌아봤더니 경비병은 몸이 죽창에 꿰어져 있었대. 갑자기 말이야. 여전히 알류트족 사내는 안 보이고. 그러더니 다른 경비병이 목이 베인 채 쓰러졌어. 다시 나타난 알류트족 사내는 또 죽창을 던졌고 경비병이 하나 더 쓰러졌지."

히로가 말한다.

"작살을 만들어 수로 속에 숨겨 두었던 거지."

레이븐이 말한다.

"그제야 아버지는 자신이 위기에 빠진 걸 아셨지. 아무리 설명해도 경비병들은 아버지가 탈출 음모에 가담했다고 생각할 테고, 결국 칼에 머리가 잘릴 거라는 생각이 들었기 때문이야. 그래서 차라리 붙잡히기 전에 경비병을 몇 명이라도 죽이는 편이 낫겠다는 생각을 한 거야. 그래서 맨 처음 쓰러진 경비병의 총을 뽑아 들고 수로 안으로 뛰어들어 몸을 숨긴 다음, 무슨 일인지 보러 달려오는 경비병 둘을 해치운 거야."

히로가 말한다.

"알류트족 사내는 바깥쪽 울타리까지 달아났어. 대나무로 허술하게 만든 담이었지. 근처에 지뢰밭이 있다고 했는데, 그냥 똑바로 달렸는데도 아무 문제도 없었어. 운이 좋았거나 지뢰가 아주 띄엄띄엄 깔려 있었나 봐. 애초에 지뢰가 없었는지도 모르지."

레이븐이 말한다.

"외곽 경비를 엄하게 할 필요가 없었어. 일본은 섬나라야. 탈출해 봐야 어디로 가겠어?"

히로가 말한다.

"알류트족이라면 이야기가 달라. 제일 가까운 해변으로 달아나 카약을 만들면 되거든. 일단 바다로 나간 다음 일본의 해안선을 따라 올라가 섬에서 섬으로 건너가면 알류샨 열도까지 갈 수 있어."

레이븐이 말한다.

"맞아. 그게 내가 유일하게 이해하지 못한 부분이었지. 하지만 네가 바다에서 카약을 타고 모터보트를 따라잡는 걸 보니 이해가 되더군. 아버지가 해준 이야기의 앞뒤가 맞더라고. 네 아버지는 미친 게 아니었어. 완벽한 계획을 세운 거였지."

히로가 말한다.

"그래. 하지만 네 아버지는 이해하지 못했지."

"아버지는 네 아버지가 빠져나간 발자국을 따라 지뢰밭을 넘었어. 두 사람은 자유의 몸이 된 거야. 일본이긴 하지만. 네 아버지는 바다를 향해 산에서 내려가기 시작했어. 하지만 아버지는 깊은 산속으로 들어가 전쟁이 끝날 때까지 숨어 지내는 편이 낫다고 생각했지."

히로가 말한다.

"그건 멍청한 생각이었어. 일본은 인구 밀도가 높은 나라야. 들키지 않고 숨어 살 수가 없다고."

레이븐이 말한다.

"아버지는 카약이 뭔지도 모르는 분이었어."

"무식이 변명거리가 될 수는 없어."

레이븐이 말한다.

"지금 우리처럼 싸운 바람에 두 사람은 파멸을 맞고 말았지. 나가사키 외곽에 있는 도로에서 일본군에게 따라잡힌 거야. 수갑도 없던 일본군은 두 사람 손을 뒤로 모아 신발 끈으로 묶고 도로 위에 무릎을 꿇렸어. 서로 마주 보게 하고 말이야. 그러곤 장교 녀석이 칼집에서 칼을 꺼내 들었지. 아주 오래된 칼이었어. 그 장교는 훌륭한 사무라이 집안의 자손이었거든. 그가 후방에 배치된 유일한 이유는 전쟁 초기에 다리 한쪽이 거의 날아가다시피 할 정도로 다쳤기 때문이었어. 그는 아버지의 목을 내리치려고 칼을 치켜들었어."

히로가 말한다.

"칼날이 내는 날카로운 소리에 귀가 아플 정도였다고 하셨지."

레이븐이 말한다.

"하지만 칼날은 내려오지 못했어."

"아버지께서는 네 아버지가 무릎을 꿇은 채 고개를 조아린 모습을 봤지. 그게 이 세상에서 마지막으로 본 장면이었어."

레이븐이 말한다.

"아버지는 나가사키 방향을 등지고 있었는데, 핵폭발에 순간적으로 눈이 보이지 않았지."

히로가 말한다.

"끔찍한 빛이 눈에 들어가지 않도록 아버지는 엎드려 얼굴을 땅에 처박았어. 잠시 후 모든 게 다시 정상으로 돌아왔지."

"하지만 내 아버지는 눈이 멀어 버렸어. 네 아버지가 일본군 장교와 싸우는 소리만 들을 수 있었지."

레이븐이 말한다.

"카타나를 든 눈이 반쯤 먼 외다리 사무라이와 덩치가 크고 강인하지만, 양팔이 뒤로 묶인 사내가 대결을 벌인 거야. 아주 재밌는 싸움이었지. 상당히 공정하기도 했고. 아버지가 이겼지. 그렇게 전쟁은 막을 내렸어. 2주 후에 점령군이 들어왔지. 집으로 돌아온 아버지는 이리저리 돌아다니다 70년대가 되어서야 아이를 하나 낳았지. 네 아버지도 마찬가지고."

히로가 말한다.

"암치카섬이었어. 1972년이지. 아버지는 네놈들한테 두 번이나 핵폭탄을 맞은 거야."

레이븐이 말한다.

"네 기분이 어떤지 이해해. 하지만 이미 복수는 충분히 했다고 생각하지 않나?"

히로가 말한다.

"충분한 건 이 세상에 없어."

레이븐이 말한다.

히로는 속도를 높여 레이븐에게 다가서며 카타나를 휘두른다. 그러나 거울로 뒤를 본 레이븐은 한 손에 든 길고 큰 칼로 막아 낸다. 그러더니 거의 정지하듯 속도를 죽인 다음 두 개의 기둥 사이로 뛰어든다. 그를 지나친 히로가 속도를 죽이는 사이 레이븐은 모노레일 반대편에서 히로보다 앞으로 튀어 나간다. 히로가 속도를 높이고 다음번 기둥 사이로 넘어가자 레이븐은 어느새 다시 반대편으로 달리고 있다.

둘은 그렇게 달린다. 그들은 스트리트를 따라 서로 교차하며 모노레일 아래에서 왔다 갔다 하길 반복한다. 게임은 간단하다. 레이븐은 그저 히로가 기둥에 부딪히도록 하기만 하면 된다. 그러면 히로는 잠시 멈춰 설 것이다. 그 사이 레이븐은 히로의 시야에서 벗어날 테고 그러면 히로는 레이븐의 뒤를 쫓지 못할 것이다.

히로보다 레이븐이 약간 유리한 상황이다. 그러나 히로는 레이븐보다 이런 식의 경주에 뛰어났다. 그러니 공평한 대결이라 할 수 있다. 둘은 시속 100킬로미터에서 시속 100,000킬로미터나 되는 속도 사이로 모노레일의 양쪽을 번갈아 가며 달린다. 어둠 속에서 그들 주위로 보이는 건 개발이 덜 된 상업 지역의 낮은 건물들, 첨단 기술 관련 연구소들 그리고 이런저런 놀이동산들뿐이다. 베링해의 검은 바닷물 위로 떠 오르는 오로라처럼 높고 밝은 다운타운이 멀리 보이기 시작한다.

67

첫 번째 작살이 밸리 지역을 낮게 날아가는 헬기 밑바닥에 들러붙는다. 와이티는 몸으로 느낄 수 있다. 그녀는 그 달콤하게 부딪히는 느낌을 마치 대단히 예민한 첨단 기계가 지구 반대편에서 일어나는 지진을 감지하듯 알아차린다. 그러더니 금세 대여섯 개의 작살이 들러붙는 느낌이 온다. 그녀는 몸을 기울여 창밖을 보지 않으려 무척 애쓴다. 뻔한 일이다. 헬기 동체는 단단한 소련제 철판으로 만들어졌다. 작살은 풀로 붙인 것처럼 달라붙을 것이다. 헬기가 작살을 던져 붙일 수 있을 정도로 낮게 날기만 한다면. 마피아의 레이더를 피하려면 헬기는 낮게 날 수밖에 없는 상황이다.

앞쪽 조종석에서 무전기 소리가 난다.

"좀 더 올려, 사샤. 아래에 기생충들이 붙었어."

그녀는 밖을 내다본다. 약간 높은 고도로 옆에 붙어서 나란히 나는 민간용 작은 헬기에 탄 사람들은 모두 창에 달라붙어 아래 도로를 내려다보고 있다. 레이븐만 빼고. 그는 여전히 고글을 긴 채 메타버스에 빠져 있다.

젠장. 조종사가 헬기의 고도를 약간 올린다.

"됐어, 사샤. 떨어져 나갔다. 그렇지만 작살 두 개가 아래쪽에 붙어서 안 떨어졌으니까 걸리지 않게 조심하라고. 작살 케이블은 강철보다도 강해."

그 말만으로 충분하다. 와이티는 문을 열고 헬기에서 뛰어내린다.

아니, 헬기 안에 탄 사람들에게는 그렇게 보인다. 사실 그녀는 아래로 뛰어내리며 손잡이를 붙잡아 열린 문에 매달린 채 헬기 아래쪽을 바라본다. 쿠리에들이 쓰는 작살이 두 개 붙어 있다. 손잡이가 10여 미터 아래 케이블 끝에서 기류에 흔들리고 있다. 열린 문 안쪽을 보니 목소리는 안 들리지만 라이프가 조종사 옆자리에 앉아 밑으로 하강하라고 말하는 것처럼 손짓한다.

그녀가 하는 생각은 이렇다. 인질극이란 건 두 가지가 성립해야 한다. 라이프가 그녀를 붙잡고 있어야 하고, 그렇다고 해도 그녀의 몸이 두 동강 나면 소용없다는 것이다.

헬기는 다시 고도를 낮추기 시작하며 아래로 보이는 도로 양쪽으로 길게 줄지어 선 광고판 쪽으로 내려가기 시작한다. 와이티는 문짝에 매달린 채 몸을 살살 흔들다가 한쪽 다리를 힘껏 뻗어 작살에 달린 줄을 발에 감는다.

이제 취할 동작의 결과는 끔찍할 것이다. 그러나 질긴 재질의 작업복이라면 살이 엄청나게 파이지는 않을 것이다. 그녀는 워낙 그런 일을 그다지 깊게 생각하지 않는다. 게다가 그녀의 옷소매를 붙잡으려고 토니가 달려드는 모습을 보니 더 마음이 굳어진다. 그녀는 헬기 문짝에서 한쪽 손을 떼어 작살 케이블을 잡고 다시 장갑 위로 두어 번 감아쥔다. 그리고 다른 손을 놓는다.

그녀의 생각은 옳았다. 끔찍할 정도로 아프다. 토니의 손아귀를 피해 헬기 아래로 몸을 던지는 순간, 손에서 뭔가 뚝 소리가 난다. 아마 조그만 뼈 하나가 부러진 모양이다. 하지만 그녀는 레이븐이 그녀를 안고 배에서 내려올 때처럼 작살 케이블로 몸을 휘감고 뜨거운 걸 참아 가며 끝까지 내려온다.

그래 봐야 작살 손잡이까지 내려온 것에 불과하다. 그녀는 떨어지지 않도록 손잡이를 벨트에 걸고 한참 동안 몸부림치며 몸에 얽힌 케이블을 풀어낸다. 이제 그녀는 케이블 끝 손잡이를 벨트에 건 채 헬기와 도로 중간쯤에서 몸을 가누지 못하고 이리저리 흔들리고 있다. 그녀는 양손으로 손잡이를 잡아 벨트에서 떼어 내 두 팔로만 매달린다. 지금까지 한 모든 노력이 이 자세를 만들기 위함이었다. 와이티는 몸이 빙글빙글 도는 가운데서도 다른 작은 헬기가 옆에서 자신을 지켜보는 게 느껴진다. 자신을 바라보는 사람들의 얼굴을 보며 그녀는 라이프가 이 모든 상황을 무전기를 통해 듣는다는 걸 알 수 있다.

너무 당연했다. 헬기는 속도를 절반으로 줄이고 고도를 약간 내린다.

그녀는 손잡이에 달린 스위치를 눌러 케이블을 최대한 끝까지 뽑는다. 몸이 오싹할 정도로 빠르게 6미터 정도 더 아래로 떨어진다. 이제 그녀는 고속도로에서 3에서 4미터가 조금 넘는 높이를 시속 70킬로미터가 넘는 속도로 날고 있다. 길 양쪽으로 광고판들이 유성이 흐르는 것처럼 지나간다. 떼를 지어 달리는 쿠리에들 말고는 차도 그리 많지 않다.

라이프 연구소 로고를 단 헬기가 회전 날개 소리를 요란하게 내며 위험할 정도로 가까이 다가온다. 잠깐 올려다보니 레이븐이 창문 너머로 자신을 내려다보는 모습이 보인다. 그는 잠깐 고글을 이마 위로 올려놓은 상태다. 뭔지 모를 표정을 짓고 있다. 그녀는 레이븐이 전혀 화나지 않았다는 걸 알아차린다. 그는 그녀를 사랑하고 있다.

와이티는 손잡이를 놓고 아래로 떨어진다.

손을 놓음과 동시에 목에 달린 옷깃을 왈칵 잡아당겨 작업복을 완벽한 뚱뚱보 모드로 전환한다. 몸 구석구석에 달린 여러 개의 조그만 가스 카트리지가 터진다. 목덜미에 달렸던 가장 큰 카트리지는 마치 커다란 폭죽처럼 터진다. 그러자 작업복의 목깃이 원통형 에어백으로 변하며 위로 펼쳐져 그녀의 머리를 끝까지 감싼다. 몸통과 골반 주위의 다른 에어백들도 터지면서 특히 등뼈 주위를 조심스럽게 둘러싼다. 여러 관절 부분은 이미 아모젤로 보호를 받고 있다.

그렇다고 땅바닥에 떨어질 때 전혀 아프지 않다는 건 아니다. 물론 그녀는 머리를 온통 감싼 에어백 때문에 아무것도 볼 수 없는 상황이다. 그러나 자신이 도로 위에서 최소한 열 번 정도 튀며 구른다는 건 느낄 수 있다. 그녀는 수백 미터를 미끄러지듯 굴렀고, 그러는 동안 자동차들과 여러 번 부딪힌 것 같은 느낌도 든다. 자동차들의 타이어가 찢어지는 듯한 소리를 낸다. 결국 그녀는 엉덩이를 앞세우고 누군가의 자동차 앞 유리를 뚫고 들어가 앞 좌석 위에 쑤셔 박힌다. 자동차는 중앙 분리대를 덮치며 멈춰 선다. 아무것도 움직이지 않자 에어백은 즉시 바람이 빠지고, 그녀는 얼굴에서 껍데기만 남은 에어백을 뜯어낸다.

양쪽 귀에서 온통 시끄러운 소리가 나는 것 같다. 아무 소리도 들리지 않는다. 어쩌면 에어백이 터질 때 고막을 다쳤을 수도 있다.

그러나 엄청나게 시끄러운 소리를 내는 헬기 때문에 그럴 수도 있다. 그녀는 자동차 보닛 위로 기어 나온다. 자신의 몸에 깔린 깨진 안전유리 조각들이 깔끔한 페인트 위로 나란히 긁힌 자국을 만드는 게 느껴진다.

라이프가 탄 커다란 소련제 헬기는 바로 머리 위 6미터 상공에서 날고 있다. 그녀가 일어서서 그 광경을 볼 때쯤엔 이미 작살이 열 개도 넘게 붙어 있다. 헬기에 달린 작살 케이블을 따라 시선을 도로 위로 내리니, 쿠리에들이 작살 케이블을 붙들고 있다. 이번에는 그냥 놓아 보내지 않을 작정인 듯하다.

걱정되는지 헬기가 고도를 높이자 쿠리에들은 밟고 있던 스케이트보드에서 발이 떨어진다. 그러나 지나가던 커다란 트레일러트럭 한 대가 쿠리에들을 잔뜩 떨어뜨린다. 그 불쌍한 트럭엔 거의 백 명이나 되는 쿠리에가 달라붙어 있었다. 몇 초도 지나지 않아 모든 쿠리에가 작살을 공중으로 던지고 그 가운데 최소한 절반 정도는 첫 번째 시도에 헬기 밑바닥에 철썩 들러붙는다. 들러붙은 쿠리에들의 발이 땅에 닿을 때까지 헬기는 기울어지며 아래로 내려온다. 스무 명 정도 되는 쿠리에가 추가로 몰려와 작살을 붙인다. 작살을 던지지 못한 쿠리에들은 다른 사람이 던진 작살 손잡이에 매달려 무게를 보탠다. 헬기는 몇 번 떠오르려 시도하지만, 이제 아스팔트에 줄로 묶인 신세나 마찬가지다.

헬기가 아래로 끌려 내려오기 시작한다. 쿠리에들은 작살 케이블이 방사형으로 퍼지는 중앙으로 헬기가 내려앉자 멀찌감치 뿔뿔이 흩어진다.

보안 담당이라는 토니가 열린 문으로 천천히 걸어 나온다. 이리저리 얽힌 케이블에 걸리지 않으려 발을 높이 들고 걸으면서도 어떻게 그러는지 균형이 흐트러지지 않고 위엄이 흐른다. 그는 회전 날개 아래를 벗어날 때까지 걸어 나오더니 점퍼 속에서 우지 기관 단총을 뽑아 들고 허공에 몇 발을 쏜다.

"헬기에서 물러서지 못해!"

그는 소리 지른다.

대부분 쿠리에들은 뒤로 물러난다. 그들은 멍청이가 아니다. 그리고 와이티는 이제 안전하게 도로 위를 걸어 다니고 있으니 임무는 완수한 셈이다. 구조 신호가 꺼졌으니 헬기에 탄 친구들을 더 괴롭힐 이유는 없다. 그들은 헬기에 붙은 작살을 떼고 케이블을 감는다.

주위를 둘러보던 토니는 와이티가 헬기를 향해 똑바로 걸어오는 걸 발견한다. 온몸을 다쳤는지 움직임이 불편해 보인다.

"다시 올라타! 운 좋은 년 같으니."

토니가 말한다.

와이티는 아무도 거두어들이지 않은 채 늘어져 있는 작살을 집어 든다. 버튼을 눌러 자석 기능을 끄자 작살 끝이 헬기 동체에서 떨어져 나온다. 그녀는 케이블을 1미터가량 남기고 감는다.

"내가 읽은 책에 에이하브라는 친구가 나와."

와이티는 머리 위로 작살을 돌리며 말한다.

"그 친구는 작살로 잡으려던 녀석의 몸뚱이 전체를 작살에 달린 줄로 꽁꽁 묶어 버렸어. 아주 큰 실수였어."

그녀는 작살을 날린다. 작살 끝이 회전 날개 사이를 뚫고 위로 날아간다. 절대로 끊기는 법이 없는 케이블은 마치 발레리나의 목에 교살용 쇠고리가 감기듯 회전 날개 축의 섬세한 부분에 감기기 시작한다. 헬기 창문 너머로 사샤가 미친 사람처럼 스위치를 만져 대고 레버를 당기고 러시아어로 욕지거리를 하는 모습이 보인다. 작살 손잡이가 그녀의 손에서 튕기듯 빠져나가더니 블랙홀에 빠진 것처럼 회전 날개 가운데로 휘감긴다.

"그 친구는 사람들이 가끔 그렇듯 그냥 놓아 버려야 할 때를 놓친 거야."

그녀는 말을 마치고 돌아서서 헬기 반대편으로 걸어간다. 그녀 뒤에서 커다란 금속 덩어리들이 서로 어긋나며 부서지는 소리가 들린다.

라이프는 이미 한참 전에 사태를 파악했다. 그는 한 손에 기관 단총을 들고 고속 도로 위를 달리며 빼앗을 자동차를 찾고 있다. 하늘 위에서 라이프 연구소 헬기가 선회하며 라이프를 지켜보고 있다. 그는 고개를 들더니 앞으로 손짓하며 소리 지른다.

"LA 공항, LA 공항으로 가!"

헬기가 마지막으로 현장 주변을 돌며 지켜보는 가운데 사샤는 엉망이 되어 버린 헬기를 멈춘다. 성난 쿠리에들이 달려들어 토니와 프랭크 그리고 대통령을 붙잡는다. 반대편 도로 한가운데에 선 라이프는 코사노스트라 피자 배달차를 강제로 세우고 운전자를 끌어내린다. 그러나 레이븐은 이런 장면은 보지 못한다. 그는 창밖으로 와이티만을 바라보고 있다. 그리고 헬기가 마침내 몸을 앞으로 숙이며 밤하늘로 속도를 높이기 시작하자 그는 웃으며 엄지손가락을 들어 보인다. 와이티는 아랫입술을 깨물고 그에게 가운뎃손가락을 들어 보인다. 그걸로 그들의 관계는 끝난다. 바라건대 다시는 볼 일 없기를.

와이티는 멍하니 선 쿠리에에게서 스케이트보드를 빌려 가장 가까운 후다닥 편의점으로 달려가 엄마에게 전화를 걸기 시작한다. 집에 가려면 차편이 필요하다.

68

히로는 다운타운에서 멀지 않은 곳에서 레이븐을 놓친다. 하지만 이제 별 문제는 되지 않는다. 그는 바로 광장으로 가 원형 극장 둘레를 빠른 속도로 돌기 시작한다. 한 사람이 만든 인간 울타리인 셈이다. 금세 레이븐이 접근해 온다. 히로가 돌던 궤도를 이탈해 레이븐에게 달려들고, 두 사람은 마상에서 창 시합을 벌이는 중세 기사들처럼 맞부딪힌다. 히로의 왼쪽 팔과 레이븐의 다리 하나가 떨어져 나간다. 떨어진 팔과 다리는 땅바닥에 나뒹군다. 히로는 카타나를 집어넣고 작은 칼 와키자시를 빼 든다. 레이븐이 쓰는 긴 나이프에 맞서려면 어차피 그 편이 더 낫다. 그는 원형 극장 너머로 돌진하는 레이븐의 앞을 가로막아 튕겨 낸다. 레이븐은 튕겨 나가는 힘으로 1킬로미터 가까운 거리를 나가떨어진다. 히로는 그동안의 경험을 바탕으로 레이븐의 뒤를 쫓는다. 그는 레이븐이 알류샨 열도 근방의 파도를 잘 아는 것처럼 이구역을 잘 파악하고 있다. 그렇게 두 사람이 메타버스 금융가의 좁은 골목을 누비며 서로 짧은 칼을 휘둘러 대는 바람에 우연히 근처를 지나다 싸움에 말려든 줄무늬 양복을 갖춰 입은 수많은 아바타의 몸이 잘려 나간다.

그러나 두 사람은 서로 상처를 주지 못하는 것 같다. 워낙에 빠른 데 비해 목표물은 너무 작기 때문이다. 히로는 아직은 운이 좋다. 레이븐이 짜릿한 맞대결에 온통 신경을 쏟게 했기 때문이다. 그러나 레이븐은 이럴 필요가 없다. 그는 히로를 먼저 죽일 필요 없이 쉽게 원형 경기장으로 되돌아갈 수도 있다.

그러다 레이븐이 마침내 그 사실을 알아차린다. 그는 나이프를 접어 넣고 초고층 건물들 사이 골목으로 달린다. 히로도 그 뒤를 따르지만, 그가 같은 골목에 접어들었을 때 레이븐은 사라지고 보이지 않는다.

히로는 시속 3백 킬로미터도 넘는 속도로 원형 경기장의 담을 넘은 후 미친 듯 환호성을 질러 대는 25만여 명의 해커들의 머리 위로 날아오른 다음 무대 쪽으로 떨어져 내린다.

그들은 모두 히로를 잘 안다. 항상 칼을 둘러메고 다니는 다파이비드의 친구다. 그리고 그들이 보기에 히로는 자선 행사에 보탬을 주려고 오토바이에 올라탄, 커다랗고 무시무시하게 생긴 데몬과 칼싸움 한판을 벌이기로 한 것으로 보인다. 그들은 곧 벌어질 멋진 쇼를 기대하며 잠시도 무대에서 시선을 떼지 않는다.

무대 위로 뛰어내린 히로는 오토바이에서 튕겨 나온다. 오토바이는 여전히 작동하지만 이곳에서는 아무런 소용도 없다. 레이븐은 10미터쯤 떨어진 곳에서 웃음을 띠고 서 있다.

"폭탄 투하."

레이븐이 말한다. 그는 한 손으로 마름모꼴 푸른색 물체를 사이드카에서 꺼내더니 원형 극장 중앙에 던진다. 마치 달걀 껍데기처럼 깨진 물체 안에서 빛이 비친다. 빛은 밝아지더니 어떤 모양을 이룬다.

관중은 더욱 흥분한다.

히로는 달걀 쪽으로 뛰어간다. 레이븐이 그를 막아선다. 한쪽 다리를 잃은 레이븐은 이제 잘 움직이지 못한다. 그러나 여전히 오토바이는 다룰 수 있다. 그도 긴 나이프를 꺼내 든다. 두 개의 칼날이 부딪히는 아래 달걀은 귀청이 떨어질 정도로 큰 소리와 눈이 멀 것처럼 환한 빛을 뿜어내며 소용돌이 치는 돌풍으로 바뀐다. 너무 빨라 무슨 모양인지 알 수도 없는, 화려한 색을 띤 뭔가가 소용돌이 한가운데서 솟구쳐 오르더니 사람들의 머리 위에 삼차원 화면을 그려 낸다.

해커들이 모인 관중석은 광란에 빠진다. 히로 생각에 바로 지금, 블랙 선에 있는 해커들 구역은 텅 비었을 것 같다. 그들은 블랙 선의 좁은 출구를 빠져나와 스트리트를 달려 히로가 벌이는 빛, 소리, 검 그리고 마법으로 가득 찬 환상적인 쇼를 즐기려 광장으로 향하고 있을 것이다.

레이븐은 히로를 뒤로 밀쳐 내려 애쓴다. 현실 세계였다면 레이븐이 압도적으로 힘이 세니 통했을 것이다. 그러나 특별한 프로그램을 쓰지 않는 한 아바타들이 가진 힘은 차이가 없다. 레이븐은 히로를 거세게 밀어붙인 다음 밀려나는 히로의 목을 노리고 칼을 휘두른다. 그러나 히로는 밀려나지 않는다. 그는 오히려 빈틈을 노려 레이븐이 나이프를 쥔 손을 잘라 버린다. 그리고 우려하는 마음에 레이븐의 다른 쪽 손도 자른다. 관중은 즐거움에 비명을 올린다.

"이거 어떻게 막지?"

히로가 말한다.

"나야 모르지. 난 그저 배달부에 불과해."

레이븐이 말한다.

"지금 네가 무슨 짓을 저질렀는지 알아?"

"알지. 평생 꿈꾸던 야망을 이뤘지."

레이븐은 얼굴에 편안한 웃음을 가득 담고 말한다.

"난 미국에 핵을 떨어뜨린 거야."

히로는 그의 목을 자른다. 해커들은 어쩔 줄 모르고 자리에서 일어나 찢어지는 듯한 목소리로 소리를 질러 댄다.

그러다 히로가 사라지자 관중은 조용해진다. 히로는 조그맣고 안 보이는 아바타로 변신했다. 그는 부서진 달걀 껍데기 위를 날아다닌다. 중력 때문에 그는 달걀 껍데기 한가운데로 떨어진다. 떨어지면서 히로는 혼잣말처럼 웅얼거린다.

"스노 스캔."

그건 히로가 구명보트에서 시간을 죽이려고 만든 조그만 소프트웨어다. 스노 크래시를 찾아내는 백신 소프트웨어.

히로 프로타고니스트가 무대에서 사라지자 해커들은 달걀에서 솟아오르는 거대한 구조물에 주목한다. 그 말도 안 되는 칼싸움 장면은 시선을 모으려는 괴상한 도입부에 불과했던 것 같다. 히로는 원래 관심을 끌려고 이상한 짓을 하곤 한다. 이제 펼쳐지는 빛과 소리의 향연이야말로 진짜 볼거리였다. 원형 극장은 여기저기서 몰려든 수많은 해커로 금세 북적대기 시작한다. 블랙 선에서 스트리트를 달려 온 사람들, 주요 소프트웨어 제작사들 사무실이 있는 큰 건물에서 몰려온 사람들, 광섬유를 타고 빛과 같은 속도로 퍼진, 화려한 쇼가 있다는 소식에 현실 세계 이곳저곳에서 막 접속해 들어온 사람들.

빛의 공연은 마치 늦게 도착한 사람들까지 생각해서 만든 것처럼 보인다.

무대 위 광경은 절정에서 또 다른 절정으로 이어진다. 마치 돈을 쏟아부은 불꽃놀이처럼 뒤로 갈수록 더욱 화려하다. 너무 거대하고 복잡한 장면이 이어져 아무도 동시에 10퍼센트 이상을 보지 못할 것 같다. 1년을 보고 다시 봐도 계속 새로운 장면을 찾아낼 수 있을 것 같은 그런 광경이다.

움직이는 평면과 입체 이미지들이 쌓이고 서로 맞물리며 2킬로미터에 가까울 정도로 높은 구조물을 이루고 있다. 없는 이미지가 없다. 레니 리펜슈탈(독일의 배우, 감독이자 영화 제작자. 촬영 기술에서 혁신을 일으키는 등 영화 역사상 중요한 인물)의 영화, 미켈란젤로의 조각품이 보이는가 하면 다빈치의 구상에 그쳤던 발명품이 실제로 나타나기도 한다. 한가운데서는 2차 세계 대전의 전투 장면이 번쩍거린다. 사람들 머리 위에서 총알이 날고 불꽃이 치솟고 폭탄이 터진다. 천여 개는 되는 고전 영화에서 뽑아낸 장면들이 하나의 복잡하고 거대한 줄거리가 되어 합쳐지며 함께 흘러내린다.

그러나 시간이 흐르자 모든 장면은 단순해지고 한 개의 단순하고 밝은 빛의 기둥으로 모여든다. 이때쯤에는 음악이 공연을 주도하고 있다. 쿵쾅거리는 저음과 깊고 위협적인 오스티나토(일정한 음형을 같은 성부에서 같은 음높이로 계속 되풀이하는 음악 기법)는 사람들이 이제 곧 선보일 최고의 장면에서 눈을 떼지 못하게 한다. 그래서 모두 눈을 크게 뜬다. 종교에 빠지기라도 한 것처럼.

빛 기둥은 위아래로 흔들리다가 인간의 모습으로 변한다. 인간의 형상은 네 개나 된다. 그리스 신전에서 기둥으로 세운 여신상처럼 벌거벗은 여자 네 명이 서로 바짝 붙은 채 바깥쪽을 보고 선 모습이다. 네 여자는 뭔가 길고 가느다란 걸 손에 들고 있다. 가는 관 두 개가 붙은 모양인 뭔가를 들고 있다.

30만 명도 넘는 해커들은 무대 위에 거대하게 우뚝 선 여자들을 바라본다. 여자들은 팔을 머리 위로 들어 올리더니 네 개의 두루마리를 풀어 내린다. 축구장만 한 크기의 두루마리는 얇은 텔레비전 화면으로 바뀐다. 원형 극장의 관중석에서 본 화면은 하늘을 가득 채울 정도로 크고 넓다. 그 화면을 보지 못할 사람은 없다.

처음엔 아무것도 보이지 않던 네 화면에 동시에 똑같은 이미지가 나타난다. 글씨가 새겨진 이미지다.

만일 이것이 바이러스였다면,

당신은 지금 사망했을 겁니다.

다행스럽게도 이건 바이러스가 아닙니다.

메타버스는 위험한 곳입니다.

당신의 보안 체계는 어떻습니까?

히로 프로타고니스트 보안 회사를 불러 주세요.

최초 상담은 무료입니다.

69

"우리가 베트남에서 고생할 땐 이런 첨단 기술이니 뭐니 하는 건 절대로 통하지 않았다고."

엉클 엔조가 말한다.

"무슨 말씀이신지 압니다. 그러나 그 이후로 기술은 엄청날 정도로 발달했습니다."

응 보안 회사에서 나온 감시 전문가 키가 말한다. 키는 머리에 쓴 헤드폰을 통해 엉클 엔조와 대화하고 있다. 그가 탄, 전자 장비로 가득한 밴은 몇백 미터는 족히 떨어진 LA 공항 화물 창고 그늘에 숨어서 기다리고 있다.

"저는 공항 전체를 감시하고 있습니다. 뭐든 접근하면 메타버스에 삼차원 영상으로 나타납니다. 예를 들면, 예전에 늘 목에 걸고 다니시던 인식표가 지금은 없다는 것도 전 알 수 있습니다. 그리고 지금 홍콩 돈으로 1달러와 잔돈 85센트를 왼쪽 주머니에 갖고 계신 것도 압니다. 다른 쪽 주머니에는 긴 면도칼을 넣어 두셨군요. 좋은 놈인 것 같네요."

키가 말한다.

"늘 용모를 단정히 하는 게 아주 중요하지."

엉클 엔조가 말한다.

"면도칼은 그렇다 치고 스케이트보드는 왜 갖고 계시는지 모르겠군요."

"와이티가 행작사 본부 앞에서 잃어버린 것 대신이야. 말하자면 길어."

엉클 엔조가 말한다.

"저, 가맹점 한 군데에서 보고가 들어왔습니다."

마피아 점퍼를 입은 젊은 장교처럼 보이는 사내가 한 손에 검은 무전기를 들고 뛰어오며 말한다. 실제로 장교는 아니다. 마피아는 군대식 계급을 사용하는 걸 그다지 좋아하지 않는다. 하지만 엉클 엔조는 왜 그런지 그 사내가 중위 계급장을 단 것처럼 보인다.

"두 번째 헬기가 여기서 16킬로미터 떨어진 상가 주차장에서 피자 배달차와 만나 라이프를 태운 후 다시 이륙했습니다. 그들은 지금 이리로 오는 중입니다."

"사람을 보내서 버려진 피자 배달차를 회수해. 그리고 그 배달차를 몰던 친구는 하루 쉬게 해 주고."

엉클 엔조가 말한다.

중위 사내는 엉클 엔조가 그렇게 소소한 일까지 직접 챙기는 걸 보고 약간 당황한다. 그건 마치 높으신 양반이 고속 도로를 오가며 쓰레기를 줍는 것이나 다름없는 행동이다. 하지만 그는 그 말에서 뭔가 깨닫고 정중하게 고개를 끄덕인다. 사소한 게 중요하다. 그는 돌아서서 무전기에 대고 뭔가 말을 한다.

엉클 엔조는 중위처럼 보이는 사내가 영 믿음직스럽지 않다. 이 친구는 양복을 입고 일개 가맹점의 사소한 행정 업무를 다루는 데는 익숙한지도 모른다. 그렇지만 와이티가 갖춘 유연성 같은 능력이 없다. 오늘날 마피아가 잘못된 방향으로 가는 걸 보여 주는 전형적인 인물이다. 이 사내가 지금 이 자리에 있는 유일한 이유는 상황이 매우 위급하게 돌아가기 때문이다. 물론 쓸 만한 조직원들이 구룡호에서 모두 사망했기 때문이기도 하다.

키가 다시 무전기에 대고 말한다.

"와이티가 방금 엄마에게 전화를 걸어 차를 가지고 나와 달라고 말했습니다. 둘이 통화하는 내용을 들어 보시겠습니까?"

"작전에 필요한 내용이 아니라면 괜찮아."

엉클 엔조는 기분 좋게 말한다. 해야 할 일 가운데 하나가 사라진 셈이다. 그는 와이티가 엄마와 사이가 나쁜 게 아닌가 걱정하고 있었다. 그래서 언젠가 와이티와 그 문제를 놓고 이야기하려던 참이었다.

라이프의 자가용 여객기는 엔진을 켜 놓은 채 유도로에 서서 활주로로 나갈 준비를 하고 있다. 조종석에는 부장과 부기장이 앉아 있다. 30분 전까지 그들은 L. 밥 라이프의 충성스러운 부하들이었다. 하지만 조금 전 그들은 조종석에 앉아 격납고 주위 곳곳에 숨어 비행기를 지키던 열 명도 넘는 라이프의 경비원들이 머리가 날아가거나 목을 베이거나 아니면 무기를 떨어뜨리고 무릎을 꿇고 항복하는 모습을 창밖으로 지켜보았다. 이제 기장과 부기장은 엉클 엔조의 조직에 평생 충성을 바치겠노라 맹세한 상태다. 엉클 엔조는 그들을 끌어내고 대신 자신의 부하들을 조종석에 앉힐 수도 있었다. 그러나 이렇게 하는 편이 더 좋다. 만일 라이프가 어떻게든 공항에 와서 비행기에 올라탄다면 자신이 부리는 조종사를 보고 모든 게 이상이 없다고 안심할 것이기 때문이다. 그리고 조종사들이 마피아들로부터 직접적인 감시를 받지 않고 그들만 있을 수 있도록 둔 점은 엉클 엔조가 두 조종사와 그들이 한 맹세

344

를 얼마나 신뢰하는지를 강조해 보여 줄 것이다. 그러면 그들은 맡은 일을 더욱 열심히 해낼 것이다. 만일 그들이 맹세를 깨뜨린다면 엉클 엔조의 불만은 더욱 커질 것이다. 엉클 엔조는 조종사들에 대해 전혀 불안한 마음이 들지 않는다.

그가 걱정하는 건 급하게 준비된 이곳 상황이다. 늘 그렇듯 와이티의 행동을 예측할 수가 없다는 게 문제다. 엉클 엔조는 와이티가 움직이는 헬리콥터에서 뛰어내려 L. 밥 라이프의 손에서 탈출하리라고는 생각도 하지 못했다. 다른 말로 하면, 그는 라이프가 와이티를 끌고 휴스턴에 있는 소굴로 간 다음 인질을 둘러싼 협상이 있으리라 생각했다는 말이다.

그러나 인질극 상황은 이제 성립하지 않는다. 그래서 엉클 엔조는 라이프가 휴스턴에 있는 자신의 소굴로 돌아가기 전, 지금 여기서 그를 저지하는 게 중요하다는 느낌이 든다. 그는 이미 마피아 병력을 대거 동원하라고 지시했고, 지금은 10여 대의 헬리콥터와 전투 조직원들이 급히 방향을 바꿔 최대한 빨리 LA 공항으로 모이려고 움직이는 중이다. 그러나 그들이 도착할 때까지 엔조는 여기서 몇 명 되지 않는 개인 경호원과 웅 보안 회사에서 나온 감시 전문가를 데리고 버텨 내야만 한다.

그들은 공항을 폐쇄하도록 한 상태다. 어렵지 않은 일이다. 그들은 우선 여러 대의 긴 승용차로 모든 활주로를 막고 관제탑으로 가 이제 곧 전투가 벌어질 거라고 선언했다. 이제 LA 국제공항은 생긴 이래 그 어느 때보다 더 고요한 상태다. 엉클 엔조는 실제로 거의 1킬로미터 가까이 떨어진 해안에서 파도타기 하는 소리를 희미하게 들을 수 있을 정도다. 거의 상쾌한 분위기다. 날씨는 소시지가 구워질 정도로 뜨겁다.

엉클 엔조는 이 선생과 협력하고 있다. 그 말은 웅과 함께 일한다는 말이다. 능력이 출중한 웅은 엉클 엔조가 잘 믿지 않는 첨단 기술에 기대는 경향이 있다. 엉클 엔조는 응이 거느린 백여 개나 되는 특수 장치나 휴대용 레이더들보다 오히려 깔끔한 구두와 9밀리 권총을 갖춘 단 한 명의 훌륭한 전사를 더 선호한다.

그들이 여기 도착했을 때, 엉클 엔조는 넓게 탁 트인 곳에서 라이프와 상대하기를 기대했다. 하지만 막상 와 보니 주변이 매우 어지러운 곳이었다. 격납고 앞 광장에는 수십 대나 되는 자가용 제트 여객기와 헬리콥터가 세워져 있다. 바로 옆에는 개인용 격납고들이 줄을 지어 서 있고, 격납고마다 딸린 주차장에는 많은 승용차와 다용도 차량이 울타리 안에 세워져 있다. 그리고 그들이 있는 곳에서 가까운 구역에 공항에서 사용하는 연료가 저장된 연료 탱크들이 자리 잡고 있다. 결국 파이프와 주유기 그리고 온갖 장비들이 땅에서 솟아 나와 있다는 말이다. 전술적으로 볼 때, 이 지역은 사막보다는 정글과 많이 닮았다. 물론 격납고 앞 광장과 활주로는 사막과 비슷하지만, 그곳에도 하수구처럼 얼마든지 많은 사람이 숨을 수 있는 공간이 있다. 그러니 베트남 해안 지역에서 벌어지는 전투와 비교해야 좀 더 그럴듯했다. 넓게 트인 지역에서 갑자기 정글로 들어서는 것이다. 엉클 엔조가 좋아하는 지형은 아니다.

"헬기가 공항 외곽으로 접근합니다."

키가 말한다.

엉클 엔조는 중위 사내에게로 몸을 돌린다.

"모두 제자리에 있나?"

"그렇습니다."

"그걸 어떻게 알지?"

"몇 분 전에 일일이 확인했습니다."

"그건 아무 소용 없어. 그리고 피자 배달차는 어떻게 됐지?"

"에, 그건 나중에 처리하려고 했는데요……."

"동시에 두 가지 이상의 일을 처리할 수 있어야 해."

창피해진 중위는 돌아서서 두려움에 떤다.

"키, 혹시 외곽 경비선에 무슨 재밌는 일 없나?"

엉클 엔조가 말한다.

"전혀 없습니다."

키가 말한다.

"재미없는 일은?"

"평소처럼 작업복을 입은 일꾼이 몇 명 보입니다."

"놈들이 라이프의 부하가 변장한 게 아니라 작업복을 입은 일꾼이란 걸 어떻게 알지? 그 친구들 신분증을 들여다보는 거야?"

"전사들은 총을 들고 다닙니다. 아니면 최소한 나이프라도요. 레이더로 보니 일꾼들 몸속에서 무기가 보이지 않습니다. 증명 끝."

"우리 요원들과 연락을 시도하고 있습니다. 무전기에 약간 문제가 있는 것 같습니다."

중위 사내가 말한다.

엉클 엔조는 한쪽 팔로 중위의 어깨를 감싸 안는다.

"이야기를 하나 해 주지. 널 처음 봤을 때부터 왠지 친숙했어. 결국은 내가 예전에 알던 사람과 닮았다는 걸 깨달았어. 중위였는데, 베트남에서 잠깐 내 상관이었지."

중위 사내는 흥분한다.

"정말이십니까?"

"그럼. 그 사람은 젊고 밝고 꿈이 있고 공부도 많이 했지. 마음씨도 아주 좋았고. 하지만 명확한 단점도 있었어. 베트남에서 우리가 처한 근본적인 상황을 도대체 이해를 못 하는 거야. 정신적인 장애나 마찬가지였지. 결국 그 친구 밑에서 싸워야 하는 우리는 가장 끔찍한 고통을 맛보지 않을 수 없었어. 하지만 그런 상황은 오래가지 않았지."

"어떻게 해서 상황이 좋아진 겁니까?"

"어려울 게 없었지. 어느 날인가 내가 뒤에서 그 자식 머리를 쏴 버렸거든."

중위 사내의 눈이 엄청나게 커지고 얼굴은 마비된 것처럼 보인다. 엉클 엔조의 얼굴에 동정심이라고는 보이지 않는다. 만일 부하가 일을 그르치면 사람들이 죽기 때문이다.

중위 사내가 든 무전기로 뭔가 새로운 내용이 전해진다.

"저, 말씀드릴 게 있습니다."

중위 사내가 조용히 주저하며 말한다.

"뭐야?"

"아까 피자 배달차와 관련해서 말씀하시지 않았습니까?"

"그런데?"

"차가 거기 없답니다."

"없다고?"

"사실은 그놈들이 잠시 내려 라이프를 태울 때, 헬기에서 남자 하나가 내려 피자 배달차를 타고 가 버렸다고 합니다."

"어디로 갔다는 거지?"

"알 수 없습니다. 그 지역에 요원이 하나밖에 없는데, 그나마 라이프를 뒤쫓고 있습니다."

"헤드폰 벗어."

엉클 엔조가 말한다.

"그리고 무전기를 꺼. 귀를 써야 할 거야."

"귀요?"

엉클 엔조는 몸을 웅크리더니 재빨리 몸을 움직여 조그만 여객기 사이로 이동한다. 그리고 스케이트보드를 조용히 내려놓더니 구두끈을 풀고 구두를 벗는다. 그는 양말까지 벗어 구두 속에 집어넣는다. 주머니에서 면도칼을 꺼내서 편 그는 바짓가랑이를 맨 아래서부터 사타구니 근처까지 절개한 다음 아래쪽을 모두 잘라 낸다. 그렇게 하지 않으면 조심해서 걸어도 털이 잔뜩 난 다리에 바지가 닿으면서 소리가 나기 때문이다.

"세상에!"

조금 떨어진 곳, 비행기 뒤에서 중위 사내의 목소리가 들린다.

"앨이 당했습니다! 세상에, 죽었어요!"

70

엉클 엔조는 일단은 재킷은 벗지 않는다. 어두운 색인 데다 공단으로 안감을 댄 옷이라 비교적 조용하기 때문이다. 그리고 땅바닥에 엎드려서 보면 자신의 다리가 보이지 않도록 옆에 있는 비행기 날개 위로 기어 올라간다. 그는 날개 끝에 쭈그리고 앉아 입을 벌린 채 귀를 기울인다. 입을 벌리면 소리를 더 잘 들을 수 있다.

우선 들리는 소리라고는 물이 튀기는 듯한 불규칙한 소리다. 마치 반쯤 열린 수도꼭지에서 아스팔트 위로 물이 떨어지는 듯한 그 소리는 조금 전만해도 들리지 않던 것이다. 바로 옆에 있는 비행기에서 나는 것 같다. 엉클 엔조는 혹시 누군가가 이 부근 전체를 날려 적을 한 번에 섬멸시키려는 계획으로 비행기 연료를 흘리는 게 아닌가 하는 걱정을 한다. 그는 살며시 땅으로 내려와 바로 옆에 있는 비행기들의 주위를 살펴본다. 몇 걸음 걸을 때마다 멈춰 서서 귀를 기울이던 그는 마침내 소리가 나는 곳을 찾아낸다. 부하

한 명이 몸에 기다란 나무 장대를 꽂은 채 비행기의 알루미늄 동체에 박혀 있다. 상처에서 흐르는 피가 바지를 타고 흘러 신발에서 아래로 떨어지며 바닥에 고이고 있다.

뒤에서 짧은 비명이 들리더니 바로 바람이 빠지는 것 같은 날카로운 소리로 변한다. 엉클 엔조는 그런 소리를 들어 본 적이 있다. 날카로운 칼이 목을 벨 때 나는 소리다. 확인할 것도 없이 중위를 닮은 그의 부하일 것이다.

이제 마음대로 움직일 수 있는 시간은 몇 초밖에 되지 않는다. 무엇을 상대하는지도 모르는 그로서는 적을 알아야만 한다. 그는 몸을 수그린 채 비명이 들린 쪽으로 비행기 뒤에 몸을 숨기며 재빨리 달려간다.

비행기 반대편 아래로 움직이는 다리가 보인다. 엉클 엔조는 날개 끝 부근에 서 있는 상태다. 그는 두 손을 날개에 올리고 온 힘을 다해 아래로 잡아당겼다가 놓는다.

성공이다. 소형 비행기는 완충 장치 때문에 위아래로 살짝 움직인다. 엉클 엔조가 방금 날개 끝으로 올라갔다고 생각한 암살자는 반대편 날개 위로 올라가 비행기 동체에 등을 붙인 채 동체를 넘어오는 엔조를 덮치려 준비한다.

그러나 엔조는 여전히 땅바닥에 있다. 그는 맨발로 소리 내지 않고 동체 아래를 통과해 반대편으로 달려간 다음, 면도칼을 한 손에 들고 아래쪽에서 모습을 드러낸다. 암살자 레이븐은 엔조가 생각했던 바로 그 위치에 서 있다.

그러나 레이븐은 이미 수상쩍다고 생각하던 참이다. 그가 동체 꼭대기 너머를 보려고 몸을 일으킨 상태여서 목이 엔조의 팔이 닿지 않는 먼 곳으로 움직인다. 엔조는 그 대신 레이븐의 다리를 바라본다.

공연히 도박하다 일을 망치느니 작더라도 확실한 것을 얻는 편이 낫다는 생각을 한 엔조는 가까이 다가가 자신을 내려다보는 레이븐의 눈길을 무시한 채 그의 왼쪽 아킬레스건을 끊어 버린다.

엉클 엔조가 몸을 돌려 피하려는데 뭔가 딱딱한 게 가슴을 때리는 느낌이 든다. 아래를 내려다본 그는 가슴 오른편으로 튀어나온 투명한 물체를 보고 깜짝 놀란다. 고개를 드니 레이븐의 얼굴이 바로 코앞에 있다.

엉클 엔조는 뒷걸음질 치며 날개에서 멀어진다. 뛰어내리며 엉클 엔조를 덮치려던 레이븐은 땅바닥으로 굴러떨어진다. 엔조가 면도칼을 들고 달려들지만, 아스팔트에 앉은 레이븐은 이미 두 번째 나이프를 꺼내 든 상태다. 그는 엉클 엔조의 넓적다리 안쪽에 약간의 상처를 입힌다. 엔조는 옆걸음질로 나이프를 피한 후 공격해 결국 레이븐의 어깨에 작지만 깊은 상처를 입힌다. 엔조가 다시 목을 노리지만, 레이븐이 팔을 쳐 낸다.

엉클 엔조와 레이븐은 둘 다 상처를 입었다. 그러나 레이븐은 이제 그를 앞질러 뛸 수 없다. 이제 지금까지의 전적을 평가해 볼 때다. 엔조는 멀리 뛰어 달아난다. 그러나 움직이는 순간 몸 오른편에서 끔찍한 고통이 위아래로 느껴진다. 게다가 뭔가 등을 때리는 느낌도 든다. 순간적으로 한쪽 콩팥 위에서 날카로운 통증이 느껴진다. 돌아보니 피가 묻은 유리 조각이 땅에 떨어져 산산조각이 나 있다. 레이븐이 등을 향해 던진 게 분명하다. 그러나 레이븐의 팔 힘이 빠져 방탄 섬유로 된 옷을 완전하게 꿰뚫을 정도로 세게 던지지 못해 떨어진 것이다.

유리로 만든 나이프다. 키가 밀리미터파 레이더로 잡아내지 못한 게 당연하다.

엔조가 다른 비행기 뒤에 몸을 숨길 즈음엔 다가오는 헬기 소음에 다른 소리는 전혀 들을 수가 없다.

라이프가 탄 헬기가 비행기로부터 수십 미터 정도 떨어진 격납고 앞 광장

에 내려앉고 있다. 회전 날개가 돌아가며 내는 천둥 같은 소리와 회오리바람
이 엉클 엔조의 머리를 뚫고 들어오는 것 같다. 그는 바람 때문에 눈도 못 뜨
고 균형을 완전히 잃은 채 어쩔 줄을 모르다가 결국 바닥에 길게 나자빠지고
만다. 아스팔트 바닥이 미끄럽고 따뜻한 걸 느낀 엉클 엔조는 그제야 자신이
피를 엄청나게 쏟고 있다는 걸 알아차린다.

저만치 떨어진 곳을 보니 레이븐이 한쪽 다리가 없어진 것처럼 끔찍한 모
습으로 절룩대며 헬기로 다가서려 애쓰는 모습이 보인다. 레이븐은 결국 포
기하고 성한 한쪽 다리로 깡충거리며 뛰어간다.

라이프는 이미 헬기에서 내려 서 있다. 라이프와 이야기를 주고받던 레이
븐은 엔조가 있는 쪽으로 손짓을 한다. 라이프가 승인하듯 고개를 끄덕이자
레이븐이 뒤로 돌아선다. 레이븐의 하얀 이가 밝게 빛난다. 찡그린 얼굴이
지만 그보다는 뭔가를 기대하는 듯 웃는 느낌이 든다. 그는 엉클 엔조가 있는
쪽을 향해 한쪽 발로 뛰듯 다가오기 시작하며 재킷 속에서 또 유리 나이프를
꺼내 든다. 녀석은 유리 나이프를 백만 개는 가지고 다니는 것 같다.

레이븐이 다가오고 있는데도 엔조는 몸을 일으키기만 해도 정신을 잃을
지경이다.

아무리 주변을 둘러봐도 스케이트보드와 열 걸음 정도 떨어진 곳에 벗어
둔 고급 구두와 양말밖에 보이는 게 없다. 엔조는 일어설 수는 없지만 포복
하는 군인처럼 기어갈 수는 있다. 그래서 그는 레이븐이 한쪽 발로 깡충거리
며 다가오는 동안 팔꿈치로 몸을 지탱하며 기어가기 시작한다.

둘은 나란히 붙어 있는 비행기 사이에서 만난다. 엔조는 배를 땅에 붙인
채 스케이트보드 위에 엎어진다. 레이븐은 한쪽 손으로 비행기 날개를 붙잡
고 멈춰 선다. 다른 쪽 손에 든 유리 나이프가 번쩍거린다. 엔조는 세상이 마
치 싸구려 단말기로 보는 메타버스처럼 온통 흐릿한 흑백 화면처럼 보인다.

베트남에서 전우들이 너무 피를 많이 흘린 탓에 목숨을 잃기 직전 묘사하던 그대로다.

"마지막 기도는 벌써 했기를 빌겠소. 이제 신부님을 부를 시간이 없거든."

레이븐이 말한다.

"신부는 필요 없네."

엉클 엔조는 그렇게 말하며 스케이트보드에 달린 '래딕스 얇은 원뿔형 충격파 발사 장치'라고 쓰인 버튼을 주먹으로 내려친다.

충격은 머리가 날아가 버릴 것처럼 강력하다. 엉클 엔조가 혹시 살아남는다고 해도 귀는 제대로 들리지 않을 것이다. 그러나 그 바람에 정신이 약간 들기도 한다. 엔조는 스케이트보드에 얹었던 머리를 들어 레이븐을 본다. 멍한 표정을 한 레이븐의 손에는 아무것도 보이지 않고, 그가 입은 재킷에서는 조그맣게 깨진 수천 개의 유리 조각이 비처럼 쏟아지고 있다.

엉클 엔조는 몸을 돌려 등을 대고 누우며 손에 든 면도칼을 흔들어 보인다.

"난 유리보다는 쇠가 마음에 들더라고. 면도 좀 할 텐가?"

71

라이프는 모든 상황을 알아차리고 확실하게 이해한다. 결과가 어떻게 될지 궁금하긴 하지만, 그는 바쁜 사람이다. 나머지 마피아, 응 그리고 이 선생과 그 밖의 모든 멍청이가 열 추적 미사일을 들고 자신의 뒤를 쫓기 전에 벗어나고 싶은 생각밖에 없다. 그리고 절룩대는 레이븐이 한쪽 발로 깡충대며 돌아오기를 기다릴 시간도 없다. 그는 조종사에게 엄지손가락을 들어 보이고 전용 비행기로 오르는 계단을 오른다.

아직 낮이다. 멀리 수백 미터 떨어진 곳에 있는 연료 탱크 사이에서 주황색 불길이 파도처럼 조용히 커지고 있다. 마치 국화꽃이 피는 장면을 저속도로 촬영한 것 같은 모습이다. 피어오르는 모습이 어찌나 거대하고 제멋대로인지 계단을 절반 정도 올라간 라이프도 멈춰 서서 바라보지 않을 수가 없다.

불꽃을 뚫고 강력한 뭔가가 움직이며 길게 자취를 남기는 모습이 마치 안

개상자(고속 원자나 원자적 미립자가 지나간 자취를 볼 수 있도록 한 장치) 속으로 쏜 우주선(宇宙線, 우주에서 지구로 쏟아지는 높은 에너지의 미립자와 방사선을 총칭하여 부르는 말) 같다. 너무 속도가 빨라 뒤쪽으로 발생하는 충격파는 불꽃 속에서도 똑똑히 보인다. 뒤쪽으로 가며 눈이 부실 정도로 밝게 원뿔형으로 넓어지는 충격파의 크기는 원뿔의 정점에 보이는 그 무엇인지보다 백 배는 더 크다. 검은 총알처럼 생긴 물체에는 다리가 네 개 달렸는데, 어찌나 빨리 휘저어 대는지 보이지도 않는다. 너무 작고 너무 빨라 자신을 향해 똑바로 달려오는 게 아니었다면 L. 밥 라이프는 그걸 보지도 못했을 것이다.

녀석은 옥외 수도관과 항공기용 연료 파이프가 복잡하게 얽힌 곳을 지나며, 장애물이 있으면 뛰어넘거나 금속 발톱으로 파헤치며 폭발적인 다리 힘으로 찢어 버린다. 아스팔트로 포장된 땅바닥에 다리가 닿을 때마다 날아오르는 불똥이 파이프에서 쏟아져 나오는 내용물에 불을 붙인다. 녀석은 네 다리를 몸 아래로 모으더니 30미터가량 뛰어올라 땅에 묻힌 연료 탱크 꼭대기로 올라간 다음 그걸 발판 삼아 다시 길게 활 모양을 그리며 도약해 연료 탱크가 가득한 구역과 공항 경계로 삼는 철조망을 뛰어넘는다. 그리고 다시 계속 안정된 자세로 힘차게 달리기 시작하더니 기하학적으로 완전히 평평한 활주로를 가로지르며 속도를 높인다. 뒤쪽 연료 탱크 지역에서 난 불 가운데 느릿느릿 길게 널름거리며 뻗는 불꽃이 경비견 로봇이 지나간 자리에 발생하는 강력한 기류 안쪽을 향해 나선형으로 빨려 들어가는 모습이 보인다.

L. 밥 라이프는 왠지 연료를 가득 실은 비행기에서 달아나야만 할 것 같다. 몸을 돌려 떨어지듯 계단에서 뛰어내린 그는 어정쩡하게 움직인다. 경비견 로봇을 바라보느라 땅을 보지 못하기 때문이다.

땅바닥에 붙다시피 한 조그맣고 시커먼 경비견 로봇은 불꽃이 비춰 생기는 그림자나 아스팔트를 파고드는 발톱 때문에 계속 발생하는 하얀 불똥 덕분에 그나마 겨우 모습을 볼 수 있다. 녀석이 살짝 방향을 바꾼다.

비행기를 향해 달리는 게 아니다. 라이프를 향하고 있다. 라이프는 마음을 바꾸고 한꺼번에 계단을 세 개씩 밟으며 비행기 안으로 뛰어 올라간다. 자신의 몸무게 때문에 계단이 흔들리자 그제야 비행기가 부서지기 쉽다는 게 머리에 다시 떠오른다.

달려오는 경비견 로봇을 보고 있던 조종사는 계단 겸 출입문을 기체 안으로 접어 넣지도 않은 상태로 비행기의 제동 장치를 풀고 기수를 반대로 돌리며 활주로로 달려 나가기 시작한다. 조종사가 출력을 높이자 비행기는 한쪽으로 고꾸라질 것처럼 급하게 회전한다. 활주로가 앞에 모습을 드러내자마자 조종사는 엔진 출력을 최대로 올린다. 이제 그들은 앞과 양쪽 옆만 볼 수 있다. 그들을 뒤쫓는 존재는 볼 수 없다.

와이티만이 그 광경을 지켜본다. 쿠리에 출입증으로 쉽사리 공항에 들어온 그녀는 화물 터미널이 있는 쪽으로 미끄러져 간다. 이곳에서는 8백 미터 정도 떨어진 넓은 활주로가 잘 보인다. 그녀는 모든 상황을 지켜본다. 비행기는 굉음을 울리며 계단으로 쓰는 문을 질질 끌며 달린다. 이륙을 위해 애써 회전수를 높이는 엔진 꽁무니에서는 희미한 푸른색 화염이 뿜어져 나오고, 피도는 마치 뚱뚱한 우체부를 뒤쫓는 한 마리의 개처럼 그 뒤를 따라간다. 피도가 마지막으로 공중으로 엄청나게 펄쩍 뛰더니 사이드와인더 미사일로 변해 그대로 비행기의 왼쪽 엔진 배기관을 향해 날아 들어간다.

비행기는 지상 3미터 정도의 높이에서 폭발하며 피도, L. 밥 라이프 그리고 그가 만든 바이러스 모두를 뜨거운 화염 속으로 몰아넣는다.

정말 멋지군!

그녀는 한참 동안 서서 이어지는 상황을 지켜본다. 마피아 소속 헬기가 날아오고, 의사들이 가방과 혈액 주머니, 들것을 가지고 뛰어내린다. 마피아 조직원들이 총을 들고 자가용 비행기들 사이를 뛰어다니는 모습이 누군가를 찾는 것 같다. 피자 배달차 한 대가 주차장에서 타이어 소리를 요란하게 내며 달아나고 마피아 조직의 자동차가 내달리며 그 뒤를 쫓는다.

그러나 한참 지켜보다 지루해진 그녀는 다시 중앙 터미널 건물로 스케이트를 지쳐 돌아온다. 중간에 잠깐 연료를 싣는 트럭을 만나 매달려 가기도 하지만 대부분 자신의 힘으로 땅을 지치며 달린다.

엄마는 전화로 약속한 대로 유나이티드 항공 수화물 찾는 곳 근처에 세워둔 둥글둥글하게 생긴 바보 같은 차에 앉아 그녀를 기다리고 있다. 와이티는 문을 열고 스케이트보드를 뒷자리에 던져 넣은 후 차에 올라탄다.

"집으로 가?"

엄마가 말한다.

"응, 역시 집이 제일 좋은 것 같아."

감사의 말

감사의 말

『스노 크래시』는 나와 미술가 토니 쉬더가 협력을 하면서 시작되었다. 애초 목표는 컴퓨터 그래픽으로 만든 그래픽 소설을 내는 것이었다. 대체로 나는 글을 맡고 그는 그림을 담당했다. 결국 이 작품이 글로만 이루어지긴 했지만 어떤 장면은 내가 토니와 토론을 하는 과정에서 탄생하기도 했다.

이 소설은 매우 어렵게 썼다. 초고를 읽은 내 에이전트들, 리즈 다한소프, 척 베릴, 드니즈 스튜어트가 꽤 괜찮은 충고를 많이 해 주었다. 그 밖에 토니 쉬더도 초고를 봐 주었다. 웨슬리언 대학의 스티브 호스트 박사는 뇌와 컴퓨터에 관한 모든 내용에 있어 광범위하고도 매우 명쾌한 의견을 내 주었다(그리고 내 원고를 읽고 난 후 한 시간 만에 바이러스에 걸려 고생했다). 그리고 내 처남으로 지금은 에딘버러 대학에서 일하는 스티브 위긴스는 나로 하여금 아세라에서 이야기를 시작하도록 해 주었으며, 내가 미국 의회 도서관에서 불쌍하게 헤매고 있을 때 쓸모 있는 읽을거리와 자료를 제공해 주었다.

마르코 칼토펜은 늘 그랬던 것처럼 내가 독성 폐기물 산업과 관련해서 이런저런 질문을 하면 마치 사서 데몬처럼 방대한 지식을 바탕으로 재빠른 도움을 주었다. LA에 있는 내 에이전트인 리처드 그린은 자신이 사는 지리에 대해 도움을 주기도 했다.

지역의 브룩 폴락은 엄청난 속도로 주의 깊게 교정지를 읽은 다음 쓸 만한 제안을 여러 개 해 주었다. BIOS가 사실은 내가 소설에 쓴 '내장 운영 체제(Built-in Operating System)'가 아닌 '기본 입출력 장치(BasicInput/Output System)'의 약자란 것도 그가 최초로 지적했으며, 이후에 많은 사람들로부터 같은 내용을 전해 들었다(당연히 옳은 말로 고쳐 써야 한다는 의견들이었다). 그러나 나는 내가 원하는 말장난을 유지하기 위해 다른 모든 고려 사항을 무시해 버렸고, 결과적으로 그 부분은 바뀌지 않았다.

메타버스 같은 '가상 현실' 개념은 지금 컴퓨터 그래픽 업계에서는 널리 퍼지고 있으며 제각기 다른 여러 가지 방법으로 실현되고 있다. 메타버스의 독특한 모습은 내가 제이미 타프와 느슨하게 나눈 토론에서 처음 생겨났다. 하지만 그렇다고 메타버스가 가진 비현실적이고 싸구려 같은 모습이 나 아닌 다른 사람의 책임이라는 뜻은 절대 아니다. '아바타'(이 소설에서 쓰인 의미로)와 '메타버스'라는 말은 내가 만들어 냈다. 이미 존재하는 단어(예를 들면, '버추얼 리얼리티')들이 좀 이상하게 느껴졌기 때문에 그런 말을 쓰기로 마음먹었다.

메타버스가 어떻게 만들어졌을지 생각하는 과정에서 나는 애플사의 『휴먼 인터페이스 가이드라인』을 참고했다. 그것은 매킨토시 컴퓨터 뒤에 숨은 철학을 설명한 책이다. 다시 말하지만, 이런 사실을 밝히는 까닭은 그 책을 펴낸 사람들이 긍정적인 영향을 주었다는 걸 알리려는 것이지, 이 소설이라는 결과물에 아무 죄 없는 사람들을 엮으려는 게 아니다. 그래픽 소설로 진행하던 초기에 내 마음에 드는 내용이라는 한 가지 이유로 이리저리 복잡하게 얽어 놓은 이야기를 풀어가다가 나는 매킨토시가 어떤 원리로 작동하는지 속속들이 알게 되었다. 그 과정에서, 매킨토시 컴퓨터가 우리가 바라는 걸 해내도록 하는 유일한 방법은 이미지를 처리하는 자체 소프트웨어를 잔뜩 만드는 것밖에 없다는 게 밝혀졌고 그래서 일부 사람들이 광적으로 좋아할 만한 종류의 그래픽 소설을 만들어 보자는 계획은 무산되었다. 아무리 애초 기획했던 그림과 많이 달라졌다고 해도 어쩌면 글을 쓰는 시간보다 훨씬 많은 시간을 프로그램을 짜며 보냈어야 할지도 모른다. 그랬더라면 실질적인 면에서 쓸모없는 짓이 되었을 수도 있다.

마지막으로 바벨탑 이야기와 관련한 부분을 쓸 때, 나는 실제로 많은 연구를 한 수많은 역사학자들과 고고학자들의 도움을 받았다는 점을 지적하지 않을 수 없다. 사서 데몬이 하는 말의 대부분은 앞서 말한 분들이 연구한 결과들인데, 나와는 달리 훌륭한 학자들인 그들의 이름들을 사서 데몬의 대사를 통해서나마 주석으로 처리하려고 애썼다.

닐 스티븐슨

.

옮긴이 | 남명성 한양대를 졸업하고 PD와 인터넷 기획자로 일했으며 현재 전문 번역가로 활동하고 있다. 옮긴 책으로『사일런트 페이션트』, 『보헤미아 우주인』,『아르테미스』,『남겨진 자들』,『셜록 홈즈: 주홍색 연구』등이 있다.

스노 크래시 Ⅱ

발행일
2021년 6월 21일 초판 1쇄
2024년 5월 27일 초판 7쇄

지은이	●	닐 스티븐슨
옮긴이	●	남명성
펴낸이	●	김종해
펴낸곳	●	문학세계사
출판등록	●	1979. 5. 16. 제21-108호
주소	●	서울시 마포구 신수로 59-1
대표전화	●	02-702-1800
팩스	●	02-702-0084
이메일	●	munse_books@naver.com
홈페이지	●	www.msp21.co.kr
페이스북	●	www.facebook.com/munsebooks

ⓒ 닐 스티븐슨, 문학세계사
ISBN 978-89-7075-002-6 03840